선애야 선애야

Fantasy Frontier Spirit

박신애 판타지 장편 소설

선애야, 선애야 7

박신애 판타지 장편 소설

초판 1쇄 찍은 날 § 2006년 10월 25일
초판 1쇄 펴낸 날 § 2006년 10월 31일

지은이 § 박신애
펴낸이 § 서경석

편집장 § 문혜영
편집 § 서지현 · 심재영

펴낸곳 § 도서출판 청어람
등록번호 § 제1081-1-89호
등록일자 § 1999. 5. 31
어람번호 § 제1-0756호

주소 § 경기도 부천시 원미구 심곡1동 350-1 남성B/D 3F (우) 420-011
전화 § 032-656-4452 팩스 § 032-656-4453
http://www.chungeoram.com
E-mail § eoram99@chollian.net

ISBN 89-251-0368-0 04810
ISBN 89-5831-622-5 (SET)

Fantasy Frontier Spirit

박신애 판타지 장편 소설

선애야
선애야

완결

7

전화위복(轉禍爲福)

도서출판 청어람

Contents

전화위복(轉禍爲福) •

FANTASY FRONTIER SPIRIT

Chapter 37

스터링은 안에 있던 사람들이 채 그에게 뭐라 반응을 하기도 전에 다짜고짜로 선애의 팔을 잡더니 그대로 밖으로 뛰어나가는 것이었다. 들어올 때부터 선애의 이름을 불렀던 걸 보니 처음부터 선애만이 목적(?)이었던 모양이다.

"어어어~ 야, 야~!"

당혹스러운 목소리로 선애가 그를 만류하려 했지만 스터링 녀석은 들은 체도 안 했다.

"급하다니까. 빨리, 빨리!"

키는 선애의 허리를 겨우 넘는 주제에 힘이 얼마나 강한지 선애가 반항도 못하고 그대로 주르르 끌려갔다. 그 뒤로 놀란 표정으로 엉거주춤 일어선, 방 안에 같이 있던 사람들의 모습이 보였지만 그들은 이 마을의 주인인 드워프가 와서 데리고 가는 것이라 그런지 막을 생각은 하지 못하고 있었다. 벨타이거만 몇 발자국 따라왔지만, 그 또한 스터링이 워낙

빨라 곧 포기했다. 뭐, 그래도 드워프들이 선애에게 해코지를 안 할 거라
는 믿음이 있으니 쉽게 포기한 걸 거다.

[하이고, 다리도 짧은 녀석이 빠르기는 엄청 빠르네.]

선애의 뒤를 따라가며 내가 반은 황당하고 반은 웃겨서 쿡쿡대며 말하
자 선애가 인상을 찡그린다.

"지금 이 모습을 보고 웃음이 나와?"

그러더니 스터링을 향해 빽 고함을 질렀다.

"야, 무슨 일인지 말을 해야 할 거 아니야? 무조건 끌고 가면 어떻게
해?"

"와보면 알아, 와보면."

그렇게 대답도 제대로 안 하는 스터링이 무지 다급하게 선애를 끌고
간 곳은…

"어라라? 여긴 왜?"

"와보면 안다니까?"

어리둥절한 선애가 다시 한 번 물었지만, 이번 질문도 그대로 무시되
고 말았다.

'아니, 여긴 왜?'

나는 선애의 뒤를 따라가며 입구에 씌어져 있는 멋들어진 글씨를 힐끗
보며 고개를 갸웃거렸다.

'진열관.'

이곳은 최고라고 인정받은 제품들을 전시해 놓은 곳으로써, 이 마을에
사는 드워프라고 해도 함부로 드나들 수 없는 곳이었다. 선애 일행이야
선애의 손목시계 덕분으로 한 번 구경한 적이 있지만, 평소에는 같은 마
을의 드워프들이라 해도 족장 드워프와 장로들의 허락이 있어야만 들어
갈 수 있었다.

그런 곳에 온 것도 의아한데, 스터링에게 끌려서 안으로 들어간 선애와 그 뒤를 따라간 나는 안으로 들어가자 더욱더 의아함을 감출 수 없었다. 그도 그럴 것이 볼일이 있을 때만 겨우 얼굴을 볼 수 있는 족장부터 시작해서 자신들이 아쉬울 때만 얼굴을 비출까 말까 하는 장로들까지 우르르 거기에 다 몰려 있었던 것이다. 그런데 그것도 모자라 언제 어느 때도 당당함을 과시하던 그들이 마치 고양이 앞의 쥐마냥 잔뜩 움츠러들어 있었다. 그러다가 요란한 소리와 함께 스터링이 선애를 이끌고 등장하자 이들의 얼굴에 화색이 돌았다.

"오오~ 처자아~"

족장이 무지 반갑게 맞아주는데, 어째 평소의 그 우렁찬 목소리는 어디로 가버렸는지 목소리가 바닥을 기어간다. 그의 당혹스러운 행동에 나는 이 진열관에 '정.숙!' 이라는 규칙이 새로 생긴 줄 알았다.

그런데 그때였다. 뚜벅뚜벅 하는 발소리와 함께 안쪽에서 누군가가 걸어나오는 것이었다. 드워프 족장과 장로들과 함께 모두 진열관 입구 근처에 옹기종기(?) 모여 있던 터라 안에 누가 또 있는 줄 몰라서 좀 놀랐다. 그런데 나는 그가 모습을 완전히 드러내기 전 정말 진심으로 반갑다고만 할 수 없는, 나를 부르는 목소리를 들었다.

[신애 씨이이~!]

내 심정과는 달리 무척이나 반가운 기색이 가득한 밝은 목소리였다.

[어라라, 아리아 씨이~?]

환한 기색으로 도도도… 는 아니고 허공을 날아서 나에게 다가오는 아름다운 외모의 그녀는 엘프 유령 아리아 씨였다.

물론 그녀가 싫은 건 아니다. 단지 그녀 옆에 부록(?)으로 붙어 있는 놈이 싫은 거지.

"흠… 너였나?"

'역시나…….'

당당히 모습을 드러낸 렌스버리를 확인하자마자 선애의 속눈썹이 파르르 떨렸다. 아마 본심은 인상을 사정없이 구기고 싶겠지만, 원대로 했다가는 뒷탈이 두려운지라 내색을 안 하려 무진장 애쓰는 거다.

"레, 렌스버리님? 어떻게 여기에……."

"오랜만에 온 김에 뭐 괜찮은 거 없나 해서 구경 왔다."

마치 자기네 집 안방에 온 것마냥 당당히 대답하는 렌스버리 녀석. 드워프들 입장에서는 참으로 기가 막힌 어조요 태도겠지만, 이 자리에 있는 그 누구도 그걸 가지고 뭐라 하지 못했다.

렌스버리와 감히 시선을 마주치지도 못한 채 허탈한 표정을 짓고 있는 드워프들을 동질감 어린 시선으로 선애가 바라보는데, 렌스버리가 선애에게 말을 건넸다.

"이게 네 거라며?"

그러면서 렌스버리가 들어 보이는 것은 선애의 손목시계였다. 선애와 내가 한국에서 살았다는 증거품인, 그러나 드워프들과의 거래를 성사시키기 위하여 예전에 그들에게 넘겨준 뒤 분해되어 다시는 보지 못하리라 생각했던 것이 본래의 예쁜 패션 시계 자태로 돌아와 렌스버리의 손바닥 위에서 반짝반짝 빛을 발하고 있었다.

"어어… 그, 그거……."

"네 거 맞다는 거야, 아니라는 거야? 저놈들이 네 거라고 하던데?"

뜻밖의 모습이라 선애도 놀랐는지 대답을 못하자 렌스버리가 살짝 인상을 찡그렸다.

'인내심이라고는 쥐똥만큼도 없는 드래곤 녀석 같으니라고.'

진즉에 분해되어 있던 시계가 다시 본래 모습으로 돌아온 거 보니 분명 저놈이 드워프들을 닦달해서 조립시켜 놓은 걸 거다.

렌스버리 녀석의 인상이 안 좋아지자 선애가 얼른 입을 열었다.

"전에는 제 것이었습니다만, 예전에 드워프 마을에 선물로 준 것이기 때문에 지금은 제 것이라 할 수 없습니다."

"흠… 그딴 건 상관없고, 원래 네 것이었단 소리지? 그럼 네가 구했다는 이야기네?"

"예."

선애의 대답에 렌스버리가 무슨 생각을 하는 건지 모를 묘한 시선으로 선애와 시계를 번갈아 바라보더니만 다시 입을 열었다.

"이거… 움직이는 거라며? 그런데 지금은 왜 안 움직이지?"

"그걸 움직이게 하는 원동력의 힘이 다했기 때문일 겁니다."

"그럼 다시 움직이게 하려면?"

"원동력을 갈아 끼우면 됩니다만, 여기서는 그 원동력을 구할 수가 없습니다."

"저 녀석들의 말에 의하면 저들에게 넘겨주기 전에는 분명히 움직이고 있었다고 하던데?"

그건 그랬다. 건전지가 다되어 멈춰 버린 시계에 우연치 않게 내가 접촉하자 시계 바늘이 다시 돌아가기 시작했으니까.

"그건 언니가……."

선애는 거기까지 말한 뒤 '아차!' 싶었던지 입을 다물었다. 하지만 그것만으로도 렌스버리는 선애가 말하려는 의도를 알아챈 듯 더 캐묻는 대신 드워프들에게 시선을 돌렸다.

"이거 가지고 간다."

"헉!"

그와 함께 여기저기서 들려오는 작은 경악성들. 드워프들의 시선에는 '제발 가지고 가지 마세요!' 라고 호소하는 기색이 가득 담겨 있었지만 렌스버리는 싸아악 무시해 버리고는 몸을 돌려 입구를 향해 발걸음을 떼는 것이었다. 그런 그를 향해 한마디도 하지 못하는 가여운 드워프들.

'크흑흑흑… 동지이이~'

그 모습에 심한 동질감을 느껴 속으로 부르짖고 있는데, 막 한 걸음 떼던 렌스버리가 멈칫하더니만 몸을 돌려 입을 열었다.

"아, 그리고 앞으로는 괜찮은 것들 좀 만들어봐라. 얼마 만에 오는 건데 괜찮은 것들이 하나도 없는 거냐?"

드워프들의 가슴에 비수를 꽂는 말을 던지고는 다시 발걸음을 뗀다. 그 뒤에는 너무나 큰 충격으로 드워프들이 하나둘 재가 되어 스러져 가고 있었다.

'이놈아, 네가 만드냐? 네가 만들어?'

그런 드워프들을 대신하여 내가 녀석을 있는 힘껏… 그러나 속으로만 씹고 있는데 렌스버리 녀석이 두어 걸음 걸어가다가 다시 몸을 휘익 돌린다. 그에 괜히 혼자 놀라 '헉!' 하고 헛바람을 들이키는데, 보는 건 선애다.

"너, 왜 안 따라와?"

"예? 저 따가라는 거였습니까?"

'아니, 저놈이? 선애가 네놈 비서냐? 왜 널 따라가야 하는데?'

안도의 한숨을 내쉬며 이번에도 속으로만 외치고 있는데 선애의 대답이 마음에 안 들었는지 렌스버리 눈가가 꿈틀한다.

"갑자기 바보가 된 거냐? 그럼 따라와야지 안 따라올 거냐?"

"에? 예에……."

그리하여 얼떨결에 렌스버리의 뒤를 따라 선애가 발걸음을 옮기자 나와 아리아도 자동적으로 그들의 뒤를 따랐다.

그런데 렌스버리는 딱히 정해진 목적지가 있는 건 아니었던 모양이다.

진열관을 나오자 이리저리 둘러보더니만 선애를 데리고 간 곳은 진열관 뒤쪽, 아무도 없는 공터였다. 하지만 그것만으로도 만족을 못한 듯 렌스버리가 가볍게 손짓을 하자 희미한 빛의 구가 형성되더니만 선애와 렌스버리를 둘러싸곤 하늘로 떠오르기 시작하는 거였다. 부록으로 두 유령까지 달고 말이다.

발밑이 허전해지자 선애는 놀라 반사적으로 나에게 손을 뻗었다.

"엄마야!"

[괜찮아요. 렌이 마법을 쓴 거거든요.]

놀라는 선애를 안심시키려는 듯 아리아가 나에게 말했지만, 나는 그 '렌'이라는 놈이 마법을 썼다는 것이 더욱더 불안했다. 뭐, 아리아와 이야기를 나누기 위해서 우리가 필요할 테니 죽이지는 않겠지만, 앞으로도 놀라지 않게 하리라는 보장이 없었으니 말이다. 이놈이 선애를 배려해줄 정도로 친절한 녀석도 아니고. 그래서 나는 아리아에게 알겠다고 고개를 끄덕여 보이면서도 선애를 은근슬쩍 품에 안고 팔을 단단히 허리에 둘렀다.

그걸 아는지 모르는지 렌스버리는 멍하니 하늘만 쳐다보고 있었고, 희미한 빛의 구는 빠른 속도로 허공으로 떠올라 어느새 우리가 머물고 있는 드워프 마을이 마치 장난감 마을처럼 작아졌고, 그 주변 산의 전체적인 모습까지 드러나기 시작했다.

한국에서 비행기도 타보고 63빌딩 전망대에도 올라가 보고 설악산에서 케이블카도 타봐서 딱히 고소공포증은 없다고 생각했는데, 단지 희미한 빛을 내는, 거의 투명한 막 하나만이 달랑 발밑을 받치고 있는 거라고 생각하니 선애가 겁먹지 않을까 걱정되었다. 하지만 다행히도 선애는 내가 잡아주고 있어서 그런지 그렇게 겁먹은 표정이 아니었다. 오히려 느긋하게 주위를 둘러보며 경치 감상을 하고 있는 거였다.

'흠… 하기야 아래만 안 보면 무서울 건 없겠지.'

게다가 울 꼬맹이는 놀이공원에 가면 바이킹은 무조건 맨 끝자리를 타야 직성이 풀리는 녀석이었으니 말이다.

그런 선애를 언제 관찰하고 있었던 건지 렌스버리 녀석이 갑작스레 말을 꺼냈다.

"겁먹은 표정이 아니군."

그에 선애가 얼른 녀석에게로 시선을 돌린다.

"예?"

"마법사가 아닌 평범한 인간이 언제 이렇게 높은 곳까지 올라와 봤을까? 마법사를 자신의 아랫사람으로 데리고 있을 정도로 지위가 높은 것도 아닌 그냥 일반 평민이 말이야. 그런데 마치 익숙한 일처럼 너무 태연하군."

"아니… 뭐… 지금 언니가 잡아주고 있거든요."

"그렇다 해도 보통 처음에 이 정도 높이에 올라오면 놀라게 마련이지."

그렇게 말한 렌스버리는 딱히 선애에게 무슨 대답을 듣고 싶었던 건 아닌지 미련없이 시선을 돌리는가 싶더니만 다짜고짜로 손에 들고 있던 시계를 선애에게 휘익 던졌다.

"엑!"

선애가 긴장 상태로 녀석을 주시하고 있었기에 망정이지 아니었으면 시계에 어딘가를 맞았을 거다. 얼결에 시계를 받아 든 선애가 의도를 몰라 당황한 표정을 짓고 있는데 렌스버리가 입을 열었다.

"그거… 네 언니가 움직이게 할 수 있다고 했지?"

"예."

"네 언니가 만든 건가?"

"그건 아닙니다. 아마도… 언니가 유령이라서 할 수 있었던 게 아닐까 추측합니다만, 확실한 이유는 모르겠습니다."

"그럼… 혹시 아리아 또한 가능한가?"

"가능하지 않을까 생각합니다만… 한번 시도해 볼까요?"

"그래."

어째 평소의 건방지고 오만한 목소리가 아닌 약간은 풀이 죽은 것 같은 목소리다. 하지만 그에 의아해할 겨를도 없이 나는 선애에게서 시계를 건네받고는 선애의 허리를 감은 팔 하나를 풀어 아리아에게 뻗었다.

[그냥 여기 가운데 있죠? 동그란 데. 거기다 손가락을 넣으시면 돼요.]

내 설명에 아리아가 주저주저하면서 손가락을 시계 가운데에다 집어넣었다.

[이, 이렇게 하면 돼요?]

[예. 그리고 가만히 계시면 돼요.]

한 인간과 한 드래곤, 그리고 두 유령의 시선을 받으면서도 굳건하게 침묵을 지키던 시계 녀석이 2, 3분 정도 지났을까? 집요한 시선을 견디지 못하겠던지 초침이 부르르 떨리는가 싶더니만 아주아주 힘겹게 오른쪽으로 한 칸 움직였다.

[움직였다!]

"움직였어!"

보고 있던 선애와 내가 동시에 외쳤다.

[오옷, 아리아 씨. 아리아 씨도 가능하군요. 역시 저와 같은 동류였어요.]

새삼스럽게 동질감을 가득 느끼며 나는 그녀에게 환하게 웃어 보였다.

'사는 차원이 다르더라도 유령은 다 같나 봐.'

생각 같아서는 그녀의 팔이라도 잡고 흔들거나 방방 뛰고 싶었지만,

선애를 붙들어주고 있는 관계로 그냥 말과 표정으로써 내 기분을 전달하는 데 만족해야 했다.

한번 그렇게 움직인 초침은 계속 오른쪽으로 한 칸 한 칸 움직여 나중에는 한 바퀴를 도는 데 성공했다.

[아아… 이게 이렇게 움직이는 건가 봐요?]

처음에는 신기하다는 표정으로 바라보고 있던 아리아가 초침이 한 바퀴 돌고 또 돌아가자 흥미를 잃었는지 고개를 끄덕이며 손을 뗐다.

[그런데 왜 가장 작은 것만 움직여요? 다른 건 안 움직여요?]

분명히 분침이 옆으로 한 칸 움직였을 텐데, 폭이 너무 작아서 알아채지 못한 모양이다.

[아아, 그건 말이지요…….]

그렇게 내가 막 설명하려고 하는 순간, 초침이 움찔하더니만 멈추는 것이었다.

"앗! 멈췄다."

선애의 얼결에 나온 외침에 나는 나도 모르게 아리아 씨에게 하던 대답을 멈추고 선애에게 설명했다.

[아리아 씨가 손을 떼서 그래.]

[어어, 그럼 이거 계속 손을 대고 있어야 하는 건가요?]

[아니, 그러니까… 좀 오래 손을 대고 있어야 한다는 거지요. 그 뒤에는 손을 떼도 일정 시간 동안 계속 움직이거든요.]

다시 들리는 아리아 씨의 질문에 고개를 돌리고 설명해 주는데 렌스버리의 질문이 들렸다.

"이거, 무슨 원리로 움직이는 거지?"

"어… 으으음… 그러니까 저도 자세하게 설명하기는 어려운데요… 저희는 '전기'라고 이야기하거든요."

"'전기'라… 네가 살던 세상의 용어인가?"

"예?"

평소 선애를 서대륙인이라고 생각해 주는 척해놓고는 이제 와서 '네가 살던 세상'이라고 하니 선애는 당혹스러운 표정으로 되물었다. 그러자 렌스버리 녀석이 '정말 모른 체할래?'라는 시선으로 바라본다.

"설마 내가 모르리라 생각한 건 아니겠지? 내가 알고 있다는 걸 눈치 챘을 줄 알았는데."

물론 짐작은 하고 있었다. 그걸 가지고 선애와 의논도 했고 말이다. 사실, 그동안에 있었던 일을 곰곰이 생각하면 렌스버리가 모르고 있는 게 오히려 어려운 일일 거다. 단지 렌스버리가 가만히 있는데 우리가 굳이 나설 필요가 없을 것 같아 입 다물고 있었을 뿐이다.

"예… 대략 짐작은 하고 있었습니다만, 언급을 안 하셔서…….."

선애의 긍정에 렌스버리가 훗, 하고 웃었다.

"내가 상관할 일은 아니라고 생각했지. 뭐, 내가 좀 더 젊었더라면 호기심을 느껴 이것저것 알아봤을지도 모르지만… 이것만 아니었으면 끝까지 모른 체했을 거다."

아마 아리아 씨가 시계를 움직일 수 있다는 것에 자극을 받은 것 같다.

'역시 사랑의 힘이란 위대한 거야.'

속으로 내가 고개를 끄덕이는 가운데 렌스버리는 선애에게 '전기'에 대한 설명을 요구하고 있었다.

"에에… 그러니까 저는 그쪽을 깊이 공부한 게 아니라서 자세한 설명을 해드리기 어렵습니다만… 제가 배우기로는 이 세상에는 여러 가지 에너지가 있습니다. 에에… 에너지란 쉽게 말하면 힘이라고나 할까요? 뭔가를 움직이는 힘 말입니다. 그걸 여러 종류로 세분한 거죠. 예를 들자면 제 손이 있는데 이걸 제가 움직이는 것과 렌스버리님이 와서 움직이는 것과 강한 바람이 불어와서 움직이는 것, 소나기가 내려서 움직이게 하는 것, 우박이 떨어져서……."

설명이 길어질 것 같자 렌스버리가 냉큼 끼어들며 말을 잘랐다.

"대충 이해했다. 그래서?"

"…전기도 그러한 에너지의 일종입니다. 물체 안에는 전자라는 것이 있는데, 이 전자라는 것은 많은 곳에서 적은 곳으로 흐르는 습성이 있어서 전자가 많은 물체와 적은 물체를 붙여놓는다면 많은 물체 안에서 적은 물체 안으로 이동하게 됩니다. 그러한 흐름을 전기 에너지라 하고, 그 에너지를 이용하는 것입니다."

선애의 말을 듣고 곰곰이 생각하던 렌스버리가 입을 열었다.

"그럼 전자라는 것이 많은 물체가 이것의 원동력이겠군. 그리고 그 물체 안에 있던 전자가 적은 곳으로 다 흘러가 버리면 이게 멈추는 것이고, 그때는 새로운 걸로 갈아 끼운다는 건가?"

'오오… 머리 되게 좋잖아?'

대단한 놈이다. 선애의 설명을 가지고 거기까지 추리하다니.

"맞습니다."

"그렇다면, 네 언니… 아니, 유령의 존재는 어떻게 전자라는 것이 다 나가 버린 원동력에서 다시 전자가 생기게 하는 거지?"

"저도 거기까지는 모르겠습니다. 그러나 언니의 말에 의하면, 제가 살던 세계에 '유령에게서 어떤 에너지의 파동이 감지되었다' 라는 기록이 있었다고 합니다. 뭐, 증명되지 못한 기록이라 믿지 않는 사람도 많습니다만, 그러한 파동이 뭔가 작용을 한 것이 아닐까 싶습니다. 기실 언니는 저를 만지기도 하고 물건을 움직이는 등 힘을 사용할 수 있으니까 말이지요. 보통 유령은 그런 게 불가능하지 않습니까?"

"하지만 아리아도 하지 않았는가? 그녀는 다른 유령처럼 어떤 힘을 행사할 수 있는 것도 아니고 너도 그녀를 보지 못하는데 말이다."

"에에… 그러나 그분도 뭔가 힘을 가지고 계신 게 아닐까 생각합니다. 왜냐하면, 언니는 이곳에 와서 아리아 씨 외에는 어떤 유령도 보지 못했거든요. 다른 유령은 언니에게 보일 정도의 능력도 없지만 아리아 씨는 보일 수 있지 않습니까."

선애의 말에 렌스버리가 고개를 끄덕였다.

"그 말이 옳을 수도 있겠군. 그럼, 전기나 전자에 대해 네가 아는 대로 모두 설명해 봐라."

렌스버리의 눈이 번쩍번쩍 빛나는 걸 보니 아마 전기에 대해 스스로 연구하여 아리아 씨가 움직일 수 있게 하는 펜을 만든다던가, 아리아 씨의 모습을 본다던가 하는 뭔가를 만들어낼 생각인가 보다. 하기야 저놈은 마법에 능하고 머리도 똑똑한 데다 선애에게 선물한 마법 물품도 자기가 직접 만들었다고 하니 말이다.

그러나 확실한 건 렌스버리 녀석이 뭔가에 호기심을 느끼면—특히나 선애가 가진 뭔가에 대해 호기심을 느낀다면—가장 고생하는 건 선애나 나라는 것이었다. 지금도 우리는 렌스버리에게 시달리고 시달려서 선애가 더 이상 아는 게 없다고 몇 번이나 맹세하고 나서야 땅에 내려올 수 있었던 것이다. 렌스버리의 질문 공세에 대답하려고 하도 머리를 쥐어짜서 그런지 땅에 내려왔을 때는 머리가 어질어질할 정도였다. 선애도 머리가 띠잉~ 한지 양손으로 양 관자놀이를 짚고 있었다.

하지만 렌스버리 녀석이 어디 그런 거에 아랑곳할 놈이던가? 땅에 내려온 렌스버리는 아무 말도 없이 갑자기 허공에 손을 휘젓더니만 선애에게 뭔가를 휙 하고 던졌다. 얼결에 받아보니 웬 반지였다. 백금으로 만든 링이 매끄럽게 손가락을 한 번 휘감고는 끝에 마치 장미꽃잎이 봉오리를 이룬 모양으로 투명하고 동그란 수정 주위를 감싸고 있었다. 제법 예쁜 디자인이라 누군가에게 청혼을 하면서 건네줘도 될 것 같았지만, 그걸 받은 선애나 본 나는 기뻐할 수만은 없었다. 렌스버리 녀석이 설마 수고했다고 대가로 이걸 줬을 리가 없기 때문이었다.

과연 렌스버리는 선애가 반지를 받은 걸 확인하고는 입을 열었다.

"나와 통신할 수 있는 마법 반지다. 혹시 물어볼 게 있으면 반지를 통해 연락할 테니 항상 끼고 있도록 해라. 뭐, 영상은 안 나오고 목소리만 전달되는 거니까 목욕 중이라 하더라도 즉시 응답하도록."

거기까지 말한 렌스버리 놈이 갑자기 선애를 머리부터 발끝까지 훑어보더니 입을 열었다.

"우리 아리아에 비하면 볼 것 없는 몸이니 나에게 보이기 창피할 거 아니냐?"

그 말에 나는 하마터면 이렇게 소리칠 뻔했다.

'아니, 내 동생이 어디가 어때서!!'

그러나 정말 초인적인 인내로 그 말을 억누를 수 있었다. 뭐… 좀 솔직해지자면 아리아 씨가 워낙에 흠없는 완벽한 미인이라 어느 누구도 감히 그녀와 견줄 수 없을 것 같지만서도.

'그래도 내 동생도 매력적인 아가씨란 말이다아~!'

라고… 나는 이번에도 속으로만 외쳤다. 어흑흑흑…….

그런데 렌스버리 놈의 말은 거기서 끝이 아니었다.

"그리고 혹시 또 다른 정보가 생각난다면 연락하도록 해라. 그 반지의 수정을 오른쪽으로 비틀면 된다. 한번 해봐라."

그의 말에 선애가 수정을 잡고 오른쪽으로 힘을 주자 살짝 돌아가며 수정에서 마치 전구에 불 들어오듯 빛이 나는 것이었다.

"그렇게 하면 내가 알고 말을 걸게 될 거다. 내가 너에게 연락할 때도 수정에서 빛이 나올 테니 그리 알고."

“예.”

선애가 대답하자 렌스버리가 만족한 얼굴로 고개를 끄덕이더니 입을 열었다.

“그럼 난 이만 가마. 아리아.”

마지막에 작은 목소리로 아리아를 부르자 내 옆에 있던 아리아 씨가 냉큼 렌스버리 녀석에게 다가가 그의 팔에 자신의 손을 얹었다. 그러자마자 마치 뿅~! 하는 효과음이 들린 것처럼 렌스버리 놈이 아리아 씨와 순식간에 사라져 버리는 것이었다.

[헤… 저게 바로 순간이동이라는 것이겠지?]

“어, 빛이 꺼졌다.”

그들이 사라진 곳을 바라보며 중얼거리는데 선애가 수정 반지를 들어 올리며 말한다.

[그러게. 연락이 끊어진 모양이다.]

“으아… #$%*&%$@ 할 놈. 정말 힘이 없으니 서럽다, 서러워. 그런데 이거 어째 클 것 같다.”

[검지에 넣어봐, 검지에.]

내 말에 선애가 왼손 검지에 반지를 끼자 마치 맞춘 것처럼 따악 맞는다.

“어라, 맞는데? 이거 설마 내 손가락 사이즈를 알고 준 건가?”

[모르지.]

그렇게 선애와 내가 대화를 나누는데 갑자기 다다다다~ 하는 소리와 함께 여러 드워프들이 여기저기서 튀어나오는 것이었다.

“처자아아~”

바로 아까 진열관에서 렌스버리가 선애의 시계를 널름 강탈해 가는 모습을 두 눈 뜨고 지켜보고만 있어야 했던 비운의 드워프 족장, 장로들이었다.

맨 앞에 있던 족장 드워프가 주변을 휙휙 돌아보더니 선애에게 속삭였다.

"가셨는가?"

주어가 빠졌지만 이 자리에 그게 누구인지 모를 사람… 아니, 존재는 한 명도 없었다.

"예. 공간 이동으로 가신 거 보니 좀 멀리 가신 것 같아요."

선애의 말에 그들이 일제히 얼굴 표정을 풀더니 자리에 주저앉았다.

"처자아아아~! 역시… 가지고 가셨겠지?"

목적어가 빠진 질문이었지만 무엇을 말하는 건지는 묻는 족장 드워프나 듣는 선애나 모두 알고 있었다.

선애는 족장 드워프의 얼굴이 너무 절실해 보여 차마 대답하기 미안했는지 난처한 얼굴로 웃으며 고개를 끄덕였다.

"아하하… 뭐……."

"어흐흐흐… 가지고 갈 때 가더라도 하다못해 복제품이 완성된 뒤에나 가지고 가실 것이지……."

"이럴 수는 없어어~"

"나는 우리 마을 녀석들에게 보여주지도 못했는데에~"

선애의 말에 그대로 주저앉아 땅을 치며 통곡하는 드워프들을 안쓰럽게 보던 나는 문득 그 자리에 이번에 새로 교류하게 된 옆 마을의 드워프 족장 케루빔도 있는 걸 보고 정신이 번쩍 들었다.

[선애야, 혹시… 옆 드워프 마을과 교류하기로 했던 거 취소되는 거 아닐까? 시계를 같이 연구하는 걸 조건으로 교류하기로 한 거였잖아?]

내 말에 선애가 화들짝 놀란 얼굴로 나를 바라본다.

"맞아, 그랬었지?"

[어쩌지?]

"하, 하지만… 나 때문에 넘어간 것도 아니고, 드워프들도 막지 못하니까 넘겨준 거잖아."

[물론 그렇기야 하겠지만, 그래도 교류의 조건이 사라졌으니 이대로 계속 교류하자고 할 수도 없는 거잖아? 게다가 그 렌스버리 녀석… 솔직히 따지자면 우리 일행 아니냐? 족장 드워프가 그걸 알았다간…….]

내 말에 선애의 얼굴이 심각하게 굳어졌다.

"아무래도 일행의 입 단속을 해야겠어."

그렇게 말하며 선애가 마악 몸을 돌리려는 찰나…

"처자아, 지금 바쁜가아암~?"

시선을 돌려보니, 정말 나이에 안 맞게 드워프 족장 자몬이 간절한 시선으로 선애를 바라보고 있었다.

"아, 저기 갑자기 급한 볼일이 떠올라서요."

족장 드워프와의 대화보다도 일행의 입 단속이 우선이라 생각한 선애가 난처한 얼굴로 대답하자 자몬이 다시 묻는다.

"그렇게 급한감? 잠깐만 이야기하면 되는데……."

"저기… 저도 잠깐 다녀오면 되거든요. 잠깐만 기다려 주시면 안 될까요?"

"그럼 나도 같이 가면서 이야기할까?"

드워프들에게 이야기가 새는 걸 막으러 가는 건데 같이 갈 수 있을 리가 없었다.

"그냥 제가 금방 갔다 오면 안 될까요?"

"갔다 오는 시간에 이야기할 수 있을 것 같은데?"

하지만 자몬도 물러설 태세가 아니었기에 선애는 한숨을 내쉬며 한발 물러섰다. 자몬이 저리 끈질기게 나오는데 끝까지 거절할 수가 없었던 것이다. 우리는 지금 드워프들에게 잘 보여야 할 입장이니 말이다. 게다가 벨타이거 녀석이나 토냐 씨, 로어가 입을 함부로 놀릴 사람들이 아니니 선애의 언질이 없다 하더라도 렌스버리에 대하여 함부로 말하지 않을거다.

"그렇게 급하시다면… 먼저 족장님과 대화의 시간을 가지도록 할까요?"

선애의 항복에 자몬 족장이 씨익~ 하고 승리의 미소를 지었다. 아무래도 선애가 자신의 부탁을 쉽게 거절하지 못하리라는 걸 이용해 끈질기게 물고 늘어진 것 같았다.

그런데 그렇게 족장과 선애의 면담 자리에 어쩐 연유인지는 모르겠지만, 옆 마을의 족장 케루빔까지 동석한 것이었다. 물론 선애는 이번에도 그걸 가지고 뭐라 하지 못했다.

"이보게, 처자아……."

"예?"

도대체 무슨 이야기를 꺼내려는 건지, 자몬이 말꼬리를 늘이며 선애를 부르자 나는 왠지 모르게 되게 불안해졌다.

이들은 심성이 순수한 만큼 원하는 것에 대한 욕심이 무척이나 컸다. 순수한 욕심이라서 그런 걸지도 모르겠지만, 하여간 원하는 것을 얻기 위해서는 물불을 가리지 않으니 말이다. 안 좋게 말하면 치사한 방법까지도 목적을 위해서라면 얼마든지 동원할 수 있다는 소리다. 뭐, 인간들 중에도 그런 인간은 수두룩하니 비열한 종족이니 뭐니 할 수 없긴 하지만 우리가 그 목적에 부합되어 치사한 방법을 당하게 된다면 마냥 웃으면서 '대단한 열정이야~' 라고 말할 수 있을 리가 없었다.

그래서 잔뜩 긴장하고 있는데 자몬이 씨익 웃는다.

"허허허, 그리 긴장할 건 없다네. 그냥 물어보고 싶은 게 있어서 말이야."

단순히 물어볼 거라면 왜 곧바로 본론을 꺼내지 않고 질질 끌겠는가.
자몬은 그렇게 말해놓고서도 잠시간 선애의 눈치를 살피며 주저주저하
더니 다시 입을 열었다.

"저기 처자아……."

"예."

"음… 저기 말일세… 그… 아까 그분에게서 그걸 좀 돌려받을 수 있지
않을까… 싶어서 말이야."

"예? 저어… 아까 그 드래곤님이 가지고 가신 시계 말이지요?"

정말 뜻밖의 말에 선애가 무척이나 놀란 표정으로 되물으니, 자몬이
난처한 얼굴이면서도 선선히 고개를 끄덕인다.

하지만…

'렌스버리 놈이 자기가 가지고 간 걸 순순히 내줄까나? 더구나 아리아
씨와 관련되어 있어 연구하느라고 불을 켜고 있을 텐데.'

나만큼이나 그걸 잘 알고 있는 선애였으니 대답할 말은 뻔했다.

"불가능할 것 같은데요. 아까 그분… 보아하니 한 번 손에 들어온 물
건을 다시 돌려주실 것 같지는 않던데……."

"아니, 그게 말일세… 사실은 그분이 그걸 보셨을 때 감탄하시기는 했
지만 그뿐이었거든. 단지… 여기 오신 김에 빈손으로 가기 아쉬우셔서
기념품 삼아 가지고 가신 건데… 혹 다른 거로 대체할 수 있지 않을까 싶
어서 말이지."

하기야 내 보기에도 렌스버리 녀석이 시계 안의 톱니바퀴가 돌아가는
원리를 연구하고 앉아 있을 것 같지는 않았다. 그러나 문제는 그게 아리
아 씨와 관련이 생겨 버렸다는 거다. 렌스버리 놈 성격상 아리아 씨와 관
련이 없는 물건이라 해도 한 번 자기 손에 들어온 거라면 '다른 걸로 바

꿔줄 테니 돌려주세요~'라고 말해봤자 둘 다 힘으로 빼앗고 말지 교환하고 자시고 하지는 않을 것 같은데, 거기에 아리아 씨와 관련이 생겨 버렸으니 더더욱 돌려줄 리 만무하다.

"다른 거요? 다른 거와 교환… 하실까요? 제가 보기에는 둘 다 가지실 것 같은데."

선애의 말에 자몬이 화들짝 고개를 도리도리 젓는다.

"아니아니, 물론 돌려주신다면 좋지만… 정 돌려주기 싫으시다면… 그래, 우리가 빌리는 것으로 하면 어떨까? 뭐, 지금 당장 빌려주기 싫으시다면 한 몇 년 후에 빌려주서도 좋네만."

'허어… 참 처절하다.'

아무리 드워프라 해도 드래곤을 상대로 해서는 별 뾰족한 수가 없는 모양이다.

"에에… 저기… 그분이 가지고 가신 제 시계를 대체할 만한 기념품이라는 게 있으신가요?"

선애 또한 자몬이 너무 안돼 보였는지 렌스버리 놈이 안 돌려줄 걸 뻔히 알면서도 그렇게 묻는다.

그런데 자몬 족장의 대답이란 것이 너무나 뜻밖이었다.

"저기 말일세… 그… 처자의 신기한 물품이 또 있지 않았는가? 그거면… 어떻게 되지 않을까?"

"예? 제 물품이요?"

선애가 너무 놀란 표정으로 되묻자 자몬이 열렬하게 고개를 끄덕인다.

"그래, 자네 물품 말일세. 그… 전에 노랫가락을 들려줬던……."

"핸… 드폰 말인가요?"

"그런 이름이었던 것 같기도 하고 말이지."

정말 뜻밖의 말에 선애의 입이 떡어 벌어졌다.

"그, 그런⋯⋯."

"부탁하이, 처자. 어떻게 좀 안 되겠나?"

그러나 그건 정말 무리한 요구였다. 선애가 한국에서 왔다는 걸 증명하는 단 두 개의 물품 중 하나였고, 나머지 하나였던 시계를 드워프들에게 넘긴 터라 선애가 가지고 있는 건 이제 핸드폰뿐이었는데 그걸 넘기라니 말이다.

게다가 그 핸드폰은 선애가 엄청 애지중지하는 것이었다. 뭐, 선애가 이 세계로 넘어올 즈음에는 그 핸드폰도 신형 대열에서 밀려나 있기는 했지만, 선애가 그걸 살 때는 완전 최신형이라 엄청 비싸게 주고 샀던 것이다.

그러니 아무리 드워프들의 부탁이라도 선애가 쉽게 들어주기는 어려웠다.

"저, 저기⋯⋯."

그리하여 어렵지만 거절의 말을 꺼내려는 찰나, 선애가 거절하리라는 것을 알아차린 것일까? 족장 자몬이 선애가 채 뭐라 하기도 전에 먼저 선수 쳐 선애의 말을 막아버렸다.

"잘 생각하게, 처자. 그게 없으면 이놈 네 마을의 거래도 끝나는 거 아닌가?"

"그럼, 그럼."

옆에 있던 케루빔이 얼른 자몬의 말에 맞장구를 친다.

"그리고, 내 공짜로 자네 핸⋯ 뭐시기를 넘기라고는 안 하네. 이놈도 그럴 거야, 안 그래?"

"물론이지. 대가는 충분하게 치를 거야. 원한다면 그쪽 형편에 맞게 거래 규모를 더 키워줄 수도 있어."

그들의 말에 선애의 눈빛이 흔들렸다. 그러나 그건 잠깐이었고, 아무리 그래도 핸드폰을 넘겨주기는 싫었는지 선애가 낯빛을 굳히며 입을 열었다.

"죄송하지만……."

하지만 이번에도 자몬의 말이 선애의 말을 막았다.

"그런데 처자, 내 궁금한 게 하나 있는데……."

그렇게 말하는 자몬의 표정이 어째 심상치 않았다. 방금 전까지만 해도 순진무구한(?) 표정에 애원의 기색이 가득했는데, 지금은 눈초리가 슬며시 가늘어지며 음흉한(?) 빛을 띠는 것이 꼭 '나는 네가 지난여름 밤에 한 일을 알고 있다'라고 말하고 있는 듯하다.

"예?"

그에 살짝 긴장한 선애.

"아까 오신 분이… 이상하게도 처자를 잘 알고 계신 듯 말하더라고."

"예?"

"아니, 아까 그 시계가 처자 거라고 하니까 아는 눈치시던데……."

'헉! 이런……'

자몬의 말에 나는 헛바람을 들이켰고, 선애 또한 나 못지않게 놀란 표정이었다.

[으이그… 그 비만 도마뱀이 도움은 못 줄망정…….]

이제는 정말 어쩔 수가 없었다. 이럴 때를 두고 하는 말이 '빼도 박도 못한다'라는 거겠지?

"시계를… 그래도 안 돌려준다고 하면 어쩌지요?"

선애가 포기했다는 듯 약간 풀 죽은 음성으로 묻자 자몬과 케루빔의 얼굴에 화색이 돌았다.

"아하하하… 그렇게 크게 부담 가질 필요 없네. 돌려주지 않으신다면 그냥 몇 년 동안만 빌려주신다고 해도 좋아."

"그냥 아예 둘 다 가지고 가버리시면……."

선애의 말에 자몬의 눈이 다시 게슴츠레해졌다.

"그거야 처자가 알아서 잘 해야지. 핸드… 그 뭐시기까지 넘겼는데 아무런 소용이 없으면 그 얼마나 가슴 아픈 일이겠는가? 이놈네 마을하고의 거래도 파탄 나고 거래가 확장되는 일도 없으니 말일세."

그러니까 지금 자몬 족장은 시계를 다시 가지고 오지 않으면 케루빔네 마을과의 거래는 물론이거니와 우리에게 유리한 거래 확장은 없었던 일로 하겠다고 말하는 것이었다. 평소 드워프들의 열정에 대해서는 찬탄을 금할 수가 없었지만, 지금은 그 순수한 열정이 오히려 저주처럼 느껴졌다.

"최선을… 다해보겠습니다."

"그래그래, 우린 처자만 믿네. 어여어여 연락해 보게나."

"우리는 저~ 쪽에서 기다리고 있겠네."

선애가 결국은 승낙하자 자몬과 케루빔은 화색이 도는 얼굴로 신이 나서 고개를 끄덕이고는 후다닥 그 자리를 벗어났다. 드래곤이 가지고 간 시계를 다시 되찾기를 열망하지만 드래곤과는 맞대면하고 싶은 생각은 요만큼도 없는 모양이다.

그런 그들의 뒷모습을 절망스레 바라보고 있던 선애가 나를 돌아보더니 길게 한숨을 내쉬었다.

"나보고 어떻게 하라고."

[우선 여기로 오라고 그래. 내가 아리아 씨를 붙잡고 이야기해 볼게.]

렌스버리 놈은 몰라도 아리아 씨라면 공략이 가능한 상대였으니 그쪽에다 희망을 거는 수밖에 없었다.

"알겠어. 하지만… 우선은 핸드폰부터 가지고 와야겠군."

핸드폰을 가지고 오는 동안 선애와 나는 렌스버리에게 어떻게 이야기를 할 것인가 심각하게 논의했다. 최악은 둘 다 자기가 싸악 가지고 가버리는 것인데, 렌스버리의 성격상 그럴 가능성이 가장 높다는 것이 선애와 나의 일치된 생각이었다. 단지, 아직은 렌스버리가 아리아 씨와 대화를 하기 위해서는 내가 필요하니까 드워프들이 원하는 대로 몇 년 정도 빌려주는 식으로 돌려주는 게 가능하지 않을까… 라고 조심스럽게 예상하고 있었다. 그걸 좀 더 높은 가능성으로 끌어올리기 위해, 그리고 좀 더 좋은 결과를 내기 위하여 선애가 렌스버리에게 말을 거는 동안 내가 아리아 씨에게 애원을 해본다는 것이 선애와 내가 심사숙고하여 찾아낸 방법—생각해 보면 그것밖에 방법이 없었지만—이었다. 그리하여 아리아 씨가 렌스버리 놈에게 자신의 의사를 전달할 수 있도록 우리가 종이와 펜까지 준비하는 치밀성까지 보였다.

그런데…

"좋아, 넘겨주지."

정말 어이없게도 심각하게 고민고민한 것이 무색하리만큼 렌스버리 놈이 쌈빡하게 저리 선언하는 것이 아닌가? 물론 핸드폰에 대한 여러 가지 설명을 다 들은 뒤에 말이다.

나는 순간적으로 여기 있는 놈이 다른 놈과 바뀐 줄 알았다. 드워프들이 원하는 대로 잠깐 빌려주는 것도 아니고 아예 돌려주겠다니 말이다. 물론 대신 핸드폰을 넘겨주기는 하지만, 평소 내가 보아왔던 렌스버리 놈은 절대로 저리 순순히 허락할 놈이 아니었다.

게다가 놈이 반지를 던져 주고 사라진 후 얼마 안 되어 다시 부른 거라서 처음 나타났을 때 렌스버리 놈의 표정은 상당히 살벌했다. '별거 아니었단 봐라' 라고 잔뜩 벼르고 있다는 기색이 역력했던 것이다.

그런데 그런 놈이 저렇게 순순히 허락을 하니까 처음에는 놀랐지만,

곧 '저놈이 뭔가 다른 꿍꿍이가 있는 거 아니야?' 라는 의심이 들었다. 그건 선애도 마찬가지인 듯 렌스버리가 휘익~ 하고 던져 준 시계를 얼 결에 받은 울 꼬맹이는 뭐라 말을 못하고 머뭇머뭇대더니 한참 후에 간 신히 이렇게 말을 하는 것이었다.

"저어… 정말로 그렇게 해주시는 겁니까?"

그에 렌스버리 녀석의 눈썹이 꿈틀한다. 저 너그러움이라고는 찾아볼 래야 찾아볼 수 없는 행태를 보아하니 역시 본인이 맞긴 맞는 모양이다.

렌스버리의 반응에 선애가 움찔했지만, 그래도 나중에 다른 과한 요구 를 듣는 것보다는 지금 확실하게 해두는 게 좋을 듯싶었는지 있는 용기 없는 용기를 다 짜내어 말을 꺼냈다.

"저어… 혹시 달리 원하시는 건……"

그러자 렌스버리 놈이 선애를 차가운 눈초리로 노려보는 거였다. 물론 그놈은 그냥 빤~히 바라보는 거—라고 나중에 아리아 씨가 설명해 주기는 했지만—였지만, 아무 감정이 드러나지 않는 유리알 같은 금빛 눈동자는 정면으로 마주치면 마치 한겨울에 벌거벗고 허허벌판에 서 있는 느낌이 들었다. 그게 바로 드래곤이라는 종족 특유의 박력인지 위압감인지는 모 르겠지만 말이다. 아무리 예쁜 눈동자라도 그런 감정을 느끼게 하니 절 대로 마주하고 싶지 않았다.

바로 그 눈동자와 똑바로 마주친 선애가 견디질 못하고 움츠러들자 나 는 당연히 놀라서 선애의 앞을 가로막았다.

그때, 한참 동안이나 선애를 째려본 놈이 픽 웃더니 이렇게 말하는 것 이었다. 그리고 그와 함께 내 행동에 아리아 씨가 불쾌했는지 입을 열었 다.

"아무리 나라도 은혜는 안다."

[렌은 그렇게 나쁜 드래곤이 아니에요.]

'허, 네놈이?'

내가 기가 막혀 한다는 걸 알았는지 렌스버리가 입을 열었다.

"네 고향을 떠올릴 수 있는 물건 아닌가? 그게 얼마나 커다란 의미인지 나도 짐작이 가. 그런 걸 욕심을 부려 덥석 두 개 다 받을 마음은 없다. 원래 저 시계라는 것도 드워프 녀석들을 반쯤 놀려주자는 생각에 집어온 거였으니까. 네 건지 몰랐고, 더더구나 리아에게 반응을 보인다는 것은 정말 뜻밖이었다만."

'얘, 얘가 왜 이럴까?'

선애도 나와 같은 심정이었는지 당황+의아함+불안함의 표정으로 렌스버리의 눈치를 살피고 있었다. 그런데 렌스버리 놈이 거기에서 그치지 않고 한마디 더 하는 것이었다.

"어쨌든 난 다시 돌아가도록 하마. 필요한 거 있기 전에는 당분간 안 올 테니 그동안 마음껏 놀도록 하고. 그리고……."

거기서 잠깐 말을 끊은 놈이 잠시 고개를 갸웃하다가 키득 웃더니만 말을 이었다.

"혹시나 나중에라도 부탁하고 싶은 일이 있으면 말해라. 나도 내가 이렇게 너그러운 마음이 있을 줄은 몰랐다만, 크게 귀찮은 일 아니면 하나 정도는 들어주도록 하마."

렌스버리가 그렇게 이야기하자 옆에 있던 아리아 씨가 완전 감동 먹은 듯 눈에 눈물이 그렁그렁해서는 나를 바라보며 말하는 것이었다.

[렌이 그동안 당신들과 다니다 보니 정이 들었나 봐요. 어쩜~]

'이봐요, 왜 당신이 감동하는 건데?'

그리고 나서 렌스버리 놈은 선애의 핸드폰을 들고 다시 아리아 씨와 함께 사라져 버렸다. 선애와 나는 그들이 사라진 자리만 한참 동안 멍~하니 바라보다가 퍼뜩 정신을 차리고 서로를 바라보았다. 그리고 동시에 입을 열었다.

[저놈이 죽을 때가 다 됐나 봐.]

"언니, 저 드래곤 곧 죽나 봐."

[…역시 넌 내 동생이다.]

"에엣, 언니도 그렇게 생각했어?"

[역시 그렇지? 평소 안 하던 짓을 하니 나는 처음에는 딴 녀석인 줄 알고 놀랐다니까.]

"나도, 나도. 그래서 혹시나 다른 뭔가를 더 요구하는 건 아닌지 되게 걱정했다니까."

[이제는 드워프들에게 이 일로 멋진 보상을 받는 일만 남았구만.]

내 말에 선애의 눈이 갑자기 가늘어지면서 음흉하게 변하는 것이었다.

"우후후후후… 맞아, 그게 기다리고 있었지."

그 모습에 갑자기 더럭 겁이 난 나는 진심으로 충고했다.

[너무 과한 걸 요구하면 안 된다. 모든 건 적당히, 적당히. 오케이?]

그러나 울 꼬맹이는 내 말을 듣는 둥 마는 둥 렌스버리가 넘긴 시계를 손에 꼬옥 쥐고 다른 한 손으로는 치마가 펄럭거리지 않게 잘 잡아 들어 올린 뒤 두다다다~ 하고 달려가기 시작했다.

[야, 야, 어디 가?]

선애가 두다다 달려간 곳은 바로 벨타이거와 로어가 있는 숙소였다. 그 둘은 여전히 벨저 리클레어 씨와 함께 머리를 맞대고 의논하고 있는 중이었다. 하기야 아무리 좋은 제안이라 하더라도 너무 갑작스러웠으니 의논하고 의견을 조율할 것이 많을 터였다.

"무, 무슨 일이야?"

아까 갑작스레 쳐들어온 드워프에게 거의 끌려가다시피 나갔던 선애가 또다시 갑작스레 쳐들어오자 놀라서 묻는 벨타이거에게 선애는 씨익 웃어 보였다.

"좋은 소식이요. 드워프들이 우리와 거래를 좀 더 늘릴 의향이 있대요."

"뭐? 진짜?"

"그게 정말입니까?"

"그런……!!"

벨타이거와 로어는 물론이거니와 같이 있던 벨저 리클레어 씨도 무척이나 놀란 표정이었다. 그도 그럴 것이 드워프들과의 거래를 성공시키는 건 무척이나 어려운 일이었으니까 말이다. 우리도 선애의 시계 때문에 시작은 그나마 무난했지만, 거래량과 종류를 늘리는 데 드워프들이 얼마나 까탈스럽게 굴었던가.

"지금 거래 내용을 이야기하러 갈 건데……."

선애의 말이 채 끝나기도 전에 벨타이거가 자리를 박차고 일어나며 외쳤다.

"가자, 당장 가자!"

그렇게 힘차게 일어나서 드워프 족장들을 찾아간 우리는 자몬 족장과 케루빔 족장과의 열띤 논쟁 끝에 자몬 족장 마을에서는 현재 이루어진 거래 말고도 모든 시계 종류와 뮤직 박스를 받을 수 있게 되었다. 그리고 케루빔 족장 마을에서도 유리 제품들과 옥으로 만든 제품들을 받기로 했다. 물론 장식품과 가구에 한정되어 있다는 것이 조건이었지만 말이다. 거기에 대가로 자몬 족장네에 공급하는 만큼의 서대류의 술과 옥을 공급하기로 했지만, 그건 우리 입장에서 얼마든지 수용할 수 있는 조건이었다.

"선애야, 역시 넌 대단해."

족장들과의 거래를 끝마치고 나온 벨타이거는 무척이나 기분 좋은지

싱글벙글이었다. 어떻게 거래 확장이 가능했던 건지 묻는 벨타이거와 로어에게는 자세한 이야기는 안 하고 그냥 렌스버리만 살짝 언급했다. 그랬더니 로어는 단박에 렌스버리 놈이 드워프들에게 피해를 끼쳤는데 그걸 선애가 보상해 줬다는 걸 눈치 챘다.

하기야 로어가 그동안 렌스버리와 다니면서 당한 게 얼마인가? 척 하면 착일 거다. 단지 벨타이거가 고개를 갸웃하기는 했다. 렌스버리는 알파두르 항구 도시에 도착했을 당시 잠깐 벨타이거네 집에 머물기는 했지만, 그때 벨타이거는 상회에 마구잡이 식으로 일어난 여러 일 때문에 정신이 없어 렌스버리가 사라질 때까지 제대로 된 대화는커녕 마주친 것도 손에 꼽을 정도였다. 그리고 우리 일행 또한 렌스버리의 엄명 때문에 그의 정체에 대해 입도 뻥끗 못해 벨타이거는 렌스버리가 단지 여행 도중에 만난 은인인 걸로 생각하고 있었다. 아마 그가 상회 일로 정신없는 상태가 아니었더라면, 렌스버리를 상회로 끌어들이려 애쓰는 엄청난 짓을 저질렀을 거다. 그렇기에 이번에도 렌스버리를 언급하자 무슨 소리인지 몰라 어리둥절했던 거다.

하지만 선애나 로어는 약속이라도 한 듯 그에 대해서 자세한 이야기는 피했기에 벨타이거는 약간 서운해하면서도 무슨 이유가 있으리라 생각했는지 더 이상 깊이 파고들지는 않았다.

그렇게 우리가 드워프들과의 거래 확장을 성공적으로 마치고 돌아오자 벨저 리클레어 씨가 계약서를 준비한 채 기다리고 있었다. 그동안 그쪽 상회나 우리 쪽이나 여기서는 의논만 하고 '본격적인 계약은 돌아가서~!' 라는 생각을 가지고 있었는데 드워프와의 거래를 늘리는 걸 보고 '지금 꽉 잡아놔야겠다' 라고 생각했던 모양이다. 뭐, 우리 쪽도 그들과의 거래를 거절할 생각은 없었기에 벨타이거는 그가 내미는 계약서에 자신의 인장을 콰악~ 찍어줬다. 물론 세부 사항을 수정하고 추가하고 삭

제하느라 논의가 밤새도록 이루어졌지만 말이다.

새벽이 다 되어서야 양쪽 상회 대표들은 피곤하지만 그래도 무척이나 만족한 얼굴로 악수를 하고는 각자의 계약서를 가진 채 각각 숙소에 들어갈 수 있었다.

[잘됐네. 이 드워프 마을은 너에게 행운의 장소 같다. 여기만 오면 모든 일이 잘 풀리잖아.]

피곤한 얼굴로 느릿느릿 잠잘 준비를 하는 선애를 도우며 내가 기분 좋게 중얼거리자 선애가 피곤에 전 목소리로 대답했다.

"그래도… 어째 완전히 안심이 안 돼. 너무 좋은 일만 일어나니까 혹시 이거 뒤에 안 좋은 일이 생기는 건 아닌가 걱정이 되거든."

[아, 하긴… 서대륙에 갔다 올 때는 계속 그런 식이었지. 좋은 일 있다가 나쁜 일 생기고, 그게 지나가면 다시 좋은 일이 생기고.]

"응응, 아아… 다음에 나쁜 일이 생기더라도 그게 얼마든지 감당할 정도였으면 좋겠어."

선애는 침낭 속으로 몸을 밀어 넣은 뒤 눈을 감으며 중얼거렸다.

[그래, 그럴 거야.]

그러나 신께서는 사람에게 계속 좋은 일만 일어나게 할 수는 없는 일이라고 생각하셨던 모양이다.

드워프의 마을에서 좋은 성과를 거두고 가벼운 마음으로 아쉬워하는 드워프들과 헤어져 길을 내려온 일행이 돌아가기 전 다시 인사차 헤스딩스 남작 저택에 도착했을 때 우리를 맞이한 것은 새파랗게 질린 헤스딩스 남작과 그의 딸내미인 클라리사였다.

"크로스웰 남작, 내 자네에게 사죄해야 할 일이 있네."

"예?"

예전부터 두 집안의 친분이 돈독했고 벨타이거는 현 헤스딩스 남작 아들내미와 절친한 친구였던 터라 벨타이거는 헤스딩스 남작을 아버지처럼 대했고, 헤스딩스 남작 또한 벨타이거를 아들처럼 대하여 보통 때는 이름을 부르곤 했다. 그런데 오늘은 이름이 아닌 작위 명을 부르니 벨타이거가 당황하는 것도 당연했다.

그래 벨타이거가 그를 진정시키고 연유를 물으려는 찰나였다.

"호오, 저자입니까?"

남작 저택 안쪽에서 당당한 걸음걸이로 성큼성큼 걸어나오며 밑도 끝도 없는 질문을 던진 자는 처음 보는 자였다. 그러나 남작과 클라리사는 그를 잘 알고 있는 듯, 그의 모습이 보이자마자 움찔하더니 얼굴이 하얗게 질리는 것이었다.

그러한 남작과 클라리사를 아랑곳하지 않고 성큼 벨타이거 앞에 다가선 그는 마치 품평이라도 하듯 벨타이거를 머리부터 발끝까지 쭈욱 살펴보더니 씨익 웃으며 입을 열었다.

"만나서 반갑습니다, 크로스웰 남작. 진작부터 뵙고 싶었는데… 헬게르트 L 브라우닝이라 합니다."

'에엑? 이자가 그 헬게르트란 말이야?'

대충 27, 8세쯤으로 보이는 그는 당당한 태도로 인하여 그렇지 않아도 큰 키가 더 커 보였다. 한… 190 정도? 떠억 벌어진 어깨와 딴딴해 보이는 몸매를 보아하니 기사나 전사 같았다. 그러나 붉은 머리는 뒤로 넘겨 목덜미에서 리본으로 묶은 단정한 모양새라든지 이지적으로 보이는 새파란 눈을 보자면 책상에 앉아 일하는 모습도 어울릴 것 같기는 했다.

그는 그랜트 루빈스타인 녀석의 사촌이자 상회의 회장 자리를 놓고 다투는 라이벌들 중 가장 뛰어난 사람으로 손꼽히고 있는 자였다. 그들의 아버지 대를 이어 2대째 라이벌이기도 하고 말이다. 가장 중요한 건, 이놈이 클라리사 헤스딩스에게 청혼을 했다는 거다. 헤스딩스 남작은 그걸 무척이나 부담스러워하고.

　[이자가 왜 여기 있는 거지?]

　우리 일행이 갑작스러운 그의 등장으로 인하여 무지 당혹스러워하고 있을 때, 그에게서 직접 인사를 받은 벨타이거는 노련하게 금방 당혹스러움을 지우고 태연하게 미소를 지으며 마주 인사했다.

　"만나서 반갑습니다, 브라우닝 경. 저를 알고 계시다니 좀 뜻밖이군요."

Chapter 38

헤스딩스 남작은 헬게르트와 벨타이거가 대화를 나누는 것이 무척이나 불안했던 모양이다. 그리하여 그는 헬게르트와 벨타이거가 대충 인사를 나누는 것을 확인하자마자 헬게르트와 같이 동행하고 있던 자신의 큰아들을 불렀다.

"얘야, 브라우닝 경과 어디를 가는 중이었니?"

헬게르트는 백작의 후계자일 뿐 아직 작위가 없었기 때문에 기사 작위의 명칭인 '경'을 붙이는 것이었다. 후작이나 공작의 후계자라면 '자작'이라는 작위가 주어졌겠지만 말이다.

남작의 큰아들은 아버지의 불안을 알아챘던 것인지 얼른 헬게르트에게 입을 열었다.

"경, 크로스웰 남작은 지금 먼 길을 왔기 때문에 피곤할 것입니다. 이야기는 나중에 하는 것이 어떠신지요? 지금은 제가 약속드린 대로 저희 승마 산책로를 보여 드리도록 하겠습니다."

그러자 헤스딩스 남작이 얼른 말을 건넨다.

"그러도록 하시지요. 마침 제가 얼마 전에 아주 멋진 말을 한 마리 구했답니다. 혹시 관심이 있으시다면 제 아들에게 보여달라 하시지요."

부자가 그렇게 나오자 헬게르트 녀석은 왜 그러는지 알겠다는 표정으로 피식 웃더니만 순순히 고개를 끄덕였다. 그 태도가 꼭 '어차피 자신이 승리할 테니 지금은 맘대로 해봐라' 하는 것만 같았다.

[에궁, 저 녀석은 좀 건방진 것 같아. 하기야, 대단하신 루빈스타인 후작가와 가장 가까운 친척인 데다 라이벌이라고 일컬어지는 집안이니 대단하기야 하겠지.]

더 열받는 건 저 녀석이 그렇게 거만하고 건방지게 구는 태도가 '그럴 만하다. 그럴 자격이 있다'라고 느껴지는 점이었다. 확실히 헬게르트 녀석의 몸에서 뿜어져 나온 기백은 녀석이 보통 인물이 아니라는 걸 단적으로 느끼게 해주고 있었으니 말이다. 그랜트 녀석과 비교하자니, 그랜트 녀석은 차분하고 정제되어 갈무리된 차가운 이미지라면 저 녀석은 열정적이고 강인한 이미지다. 전에 그랜트 녀석만 봤을 때는 헬게르트에 대해 들었어도 그랜트만큼 후작가와 대상회를 이어받을 사람은 없을 거라고 생각했는데, 오늘 헬게르트를 보자니 둘 중 누가 뛰어나다고 이야기할 수가 없었다.

그렇게 헤스딩스 남작 큰아들과 멀어져 가는 헬게르트의 뒷모습을 바라보며 품평을 하는데, 헤스딩스 남작의 다급한 속삭임이 들려왔다.

"벨, 피곤하니? 그게 아니라면 나와 이야기 좀 하자."

권유하는 어조였지만 표정과 태도를 보아하니 거절하더라도 끌고 갈 태세다.

그에 벨타이거가 어리둥절한 표정이면서도 일행에게 올라가 쉬라는 이야기를 남기고는 남작의 뒤를 따랐다.

그러자 그때를 기다렸다는 듯, 같이 있던 클라리사가 선애의 팔을 붙잡는다.

"언니, 나 좀 봐요."

그 둘의 태도를 보아하니 그냥 단순히 헬게르트 녀석이 쳐들어왔다는 것 말고도 뭔가 다른 일이 있는 것 같다.

그리하여 선애 또한 일행들에게 잠깐 다녀오겠다는 이야기를 남기고 클라리사에게 재촉을 당해 그녀의 방으로 들어갔다.

그렇게 무지 급하게 선애를 데리고 온 클라리사는 정신이 하나도 없는지 선애에게 자리를 권할 생각은 못하고 초조한 얼굴로 손가락만 꼼지락대며 자신의 방을 서성거리기 시작하는 것이었다.

그런 모습을 가만히 지켜보던 선애는 한숨을 내쉬고는 자기가 알아서 방 한쪽에 마련된 우아한 탁자 앞 안락의자에 앉아 클라리사를 빤~히 바라보고 있었다.

그렇게 한동안 돌아다니던 클라리사는 문득 자신이 자리도 권하지 않았다는 걸 깨달았는지 아차 하는 얼굴로 돌아보았지만, 벌써 앉아 있는 선애를 발견하고는 미안한 웃음을 보였다.

"아앗! 언니, 미안해요. 에… 저기… 차라도 마실래요?"

"나는 별생각없으니까 괜찮아. 단지 네가 진정하는 데 도움이 된다면 마셔도 좋고."

선애의 말에 클라리사가 머쓱한 얼굴로 선애 맞은편에 앉았다.

"저도 뭐… 아까 마셨으니……."

그렇게 말해놓고는 이제는 다시 손가락으로 테이블을 톡톡 두들기며 안절부절못하더니만 갑자기 입을 열었다.

"언니, 저 어떻게 하죠?"

"왜?"

"제가요… 너무 큰일을 저지르고 말았어요."

"뭔데?"

"그게……."

거기서 다시 주저하던 클라리사는 눈을 질끈 감고는 토해내듯 입을 열었다.

"저기… 브라우닝 경에게 벨 오빠와 약혼했다고 말해 버렸어요."

"뭣이라?"

헬게르트 녀석이 벨타이거를 바라보는 시선이 묘~하다 했더니만, 이런 이유가 있어서 그랬던 모양이다.

"미안해요오~ 다급해서 그만 나도 모르게… 왜 청혼을 받아들이지 않는지 대답을 하라는데 뭐라고 변명할 거리가 없어서……."

[이런이런… 일났네.]

클라리사가 받은 청혼은, 사실 그녀에게는 안됐다는 감정이 있었어도 나는 우리와 별로 상관없는 일이라 생각하고 있었다. 그래서 그녀에게 뭔가 도움이 되어주고는 싶었지만 딱히 좋은 방법이 있는 게 아니었던 데다 상회의 일만으로도 정신이 없었던 터라 머리 한쪽 구석으로 미뤄놓은 일이었다.

그런데 클라리사가 그렇게 말해 버렸으니 헬게르트 녀석, 헤스딩스 남작가를 포기할 생각이 없다면 크로스웰 남작가와 타이거 상회를 장애물로 여길 게 뻔했다.

그런 걸 생각하고 있었는지 선애가 이마를 짚고 있자 클라리사가 안절부절못하는 표정으로 연신 선애의 눈치를 살피며 조심스레 입을 연다.

"언니… 정말 미안해요."

"에휴, 이제 와서 거짓말이라고 하기는… 그렇겠지?"

"아마도요. 자신을 기만했냐고 화를 내겠지요. 그럼 그 화를 풀려면 꼼짝없이……."

선애의 질문에 클라리사가 풀 죽은 어조로 어물어물 대답한다. 그녀가 채 말은 안 했지만 그 뒤에 나올 말이 '클라리사가 브라우닝 백작가로 시집가고 헤스딩스 남작가는 브라우닝 밑으로 꿀꺽~! 삼켜지는 것'이라는 건 여기 있는 모든 이들이 알고 있었다.

클라리사의 말에 선애는 기나긴 한숨을 내쉬더니만 자리에서 벌떡 일어났다.

"언니?"

"답이 안 나올 땐 여러 사람들과 의논하는 게 최고야. 내 보좌관과 그 누나는 믿을 만한 사람들이고 현명한 사람들이니까 같이 의논을 해보자고."

그렇게 말하면서 선애가 클라리사를 데리고 일행에게 배정된 숙소로 가려는데, 그 중간에 아까 헤스딩스 남작에게 거의 끌려가다시피 했던 벨타이거와 마주쳤다.

"여, 선애. 마침 부르러 가려던 참이었는데."

마침 잘됐다는 듯 반색하던 벨타이거는 선애 옆에 있던 클라리사를 보더니 의미심장한 표정으로 입을 열었다.

"저기… 혹시 리사에게 이야기 들었어?"

"아아… 그럼 그걸 의논하려고?"

"응응, 아무래도 별 뾰족한 수가 안 떠올라서 선애와 의논하려고 했지. 뭐 좋은 수가 있지 않을까 하고."

"저도 마찬가지예요. 별로 좋은 생각이 없어서 토냐 씨하고 로어하고도 같이 이야기하려고요."

선애의 말에 벨타이거가 좀 난색을 표한다.

"에… 그래도 이건 나나 선애의 이야기가 아니라 헤스딩스 남작가 이야기니 좀……."

"이미 회장님도 말려들었잖아요. 게다가 토냐 씨나 로어나 현명하니까 뭔가 좋은 생각이 있을지도 모르는 일이고요. 그게 아니더라도 여러 사람이 함께 머리를 모으는 게 때로는 좋은 아이디어를 떠올릴 수 있게 한다고요."

선애의 단호한 말에 벨타이거가 클라리사를 돌아봤다.

"음… 리사, 괜찮겠어?"

"전 괜찮아요. 괜히 벨 오빠에게까지 폐를 끼치게 되어서… 어떻게든 해결될 수만 있다면 아무래도 좋은걸요."

"토냐 씨나 로어는 믿을 수 있는 사람들이에요. 나는 지금 토냐 씨를 마법사로서가 아니라 우리 상회 이사로 스카웃하면 어떨까 생각 중인걸요?"

클라리사의 허락과 선애의 강력 추천이 있자 벨타이거는 어깨를 으쓱하고 결국 찬성했다.

"좋아, 그럼 나는 남작님 서재에 있을 테니까 그쪽으로 와줘. 미리 남작님께 말씀드리고 양해를 구해야겠어."

그리하여 남작의 큰아들이 헬게르트 녀석을 데리고 바깥에서 시간을 끄는 동안 일행들은 남작의 서재에 모여들었다.

남작 또한 적극적이지는 않았지만, 그렇다고 같이 의논하는 걸 싫어하는 기색은 아니었다. 그 또한 클라리사처럼 평소 평민을 하찮게 보는 사람이 아닌 데다 이 난관을 타개할 방법만 찾을 수 있다면 뭘 해도 상관이 없었던 듯했다.

그리하여 얼결에 선애에게 끌려온 토냐와 로어는 남작가와 벨타이거에게 닥친 이야기를 쭈욱~ 듣더니만 고민할 것도 없다는 듯 입을 열었다.

"방법은 에스테반 공작가뿐이야."

"저도 동감입니다."

그러나 그 이야기를 듣고도 나머지 사람들의 인상은 변함이 없었다. 그도 그럴 것이 에스테반 공작가에서 아무래도 헤스딩스 남작가를 냉대하는 것 같았기 때문이다. 전이라면 아무리 가까운 측근이 아니라 하지만 '드워프와 가깝다'라는 매력적인 조건을 가진 남작가였으니 달려가서 많은 뇌물과 함께 부탁하면 들어줄지도 모른다고 생각했겠지만, 헤스딩스 남작이 침울하게 냉대를 받는 듯하다는 이야기를 들은 후 그 생각을 싸악 지워 버렸던 것이다.

뭐라 경고를 하거나 쫓아내는 것도 아니고 아무런 터치 없이 가만히 놔두기만 할 뿐이었으니 헤스딩스 남작으로서는 더욱 답답하게만 느껴질 뿐이었다. 이유라도 알았으면 그걸 어떻게라도 해결해 볼 생각을 할 텐데, 이건 아예 이유조차 모르니 말이다. 그렇다고 아직 에스테반 공작가에서 나온 것도 아니니 다른 가문을 찾아갈 수도 없고.

"아무리 그래도 에스테반 공작가에 매달리는 게 나아요. 다른 뾰족한 수가 없잖아요."

토냐가 진지한 어조로 말했지만, 헤스딩스 남작가는 길게 한숨을 내쉴 뿐이었다.

"나도 그러고 싶네. 하지만 말일세… 사실 내 창피해서 이런 말은 하지 않으려고 했지만, 얼마 전에 전 에스테반 공작님이 돌아가시고 그 아드님께서 새로이 공작 작위를 받으신 것을 아는가? 그때 우리 남작가는 초대도 받지 못했네."

대단한 가문에서 가주가 죽고 그 후계자가 새로이 작위를 물려받을 때 그 축하 연회에서 주변 귀족들에게 새로운 귀족이 등극했음을 선포함과 동시에 가신들에게서 충성 서약을 받는다. 그럴 때는 거의 이름뿐인 가신이라고 해도 초대를 받아서 축하 선물을 잔뜩 싸 들고 가 충성의 맹세를 하는 것이 보통이었다. 아무리 평소 무관심, 무반응했던 상대라고 해도 말이다. 그런데 거기서도 제외를 당했으니…….

"그건 곤란한데…….'

토냐가 낙담한 표정으로 중얼거리자 남작의 얼굴이 엄청나게 어두워졌다.

그런데 그때 서재 문에 노크 소리가 나더니만 남작가 저택의 집사 목소리가 들렸다.

"실례합니다, 남작님."

"무슨 일인가?"

"선애님을 찾는 사람이 왔습니다. 선애님께서 시키신 일이라고 하던데요?"

의아한 표정의 선애가 일어나서 밖으로 나갔더니 아주 평범해서 한 번 지나가면 기억에도 안 남을 듯한 청년 한 명이 기다리고 있었다.

"선애님?"

"그런데 누구시죠?"

"저는 존이라고 합니다. 심부름을 왔지요."

그러면서 아주 두툼한 종이 봉투를 건네주는 것이었다.

그 모습에 선애와 나는 시선을 마주치고 살짝 고개를 끄덕였다. 드워프 마을을 향해 출발하기 직전 정보 길드에 부탁한 정보가 도착한 것이었다. 혹시라도 급할지 몰라서 선애의 행로를 가르쳐 주며 다 모으는 즉시 찾아서 가져다 달라고 했었다.

"그렇지 않아도 기다리고 있었는데, 정말 수고했어요."

[야, 야, 이럴 땐 팁이라도 줘야 하는 거 아니야?]

내 말에 아차 싶었는지 선애가 얼른 주머니를 뒤져서 은화 한 닢을 꺼냈다.

"이야아~ 감사합니다. 그럼, 전 이만."

한 번쯤 예의상 거절해 보는 건 이 세상에서는 없는지 존이라는 남자는 은화를 보자마자 씨익 웃으며 냉큼 받는 것이었다. 그 상태로 마치 누군가에게 은화를 뺏기기라도 할까 봐 황급히 인사를 하고는 집사의 안내를 받을 것도 없이 자기가 알아서 횡 하니 저택을 나가 버렸다.

[거참, 어지간히도 급한가 보네.]

사라지는 그 청년의 뒷모습을 바라보며 중얼거리는데 반응이 없어 돌아보니 선애가 사라져 있었다.

[어, 애 어디 갔어?]

그래 휘휘 둘러보니 벌써 위층으로 오르는 계단을 몇 개나 올라가 있는 것이다. 아무래도 급했던 건 그 청년뿐만이 아니었던 모양이다.

선애는 일행들이 모여 있는 남작의 서재로 가는 대신 우선은 자신에게 배정된 방으로 들어가 문을 꼭 걸어 잠그고 종이 봉투를 폈다. 거기에는 현재 루빈스타인 후작가의 상황, 벨타이거의 적이라고 할 수 있는 그의 숙부와 핸들리 녀석의 주변 상황, 그리고 마지막으로 클라리사네에 도움이 될까 해서 부탁해 놓은 에스테반 공작에 대한 정보도 들어 있었다. 그리고 역시나 이번에도 아주 친절한, 척 플래밍의 안부 편지(?)가 들어 있었지만 그건 젖혀두고 에스테반 공작에 대한 정보만 꺼내 들었다.

몇 달 전 세상을 떠난 아버지의 뒤를 이어 공작의 작위를 물려받은 현에스테반 공작인 덴티는 올해 35살인 한창때의 젊은이다. 20대 초반에 결혼하여 벌써 아들 하나 딸 하나를 둔 그는 아이들에게는 제법 자상한 아버지라고 했다. 특히나 곧 있으면 다섯 살이 될 딸내미를 무지무지 귀여워한다고 나와 있었다.

그런데 이 공작이 작위를 받기 전 그가 후계자 시절 자신의 자리를 호시탐탐 노리는 배다른 동생과 치열한 자리 다툼이 있었단다. 그 배다른 동생의 어머니가 바로 에스테반 공작가의 가장… 은 아니지만 가장 다음으로 가까운 가신 집안인 백작가 출신인데, 이 백작가가 상업에 종사하는 사람이었다고 한다. 물론 자리 다툼에서 진 그 백작가는 지금 현 에스테반 공작의 손에 싹둑 잘려서 산산조각이 나 있지만.

문제는 거기서 발생했다.

하필이면 그 백작가가 오랜 기간 동안 헤스딩스 남작가를 통해 드워프와 거래를 해온 거였다. 같은 주군을 모시고 있는 상황이었으니 상인인 백작이 이런 좋은 건수를 놓칠 리가 없었을 테고, 헤스딩스 남작 쪽에서도 뭔가 이득이 있었을 테니 오랜 기간 동안 가까이 지냈던 것이겠지만, 그게 이제 와서 악재로 작용한 거였다. 떠올리기만 하면 이를 득득 가는 그 집안과 오랫동안 왕래를 해왔다니 공작이 보기에 헤스딩스 남작가가 안 좋게 보였겠지.

"맙소사… 그 백작가와는 연락을 주고받지 않은 지 벌써 10년은 된 것 같은데. 처음에야 거래를 계속 유지하기 위하여 우리에게 잘 대해줬지만 거래가 완전히 자리 잡은 후, 그리고 더 이상 커질 것 같지 않자 우리 가문은 무시하고 자기들이 알아서 드워프에게 갔거든. 나도 뭐라 할 입장은 아니라 그냥 놔두고 있었지만."

선애의 이야기를 다 들은 남작은 얼굴이 하얗게 질려서 그렇게 중얼거렸다.

"알아온 바에 의하면 그 백작가 지금 망했다고 하는데요. 그럼 거래도 끊겼을 것 아닌가요?"

"아아… 그, 그게… 이제는 내가 드워프와의 일에서 완전히 손을 뗐기 때문에 잘은 모르겠지만, 드워프와의 거래는 다른 상회로 넘어갔으면 넘어갔지 중단되지는 않았을 거네. 자세한 건 큰애가 와봐야 알겠지만……."

과연, 나중에 온 큰아들은 백작 가문이 완전히 망했다는 걸 알고 있었다. 그런데 그걸 공작가의 냉대와 연결시키지 못했던 건 드워프와의 거래는 오래전에 백작가에서 다른 사람의 손에 넘긴 상태였고, 백작가와도 현 백작의 얼굴이나 어렴풋이 알 정도로 교류가 없는 상태였기 때문이다. 설마 예전의 인연 가지고 뭐라고 할 줄 알았겠는가?

"하기야… 그 백작가와 가까웠던 가문들은 모두 같이 작위 반납하고 쫓겨났던가 작위가 강등되는 등의 조치를 받았다고 하네요. 그런데 남작님께서 아무런 제재를 받지 않았던 건 인연이 오래전에 끊겨서 그랬던 것 아닐까요?"

선애의 말에 일행들이 고개를 끄덕인다.

"그러니까 예전에 친했던 걸로 뭐라 하기는 뭣하고, 그렇다고 미운 감정이 생기는 건 막을 수 없으니 냉대한다는 거네?"

토냐의 말이 가장 정답인 듯하다.

"어쩌지? 이제라도 가서 아무런 연관이 없다고 이야기라도 해볼까?"

무지무지 울상인 표정으로 남작이 말하자 그동안 잠자코 있던 로어가 불쑥 입을 연다.

"혹시 공작님이 좋아하시는 건 없나요? 애원하더라도 그쪽을 공략하면서 애원하면 그나마 가능성이 높아지지 않겠습니까?"

물론 거기에 대한 정보도 있었다.

"공작님은 검과 검술에 관심이 많다고 하더군요. 그래서 검술이 뛰어난 자라면 한번 겨루어보길 원하고… 아, 명검을 수집한다고 해요."

"그리고요?"

"음… 자식을 무척 사랑하는 자상한 아버지라고 하더군요. 특히 올해로 네 살인 딸을 무척이나 귀여워한다고 해요. 부부간 금슬도 좋고."

선애의 말에 토냐가 씨익 웃으며 나선다.

"이거이거, 아주 방법이 없는 건 아닌데요?"

그러면서 토냐가 자신있게 내놓은 방법을 들으면서 나는 좀 당황스럽기도 하고 기가 막히기도 했다.

'그걸로 돼?'

이런 심정은 나뿐만이 아니었던 듯, 그 방에 있는 사람들은 모두 같은 표정이었다. 그리고 대표로 남작이 어이없다는 목소리로 물었다.

"정말… 그것 가지고 되겠는가?"

그러자 토냐가 씨익 웃으며 이렇게 말하는 것이었다.

"안 되면 되도록 해야죠."

그 말에 방 안에 있는 사람들이 '그게 뭐야?' 라는 표정으로 실망스러움을 내비친다.

하지만 단 한 사람, 로어만은 그렇지 않았다.

"아닙니다, 남작님. 제 누나라서 편을 드는 것이 아니라 이럴 때는 단순하고 막무가내인 방법이 가장 효과가 좋답니다. 만약 뾰족한 수가 없다면 밑지는 셈 치고 한번 해보시지요?"

그도 그럴 것이, 토냐가 내놓은 방법이란 '명검 하나 마련해 공작을 찾아가 바치면서 애원하자!' 라는 것이었으니 말이다.

지금 우리가 이렇게 모여 머리를 싸매고 끙끙대는 이유 중 가장 큰 게 남작이 공작에게 미운 털이 박혀 공작의 비호를 받지 못하기 때문이 아니던가 말이다. 그런데 명검 하나 가지고 찾아가 애원한다 해서 그 미운 털이 쏘옥 빠지겠는가?

그러나 토냐는 여전히 자신만만했다. 그녀는 방 안 사람들이 여전히 자신의 의견을 별로 마음에 들어 하지 않자 진지한 어조로 말했다.

"저는 어려서 수도에 있는 국립학교에 입학하여 10여 년 동안 다녔답니다. 그 학교에는 저처럼 집안이 넉넉한 평민들도 있었지만 대부분이 귀족이었어요. 그런 곳에서 저 같은 평민은 귀족 출신 애들의 행동 패턴에 대해 온 신경을 곤두세우고 있어야 하거든요. 뭐, 그런 사회에서 떠난 지 좀 되었지만, 그래도 지금도 그런 귀족들에게 웬만큼 잘 대처할 수 있다고 자신합니다. 제가 드린 제안은 아무 생각 없이 드린 게 아니니까 믿으셔도 좋을 거예요."

그녀의 말에 방 안 사람들은 서로 눈치를 살피더니 천천히 고개를 끄덕인다.

사실, 이곳에서 중앙 귀족들 눈치를 살피며 생활했던 사람은 아무도 없었다.

남작이야 야심이 없는 사람이었기에 주변에 자신과 비슷한 위치의 귀족들과 교류를 하거나 자신을 찾아온 이들만 대할 뿐, 자기가 직접 높은 사람들을 찾아다니며 손바닥 비비는 인물이 아니었던 것이다. 공작가의 가신이라 해도 변두리에 있었으니 일 년에 공작 생일에나 한 번 방문이나 할까?

벨타이거야 자신의 입장이 위태위태했던 주제에 한가히 높으신 분들과 풍류를 즐기러 돌아다녔을 리 만무하다. 몇 년 전에 갑자기 이 세상에 뚝 떨어진 선애야 말할 것도 없고, 남작의 큰아들은 이제야 좀 자신의 가문을 부흥시켜 볼까 하는 중이니 앞으로라면 모를까 아직은 별 경험이 없었다. 로어 또한 행정 기관에 다니면서 여러 귀족들을 보기야 했겠지만, 평민인 데다 기관장도 아닌 주제에 직접 상대했을 리가 없다.

그러나 토냐라면, 비록 작위를 가진 본 귀족이 아니라 그 자녀들이라고는 해도 10여 년간 같은 학교를 다니면서 직접 맞부딪친 경험이 있으니 말이다. 게다가 그런 곳에 있으면서 들은풍월 또한 많을 것이 아닌가.

토냐의 말에 방 안의 사람들이 고개를 끄덕인 건 그 점을 인정했기 때문이다.

먹힐 확률이 지극히 낮다고 보는 의견이었지만, 잠시 후 남작의 입에서는 토냐의 말대로 해보겠다는 말이 흘러나왔다.

"그럼… 다른 뾰족한 수도 없으니 호프만 마법사의 말대로 한번 해보지."

"아무것도 안 하는 것보다는 그래도 뭔가를 하는 게 좋겠지요."

벨타이거도 같이 고개를 끄덕이자 남작의 큰아들도 거들었다.

"그렇다면 드워프 마을에 연락해 두겠습니다. 명검 하면 역시 드워프들이 만든 검이 아니겠습니까?"

"아닙니다."

남작의 큰아들 말에 방 안 사람들이 모두 공감하는 분위기였던 터라 갑자기 튀어나온 말에 사람들의 시선이 모두 쏠려 버렸다. 덕분에 그 말을 한 로어의 얼굴에 살짝 당혹한 기색이 어리기는 했지만 그는 자신의 발언을 철회할 생각이 없는지 단호한 시선으로 사람들의 시선을 맞받았다.

"아니, 그게 무슨 소리인가? 드워프들이 만든 검을 따라갈 만한 대단한 검이 또 어디 있다고?"

자신의 말이 부정당해서 그런지 남작 큰아들의 어조에는 당혹감 속에 은은한 분노의 기색이 섞여 있었다.

"물론 제품의 품질상 드워프들이 만든 게 최고라는 건 인정합니다. 단지 제가 말씀드리고 싶은 건 이번에 남작님께서 구하셔야 할 명검은 품질이 뛰어난 새 검이 아니라 명성을 가진 옛날 검이어야 한다는 소리입니다. 물론 품질도 뛰어나야 하겠지만, 품질이 다소 떨어진다 하더라도 오래되었으면서도 역사적으로 뛰어난 인물이 사용한 검이라야 합니다.

이왕이면 영웅의 검이면 더더욱 좋겠지요."

로어의 말에 남작이 알아들었다는 듯 '아하~' 하는 표정을 지었다.

"무슨 말인지 알아들었네. 하기야 드워프들이 만든 검은 우리 가문에서 공작가에 바친 것만 해도 벌써 두 자루가 있지. 그러니 여기서 드워프들이 만든 검을 또 받는다면 그저 희소성만 낮추는 것이겠군."

보석도 마찬가지다. 아무리 대단한 원석으로 만들었다고 해도 오래전에 만들어져 이미 그 이름을 날린 보석 제품과 이제 갓 만들어진 보석 제품을 생각해 보면 알 수 있으리라. 현대 시대에 와서 비슷한 값어치의 원석으로 비슷한 수준의 제품을 만들었다 해도 예전의 그 유명한 프랑스의 마리 앙뜨와네뜨 왕비가 소유하고 있던 것과 비교한다면 가격에서부터 엄청난 차이가 날 것이다.

검도 마찬가지다. 아무리 뛰어난 실력으로 만들어졌다 해도 현대 시대에 만들어진 검과 너무 오래되어서 낡고 날도 다 없어졌다 해도 이순신 장군이 쓴 검과 비교한다면 당연히 후자가 더 높은 값어치를 가지고 있다.

로어는 바로 그 점을 지적한 것이다.

명검을 수집하는 사람이니 뛰어난 품질을 가진 검보다도 유명한 검을 더 좋아할 것이다. 품질 좋은 검이야 돈 많은 사람이니 언제든 구할 수 있는 거 아니겠는가?

"그런데… 구하기 힘들지 않겠습니까?"

벨타이거가 걱정스러운 어조로 말한다. 그런 이름 높은 검이라면 벌써 소유자가 다 있을 테고, 그런 사람들이 이제 와서 검을 팔라 한들 쉽게 내줄 거라고 생각하기 어려우니 말이다.

"구할 수 있는 데까지 구해봐야지, 내 전 재산을 팔아서라도."

남작이 굳은 결심을 한 표정으로 대답한다.

"정보는 아무래도 제 쪽이 빠른 것 같으니 제가 최대한 알아봐 드리겠습니다."

선애가 말하자 남작의 얼굴이 환해진다.

"오, 그래 주겠나? 그러면 고맙지. 돈이 얼마가 들더라도 상관없으니 좋은 걸로 알아봐 주게."

"그리고 남작님께서 또 명심하실 것이 있습니다."

그러면서 토냐가 설명하는 말에 남작은 진지한 표정으로 고개를 끄덕였다.

"알겠네. 꼭 명심하도록 하지."

"그럼… 드워프 마을에는 연락할 필요 없을까?"

"아닙니다. 만에 하나 명검을 구하지 못했을 때를 대비해야 하니까요. 그리고 공작을 위한 명검 말고도 부인과 아들, 딸을 위한 선물이 필요합니다."

토냐의 말에 나는 문득 떠오르는 생각이 있어 선애에게 속삭였다. 선애 또한 내 생각이 괜찮았던지 고개를 끄덕이고 듣더니만 주변을 둘러보며 입을 연다.

"선물은 제게 맡기세요. 좋은 생각이 있습니다."

"드워프들에게 부탁하게?"

"예, 그 정도는 충분히 들어줄 겁니다."

토냐의 말에 선애는 자신있게 고개를 끄덕인다.

"드워프 제품만큼 좋은 선물은 없겠지. 그건 그럼 선애에게 맡기고… 나는 시간을 끌 수 있는 방법을 찾아야겠군. 뭐 좋은 방법 없나?"

벨타이거도 나섰다.

"같이 생각하세. 사실 이 일은 우리 가문이 알아서 해야 하는 일인데,

자네까지 휘말리게 해서 정말 미안하군."

"에이, 형! 무슨 그렇게 서운한 말을… 내가 이런 위험에 빠졌으면 형은 모른 체하고 가만히 있었겠어?'

남작의 큰아들이 벨타이거에게 미안한 표정으로 말하자 벨타이거가 사람 좋게 하하 웃는다.

그 뒤 타이거 상회 일행들은 두 갈래로 갈라졌다. 선애는 당연히 공작가에 가지고 갈 선물을 마련하기 위하여 드워프 마을로 향했는데, 거기에는 클라리사도 동행했다. 헬게르트 시선에서 벗어나게 하려고 같이 데려가 달라고 남작이 부탁했던 것이다.

그리고 나머지 일행들은 알파두르 항구 도시로 향했다. 벨타이거는 헬게르트 말고도 해결해야 할 일이 많았던 것이다. 그리고 로어는 알파두르 항구 도시에 도착한 후 곧바로 서대륙으로 향할 예정이었다. 서대륙의 한나라와도 거래를 하지만 진나라와도 거래가 있기 때문이다.

그리고 선애는 토냐에게 첼시에게 보내는 편지를 맡겼다. 물론 정말 받을 사람은 첼시가 아니라 알파두르 부지부장인 휴였다.

내용은 당연히 명검에 대한 정보.

헤스딩스 남작 영지에도 정보 길드 지부가 있겠지만, 이 영지에서는 한 번도 정보 길드를 이용하지 않았던 터라 접선자가 누군지 몰라 알파두르 지부로 연락하는 거였다.

토냐도 같이 드워프 마을에 갔으면 좋겠지만, 원래 토냐를 데리고 온 가장 큰 목적이 벨타이거의 경호이다 보니 벨타이거와 떨어뜨릴 수가 없었다.

선애와 클라리사가 드워프 마을로 돌아가자 다른 드워프들은 별반 흥미를 보이지 않았지만 그래도 친하게 지내던 족장을 비롯한 몇몇은 의아해하면서도 기분 좋게 맞아주었다. 하지만 곧바로 선애가 주문 목록을 내놓자 노골적으로 기분 나쁨을 드러냈다.

드워프들이 선애에게 이기적으로 군 적은 있어도 화낸 적이 없어 그런 반응에 선애와 나는 속으로 무척이나 당황스러워했다. 그동안의 관계는 젖혀두고도 그들 때문에 핸드폰을 렌스버리 녀석에게 넘긴 걸 생각하면 그 정도 부탁쯤이야 얼마든지 들어주리라 생각했던 것이다. 나중에 그나마 설명하길 좋아하는 스틸—스터링의 아버지—의 설명을 듣고 나서야 선애나 내가 드워프들의 방식을 알지 못해 부탁하는 방식을 잘못했던 것이지, 드워프들이 우리들의 부탁을 귀찮아한 것이 아니라는 걸 알 수 있었지만, 한순간은 드워프들을 안 좋게 볼 뻔했다. 그동안 드워프들을 만나면서 그들에 대해 많이 알게 되었다고 생각했는데, 그래도 아직은 모르는 점도 많았던 모양이다.

선애는 드워프들에게 '알아서 만들어주세요'라고 말한 것이 아니라 직접적으로 크기와 모습까지 정해주면서 그대로 만들어달라고 부탁했다. 그런데 드워프들은 자신들의 실력에 자부심도 대단한 만큼 개개인의 개성을 존중해 주고 존중받기를 원했기 때문에 인간들이 와서 주문할 때 종류와 개수만을 부탁받을 뿐 형태와 무늬 같은 세세한 것까지 지시받는 걸 무척이나 싫어했다. 물론 검처럼 길이와 무게를 조정하는 건 이해했지만, 나머지는 만드는 드워프에게 전적으로 맡겨야 한다고 생각했다. 나머지 모든 부분을 일일이 세세하게 주문받는다면 그건 '작품'이 아니라 '복제'라고 생각하는 것이었다. 앞서 말했듯이 드워프 세계에서 '복제'는 '진열관'에 들어가는 제품과 연습 제품을 제외하고는 허용이 되지 않으니 말이다.

하지만 그렇다고 해도 우리가 원하는 선물을 하려면 아무래도 크기와 전체적인 모양까지는 우리가 원하는 대로 만들어야 했다. 그리하여 결국, 애원에 애원을 해서 단 하나의 선물만 우리가 원하는 크기와 모양대로 해주기로 합의를 보고 나머지 선물들은 모두 전적으로 드워프들에게 맡기기로 했다. 뭐, 솔직히 말하자면 드워프들이 우리의 부탁을 들어준 것도 우리가 제시한 것이 드워프들이 처음 보는 방식이라 흥미를 느껴서 연습하는 셈치고 따라주는 것 같았지만 말이다.

"그러니까 처자, 이 기능과 이 기능이 합쳐져야 한다고?"

처음 주문할 때 말해줬는데 기분 나쁘다고 제대로 듣지도 않다가 그들과 선물에 대한 협상(?)을 끝내자 못 들었다고 다시 묻는 것이었다.

"네. 어려울까요?"

"천만에. 이 정도쯤이야 며칠만 시간을 주면 만들어낼 수 있어. 오랜만에 힘 좀 쓰도록 할까나? 스터링, 브론즈, 그놈들 좀 데리고 오너라."

"이거 유리로 만들어도 돼?"

"예. 뭘로 만들든 상관없어요. 모습과 장식도 전적으로 여러분들께 맡길게요. 대신 꼭 그걸로 만들어주시기만 하면 돼요. 크기에 따라 숫자가 달라지겠지요? 그래도 어느 정도 이상은 되어야……."

"걱정 마. 내 알아서 하지."

"이 장치는 아래에 한다고?"

"제가 본 것들은 모두 그랬는데요. 하지만 어디에 장착하든 제대로 움직여 주기만 하면 되니까 그것도 알아서 해주세요."

"알았어, 알았어. 우선은 처자 말대로 해보지."

"이것도 내 맘대로 한다?"

"네!"

"좋아."

선물 만드는 방법에 대해 의논을 끝내자 족장은 일을 일사천리로 진행하려는 듯 스터링을 시켜 여러 드워프들을 불러오게 했다. 그때는 이미 선애가 족장에게 모든 설명을 끝낸 뒤라 선애는 그 자리를 비키려 했는데, 족장이 못 가게 잡는 거였다. 왜 그러나 했더니만, 다른 드워프들이 우르르 몰려오니 설명을 자신이 하는 것이 아니라 모두 선애에게 떠넘기는 것이었다. 그럴 거면 뭐 하러 전체적인 설명을 자신이 다 자세하게, 그것도 꼬치꼬치 캐어 물어가며 들은 건지 황당하기만 했다. 그러나 어쩌겠는가? 만들어주는 건 드워프들이었으니 얌전히 그들 곁에서 묻는 대로 꼬박꼬박 대답해 줄 수밖에. 그렇게 대략적인 설명이 끝나자 드워프들은 자기들끼리 머리를 맞대고 의논을 하기 시작했다.

이번에야말로 우리의 임무가 다 끝난 줄 알고 슬그머니 자리를 떴고, 그런 선애를 아무도 제지하지 않아 우리는 정말 우리 일은 끝난 줄 여겼다. 그러나 얼마 안 있어 황당하게도 스터링이 선애를 부르러 온 것이었다. 드워프들의 질문이 안 끝났다는 것이다.

선애가 도착하니 기다리고 있었다는 듯한 드워프가 선애와 시선을 마주치자마자 질문을 던지고는 답을 듣더니 다시 고개를 내리고 다른 드워프들과 머리를 맞댄다. 설마 그거 하나로 부른 건 아니겠지 싶어 잠시 기다렸지만, 질문이 그거 하나뿐이었던지 누군가 질문을 던지기는커녕 서로 의논하기에 바빴다. 허탈하기도 했지만 그렇다고 무작정 서 있을 수는 없는 일이라 몸을 돌리는데 또 다른 드워프가 고개를 들더니만 선애를 부른다.

"처자~!"

그래 놓고는 선애가 자세히 설명하려고 하면 자기가 듣고 싶은 이야기만 듣고 다시 고개를 내리고 머리를 맞댔다. 그렇게 몇 번이나 질문에 답해주던 선애는 결국 한숨을 내쉬고는 자리에 엉덩이를 붙였다.

그렇게 드워프들이 만족스럽게 설계도를 완성할 때까지 붙들려 신나게 질문을 받던 선애는 드워프들이 작업에 들어가자 '이제야 해방이구나~'라고 생각하고는 숙소가 아니라 아예 알파두르로 돌아가려고 했다. 선애가 가지고 있는 상회의 이사 직이 단지 이름뿐인 직함이 아니기 때문에 할 일이 많았던 것이다. 제품이야 완성되면 나중에 상회 사람들에게 배달시키면 되니까.

하지만 돌아가겠다고 인사하려고 만난 족장은 단호하게 못 가게 붙잡았다. 확인 작업을 할 때 필요하다는 것이 이유였다. 그렇게 붙들려 거의 반강제로 드워프들의 작업을 지켜보면서 나는 아무리 이 세상 최고의 장인이라 일컬어지는 드워프라 해도 선애의 설명만 딱 듣고 그에 완벽하게 만족시키는 물품을 척 하고 만들어내는 마법 램프 지니는 아니라는 걸 절절히 깨달았다.

처음 작업에 들어가기 전 선애가 몸서리칠 정도로 질문을 던지면서 엄청 세세한 설계도를 그렸음에도 불구하고 그렇게 작업된 제품들이 완벽하지 못했던 것이다. 그럴 때마다 왜 그러는지 분해해서 이유를 알아내고, 알아낸 뒤에는 몇 번이고 새로 만들고 수정하고 수리하여 선애가 원하는 모습으로 조금씩 고쳐 갔다.

하지만 한편으로는 그러한 모습을 보니, '과연 저렇기 때문에 이 세상 최고의 장인이라 불리는구나'라는 생각이 깊이 각인되었다. 본래 타고난 재능이 있고 열정이 있다 해도 수십 번 실패하더라도 그 실패에 좌절하지 않고 성공할 때까지 계속해서 도전하는 그 끈기가 받쳐 줘야만이 '최고의 장인'이라는 자리에 당당히 설 수 있지 않겠는가? 마치 발명왕이라 불려지는 에디슨처럼 말이다.

'음음, 에디슨이 오면 동지~! 라고 했을 것 같아.'

역시 드워프라는 종족은 가끔은 너무 자기네만 생각하는 것 같아도, 그래도 멋진 종족이라는 것은 인정해 줘야만 할 것 같았다.

그 대신… 선애가 너무 시달려서 탈이었지만 말이다. 아무래도 다음부터는 절대로 이런 주문은 안 하게 될 것 같다.

선물은 일주일 만에 완성되었다.

선애가 최대한 빨리 해달라고 부탁했기 때문에 자몬은 특별히 그 마을에서 각 분야별로 최고의 장인 드워프들을 모았다. 물론 작업에 들어가지 않고 잠시 놀고 있는 드워프들을 모으기는 했지만, 그래도 그건 자몬이 우리에게 해줄 수 있는 최고의 배려였다. 거기에 아직 자기 마을로 돌아가지 않고 놀고(?) 있던 옆 마을의 드워프 족장 케루빔도 한팔 거들어주었다.

그렇게 최고의 배려를 해준 드워프들에게 선애는 이번에 서대륙으로 가서 구할 수 있는 가장 최고급의 술을 구해와 보답하겠다고 인사하고는 드워프들이 만들어준 선물들을 고이고이 잘 포장하여 빠른 속도로 다시 헤스딩스 남작 저택을 향해 달려갔다.

하지만 우리를 맞이하는 헤스딩스 남작은 울상이었다.

"이보게, 선애 양… 자네가 정말 애를 써줬네만… 이를 어찌하면 좋단 말인가."

그러나 엄청 어두운 남작에 비해 선애는 낙담한 표정이 아니었다. 사실, 정보 길드에다 명검을 가진 사람들을 찾아달라고 이야기하면서도 선애나 나는, 아니, 그곳에 있던 모든 사람들이 정보를 얻는다고 해도 쉽게 명검을 구할 수 있으리라 생각하지 않았던 것이다. 명검은 보물 중의 보물인데 누가 쉽게 내놓으려고 하겠는가. 단지 보물의 가치 때문에 소유하고 있는 사람이라면 큰돈을 주면 내놓을 수도 있으리라 생각하고는 최대한 그런 쪽의 사람들을 찾으려고 했던 것이다.

정보 길드에서 보내온, 명검을 소유하고 있는 사람들 중에서 그래도 유일하게 안면이 있는 귀족 출신의 상인 집안이 있어서 처음에 그곳에서 구해보려 시도했단다. 그런데 그 상인이 기가 막히게도 드워프와의 권리를 모두 넘기라는 조건을 내세웠다는 것이다. 명검 하나만을 가지고 남작 집안의 기본이라고 할 수 있는 드워프와의 인연을 홀라당 집어먹으려고 하다니, 정말 나쁜 놈이었다.

아무리 높은 가격을 제시해도 들은 체도 안 해서 어쩔 수 없이 포기하고 그 다음에 대대로 많은 기사를 배출해 냈으나 최근에는 뛰어난 기사가 나오지도 않고 가문도 많이 몰락하여 재력 쪽으로도 상당히 쪼들리고 있는 백작가를 방문했다고 한다. 그러나 그곳에서는 백작이 검을 빼 들고 사생결단을 내리려고 해서 화들짝 놀라서 도망 나왔다나?

사실 그 백작가가 가지고 있는 명검은 몇 대 전에 이 나라의 국왕이 손수 하사해 준 검으로 그 집안의 가보로서 물려져 내려왔다. 물론 그런 명검을 쉽게 내주리라고는 생각하지 않았지만, 그래도 남작으로서는 딸을 구하려는 심정으로 자신의 전 재산의 절반이라도 내놓겠다는 결의로 간 건데 그런 이야기는 제대로 들어주려 하지도 않고 검 이야기를 꺼내자마자 검을 빼 들었다고 한다.

그런데 사실, 그건 남작이 실수한 거였다. 백작가가 가문의 영향력이 작아져 가고 재력으로도 쪼들리게 되자 사방에서 그 검을 얻으려 찝쩍대는 사람들 때문에 상당한 스트레스를 받고 있었던 것이다. 그러니 아무리 의도가 좋았다 하나 백작에게 어디 그렇게 느껴지겠는가? 그리고 설사 그 의도를 이해해 줬다 한들 그래도 명색이 기사 가문인데 가문 대대로 내려오는 가보를 내놓을 리 만무하다고 본다.

그 두 집안이 그나마 남작이 한 번 찝쩍이라도 해볼 수 있었지, 나머지 명검을 가진 사람들은 차마 방문할 엄두도 못 낼 빵빵한 집안이라 남작이 낙담하고 있었던 것이다.

"너무 걱정 마세요, 남작님. 회장님께서도 여러 방면으로 계속 알아본다 하셨으니 곧 좋은 소식이 있을 겁니다."

"그랬으면 좋겠네만……."

선애의 말에도 별로 위안이 안 되었는지 회의적인 남작에게 선애가 씨익 웃어 보였다.

"좋은 소식을 하나 말씀드리지요. 이번에 제가 얻어온 검이 어떤 검인지 아십니까? 바로 드워프 장로님이 만드신 검이랍니다."

이번 말은 확실히 효과가 있었는지 헤스딩스 남작의 얼굴에 놀람과 함께 빛이 돌아왔다.

"장로님의 작품이라고? 그게 정말인가?"

믿겨지지 않는다는 듯 다시 물어보는 그의 얼굴에는 확실히 희망이라는 빛이 보이고 있었다.

모든 이가 평등하고, 권력에 대한 관심이 없어 마을을 대표하는 족장 자리도 귀찮은 일을 떠맡을 존재의 필요성 때문에 제비뽑기로 가장 운이 나쁜 자에게 맡겨 버리는 이 드워프의 사회에서도 명예로운 직함이 있었으니, 그것이 바로 '장로'라는 직함이다. 나이 많다고 주는 것이 아니라, 그가 가진 능력이 뛰어나 그의 작품이 마을 전체 중 70% 이상의 드워프를 감탄시켜야만 그 칭호를 받을 수 있었다. 몇 명이라는 제약이나 나이 제한이 없기 때문에 한 분야에서도 두 명 이상의 장로가 나올 수 있고, 젊은(?) 장로가 나올 수 있지만 워낙에 안목들이 높은 드워프들을 감탄시키기란 대단히 어려운 일이라 보통 열 명 이상의 장로가 나온 적이 없다고 들었다. 따라서 '장로'란 드워프 마을에서 가장 실력이 뛰어난 장인을 일컫는 말이고 그 장인의 작품이라면 드워프제 물품 중에서도 최소한 상등품에 속한다는 이야기다.

거기다, 이 검은 선애에 대한 배려로 그 검을 만든 장로의 입장에서 '그럭저럭 괜찮은 제품'이 아니라 '꽤 괜찮은 제품'이니, '특상품'만은 절대로 인간 사회에 내놓지 않으려는 걸 감안할 때 이 제품은 인간 사회에 나온 것들 중에서 특특특상품이라 할 수 있을 것이다.

"예, 이름 높은 명검까지 구할 수 있다면 좋겠지만, 못 구한다 해도 이것만으로도 공작님께 어필할 수 있지 않겠습니까?"

선애의 말에 헤스딩스 남작이 얼른 고개를 끄덕인다.

"물론이지, 물론이야. 그동안 우리 가문에서 바친 검은 장로님의 작품이 아니었거든. 고맙네, 선애 양. 내 자네가 우리 집안을 위해 여러 가지로 애써준 것 절대로 잊지 않겠네. 정말 고마우이."

이제 살았다 싶었는지 얼굴이 환하게 밝아진 남작은 그 감사의 마음을 주체할 수 없었는지 선애의 손을 덥석 잡고는 몇 번이고 인사를 했다.

'저런 면이 마음에 드는 아저씨란 말이야.'

그리고 나는 흐뭇한 감정으로 그런 모습을 지켜보고 있었다.

잠시 후 남작이 좀 진정한 것 같자 선애가 차분하게 입을 열었다.

"그럼, 저는 내일 알파두르로 출발하도록 하겠습니다. 혹 무슨 소식이 생기면 최대한 빨리 전하도록 하겠습니다."

그러자 남작이 얼른 입을 열었다.

"아니, 나도 같이 가세. 우리 집안일인데 여기에 가만히 앉아 소식만 기다릴 수는 없지. 게다가 어차피 공작령으로 가려면 알파두르에서 출발하는 것이 더 빠르니 거기서 있는 게 더 낫지 않겠는가."

남작의 말에 클라리사도 눈을 반짝이며 끼어들었다.

"나도, 나도 갈래요. 그래도 돼죠?"

선애와 남작을 번갈아 바라보며 애교 어린 미소를 보내는 클라리사의 모습이 귀여웠는지 선애가 빙긋 웃으며 뭐라 대답하려 했다. 하지만 그보다도 먼저 남작이 단호하게 말하는 것이었다.

"안 돼."

"에? 왜요오~?"

모르는 사람 네도 아니고 아버지와도 같이 가는데 설마 안 된다고 할 줄은 몰랐는지 무척이나 놀란 표정이었다.

그러나 남작에게도 그 나름대로의 물러설 수 없는 이유가 있었으니…

"브라우닝 경이 알파두르에 머물고 있단다."

"엑!"

남작의 말에 클라리사가 난감한 표정으로 인상을 찌푸렸다. 이 모든 소동이 브라우닝 경의 청혼 때문에 벌어졌으니 당연히 그의 존재가 부담이 되리라.

"그, 그럼 아빠는요?"

그 청혼 때문에 스트레스를 받는 건 클라리사만이 아니었던 터라 클라리사가 걱정스러운 표정으로 남작을 바라보자, 남작이 '어이구, 우리 딸밖에 없네~'라고 말하는 듯한 얼굴이 되었다.

"이 아비야 괜찮지. 크로스웰 남작이 대충 시간을 벌어둔 것 같으니 당분간은 괜찮을 게다. 그런데 너에게는 그런 거와 상관없이 자꾸 찝쩍댈 수 있잖니. 그러니 넌 여기 있도록 해라."

"네에……."

불만인 듯 얼굴이 불퉁했지만, 클라리사는 남작의 말이 맞다 여겼는지 선선히 고개를 끄덕였다.

그러자 당혹한 건 선애였다. 남작과 둘이서 알파두르에 가게 생겼으니 말이다. 남작과 아무리 친분이 있다고 해도 편안한 상대는 아니었다. 아까 클라리사가 같이 가겠다고 했을 때 웃었던 건 클라리사가 귀여워서가 아니라 그녀가 같이 가서 다행히라 생각해 그랬나 보다. 그러나 이제 와서 클라리사보고 같이 가자고 할 수는 없는 일. 결국 선애는 반은 울며 겨자 먹기로 남작과 함께 알파두르로 향하는 여정에 올랐다.

하지만 생각 외로 여정은 편안했다. 남작은 자신과 선애가 한 마차에 타면 선애가 불편해하리라는 걸 미리 짐작이라도 하고 있었는지 자신이 타고 갈 마차와 선애가 타고 갈 마차를 따로 마련했던 것이다. 그것도 남작이 타고 가는 마차 못지않은 아주 고급 마차로 말이다. 그래 나는 생각지도 못한 남작의 배려에 새삼, 남작이 아무 생각 없이 사는 것처럼 보여도 어른은 어른이구나… 라는 생각이 들었다.

그런데 요즘 우리 꼬맹이에게는 일복이 터진 모양이었다.

알파두르에 있는 크로스웰 남작 저택에 도착하니 지금쯤 서대륙으로 향하고 있을 로어는 당연히 보이지 않았고, 여기에 있으리라 생각한 벨타이거와 토냐 씨도 보이지 않았다.

대신에 선애가 서대륙에서 돌아왔을 당시 상회에 터진 일 뒷수습 때문에 다른 지부에 가 있던 모건이 피로에 지친 얼굴로 선애를 맞이했다. 푸석푸석한 피부에 헝클어진 옷차림새, 거기다 벌겋게 핏줄 선 눈동자가 며칠 밤을 꼬박 샌 모습이다.

"어서 오십시오, 이사님."

"오랜만에 만난다고 인사를 하고 싶지만, 그보다 모건 씨, 무척이나 피곤해 보이시는데요?"

"그거야 당연하지요. 상회에 터진 일을 겨우 수습하고 이제 한시름 놓으려나 했더니만, 이사님이 일거리를 와장창 가지고 오셨더구만요? 그걸 겨우 분배하고 이제 본격적으로 뛰어들려고 했더니만, 헤스딩스 남작령에 갔다 오신 회장님께서도 일거리를 잔뜩 싸 짊어지고 오시더라구요. 덕분에 지금 저희 상회 사람들은 며칠째 철야 작업을 하고 있는지 모릅니다."

그러면서 선애를 불안스레 바라보는 모습이, 혹시나 선애 또한 일거리를 가지고 온 건가 하며 경계하는 듯하다.

"아하하… 수고하십니다. 저는 일거리를 아무것도 안 가지고 왔으니 안심하셔도 돼요."

선애의 말에 안도의 한숨을 내쉰 모건이 문득 뭔가 생각났는지 음산하게 으흐흐, 웃으면서 입을 열었다.

"수고랄 게 있나요. 잠시 후면 이사님도 하실 텐데요. 이사님의 결재를 기다리는 서류가 지금 잔뜩 쌓여 있거든요."

동지를 하나 만들었다는 듯 너무나 기쁘게 웃는 그와는 반대로 그의 말을 들은 선애의 얼굴은 천천히 굳어져 갔다.

"이사님께서 자리를 비우신 지 정말 오래되었지요?"

"그동안의 일은 회장님께서……."

"아, 물론 이사님이 서대륙에 갔다 오시는 동안에는 회장님이 감당하셨지만, 돌아오신 후에는 회장님이나 이사님이나 같이 자리를 비우셨지 않습니까?"

"그럼… 그 회장님께선 지금?"

선애가 대답을 듣기 무섭다는 듯한 표정으로 조심스레 묻자 모건이 아차 하는 표정으로 주먹으로 자신의 손바닥을 쳤다.

"그러고 보니, 이사님께 급보가 있지요. 서대륙에서 손님이 오셨다고 하면 알아들으실 거라고 합니다만. 지금 회장님과 호프만 마법사님께서 맞이하러 가셨답니다."

"그래요? 지금 어디에 계신답니까?"

"그게… 루빈스타인 후작가 저택에 여장을 푸셨다고 하던데요."

그의 말에 선애의 인상이 살풋 찡그려졌다. 사실 루빈스타인 상회에서 한나라 사람들을 자신들의 영향권 안에 두려고 하는 건 이해가 간다. 하지만 덕분에 선애가 한나라 사람들을 만나려 할 때 원하지도 않게 루빈스타인 상회 사람들과 마주치게 생겼으니 이해한다고 해도 기분 좋을 리가 없었다.

"혹시 나보고 오자마자 그쪽으로 오라고 하던가요?"

"에이, 이사님이 언제나 오실 줄 알고 그러시겠습니까? 단지 혹 오시면 그렇게 알고 계시라고 하는 것 같더군요. 게다가 이사님은 그곳 말고도 필요로 하는 곳이 있답니다아~"

"네에에……."

선애가 돌아왔다는 사실에 너무 신이 난 모건은 선애가 겨우 몸만 씻고 옷을 갈아입을 정도의 시간만 기다렸다가 얼른 선애의 집무실로 밀어 넣었다.

"로어 군이 서대륙으로 출발하기 전에 그래도 최대한 열심히 서류를 분류해 놓은 것 같습니다만, 서류의 양도 많고 로어 군도 할 일이 많아서……."

선애의 눈길을 받은 모건이 어색하게 웃음을 흘리면서 변명조로 말했다. 집무실에 들어선 선애가 책상은 물론이거니와 그곳만으로도 모자라서 소파용 탁자 위에까지도 두서없이 잔뜩 쌓여 있는 서류 더미를 보고는 기가 질려 입을 떠억 벌린 채 모건을 원망스레 쳐다보았던 것이다. 아무래도 선애가 잠시 씻고 옷을 갈아입으러 간 사이, 선애에게 일을 시키려고 모건이 일부러 서류들을 잔뜩 가져다 놓은 것만 같았다.

"이걸 언제나 다……."

선애가 말이 막히는지 띄엄띄엄 말하자 모건이 씨익 웃는다.

"이사님, 전 마누라 얼굴 못 본 지 벌써 며칠째인지 모릅니다. 다른 지부에 갔다가 돌아온 날 잠깐 얼굴 보고는 곧바로 이 저택으로 불려와서 집에 돌아가지도 못한 지… 글쎄요, 3주째던가? 이러다 애들 얼굴도 잊어버릴 듯합니다."

그의 말에 선애는 뭐라 말하는 대신 길게 숨을 들이키고는 팔을 걷어붙였다.

"우리… 최대한 빨리 사람들을 더 뽑읍시다."

"그렇지 않아도 지금 인원을 모집 중입니다. 조금만 더 기다리시면 이사님 보좌관을 한 명 더 붙여 드릴게요."

"빠른 시간 안에 부탁해요."

그 말을 끝으로 선애는 비장한 각오로 서류 더미 속으로 돌진했고, 모건은 행운을 빌어준 다음 문을 닫고 가버렸다.

서대륙, 아니, 한 나라에서 온 사람들을 만나러 갔던 벨타이거와 토냐가 돌아온 것은 저녁때가 다 되어서였다.

노크 소리가 들려 선애가 거의 반사적으로 허락하고 나자 기세 좋게 열린 문 사이로 기분 좋은 표정의 벨타이거와 토냐가 보였다.

"여어~ 선애, 바빠 보이는걸?"

쾌활하게 인사를 건네는 벨타이거는 무시한 채 선애는 뛰다시피 토냐에게 달려가 그녀의 손을 덥석 붙잡았다.

"토냐, 우리 상회에서 같이 일하지 않을래요? 내 권한으로 부장 자리 줄게요. 전 당신의 능력이 절실하게 필요해요!"

진작부터 토냐를 실무자로 스카웃하고 싶어했다. 그러나 지금 현재 상회의 입장상 토냐의 마법사로서의 능력과 향수와 화장품 제조자로서의 능력이 우선 필요 시되던 차였기에 차마 이야기는 못하고 나중에 화장품과 향수 제조자들을 많이 확보한 후에 그런 건 취미 삼아 틈틈이 하게 해주는 조건으로 스카웃하려고 했다.

하지만 지금 서류 더미에 빠져 허우적거려 본 선애는 실무자의 부족을 절실하게 느껴 그 계획은 그냥 젖혀두기로 했던 것이다.

그에 토냐는 선애와 선애의 뒤로 보이는, 엄청나게 쌓인 서류 더미를 번갈아 바라보더니 깔깔깔~ 웃었다.

"고생했나 보네. 로어도 가기 전까지는 거의 좀비가 되어 가지고 퀭~ 하고 다니더니만."

"그러니 좀 도와주세요, 예?"

선애의 절절한 말에 토냐가 씨익 웃더니 눈을 반짝이며 입을 열었다.

"대우는 어떻게 해줄 건데?"

나중에 토냐가 이야기하길, 상인의 피를 타고나서인지 아니면 어려서부터 집안일에서 제외되었던 한이 맺혀서인지 상회의 일에 자꾸 끌렸다고 한다.

선애가 토냐에게 의지하는 게 싫지만은 않았고, 상회의 일이 진행되는 과정에서 자신의 영향력이 미쳐 괜찮은 결과가 나왔을 때의 쾌감이란 괜찮은 향수나 화장품을 만들어내는 것과 비슷해 토냐도 나중에 때를 봐서 상회의 실무에 참여하겠다는 의견을 내려고 했었단다.

그런데 이야기하기 전에 선애가 먼저 덥석 제의를 해와서 은근슬쩍 몇 번 팅겨보고 참여할 수 있어서 더 좋았다나?

FANTASY FRONTIER SPIRIT

Chapter 39

토냐가 장난 삼아 몇 번 팅기고, 얼결에 소외된 벨타이거가 툴툴거리고, 그에 선애가 심각한데 장난한다고 화내고 하는 소동은 벨타이거의 서재에서 이들이 오기만을 기다리다 못해 달려온 모건에 의하여 진정이 되었다.

"회장니임~? 이사님께 인사도 할 겸 모시러 가신다 하더니만, 지금 복도에서 뭐 하시는 겁니까아~?"

음울한 오라를 풀풀 풍기면서 끼어든 모건에 의해, 계속 선애의 집무실 입구 겸 복도에 서서 떠들고 있었다는 걸 깨달은 일행은 머쓱해져선 모건에게 이끌려 벨타이거의 서재로 향했다.

벨타이거의 서재 또한 선애의 집무실 못지않게 엄청난 서류 더미가 쌓여 있었지만, 그래도 선애의 집무실보다 넓어서 사람들이 옹기종기 모여앉아 느긋하게 차를 마실 공간이 남아 있었던 것이다.

그렇게 선애까지 네 명이 옹기종기 모인 건 좋았는데, 선애는 뭔가 중요한 이야기를 하는 건가 싶어서 긴장하고 있었건만, 나머지 세 명은 느긋하게 소파에 앉아 하녀가 가지고 온 차를 편안한 표정으로 음미하고 있는 거였다. 덕분에 혼자만 차를 마실 생각도 못하고 있던 선애가 얼결에 따가 된 느낌에 당혹스러워하며 나머지 세 사람을 둘러보았다.

"뭐예요? 설마 티타임 가지자고 부른 거예요?"

그렇게 말하기는 했지만 선애나 나나 진짜 그렇게 생각한 건 아니었다. 단지 지금 바쁘니 일분일초라도 아끼자는 차원에서 '용건만 간단히'란 의도로 꺼낸 이야기였다.

그런데 벨타이거 녀석의 대답이…

"응!"

인 것이다.

그 순간 선애의 눈에서 분노의 빛이 번쩍이는 데다 몸까지 벌떡 일으키는 폼이 잘못하다간 눈앞의 탁자라도 뒤집을 것 같았다.

"회장님, 구워지고 싶으시죠?"

차가운 어조의 협박이 선애의 입에서 튀어나왔고, 그 말에 나는 얼른 기운을 끌어 모았다. 나 또한 벨타이거 녀석의 면상에 주먹을 한 대 쳐줄까 진지하게 고민하고 있었던 것이다.

그러자 벨타이거가 과장되게 겁먹은 듯 움츠러들며 외쳤다.

"진정해! 장난 삼아 한 말이 아니란 말야!"

"장난이 아니라 농담이셨겠지요. 이럴 때 한번 온몸을 노릇하게 구우시면 정신이 번쩍 드실 테니 사양하지 마세요."

목소리와 어조는 사근사근하지만 말의 내용이나 허리에 손을 척 올린 채 매서운 눈길로 노려보는 선애의 폼은 무시무시하다.

"아니야, 정말 진심으로 한 말이었어. 구울 때 굽더라도 이유라도 들어줘~!"

벨타이거가 이번에는 조금은 진심이 담긴 어조로 외치자 선애의 기세가 잠시 누그러들었다.

"이야기해 보시죠?"

"음… 선애가 서 있으면 올려다보느라 목이 아픈데……."

그렇게 말하며 정말 뒷목을 주물주물하는 벨타이거 녀석을 정말 얄밉다는 시선으로 한 번 더 노려본 선애가 한숨을 내쉬며 자리에 앉았다. 그리고는 토냐에게 진심 어린 목소리로 말했다.

"나중에 혹 회장이 마음에 안 들면 마법을 난사하셔도 돼요. 뒤처리는 제가 깔끔하게 해드릴게요."

그러자 토냐가 깔깔 웃는다.

"그거 정말 마음에 든다. 지금까지 나에게 해준다는 대우 중 가장 최고인걸?"

"자, 노는 건 그만 하고……."

벨타이거의 말에 매서운 선애의 시선이 날아간다. 그 시선 속에는 '그러면 그렇지~'라는 말이 뚜렷하게 새겨져 있다.

"에이~ 선애 양, 우리 사이에 이 정도의 놀이도 없으면 너무 삭막하잖아."

"저는 회장님과의 사이가 삭막했으면 좋겠습니다만?"

"너무한 거 아냐? 그동안의 애정이 식은……."

"구워 드릴까요? 그만 놀고 본론을 말씀하시죠?"

벨타이거의 말을 중간에서 가로채며 선애가 딱딱한 어조로 말하자 벨타이거가 무지 아쉽다는 표정이었지만—분명히 일부러 나타내는 거다—순순히 입을 열었다.

"에… 어쨌든, 이렇게 우리가 느긋하게 티타임을 가지게 된 이유는 내일부터 지금보다 더 바빠지기 때문이지. 그래서 지금만이라도 휴식을 취

해보자… 하는 아주 깊은 뜻으로 마련한 거라고."

벨타이거의 말에 선애의 인상이 찡그려졌다. 녀석의 말투가 여전히 장난기 어려서 그런가 했는데, 그게 아니었다.

"지금보다 더 바빠진다고요? 지금도 할 일이 산더미인데?"

그러자 벨타이거가 히죽 웃는다.

"그건 나도 알지. 나도 여기 왔을 때 서류 더미에 파묻혀서 죽는 줄 알았거든. 그런데 일이 또 생겨서……."

거기까지 듣자 선애는 그가 뭘 말하려는 건지 알아챘다.

"아하, 서대륙에서 오신 손님들을 말씀하시는 건가요? 여기 도착했을 때 모건 씨에게 들었어요."

기밀 유지를 위하여 우리는 절대로 '한나라 사람'이라고 하지 않고 '서대륙 손님'이라고 했다.

"그렇지. 지금 쌓인 일거리에 더해 앞으로는 서대륙과의 거래를 놓고 루빈스타인 상회의 눈치를 보게 생겼으니 말이야. 으으… 내 정신이 남아날까 몰라."

장난스레 말하고 있는 벨타이거였지만, 눈을 보니 꽤나 긴장한 모양이다. 그러나 그와 함께 한편에서는 열의가 가득 차 있었다.

'그렇지. 루빈스타인 상회 사람과 만났다고 해서 기가 팍 죽어 있다면 울 꼬맹이의 파트너로서는 실격이지.'

그 다음날 저녁, 선애는 크로스웰 남작 저택을 나섰다. 루빈스타인 상회의 저녁 초대를 받아 벨타이거, 토냐와 같이 가는 거였다. 남의 입장에서 보자면 그 대단한 루빈스타인 상회의 초대를 받아서 가는 거니 엄청 부러운 일이었겠지만, 당사자들의 표정은 별로 좋지 못했다. 그도 그럴 것이, 이건 엄밀하게 따지자면 주객이 전도된 상황이었던 것이다. 원래 한나라와의 계약을 시작한 건 바로 타이거 상회였으니 말이다. 우리의 주선으로 루빈스타인 상회도 끼어든 것인데, 타이거 상회가 힘이 작고 루빈스타인 상회가 힘이 크다 보니 그 과정에서 주도 상회가 바뀐 것이다. 게다가 이렇게 선심 써서 끼워준다는 식의 저녁 초대에도 아무런 불평 없이 쪼르르 가야 하는 신세라는 건, 어깨에서 힘 빠지게 만들었다.

"우리가 무조건 불리하다고 낙심할 필요 없어. 모든 일에는 양면성이 있는 거야. 이번 일도 시각을 달리해서 보면 오히려 우리에게 유리한 점이 있을걸? 불리하다고 모든 걸 포기한다면 상인이라고 할 수 없지."

토냐의 말에 벨타이거는 그냥 기운을 돋우기 위해 하는 말이라 생각했는지 가볍게 응대했다.

"예를 든다면 어떤?"

"드워프와의 거래. 루빈스타인 상회에서 아무리 용을 써봤자 우리 상회에서 내놓는 제품보다 더 좋은 제품을 내놓을 수는 없지. 그럼 어떻게 생각할 것 같아? 우리 상회가 아무리 작아도 이 나라에서 대표적인 상회보다 더 괜찮은 제품을 확보하고 있으니 장래성이 기대되는 상회로 인식되지 않겠어? 게다가 우리는 닷지 상회와 계약한 걸 잊었어? 거기서 다루는 게 뭐야. 건축 자재잖아? 서대륙에서 온 손님들이 가장 솔깃해할 것 또한 건축 자재 아니겠어?"

그럴듯하다. 지금 한나라에서는 거대한 항구 도시를 건축하고 있으니 말이다.

"오오옷~ 멋져요, 토냐 씨. 나 토냐 씨에게 반할 것 같아."

선애가 두 눈을 초롱초롱 빛내며 토냐를 바라보자 토냐가 오랜만에 여왕님 포즈로 웃어 젖혔다.

"오홋홋홋~ 이 정도쯤이야. 내가 생각해도 난 너무 감탄스러워."

'역시 토냐를 스카웃한 건 정말 좋은 생각이었어.'

토냐 덕분에 기운을 차린 일행은 씩씩하게 루빈스타인 저택에 도착할수 있었다. 그런 우리를 맞이한 건 이 저택을 관리하는 집사와 엘리엇 제네비아 녀석, 그리고 루빈스타인 상회 알파두르 지부 지부장의 보좌관이자 비서인 맥 루돌프였다. 모두들 선애와 안면이 있는 사이였고, 집사와같이 나와 있던 하인, 하녀들은 선애를 보고 놀란 시선이었다. 하기야 억울하게 쫓겨났던 서대류 출신의 하녀가 설마 주인의 초대를 받아 당당하게 저택을 방문할 줄 누가 상상이나 할 수 있었을까.

우리를 마중 나온 세 사람의 안내를 받아 향한 곳은 이 저택에서 중요한 손님들을 맞이하는 응접실이었다. 뭐, 우리를 위한 것이 아니라 한나라 사람들을 위한 것일 테지만 말이다.

그곳에서 우리는 먼저 와서 담소를 나누고 있던 한나라 사람들을 만날수 있었다.

한나라에서 온 사람들은 진나라에서 만난 한나라 왕자 일행이었다. 현한나라 국왕의 다섯 번째 아들인 예혼랑과 그의 호위 무사 백운, 그리고일행 전체의 호위 책임자인 기파랑, 한나라 왕실 대신인 사다함, 그리고통역사이자 한나라에 얼마 없는 큰 상회 대표자인 오사함.

"오랜만이오, 선애 양. 이렇게 다시 만나니 정말 반갑소. 그리고 크로스웰 남작도."

"다시 뵙게 되어 영광입니다, 전하. 건강해 보이시는군요. 이 나라가마음에 드셨나 모르겠습니다."

"아하하… 아직 많은 구경을 안 했지만, 그래도 확실히 신기한 면이많더군."

"저희 상회에서도 전하를 놀랍게 해드릴 수 있었으면 좋겠습니다."

은근히 우리 상회에도 멋진 물건이 많다는 걸 어필하는 벨타이거. 그걸 아는지 모르는지 새로운 나라에 와서 새로운 문물을 본 탓인지 흥분으로 인하여 상기된 예혼랑 왕자가 기분 좋게 고개를 끄덕인다.

"기꺼이 그때를 기다리겠소."

그리고 나서야 우리는 옆에 있던 그랜트 녀석에게 인사를 할 수 있었다.

"초대해 주셔서 감사합니다, 자작님."

그랜트 녀석 옆에는 루빈스타인 상회 알파두르 지부의 지부장인 맥 윌리엄스가 같이 자리하고 있었다. 이 저택에 머물 때 먼발치에서 몇 번 봤을 뿐인 그는 여전히 '압둘라'의 모습을 유지하고 있었다. 그는 이 저택을 방문했을 때 선애를 한 번도 본 적이 없었던지, 낯선 사람 보는 듯 대했다.

대신 그의 옆에 있던 켐벨 집사는 무척이나 놀란 시선으로 선애를 바라봤다. 이 저택에서 그나마 선애를 생각해 주던 몇 안 되는 사람으로 여전히 깐깐한 인상이었는데, 전보다는 주름이 좀 더 는 것 같다.

선애 또한 그가 반가웠던지 가까이 가서 인사는 못했지만 반가움이 가득 담긴 시선을 그에게 보냈다.

그리고 마지막으로 생각지도 못했던 존재가 그곳에 같이 자리했는데, 그는 바로 헬게르트 브라우닝이었다. 헤스딩스 남작에게서 그가 알파두르에 있다는 이야기는 들었지만, 설마 루빈스타인 후작가에 머무르고 있을 줄은 몰랐다. 같은 집안 사람이기는 해도 그 둘은 사이가 안 좋기로 유명한 라이벌이었으니 말이다.

"어제 여기 왔을 때 브라우닝 경도 있었어요?"

"아니, 못 봤는데."

당혹한 표정으로 선애가 토냐에게 속삭였지만, 토냐도 당혹하기는 마찬가지인 모양이었다.

"반갑습니다, 크로스웰 남작님. 이런 곳에서 다시 뵙는군요. 호프만 마법사님도."

사람들이 놀라워하는 걸 즐기는지 헬게르트의 얼굴에는 재미있다는 기색이 어려 있었다.

'그런데 토냐는 왜 부르는 거야? 혹시 스카웃하려고 노리고 있나? 토냐가 뛰어난 마법사긴 하지만… 아니, 그건 그렇고, 울 꼬맹이는 왜 무시하는 건데? 이거 참 기분 나쁘네?'

나는 뒤에서 그렇게 궁시렁거리면서 헬게르트 녀석을 노려봤다. 그런데 이놈이 정말 토냐를 노리고 있는 건지 자꾸 토냐에게 시선을 주는 것이었다.

'이거, 선애에게 주의하라고 이야기해 놔야겠어.'

그렇게 의외의 사람들과 같이 자리를 해서 그런지 한나라 사람들과 루빈스타인 상회 사람들과의 만남의 장(?)은 처음에 예상했던 것보다는 상당히 부드러운 분위기에서 이루어졌다. 나는 겉으로는 웃고 있어도 찬바람이 쌩쌩 부는 것 같은 차가운 분위기 속에서 살얼음판을 걷는 기분을 느낄 거라고 생각했던 것이다. 기실 서대륙, 정확히는 진나라의 광진에서 루빈스타인 상회 사람들과 만났을 때 토냐와 엘리엇 녀석이 살벌한 말싸움을 벌인 전적이 있었던 데다 어제 이곳을 방문했던 벨타이거와 토냐가 전해줬던 말도 있었으니 말이다.

그래서 오늘 이 자리에서도 엘리엇 녀석을 가장 주요 인물로 생각했는데, 뜻밖에도 이 엘리엇 녀석이 마치 봄바람마냥 살랑살랑(?)거리면서 제일 앞장서서 부드러운 분위기를 주도하는 것이었다. 라이벌을 의식해서 그런지, 아니면 손님 앞에서 너무 견제하는 모습을 보여주기 싫어서 그랬는지, 양쪽 다인지는 모르겠지만, 어쩌다가 우리 쪽에서 혹은 일부러인 듯이 헬게르트 쪽에서 분위기를 살짝 냉각시키는―서대륙과의 거래―이야기가 나오면 즉각적으로 화제를 전환시켜 거래 이야기는 흐지부지 만들어 버리는 것이었다. 하여간 말발 하나는 선애 못지않게 뛰어난 녀석이었다.

그리고 그런 그의 뒤를 받쳐 주는 사람이 바로 맥 윌리엄스였다. 엘리엇 녀석처럼 나서서 분위기를 주도하는 건 아니었지만 절묘한 타이밍에 한마디씩 던져 엘리엇의 시도를 도와주고 있었다. 이런 걸 보면 저 맥 윌리엄스는 확실히 그랜트 쪽 사람인 것 같다.

그렇다고 한나라 사람들 쪽에서 적극적으로 일 이야기를 하려는 것 같지도 않고 말이다.

어쨌든 무척이나 걱정되었던 만남의 장이 생각지 못한 여러 가지 요소 덕분에 무사히 끝날 수 있었고, 이 일로 인하여 당분간 한나라 사람들은 루빈스타인 사람들에게 잡혀(?) 있을 테니 한나라 사람들이나 루빈스타인 사람들이나 다시 만나는 건 한참 뒤의 일이라고 생각했다.

그런데…

[헉! 저 인간들이 왜 여기 있는 거야?]

어제도 그렇고 오늘도 그렇고, 무지 당혹스러운 일을 여러 번 겪는 것 같다. 그것도 다 루빈스타인 상회와 관련된 일이었으니 저 상회하고 울 꼬맹이하고 아무래도 무슨 악연으로 단단히 엮인 모양이다. 이거 액땜이라도 해야 하려나?

내 말에 고개를 돌린 선애가 좀 떨어져 있는 곳에 있는 그랜트 녀석하고 헬게르트 녀석을 보더니 기겁했다.

"켁! 왜 여기에……."

[그건 내가 한 말이거든? 빨랑 도망치는 게 어떨까?]

내 말에 선애가 황급히 고개를 끄덕이더니 토냐의 옷자락을 끌었다.

"토냐, 토냐, 빨랑 이쪽으로."

"응? 아니, 왜?"

자리를 찾느라 두리번거리고 있던 토냐는 미처 그 둘의 모습을 못 봤는지 선애의 이끎에 어리둥절한 모양이지만 순순히 따라왔다.

그러나 참으로 안타깝게도 그 둘이 사람들 틈새로 끼어들기 전 그랜트와 헬게르트가 먼저 선애와 토냐를 발견하고야 말았다.

"이거 참 재미있는 우연이군. 여기서 만나게 될 줄이야."

"이런 데도 다녔던가?"

"에에… 여기서 뵐 줄은 몰랐습니다, 두 분."

"안녕하십니까?"

신분 높은 귀족이 먼저 말을 걸어오는데 평민이 외면하고 갈 수는 없는 일이라 토냐와 선애는 내키지 않는 표정으로 꾸뻑 인사를 했다.

"이곳에서 만난 것도 인연인데, 어떤가? 같은 자리에 앉는 것이?"

헬게르트의 뜻밖의 제안에 선애와 토냐는 생각하고 자시고 할 것도 없이 고개를 설레설레 저었다.

"고마우신 제안이오나, 저희가 어찌 감히 그럴 수 있겠습니까? 그냥 저희 자리에 앉겠습니다."

토냐의 말에 선애도 얼른 고개를 끄덕였다.

"예, 저희는 신경 쓰지 마시고 즐거운 시간 되시기를 바랍니다. 그럼 저희는 이만……."

그러면서 둘이 그 자리를 피하려고 하는데 그랜트 녀석이 제동을 걸었다.

"어째 우리에게 숨기고 싶은 뭔가가 있는 것 같은 모양새군."

그에 움찔한 우리 두 아가씨…

"오호호… 무슨 그런 말씀을. 그런 게 어디 있겠습니까?"

"내가 오해를 한 건가? 너무 서둘러서 자리를 피하려고 하는 것 같아서."

"아니… 그게… 감히 두 분과 한자리에 있는다는 게 부담스러워서……."

선애의 말에 헬게르트가 나섰다.

"부담스러워할 것 없네. 어차피 우리는 심심풀이로 온 것이니. 자, 그럼 이쪽으로."

이놈은 같이 앉겠다고 말한 적도 없건만 자기 멋대로 그걸 기정사실화해 버려 선애와 토냐에게 자리를 안내하는 것이었다. 그렇게 되자 더 이상 사양할 수 없던 선애와 토냐는 울며 겨자 먹기로 녀석을 따라갈 수밖에 없었다.

이곳은 알파두르 뒷세계에 있는 거대 경매장이었다. '뒷세계'라고 하니 눈치 챘겠지만, 법에 걸리는 고귀한 물품들이 나오는 곳이었다. 뭐, 어떤 곳에는 사람이나 이종족까지 내놓는 경매장이 있다고 들었지만, 여기는 거기까지는 아니고 일명 장물 경매장이라고나 할까? 어디에서 훔쳤다든지, 아니면 왕족이나 대단한 귀족의 무덤을 도굴했다든지, 아니면 발견하면 무조건 국가에 보고를 해야 하는, 던전에서 발견하고는 보고 안 하고 뒤로 빼돌렸다든지 하는 불법적으로 얻은 보물을 내놓는 곳이었다.

이번에 이곳에서 어느 왕릉에서 도굴했다는 보검이 나온다는 소식을 길드에서 전해준 덕에 부랴부랴 왔던 것이다.

이곳 초대장은 돈이 많고 신원이 확실한(?) 사람만 얻을 수 있다고 하던데 다행히 정보 길드에서 선애 앞으로 초대장을 하나 마련해 줘서 선애와 토냐가 들어올 수 있었다.

자신의 힘으로 초대장을 얻은 헤스딩스 남작은 지금 벨타이거와 함께 딴 구석에 가 있을 거다. 잘못해서 보검이 딴 사람에게 넘어갈까 싶어 지금 두 팀으로 나뉘어 포진하려고 한 건데, 운 없게도 토냐와 선애가 그랜트와 헬게르트에게 따악 걸린 거였다.

　[아… 정말, 이놈들이 하필이면 왜 여기 와 있는 거냐고.]

　나는 한숨을 쉬면서 툴툴거렸지만, 사실 이곳은 알 만한 사람들은 다 아는 곳이고, 웬만한 귀족은 다 초대장을 가지고 있기에 그랜트와 헬게르트가 여기 온 것이 그렇게 놀랄 일은 아니었다. 단지 우리가 지금 찔리는 게 있으니 그랜트 녀석을 만난 것에 크게 놀란 것이지. 이 녀석과 같이 있는 상황에서 보검을 사려고 하면 헬게르트는 척 하면 착 하고 에스테반 공작에게 바치려 한다는 걸 알아챌 거 아닌가 말이다.

　'그럼 무지하게 방해를 하겠지…….'

　아무래도 보검 사는 건 벨타이거 측에 맡겨야 할 것 같다.

　그랜트 녀석들은 아무래도 대단한 신분을 가진 녀석들이라 그런지 자리도 경매가 이뤄질 단상이 무지 잘 보이는 로얄석이었다. 탁자도 고급스러운 원목 탁자에, 의자도 선애가 앉으니까 푸욱 파묻힐 정도로 쿠션이 두텁다.

　그런데 토냐와 선애가 떨어지지 않으려고 같이 붙어 앉자 그랜트와 헬게르트가 떨어져 앉는 거였다. 그러니까 토냐와 선애가 붙어 앉자 비어 있는 토냐의 반대쪽 옆 자리에는 헬게르트가, 선애의 비어 있는 옆 자리에는 그랜트 녀석이 앉았는데, 헬게르트와 그랜트 녀석 사이로 단상이 보였기에 헬게르트 옆이 그랜트이기는 했지만 둘이 떨어져 앉는 꼴이 되고 말았던 것이다.

　'에엥? 아니, 왜 그렇게 앉는 거야?

　선애와 토냐도 당혹스러운 표정으로 둘을 번갈아 보는데, 어두웠던 단상에 불이 밝혀지더니만 멋들어진 팔자 콧수염에 번쩍거리는 의상을 입은 중년 남자 한 명이 올라왔다.

"이 자리를 빛내주러 오신 신사~ 숙녀~ 여러부우운~ 아주 자아알~ 오셨습니다아~"

경매가 시작되려는 것이다.

"첫 번째 물건을 소개해 드리겠습니다. 이 물건은……."

그렇게 사회자의 소개와 함께 단상에 백금으로 만든 팔찌가 올라왔다.

마법에 의하여 허공에 몇백 배로 확대된 경매 물품의 3D 영상이 떴기에 멀리 떨어져 있어도 경매 물품을 보지 못하는 불상사는 없었다.

제법 고급스러운 팔찌의 모습에 선애와 토냐는 자리의 불편함도 잠시 잊어버리고 팔찌 구경에 폭 빠져 있었다. 사실 여기에 온 주된 목적이 보검 구입이기는 하지만 이런 보물 구경도 살짝쿵 끼어 있었다. 게다가 자의든 타의든 로얄석에 앉게 되었으니 이 기회를 마다할 필요는 없는 거 아닌가.

그리하여 선애가 이제는 오른쪽으로 서서히 회전하며 그 모습을 뽐내는 팔찌를 감탄하며 보고 있던 바로 그때, 옆에 앉아 있던 그랜트 녀석이 슬머시 몸을 기울이더니만 선애의 귀에 낮게 속삭이는 것이었다.

"하고 싶은 이야기가 있는데."

갑자기 귓가에 들려온 음성에 선애가 황당한 표정으로 녀석을 돌아보았다. 지금 경매 중이라 그걸 방해하지 않기 위하여 목소리를 낮추는 건 이해하지만 그렇다고 해서 같이 앉아 있는 일행에게도 안 들릴 정도로 귓가에 아주 작은 목소리로 속삭일 필요가 있는 건지 의아했기 때문이다.

"말씀하시지요."

함부로 귀에다 대고 말하지 말라는 표시로 선애가 손으로 귓바퀴를 문

지르며 대답하자 그랜트 녀석이 의미심장한 미소를 지으며 입을 열었다.

"여기서?"

"다른 곳으로 갈 필요가 있으신지요?"

선애의 딱딱한 말에 그랜트가 그럴 줄 알았다는 듯 쿡 하고 한 번 웃더니 작은 목소리로 입을 열었다.

"'그래프' 라는 걸 손님들께 보여 드렸었지."

그랜트의 말에 선애가 움찔하더니 긴장한 시선으로 녀석을 째려봤다.

"갑자기 그 말씀을 하시는 이유를 모르겠군요."

"지금 내가 하고 싶은 말이라서."

그래프가 무엇이던가. 선애가 아직 루빈스타인 저택의 하녀로 있을 당시, 신입 하녀였던 선애를 그랜트와 엘리엇 녀석의 눈에 띄게 만들어 결국 그곳에서 나올 때까지 켐벨 집사의 비서로 일하게 만든 대단한 녀석이었다. 문제는 그게 선애가 그린 게 아니라 선애 옆에 달라붙어 있던 내가 심심해서 한번 그려본 것이 들켜서 그렇게 된 거였다는 것이고, 그걸 이 나라에 와서 배웠다고 할 수가 없었던 터라 한나라의 수리 이론이라고 둘러댔다는 거다.

그때야 다급한 데다 반은 진심으로 그리 대답한 거였지만, 설마 그 뒤에 그랜트 녀석이 한나라 사람들과 만나게 될 줄 누가 알았겠는가. 그것도 우리의 소개로 말이다. 하여간 인연 한번 웃기게 꼬여 버렸다.

이래도 안 나갈 거냐고 묻는 듯한 그랜트 녀석의 시선에 선애가 날 한번 째려보더니만 토냐에게 작게 속삭였다.

"저 좀 나갔다 올게요."

선애의 말에 이제 막 경매에 들어가 여기저기서 돈 걸리는 걸 구경하고 있던 토냐가 걱정스런 표정으로 돌아봤다.

"같이 가줄까?"

"에이… 어린애도 아닌데요 뭐. 혼자 다녀올게요."

"그래, 조심해."

아무래도 그랜트 녀석이 뭐라 속삭이는 걸 본 모양이다.

선애가 토냐를 안심시키려는 듯 괜찮다는 미소를 보여준 후 자리에서 일어나 통로로 나오자 그랜트 녀석이 뒤를 따라 나왔다.

경매가 이제 시작되려는 참인데 사람이 통로로 나오자 경매 주최 측 사람이 이상했던 모양이다.

"뭔가 필요한 것이 있으십니까?"

다른 곳은 몰라도 로얄석에는 시종을 부를 수 있는 비단 끈이 있었다. 그걸 잡아당기면 대기하고 있던 시종이 달려온다. 그런데도 시종을 부르는 대신 직접 통로로 나왔으니 주최 측 사람이 의아해하는 건 이상한 일이 아니었다.

"혹시, 조용히 이야기할 수 있는 장소가 있겠나?"

시종이 더욱더 어리둥절한 기색으로 고개를 갸웃거린다. 하지만 그것도 잠시, 그랜트 옆에 있는 선애를 보더니 뭘 생각한 것인지 이놈이 이해했다는 눈빛을 보이더니만 느물거리는 미소를 지으며 고개를 숙이는 것이었다.

"이쪽으로 오십시오. 하기야 고급 물품이 나오려면 좀 더 기다리셔야 할 테니, 그사이 잠시 편안~히 쉬시는 것도 좋으시겠지요, 암요."

그에 선애의 얼굴이 무지 불편하게 찡그려졌지만, 그랜트 녀석이 가만히 있으니 나설 수가 없었다.

녀석이 하도 수상한 미소를 보여서 혹 이상한 데로 데려가는 건 아닌지 걱정했지만, 그래도 다행히 녀석이 안내한 곳은 아담한 응접실이었다. 그랜트 녀석네 저택이나 벨타이거네 저택에 있는 응접실보다 작은 곳이었지만, 제법 그럴듯하게 꾸며져 있었다. 이곳에서도 손님을 개별적으로 상대해야 할 일이 꽤 있는 모양이다.

창문이 없어서 좀 답답하고 방 구석구석이 어둑했지만, 이곳으로 안내한 사람이 불을 환하게 밝혀놨기 때문에 상대를 보는 데 별 불편함은 없었다.

"좋은 시간 되십시오!"

마치 나이트 클럽에서 부킹을 시켜주고 나가는 웨이터처럼 녀석은 씨익 웃어 보이고는 조심스레 문을 닫고 나가 버렸다.

그러나 울 꼬맹이에게는 좋은 시간이 될 리가 없었다.

소파에 앉을 생각도 못한 채 바깥에서 이곳까지 안내해 준 남자가 멀어지는 소리를 확인하고 나자 선애는 같이 서 있는 그랜트 녀석에게로 시선을 돌렸다.

"제게 하실 말씀이 뭡니까?"

"좀 앉겠어?"

그러나 대답을 안 하고 소파를 가리키며 딴 말을 꺼내는 그랜트.

그 녀석이 얄미웠는지 살짝 흘겨보며 선애가 대답을 재촉한다.

"아니요. 그냥 이대로 있는 것이 좋습니다. 괜찮으시면 제 질문에 대답을 해주셨으면 좋겠는데요."

선애의 말에도 그랜트 녀석은 팔짱을 떠억 끼더니 선애를 마치 처음 보는 사람마냥 관찰하는 시선으로 조용히, 아니, 지그시 바라보고 있는 것이었다.

"루빈스타인 자작님?"

그에 의아함을 느낀 선애가 그를 부르자 그랜트가 그 상태 그대로 지나가는 어투로 툭 말을 던졌다.

"우리 상회에 들어와라."

"예?"

선애는 순간적으로 알아듣지 못한 채 어리둥절한 표정으로 그랜트 녀석을 바라보며 되물었다. 그러자 그랜트가 기꺼이 다시 말해줬다.

"우리 상회로 들어오란 말이다."

[지금… 저 녀석이 널 스카웃하려는 거야? 그런데 보통 스카웃을 이런 식으로 하나?]

그도 그럴 것이, 그랜트 녀석의 어조는 자기 저택에서 일하는 하녀에게 '식사를 방으로 가져와'라고 하는 듯한, 자기가 말만 하면 척척 이뤄질 것이라는 걸 믿어 의심치 않는다는 어조였으니 말이다.

선애도 무척이나 기가 막힌다는 시선이다.

그런 시선을 그대로 맞받으며 그랜트가 말을 이었다.

"내 보좌관 자리를 주마. 엘리엇과 동급이지. 그 정도라면 지금 네가 가지고 있는 지위 못지않을 테지?"

녀석의 말에 선애의 입은 떠억 벌어졌다.

그가 제안한 지위는 지금 가지고 있는 위치 못지않는 게 아니다. 훨씬 좋은 위치다.

그랜트의 보좌관 자리는, 쉽게 설명하자면 현재 벨타이거 위치에서 대략 두세 개 계단 위에 있는 위치라고 보면 된다. 만약 그랜트가 후작 작위와 루빈스타인 상회 회장 자리를 이어받게 된다면 거기에서 한두 개 정도 더 올라간다. 그러니까 대략, 중앙 귀족 중에서 상위와 중위 가운데 정도의 위치?

루빈스타인 후작가는 대상회를 가지고 있는 건 물론이거니와, 현재 이 나라 정, 재계를 좌지우지하는 손꼽히는 대귀족 중 하나다. 이 루빈스타인 후작가와 쉽게 맞대결할 수 있는 집안이 거의 왕족이라고 할 수 있는 에스테반 공작가 정도라는 것만 봐도 충분히 짐작할 수 있지 않은가.

그런 대단한 힘을 물려받는 자의 바로 옆에 있을 수 있다는 건 지방 귀족에다 이제 겨우 자라기 시작하는 상회를 가진 벨타이거의 수준과는 차원이 다르다.

내가 엘리엇 녀석을 싫어하기 때문에 녀석을 계속 낮춰 이야기하기는 하지만 사실 엘리엇 녀석은 루빈스타인 후작가의 가신인 제네비아 백작가의 차남이었다. 녀석이 그랜트의 보좌관이 아니라 해도 선애나 벨타이거가 함부로 할 수 없는 위치에 있는 녀석이었던 것이다.

사족이긴 하지만 그런 위치에 있는 녀석이 평민인 저택의 시종, 시녀들에게 모조리 존대를 쓰고 상냥하게 대하는 거 보면 이놈이 얼마나 음흉하고 무서운 놈인지 알 수 있을 거다.

처음에 녀석이 그렇게 모두 존대를 하는 걸 보고 나는 그가 평민인 줄 알았지 뭔가. 아마 모두들 그렇게 생각했을 거다. 나중에 정보 길드에서 알려줘서 알았지, 그렇지 않았다면 나는 끝까지 평민 출신이라 굳게 믿고 있었을 거다.

그러고 보면 그 녀석, 평민이나 귀족에게나 똑같은 존대를 쓰던데, 혹시 녀석에게는 웬만한 귀족들은 평민이랑 같은 등급으로 보이는 걸까?

하여간, 그렇게 대단한 대우를 해주면서 스카웃하겠다니 입이 벌어지는 것보다는 오히려 당황스럽다. 왜, 사람이 '적당한' 크기의 이익을 받게 되면 혹하게 되지만, 그 '적당한' 이란 기준을 훨씬, 훠어어얼~씬 넘어가 버리면 오히려 이상하게 생각하지 않는가 말이다.

[저 녀석, 도대체 무슨 생각이람? 이건 너무 파격적인 대우잖아?]

내가 그랜트 녀석을 수상하게 바라보며 선애에게 주의하라는 의미로 속삭이자 선애가 놀랐다는 기색을 지우고 침착하게 입을 열었다.

"거절하겠습니다."

그러자 그랜트 녀석의 눈썹이 꿈틀거린다. 아무래도 선애가 단칼에 거절할 줄은 생각지 못한 모양이다.

"내 조건이 마음에 들지 않는 건가?"

"그건 아닙니다. 제가 감당하지 못할 정도로 너무 파격적인 조건이니까요."

"다른 조건을 바라는 건가?"

"아뇨. 저는 지금 위치에 만족하고 있어서요. 아무리 좋은 조건이 있다 하더라도 지금의 위치를 버리고 갈 생각은 없습니다."

선애의 단호한 대답에 그랜트 녀석이 잠시 입을 다물고 있다가 문득 무슨 생각을 했는지 옅은 미소를 지으며 입을 열었다. 그런데 그 미소라는 게 너무 차가워 보인다.

"내가 어떻게 해서든 널 우리 상회로 끌어들이려 한다면?"

순간적으로 그 말을 이해 못한 듯 선애가 의아한 표정으로 그랜트를 바라보자 그가 좀 더 진한 미소를 지어 보였다.

"예를 든다면… 그래, 타이거 상회의 일에 사사건건 방해를 한다던가……."

그의 말에 선애의 인상이 찡그려졌다.

그랜트가, 아니, 루빈스타인 상회가 타이거 상회 일에 작정하고 방해하고 나선다면 버티기 쉬울 리가 없다. 혹 우리가 운이 좋아서 에스테반 공작의 그늘 밑으로 들어간다 하더라도, 겉으로 드러나지 않게 방해하는 방법은 얼마든지 많았으니 말이다.

선애의 눈초리가 차가워졌지만 그랜트 녀석은 눈썹 하나 까딱하기는 커녕 오히려 대답을 재촉하려는 듯 선애만 빠~히 바라본다.

그에 선애가 작게 숨을 내뱉더니 입을 열었다. 하기야 여기서 선애가 강하게 나가 봤자 이득될 게 없었다.

"이유가 무엇입니까? 루빈스타인 상회에 저 정도의 인재는 부족하지 않을 텐데요."

"부인하지는 않아. 그러나 너 정도라고 말하는 다른 인재들이 상회라고 부르기 민망할 정도로 아무것도 없다시피 한 상회에 들어가 짧은 시간에 여러 대도시에 지부를 설립하고 가게를 열 수 있을까?"

그 말을 들으니 울 꼬맹이가 무지 대단한 것처럼 들렸지만 선애의 표정은 별로 좋지 않았다.

"제가 때를 잘 맞췄던 것뿐입니다."

그러자 그랜트 녀석의 입술이 비틀린 미소를 보였다.

"과연 그럴까? 네가 루빈스타인 상회에 들어온다면 타이거 상회가 자연스레 흡수될 거란 거에 내 전 재산을 걸 수도 있어."

그의 말에 선애의 눈에 날카로운 빛이 돌았다.

"제가 아니라 타이거 상회가 목표였던 겁니까? 그럼 사람을 잘못 찾으셨군요. 제가 아니라 회장님을 만나셔야지요."

선애의 얼굴에는 '그럼 그렇지'라는 표정과 함께 속 시원한 기색이다. 아무래도 녀석이 왜 선애에게 그런 제안을 했는지 이제야 알겠는 모양이다.

그런데 선애의 말에 그랜트 녀석이 피식 웃는 거였다.

"잘못 짚었어. 내가 원하는 건, 드워프와의 거래를 트고 부족한 재력을 채우고 한나라와의 교역까지 이룬 네 능력이니까. 타이거 상회는 덤이라고나 할까? 오면 좋지만 안 와도 상관은 없는."

그 말에 선애는 인상을 더더욱 찌푸린다.

"그럼 더더욱 잘못 찾으셨습니다. 그건 모두 제 능력으로 한 게 아니었으니까요."

드워프와 거래를 틀 수 있었던 것은 손목시계 덕분이고, 재력을 채울 수 있었던 것은 정보 길드의 도움과 내 덕, 한나라와 인연을 맺을 수 있었던 것은 별로 인정하고 싶지는 않지만 저 싸가지없는 드래곤 렌스버리 녀석 덕이 컸다.

이렇게 보면 선애가 한 일은 아무것도 없는 것 같지만 나는 그렇게 생각하지 않는다. 그렇게 모든 일에 결정적인 역할을 한 것들은 모두 울 꼬맹이가 가지고 있는 것들이었으니 말이다. 선애가 없었으면 이 모든 일들도 없었다.

그랜트 녀석도 나와 같은 생각인가 보다.

"하지만 너로 인해 그 모든 일들이 이뤄진 것이 아닌가? 내가 원하는 건 바로 그것이지."

그의 말을 어떻게 받아들이고 있는 것인지 선애는 살짝 뾰로통한 표정으로 입을 다물고 있었다.

그 모습을 가만히 지켜보던 그랜트 녀석이 뭔가 말하려는 듯 움찔거렸다. 하지만 무슨 이유에서인지 녀석은 말을 하는 대신 잠시 뭔가를 생각하다 입을 열었다.

"손님들이 돌아갈 때까지 여유를 주도록 하지. 그때까지 아무런 대답이 없다면 루빈스타인 상회의 힘을 직접 체험하게 될 거야. 어차피 내 밑으로 들어오게 될 것, 강제로 들어오는 것보다는 순순히 알아서 들어오는 게 좋지 않을까?"

그랜트 녀석은 자기가 할 말만 쭈우욱 늘어놓고는 선애의 대답을 들을 생각도 없었는지 즉시 몸을 돌려 방을 나가 버렸다.

"뭐, 뭐야, 저 녀석?"

선애는 무지 기가 막히다는 표정으로 이제는 사라지고 없는 그랜트 녀석을 노려보다가 나에게 시선을 돌렸다.

[골치 아프구나. 지금 헬게르트인지 요구르트인지 하는 녀석 때문에 머리가 아픈데 저놈까지 골치 아프게 만드냐. 하여간 루빈스타인 상회하고는 전생에 무슨 악연이라도 있었나 보다.]

"어쩌지?"

[토냐하고 벨타이거와 같이 의논을 해야지. 지금 이게 너만의 문제가 아니잖냐.]

"그렇겠지?"

[그래. 그러니까 여기서 혼자 끙끙대지 말고 나중에 가서 토냐하고 벨타이거하고 같이 끙끙대고 지금은 그냥 제자리로 돌아가. 여기 혼자 있으면 뭐 하냐?]

"그렇군."

내 말에 선애는 그제야 여유를 찾을 수 있었는지 침착한 얼굴로 고개를 끄덕끄덕 하더니 그 방을 나섰다.

제자리에 앉을 때는 그랜트 녀석이 좀 신경 쓰였지만, 녀석은 마치 아무 일도 없었다는 듯 무관심해 보였기에 선애는 얼마 뒤 그 녀석에 대한 신경을 끄고 경매 구경까지 할 수 있었다.

하지만 정말 안타깝게도 그런 여유는 길지 못했다.

저택으로 돌아가기 위하여 경매장을 나와 마차를 타자 토냐가 긴 한숨을 내쉬며 선애에게 입을 여는 것이었다(경매장까지 같이 오면 눈에 띌까 벨타이거와 헤스딩스 남작은 다른 마차를 타고 이동했다).

"선애, 문제가 생겼어."

"예? 뭔데요?"

"아까 너하고 루빈스타인 자작이 자리를 비웠을 때 브라우닝 경이 나보고 자기 밑으로 들어오라고 하더라."

"엑? 정말요?"

"그래."

"그, 그래서 뭐라고 하셨어요?"

긴장한 표정으로 선애가 묻자 토냐가 그걸 물어볼 줄 알았다는 듯 픽 하고 웃었다.

"처음에는 당연히 거절했지. 내가 처음부터 마법사로서 활약하고 싶었다면 여기에 있었겠니? 수도로 갔어도 진즉에 갔지. 그런데……."

"그런데요?"

"아니, 쉽게 물러설 기색이 아니더라고. 은근히 협박까지 하던데?"

"윽… 그런… 누가 핏줄 아니랄까 봐 어째 둘이 하는 게 그렇게 똑같지요?"

선애의 말에 토냐가 의아하다는 듯 바라본다.

"둘이 하는 게 똑같다니?"

그에 선애가 한숨을 폭 내쉬더니 털어놓았다.

"아까 루빈스타인 자작이 할 말이 있다고 불러내더니 저한테 자기 밑으로 들어오라고 하더라구요."

"너한테?"

"예. 그런데 제 경우에는 제 능력을 원해서라기보다는 아무래도 타이거 상회를 흡수하려는 것 같아요."

선애의 말에 토냐가 진지하게 고개를 끄덕인다.

"음… 그럴 수 있겠다. 아무래도 한나라와의 거래를 외부에 알리지 않고 독점하려는 생각이겠지? 우리에게 외부에 발설 못하도록 신신당부하기는 했지만, 그게 완벽하지 않으니 아예 자기들 밑으로 끌고 들어와야 안심이 되겠지."

"어쩌죠? 사실 저에게는 어떻게 해서든 흡수할 거라는 뜻까지 내비치더라구요."

선애의 말에 곰곰이 생각에 잠긴 토냐가 인상을 팍 찡그리며 말했다.

"그런 거였군."

"뭐가요?"

"브라우닝 경이 갑자기 날 스카웃하려는 이유가 말이야. 아무래도 루빈스타인 자작이 브라우닝 경에게도 한나라와의 거래에 대해 입을 다물고 있었던 모양이지. 이럴 때 내가 브라우닝 경 밑으로 들어가면 그에 대한 정보를 고스란히 얻을 수 있잖아. 덤으로 괜찮은 마법사도 얻고 말이야."

"그런 일이……."

"이거 참 골치 아프게 되었네. 그 녀석들 때문에 잘못하면 타이거 상회가……."

토냐는 거기서 입을 다물었지만 그 뒤에 나올 말은 쉽게 예상할 수 있었다.

"후우우……."

"에휴우우……."

둘은 누가 먼저랄 것도 없이 거의 동시에 한숨을 내쉬다가 상대방이 같이 한숨을 내쉴 줄은 몰랐는지 멈칫하고는 서로 마주 보다가 풋 하고 웃음을 터뜨렸다. 하지만 그 후 다시 또 동시에 한숨을 내쉬었다.

"휴우우……."

"어휴우우……."

막막한 상황에 계속 나오는 한숨을 막을 수가 없는 모양이었다.

그러나 벨타이거는 토냐나 선애와는 달리 긍정적이었다.

"그렇게 완전히 낙담할 상황은 아닌걸?"

"그게 무슨… 아니, 그럼 회장님은 루빈스타인 상회를 상대로 뭔가 뾰족한 수가 있다는 겁니까?"

토냐는 상회 운영에 참여하게 된 뒤 벨타이거에게는 그래도 회장이라고 존대를 써주고 있었다.

"뾰족한 수가 있다는 게 아니라 아예 방법이 없다는 건 아니지. 생각해 봐. 브라우닝 경과 루빈스타인 자작은 같은 루빈스타인 상회 소속이긴 하지만 서로 라이벌 관계라고. 그것도 이 다음 상회 회장으로 가장 유력한."

"지금… 두 강대한 라이벌 사이에서 외줄 타기를 하자는 거죠?"

선애의 말에 벨타이거가 고개를 끄덕인다.

"맞았어. 이래 봬도 나는 전에 그런 경험이 있어서 이번에도 잘할 수 있을 거야."

선애와 토냐를 위로하려는 듯 자신있게 씨익 웃어 보이는 벨타이거를 향해 선애는 과장되이 한숨을 내쉬었다.

"제가 전에 말했잖습니까? 루빈스타인 자작은 소문처럼 브라우닝 경을 적으로 여기는 것 같지 않다고. 회장님 계획은 두 사람이 철천지원수처럼 여기고 있어야 성공할 수 있단 말입니다."

선애의 말에 토냐가 고개를 끄덕인다. 이 둘도 벨타이거의 말을 이미 생각해 봤던 것이다.

그러나 벨타이거는 물러서지 않았다.

"선애 말이 맞다고 해도 루빈스타인 자작은 어쩔 수 없을걸? 많은 사람들을 책임지고 있는 사람은 자신이 원하지 않는 일이라 해도 해야만 할 때가 있는 거라고. 루빈스타인 자작의 상황이 바로 그렇지. 자작이 원하지 않는다고 해도 루빈스타인 후작이 가만있을까? 그는 브라우닝 경에게 자신의 자리를 절대로 물려주고 싶지 않을 거야."

물론 그의 말이 맞는 것 같지만 그렇다고 100% 안심할 수 없는 것이, 그동안 내가 봐온 그랜트라는 녀석은 아버지가 원한다고 해서 거기에 무조건 복종하는 효자 같지 않았다. 오히려 반대의 이미지가 더 크다고나 할까?

이런 내 의견에 신빙성을 더해주는 것은 그랜트와 그의 아버지 사이가 그다지 좋지 못하다는 점이었다. 현 루빈스타인 후작은 정략결혼을 해서 그런지 자식들에게 별로 정을 주지 않는 아버지라고 했다. 그러한 것들을 생각해 볼 때, 그랜트 녀석은 아버지의 뜻과 상반된 의견을 가지고 있다면 상회에 큰 손해가 나지 않는 선에선 오히려 아버지와 맞설 것 같았다.

뭐, 지금까지 그 부자가 서로 맞선 적은 없으니 이건 순전히 내 추측이지만 말이다.

그래 나는 이러한 내 추측을 선애에게 이야기해 주려고 했는데, 막 입을 열기 전에 멈칫하고 말았다.

말하기 전 벨타이거 녀석을 우연치 않게 보게 되었는데, 녀석의 밑으로 내린 손이 꽈아악 주먹이 쥐어져 하얗게 변해 있는 것이었다. 게다가 눈에 안 띌 정도로 가늘게 떨리는 것이 어지간히도 힘을 주고 있는 모양이다. 주먹이 하얗게 변한 걸 눈치 못 챘다면 떨고 있는 것도 몰랐을 거다. 그래 놓고서는 얼굴에는 자신있는 미소를 짓고 있는 걸 보니 차마 내 입이 안 떨어졌다.

'그래, 뭐… 긍정적으로 생각한다고 나쁠 건 없겠지. 여차하면 루빈스타인 본가에 쳐들어가서 불을 확 질러 버리는 거야!'

토냐와 선애 또한 벨타이거의 의견에 동의했는지 더 이상 뭐라 하지는 않고 고개를 끄덕였다.

"그래, 뭐… 상황이 안 좋다고 손 다 놓고 있는 건 바보니까. 회장 말을 믿으며 그쪽으로 머리를 좀 굴려볼까나?"

토냐의 말에 선애가 피식 웃었다.

"어째 회장님 말보다 토냐의 말이 더 믿음직스럽네요."

"에엑? 아니, 선애, 무슨 그런 서운한 말을 하는 거야? 그동안 선애와 나의 시간이 얼마나 길었는데."

"길었죠. 그 악연의 시간이 말이에요."

선애가 냉정하게 말하자 벨타이거 녀석이 과장되게 충격받은 표정으로 비틀거렸다.

"그, 그런 말이이……."

"장난하지 마시구요, 루빈스타인 상회 일은 손님들이 가실 때까지 시간을 준다고 하니 일단 넘어가고, 우선 에스테반 공작가로 갈 준비를 해야겠지요?"

"그렇지. 아, 그건 남작님과 같이 의논하기로 했으니 일단은 남작님께 동석을 청하자고."

벨타이거는 그렇게 말하고는 밖에서 대기하고 있던 시종을 남작에게 보냈다.

토나와 선애가 도착했을 때 벨타이거와 헤스딩스 남작은 무척 안도한 표정으로 그들을 맞이했다. 돈이 좀 많이 들기는 했지만 생각 외로 제법 명성이 괜찮은 검을 구할 수 있어서 만족해했던 것이다. 게다가 돈을 우리 상회가 감당하는 게 아니라 헤스딩스 남작이 전적으로 부담하는 것이니 우리야 어떻게 해서든 명검을 구입했으면 만사 오케이였다.

그렇게 주 뇌물품이라 할 수 있는 명검까지 구입했으니 이제 에스테만 공작가로 가는 일만 남은 것이다.

헤스딩스 남작이야 당연히 가는 것이고, 우리 상회 사람 중 헤스딩스 남작과 동행할 사람만 정하면 됐다.

그런데 여기서 신분제를 유지하고 있는 나라의 어두운 면이 나타나는데, 귀족이 아니면 공작을 만날 수가 없는 것이다. 공작 측의 필요에 의하여 평민을 부르면 만날 순 있지만 평민 쪽이 공작에게 면담을 청해 만나는 건 아예 청하는 것조차 못하게 되어 있는 것이다. 높은 자리에 있는 사람을 누구나 쉽게 만날 수 없다는 건 당연한 일이겠지만서도, 평민은 아예 청하는 것조차 불가능하다고 딱 못을 박으니 괜히 열받았다.

하여간 그렇기 때문에 공작을 만날 때 헤스딩스 남작과 같이 동행할 수 있는 건 기사 작위 이상을 가진 사람이어야 하니, 우리 상회에서는 당연히 벨타이거밖에 없었다.

그러나 문제가 있는 게, 지금 벨타이거가 은근히 목숨의 위협을 받고 있었기 때문에 이 도시에서 나가는 건 위험했다. 도시 안에서야 전에도 이야기했다시피 후계자 문제로 살인을 당하면 그 집안은 작위가 몰수되기 때문에 자연스러운 사고사로 위장해야 하는 어려움이 있지만, 도시 밖에서는 그런 것에 거리낄 것이 없었기 때문이다.

사실 벨타이거는 드워프와의 거래가 좀 더 업그레이드된 것에 고무되어 핸들리 크로스웰에게 아주 당당하게 청혼을 거절해 버렸다. 어차피 처음부터 그의 딸과 결혼할 생각은 요만큼도 없었는데, 상황이 그의 말을 무시할 수가 없어 망설이고 있었던 것이다. 그러나 이제 크로스웰 상회를 무시해도 될 만큼 크게 될 기미가 보이자 억지 결혼을 할 필요를 느끼지 못한 것이다. 뭐, 그의 선조가 일으킨 크로스웰 상회를 잃어버리게 되는 게 아깝기는 했지만, 혹시 아는가? 타이거 상회가 크로스웰 상회보다 더욱 강해진다면 크로스웰 상회를 흡수할 수 있을지. 아무리 이름뿐이라 해도 지금 크로스웰 상회의 소유주는 벨타이거였으니 말이다.

하지만 그것도 목숨을 지키고 있을 때에나 가능한 일이다.

타이거 상회 상부 사람 몇몇만 알고 있는 일이지만, 벨타이거 녀석은 청혼을 거절한 뒤로 몇 차례 위험한 사고를 당한 적이 있었다. 그게 정말 단순한 사고인지, 아니면 극도로 치밀한 계획 아래에서 벌어진 사고인지 증거가 없어서 밝히지는 못하고 심증만 가지고 있을 뿐이지만 말이다.

사실 그의 목숨을 구할 수 있었던 건, 벨타이거가 청혼을 거절하겠다는 의사를 밝힌 후 선애가 정보 길드에게 벨타이거의 보호를 의뢰했기에 가능한 일이었다.

물론 정보 길드는 의뢰자 보호 같은 주문은 안 받지만, 알파두르 정보 길드의 부지부장인 휴가 손을 써준 데다 전에 선애가 그들에게 넘겨준 캐링턴 후작가 가보의 대가로 하겠다고 요구했기 때문에 그들 쪽에서 받아들인 일이었다.

그런 정보 길드의 지원과 바로 옆에서 보호를 해준 토냐 덕분으로 몇 번이나 위험에서 벗어날 수 있었던 벨타이거를 그나마 안전한 도시에서 벗어나게 할 수는 없었다.

그렇다고 토냐를 보내자니, 우선 벨타이거 곁에서 떨어뜨리는 것도 걱정되는 데다가 공작가에 사정하러 가는 마당에 마법사를 보낼 수도 없었다. 기사 작위까지 공작을 만나겠다고 요청하는 게 가능하다 했지만, 막상 공작을 만나는 자리에 검을 가지고 갈 수 없는 법이다.

같은 이유로 전에 토냐가 그랜트를 만나겠다고 했을 때 그 자리에 토냐보다 뛰어난 신임을 받는 마법사가 동석을 했던 것이다. 그렇기에 토냐를 동행하는 것 자체는 안 좋게 비춰진다.

그래서 결국 남은 건 선애. 그래 봤자 공작을 만나러 가는 자리에는 같이 있지도 못하고, 단지 저택에까지만 같이 갈 수 있을 뿐이다. 가서 운이 좋으면 뇌물로 바치는, 앞으로 타이거 상회의 대표로 꼽힐 제품을 소개할 수 있는 정도?

솔직히 헬게르트 녀석이야 벨타이거가 클라리사의 약혼자라고 알고 있지만 공작은 그걸 모를 테니 사정해야 하는 남작만 가도 상관은 없을 거다.

그러나 앞으로 커다란 상회를 운영하게 될지 모르는 상인으로서 이 나라 최고로 꼽히는 귀족 가문을 방문하고 그 일원을 만나 혹 제품을 광고하게 될지도 모르는 기회를 어떻게 그냥 걷어차 버리겠는가? 남작의 애원이 잘 먹혀들어 가 뇌물까지 바칠 경우 그 용도를 설명하는 사람은 꼭 타이거 상회 사람이어야 했다.

"우리 상회 입장으로서는 나쁘지 않아. 어차피 앞으로 타이거 상회에서는 서대륙 제품을 많이 판매하게 될 거라고. 그러면 서대륙 출신의 사람이 우리 상회 대표로 간다면 '타이거 상회=서대륙의 물품을 판매하는 가게' 라는 이미지가 콱 박히게 될 거야. 게다가 서대륙인이라면 신기해서라도 쉽게 만나줄지 누가 알아?"

벨타이거의 말에 토냐가 동감이라는 듯 고개를 끄덕인다.

어쩔 수 없어서 선애를 보내는 게 아니라는 걸 인식시키려는 것 같지만, 그래도 제법 그럴듯했다. 상인의 입장에서 이미지를 콱 박히게 한다는 건 얼마나 멋진 장점이란 말인가? 게다가 나쁜 이미지도 아니고 상회를 잘 표현할 수 있는 이미지니 금상첨화였다.

"그거 멋지군. 비록 난 상인이 아니긴 하지만 내가 들어도 꽤 그럴싸해. 거기다 선애 양과 함께라면 나도 좋지."

헤스딩스 남작까지 감탄했다는 듯 고개를 끄덕이며 거들었다.

'흠, 저 벨타이거 녀석, 가끔은 꽤 괜찮은 말을 한단 말이야? 하기야 그런 게 아니었으면 선애를 여기 있게 하지도 않았지.'

"남작님께도 몇 가지 당부를 드릴게요."

그래도 이들 중 중앙 귀족들을 많이 겪어본 토냐가 전에 말해준 것을 복습 식으로 간단히 언급한 뒤에도 몇 가지 더 조언을 해줬고, 남작은 진지한 표정으로 경청하며 중간중간 고개를 끄덕거렸다.

에스테반 공작은 이 나라의 정사에 관여 안 하고 자신의 영지에 콕 박혀 있는, 단순하게 뜻만 따지자면 지방 귀족이라고 할 수 있겠지만, 난다 긴다 하는 중앙 귀족들 중 그 누구도 그를 무시하는 사람은 없었다.

그런 에스테반 공작가의 영지는 알파두르에서 별로 떨어지지 않은 곳에 있었다. 헤스딩스 남작 영지가 에스테반 공작가의 변경이라고 하면 이해가 될 거다. 그런 이유로 거리상으로만 따져 본다면 헤스딩스 남작 저택과 에스테반 공작 저택의 거리가 알파두르 도시와 에스테반 공작 저택의 거리보다 더 가까웠다. 그러나 헤스딩스 남작 영지와 에스테반 공작 영지 사이를 직통하는 도로가 없는 대신 알파두르와 수도 간의 도로는 잘 닦여 있었기에 이동 속도를 높일 수가 있었던 것이다. 덕분에 이동 기간도 길지 않았고, 잘 닦인 도로를 달려오느라 크게 어려운 일도 없었다.

거기다가 헤스딩스 남작이 출발하기 전 미리 공작가에 '뵈러 가겠습니다. 꼭 만나주십시오'라는 통지를 미리 보냈기 때문에 공작가에 도착하자 오래 기다리지 않아 남작은 공작을 만나러 갈 수 있었다.

물론 선애는 공작가에 바칠 뇌물과 그것을 관리하는 몇몇 상회 사람들과 함께 '대기실' 용도로 만들어진 응접실에서 기다려야 했지만 말이다.

"그럼, 내 다녀오겠네."

"잘 다녀오세요. 토냐 씨가 말한 것 확실하게 기억하고 계시죠?"

"물론."

"힘내세요. 다 잘될 거예요."

긴장된 얼굴로 이번에 경매에서 거금을 주고 구입한 명검과 드워프 장로가 만들어준 명검, 이렇게 두 자루를 손수 챙겨 든 남작이 선애의 격려를 받으며 응접실을 나서자 방 안은 조용해졌다.

이제 기다리는 일만 남은 것이다.

상회 사람들은 그래도 높은 상관인 선애와 한자리에 있는 게 불편한 듯 선애가 앉은 소파와 조금 떨어진 곳에 저희들끼리 모여 서서 속닥거리고 있었고, 선애 옆에는 이제는 선애의 그림자라고 불려도 손색없을 소피만이 있었다.

그렇게 기다리기 시작한 건 좋았는데 어째 꽤 시간이 지날 동안에도 기다리던 소식이 안 오는 것이었다. 그에 슬슬 초조한 기색을 보이는 선애 때문에 나까지 덩달아 초조함을 느꼈다.

[저기, 내가 한번 살펴보고 볼까?]

그리고 그 기분을 이기지 못한 내가 슬며시 제안을 하자 선애의 눈이 빛난다. 어째서 그 이야기를 지금에서야 하느냐고 말하는 듯하다.

뭐, 내가 일부러 그랬남?

[음… 그럼 갔다 올게.]

그 한마디를 끝으로 내가 몸을 날려 응접실을 벗어나려는 순간 응접실 문이 슬그머니 열리더니 그 틈 사이로 자그마한 머리 두 개가 빼꼼히 나타났다.

[응?]

"있어?"

앳된 여자애의 목소리가 묻자 몇 살 더 나이 든 남자애의 목소리가 대답한다.

"응."

"어디어디?"

"저어~기."

"아, 정말……."

둘이 혈육이라는 걸 증명하려는 듯 두 아이는 똑같이 밝은 군청색 머리에 파란 눈을 가지고 있었는데, 남자 아이는 대략 8, 9세쯤 되어 보였고, 여자 아이는 4, 5세 정도로 보였다.

"도련님, 이러시면 안 돼요."

"아가씨이~"

그 뒤에서 10대 후반? 혹은 20대 초반으로 보이는 시녀 둘이서 안절부절못하며 뭔지 모르지만 그 두 아이를 말리려 했다. 하지만 그 두 아이는 콧등으로도 안 들은 채 계속 안을 들여다보더니 곧 결심한 듯 남자 아이가 여자 아이의 손을 잡고 응접실 안으로 들어섰다.

이미 응접실 문이 열렸을 때부터 안에 있던 사람들이 그 애들의 존재를 알고 있었기에 두 아이가 들어왔어도 의아해하는 대신 조용히 바라보고 있을 뿐이었다.

두 아이가 들어오자 뒤에서 안절부절못하던 시녀들도 여전히 불안한 얼굴로 얼른 뒤쫓아 들어온다.

그렇게 응접실 안으로 들어온 두 아이는 여전히 소파에 앉아 그 애들을 빤~히 바라보고 있는 선애에게 도도도 하며 다가가더니 남자 아이가 다짜고짜로 묻는 거였다.

"여자야, 네가 서대륙인이냐?"

그에 선애가 기가 막혀 하는 표정으로 대답은 하지 않은 채 그 애를 바라보고만 있자 남자애가 고개를 갸웃하더니 다시 물어온다.

"왜 대답이 없느냐? 아, 우리나라 말을 할 줄 모르는가?"

"아니… 그게……."

그에 선애가 막 입을 열려고 하는데 불안한 표정으로 두 아이 뒤에 서 있던 시녀 한 명이 다부진 목소리로 끼어들었다.

"지금 이게 무슨 무례한 짓이냐! 이분이 뉘신 줄 알고 그렇게 당당히 앉아 대답을 하려는 거지? 이분은 에스테반 공작가의 장자이신 마틴 에스테반 공자님이시다! 어서 예를 갖추지 못하겠는가?"

그에 한쪽 구석탱이에 몰려 있던 상회 사람들이 얼른 바닥에 무릎을

끓었고, 선애도 무지 내키지 않는 표정이었지만 소피의 이끌림을 따라 소파에서 일어나 살짝 무릎을 굽혀 보였다.

"이름 높으신 에스테반 공자님을 만나뵙게 되어 무한한 영광입니다."

그러나 이 꼬맹이는 그 인사를 받을 생각도 안 하고 놀랍다는 듯 입을 헤벌렸다.

"우와… 우리나라 말을 잘 하잖아?"

"이래 봬도 바이런 국 시민권을 가지고 있는 몸이랍니다."

"그으래? 너 이름이 뭐지?"

"선애라고 합니다."

"서내? 스내?"

"선.애."

"아하, 선.애. 이름이 참 신기하네. 그게 너희 나라 이름이냐?"

"그렇습니다. 제가 있던 나라에서는 별로 신기한 이름은 아니지요."

"오오… 너, 너희 나라 말 좀 해봐라. 한번 들어보고 싶구나."

그에 선애가 생긋 웃으며 한국말을 아주아주 부드럽게 내뱉었다.

"*이러언~ 네 가지를 팔아먹은 녀석 같으니라고. 내가 니 친구냐, 임마? 어디서 쬐끄만 게 어른보고 이래라저래라 반말이야? 생각 같아서는 엉덩이라도 몇 대 때려주고 싶구만.*"

그러나 이 장소에서 저 말 뜻을 알아들을 수 있는 건 나뿐이었다. 게다가 내가 웃어봤자 들을 수 있는 사람은 선애뿐이라 나는 마음 놓고 배를 잡고 웃었다.

[파하하하하~]

그런데 그때, 공자에게 손이 잡혀 같이 들어온 여자 아이가 공자의 손을 잡아당겼다.

"오빠, 나도 한번 말해볼래."

그 여자 아이가 바로 현 에스테반 공작이 무지 애지중지한다는 공녀, 아사벨라 에스테반인 모양이었다.

"그래, 그래."

오빠의 허락이 떨어지자 꼬마 공녀는 냉큼 선애 앞으로 다가가더니 치맛자락을 잡아당겼다.

"이리 앉아봐, 응?"

그에 선애가 그 자리에 주저앉아 눈높이를 맞춰주자 공녀가 무지 신기하다는 표정으로 선애의 볼과 머리카락을 만지작거린다.

"우와… 되게 신기해. 너 피부가 왜 이런 색이야? 우왓… 눈도 까매."

한국인의 눈동자야 아기였을 때는 동공이나 검은자나 모두 까맣지만 성인이 되어갈수록 갈색이 섞여 좀 진한 고동색 정도로 변한다. 그런데 울 꼬맹이는 좀 특이한 체질인지 눈에 갈색이 거의 섞이질 않아 여전히 검은색에 가까웠다. 그래 봤자 완전히 검은 건 아니라 밝은 빛 아래에서 보면 동자와 확연히 구분되었지만, 약간 어두컴컴한 실내라든지 밤에 보면 그냥 다 검게 보였다.

이 세계에서 내가 본 눈동자 중 가장 진한 색이 갈색이었는데, 그래 봤자 한국인에 비하면 밝은 색 계통이라 선애의 눈동자를 신기해하는 건 크게 이상한 일이 아니었다.

그런데 울 꼬맹이의 피부색을 이야기하니 선애의 이마에 빠직 하고 힘줄이 돋았다.

울 꼬맹이는 초등학교 때 겨울 방학마다 스케이트를 배웠었는데, 그때 새카맣게 탄 것이 고등학생이 될 때까지 벗겨지지 않는 것이었다. 겨울에 탄 것은 하얗게 되지 않는다는 말이 정말이었던 모양이다. 덕분에 어려서부터 검은 피부를 가지고 많은 이야기를 들었던 터라 피부색 이야기에 굉장히 민감해했다.

그러나 지금 울 꼬맹이는 약자의 입장이었기에 차마 화를 내지 못하고 억지로 미소를 지어 보이려 애쓰는 덕에 입꼬리가 푸들푸들 떨렸다.

"너, 정말 다른 나라에서 왔니?"

"예."

"그래? 그 나라 사람들은 다 너처럼 생겼어?"

"그렇습니다. 모두 검은 머리에 검은 눈동자를 가졌지요."

"얼굴색도?"

거기에서 선애의 이마에 힘줄이 하나 뾰족 솟아올랐지만 선애는 간신히 간신히 미소를 유지할 수 있었다. 뭐, 볼이 좀 떨리기는 했지만 말이다.

"으으음… 그, 그렇지요오오……."

"옷도 신기해. 이게 그 나라의 옷인가?"

사실 선애는 서대류의 신비한 이미지를 강조하기 위하여 일부러 진나라에서 사 온 비단 옷에 진나라 장신구를 착용하고 있었다.

"제 나라 옷은 아니지만, 서대류의 옷은 맞답니다."

선애의 말에 여자 아이가 신기하다는 듯 옷자락을 조물락거리기도 하고 옷에 달려 있는 장신구들도 만져 보기도 하면서 재미있어했다.

하지만 남자 아이는 처음에는 얼마쯤 신기해하다가 그게 곧 시들해진 표정이다.

그걸 놓치지 않은 선애가 슬그머니 입을 열었다.

"사실 공자, 공녀님께 선물을 가지고 왔는데… 한번 보시겠습니까?"

"뭐? 서대류 물건이냐?"

"서대류에서 가지고 온 게 아니라 여기서 만들어진 물건입니다만……."

"뭐? 에이……."

그 말에 남자 아이가 실망감을 드러내 보이자 선애가 고개를 살짝 갸웃하며 말했다.

"관심없으십니까? 그래도 제가 제 고향에서 봤던 걸 드워프들께 말씀드려서 만든 것입니다만… 관심없으시다면… 공자님 선물은 그냥 가지고 가야겠군요. 공녀님께서는 어떠세요?"

그 말에 여전히 선애의 옷자락을 잡고 놓지 않았던 여자 아이의 눈이 반짝반짝 빛났다.

"난 볼래, 난 볼래."

"그럼, 공녀님 선물을 보여 드릴게요."

그렇게 말하며 선애가 손짓하자 한쪽 구석탱이에 존재감 없이 가만히 있던 상회 사람들 중 한 사람이 재빨리 선물 꾸러미 안에서 커다란 상자를 꺼내서 가지고 왔다.

크기가 선애 몸통만 한, 고급스러워 보이는 나무 상자를 받아 든 선애가 소파의 탁자에 올려놓고 열자, 그 안에는 망가지지 않게 가득 넣어 놓은 솜 틈새로 멋들어진 황금색이 빛을 번쩍였다. 마치 새장처럼 생겼지만, 가느다란 창살 대신 사방에 틈새가 하나도 없었다. 대신 꼭대기에 둥근 고리가 달려서 들고 다닐 수 있게끔 만들어졌지만, 척 보기에도 너무 크고 무거워 보여 쉽게 들고 다닐 수 있을지는 의문이었다.

"공녀님, 여기에는 비밀이 숨겨져 있답니다. 자, 이게 바로 그 비밀을 풀 수 있는 열쇠이지요."

나무 상자 한쪽 구석에 고이 붙어 있는 나무 곽을 선애가 꺼내 공녀에게 보여준다. 그건 마치 학교 다닐 때 가지고 다녔던 숟가락 통처럼 생겼는데, 그 통 뚜껑을 열자 안에는 아름다운 황금 열쇠가 들어 있었다. 손잡이 부분은 세 잎 클로버 모양이었는데, 각각의 잎에는 마름모 꼴의 사파이어가 세 개씩 박혀 있었고 둘레에는 덩굴 같은 무늬가 양각되어 있었다. 뭐, 열쇠 자체는 단순히 사각형에 틈 몇 개를 내놓은 모양이었지만, 공녀는 무척이나 마음에 든 것 같다.

"이건 목걸이 펜던트로 쓸 수 있답니다. 자, 여기 보이시죠?"

그렇게 선애가 가리키는 세 잎 클로버 중 가운데 잎사귀에는 정 가운데 구멍이 뚫려 있었다.

"여기에 줄을 끼워 목에 걸고 다닐 수 있답니다. 이렇게요."

물론 줄도 우리가 미리 준비해 온 금줄이었다.

선애가 줄을 끼워 목걸이로 만드는 시범을 보이자 공녀가 손뼉을 치며 좋아한다.

하지만 공자는 열쇠로 목걸이를 만드는 것보다는 커다란 황금 상자 안의 비밀이 궁금했던 모양이다.

"뭐야, 그건 대충 하고 빨랑 이거나 열어봐. 어떻게 여는 거지?"

이미 황금 상자의 여기저기를 만지작대며 돌려봤지만 도통 어떻게 여는 건지 모르겠는 모양이다.

"설마, 이 자체가 끝이라는 건 아니겠지?"

비밀을 슬그머니 들먹이자 처음에는 시큰둥했던 공자도 그 비밀이라는 게 궁금했던 모양이다.

"물론 보여 드려야죠. 자, 공녀님. 이건 공녀님 선물이니 한번 직접 해보시겠어요? 이건 이 열쇠로만 열 수 있답니다."

선애가 그리 말하자 공녀의 고개가 몇 번이고 끄덕여진다.

"응, 응, 내가 할래."

그 공녀의 모습이 귀여웠던지 주변 사람들이 다 빙그레 미소를 지어 보인다.

"자, 그럼 열쇠로… 여기 이 구멍 보이시죠?"

황금 상자 안의 아래쪽, 세공 덕분에 눈에 잘 보이지 않는 곳에 자리한 열쇠 구멍을 가리키며 공녀의 손을 이끌어 열쇠를 끼워주고 돌려주기까지 했다. 그러자 딸각~! 하는 잠금 장치가 풀리는 소리가 났고, 선애는 상자 맨 위에 있는 고리를 잡고 들어올렸다.

그 겉에 있던 화려한 황금 세공 상자는 단순한 뚜껑이었기에 그것이 밑단과 분리되어 벗겨져 나가자 사람들의 입에서 탄성이 쏟아졌다.

"우와아아~!"

그건 공녀와 공자도 마찬가지였다.

"멋지지요? 하지만 이게 끝이 아닙니다. 또 하나의 비밀이 숨겨져 있지요. 공녀님, 이번에는 이쪽이에요."

그리고 선애가 다시 황금 열쇠를 쥔 공녀 손을 이끌어 다른 쪽에 만들어져 있는 구멍에 열쇠를 끼우고 돌리기 시작한다. 그런데 한 번만 돌리는 게 아니라 여러 번이나 돌리자 사람들의 표정에 의아함이 어린다. 공녀와 공자 또한 마찬가지였다.

결국 기다리다 못한 공자가 짜증을 냈다.

"이봐, 언제까지 돌리는 거야? 그거 왜 자꾸 돌아가는 거지?"

"공자님, 비밀을 알려면 인내심이 필요한 거랍니다. 이번에는 여러 번 돌려야 해요."

그렇게 말하며 계속 돌리는 동안 다 돌아갔는지 더 이상 열쇠가 돌아가지 않았다. 그 자리는 바로 태엽이었던 것이다. 그걸 움직이지 못하게 꼭 잡은 선애가 주변을 바라보며 씨익 웃어 보였다.

"자, 그럼 잘 보시기 바랍니다."

그렇게 말하고는 열쇠를 쥔 손을 떼자 그 열쇠가 저절로 돌아가기 시작하더니만 그 위에 있던 아름다운 유리 세공 말들이 천천히 돌아가기 시작했다. 그리고 그 안에서 멜로디가 들려왔다.

따란 따라라~ 따라라 따라라 따라 라라라 따라라~

곡명은 그 유명한 '할아버지의 시계'.

간단하면서도 너무 아름다운 멜로디였기에 내가 선심 써서 드워프에게 알려줬었다.

그랬다.

공녀의 선물은 바로 회전목마였던 것이다.

그것도 엄청나게 비싼.

회전대 위에서 돌아가는 말들은 모두 유리 세공품으로 만들어졌다. 그것도 하나하나 일일이 손으로 만들어서 모두들 제각기 다른 모습을 하고 있었다. 그중 마차도 있었는데, 그 안에는 여성과 남성이 타고 있었고 마차 앞에는 마부가, 주위에는 호위하는 기사들도 있었다. 그런데 그 모든 것이 마찬가지로 모두 유리 세공품이었다. 그리고 그 말들을 잡고 있는 대나 밑받침, 천장들은 모두 황금이었고, 거기에는 아름다운 세공이 새겨져 있었다. 말들의 눈이나 안장, 말고삐들은 자그마한 보석들이었고 마차 테두리 등등도 황금으로 꾸며져 있었다.

아름다운 유리 말들이 음악에 맞춰 위로 올라갔다 내려갔다 하며 돌아가자 사람들의 입이 떠어억 벌어졌다.

[우후후… 놀랐을 거다.]

이거 만들게 하느라 선애와 내가 엄청나게 고생했지만 그래도 사람들의 놀란 표정을 보니 흐뭇한 것이, 그동안 고생한 보람이 엄청나게 느껴진다.

그런데 그때였다.

"마틴, 아벨!"

아이들의 이름을 부르는 여성의 고운 목소리에 시선이 자동적으로 그쪽으로 돌아갔고, 응접실 문 앞에 서 있는, 고급+우아한 차림의 여성의 모습을 보자 아이들을 따라왔던 시녀들의 얼굴이 새파랗게 질리더니 꾸

벽 허리를 숙인다.

"마, 마님!"

"어, 어머니."

그녀가 바로 현 에스테반 공작의 부인이었던 것이다.

"여기서 뭘 하고 있는 거니? 낯선 사람이 있는 곳에는 함부로 가지 말라고 한 걸 잊었니? 거기다 호위 기사도 없이 달랑 시녀 둘만 데리고!"

그녀의 말에 마치 반응이라도 하듯 문안으로 공작가 기사 다섯이 우르르 들어와 우리들을 둘러쌌다.

"어, 어머니… 그, 그게… 우리에게 줄 선물이 있다고 해서……."

역시 공자도 어린애는 어린애인 모양이다. 엄한 표정의 공작 부인에게 찔끔했던지 그가 우물쭈물하는데, 오빠를 구원하려는 것일까? 꼬마 숙녀가 당당하게 나섰다.

"엄마, 나 이거 가질래! 나에게 줄 선물이라고 했으니 내가 가질 거야."

"아벨… 준다고 해도 아무거나 덥석덥석 받아서는 안 돼요."

"싫엇! 이거 좋단 말이야."

딸내미가 볼을 부풀린 채로 단호하게 고개를 저으며 탁자에서 떨어지려 하질 않자—시녀가 몇 번이나 그녀를 데리고 공작 부인에게 가려고 했던 것이다—공작 부인이 궁금해졌던 모양이다.

"도대체 뭔데 그러니?"

그렇게 말하며 탁자로 다가온 공작 부인은 회전목마를 보자마자 다른 이들과 마찬가지로 눈을 둥그렇게 뜨며 감탄사를 흘렸다.

"어머나, 세상에… 이게 도대체 뭐라니? 이 음악이 여기서 나오는 거였구나. 어쩜… 이렇게 예쁜 음악 소리가 있었다니……."

"예쁘지? 예쁘지? 응? 이거 내 선물이래."

회전목마의 모습이 너무나 신기했던지 공작 부인은 자랑스레 대답하는 딸의 말에 건성으로 고개를 끄덕이며 여전히 멜로디에 맞춰 경쾌하게 돌아가는 아름다운 유리 말들의 모습을 눈으로 좇느라 바빴다.

그러나 그것도 잠시, 공작 부인이 온 후 곡이 한 번 끝까지 나온 뒤 다시 처음부터 멜로디가 시작될 즈음에는 점점 회전목마가 느려지기 시작하더니 결국 멜로디도 회전목마도 멈춰 버렸다. 태엽은 무기한 원동력이 아니기 때문에 어쩔 수가 없는 일이었다.

그러자 공녀는 물론 공작 부인이 무척이나 놀란 모양이다.

"아니, 이게 어떻게 된 거지?"

공작 부인은 단순히 놀란 목소리로 물어봤지만 공녀는 눈물까지 그렁그렁해져서는 선애를 돌아보는 거였다.

"뭐, 뭐야, 이거? 왜 그래?"

"힘이 다 빠져서 그래요. 힘을 다시 채워주면 또다시 돌아가게 되죠."

"힘? 힘을 어떻게 채워주는데?"

공녀가 고개를 갸웃거리자 선애가 웃으며 여전히 태엽에 꽂혀 있는 열쇠를 가리켰다.

"이거 말이에요. 제가 아까 몇 번이고 돌렸지요? 그게 이 녀석에게 힘을 채워주는 거거든요. 열쇠가 안 돌아갈 때까지 계속 돌려주면 돼요. 이렇게요. 그럼… 다시 돌아가지요?"

선애가 열쇠를 두어 번 돌리고 손을 놓자 다시 회전목마가 돌아갔지만 예전만 못하고 느릿느릿거린다.

"그런데 왜 이렇게 느려?"

"제가 끝까지 안 돌렸기 때문이에요. 끝까지 돌려주면 원래대로 돌아와요. 단, 이 열쇠로만 돌릴 수 있으니까 이거 잊어버리시면 안 돼요? 아, 저기… 음……"

선애가 다 돌아가 멈춰진 태엽에서 열쇠를 꺼내 황금 상자 뚜껑을 닫아 다시 잠근 후 공녀에게 주려 하다가 옆에 있던 공작 부인의 눈치를 슬며시 보며 머뭇거린다.

그에 이 공녀, 눈치가 무척이나 빠른 꼬맹이였던지 얼른 엄마의 치맛자락에 매달렸다.

"엄마, 엄마, 엄마아아~ 나 이거 가지고 싶어어요오~ 웅?"

눈치만 빠른 게 아니라 영악하기도 하다. 어느새 존대에 애교까지 부리다니.

공작 부인은 그런 딸이 예쁘기만 한지 너그러운 표정이 되어 딸에게 고개를 끄덕여 준 뒤 선애를 바라보았다.

"그대는 누구지?"

"처음 뵙겠습니다. 저희는 이번에 헤스딩스 남작님과 같이 온 타이거 상회 사람들입니다. 이것들은 모두 남작님께서 공작 각하를 위하여 특별히 주문하신 드워프제 물품이옵니다."

'드워프제'란 말에 공작 부인이 납득했다는 듯 고개를 끄덕인다. '그래서 이렇게 신기하고 멋진 제품이구나' 하는 표정이다.

'이것에 대한 아이디어는 나에게서 나왔다는 걸 저 아줌마는 알라나 몰러. 쩌비……'

"그랬군. 어쩐지 정말 대단한 물품이다 생각했어. 이거 이름이 뭐지?"

"'회전목마'라고 합니다. 이번에 저희 상회에서 새로 선보일 물품들 중에서도 특별히 주문 제작한 것들입니다. 더 많은 제품을 보고 싶으시면 나중에 저희 상회 사람을 불러주십시오. 이런 것 말고도 여러 가지를 보실 수 있을 겁니다."

아랫사람의 부탁은 들어주지도 않는 주제에 뇌물만 꿀꺽하는 나쁜 귀족도 가끔 있는 모양이지만, 천만다행히도 에스테반 공작은 그래도 제법

사리분별이 있는 귀족이라 했다. 그래 만약 남작의 부탁을 들어주지 않는다면 이 물품들도 도루묵이 될 테니 공작 부인이 딸에게 고개를 끄덕이기는 했어도 혹시나 하는 생각에 난처함을 표했던 것이다. 자기가 덥석 받았다가 공작이 부탁을 거절하기라도 하면 공작 마음이 안 좋을 테니 말이다. 공작 부부 간에 금슬이 제법 좋다고 하고, 이 부인도 괜찮은 귀족이라 하더니만 여러 가지로 생각을 해주는 모양이다.

그때 선애가 은근슬쩍 '앞으로 이런 제품을 우리 상회에서 판매할 것이다'라고 선전을 하니까 공작 부인의 얼굴이 밝아진다. 이걸 지금 받지 못해도 나중에라도 자신이 사면 될 테니까 말이다.

"자네 상회는 드워프와 거래를 하는 모양이군?"

"물론입니다. 드워프와 거래는 물론이거니와 서대륙과도 거래를 하는 상회이옵니다."

선애의 말에 그제야 공작 부인이 선애가 독특한 외모에 독특한 차림을 했다는 걸 깨달은 듯한 표정이다. 그동안은 회전목마에 온통 신경을 빼앗겨 있었던 것이다.

"그러고 보니 자네는……?"

"예, 저는 이 나라 출신이 아니옵니다."

"그랬군. 어쩐지……."

그렇게 공작 부인이 납득하고 있을 때, 한쪽에 물러서 있던 공자가 슬그머니 나섰다.

"으흠… 저, 저기… 아까 내 선물도 있다고 하지 않았어?"

이곳에서 만들었다고 하니 흥미없다고 한 주제에 회전목마를 보고 난 뒤에 생각이 바뀐 모양이다.

"보여 드릴까요?"

이때다 싶은 선애가 은근한 어조로 묻자 공자가 고개를 끄덕끄덕한다.

그에 선애의 손짓에 대기하고 있던 상회 사람 한 명이 부리나케 또 한 상자를 꺼내서 가지고 온다.

"음… 그런데 공자님, 공자님 선물은 이 회전목마처럼 신기하게 움직이는 건 아니랍니다."

선애의 말에 꼬맹이가 실망한 표정이다.

"에… 그럼 내건 뭔데?"

"직접 보시겠습니까?"

선애가 건네준 것은 길이가 약 50㎝이고 너비는 20㎝ 정도 되는 고급스러운 나무 곽이었다. 하기야 공작 집안에 바치는 것이니 고급, 우아하지 않은 게 어디 있을까마는. 이것은 따로 잠금 장치가 없었기 때문에 선애는 황금 열쇠를 주는 등의 부산을 떨지 않고 곧바로 나무 뚜껑을 열어 안을 보여줬다.

그러자…

"어머나, 세상에……."

"우와아……!"

그 안에는 우리의 특별 주문으로 제작된 모형 무기들이 붉은 비로드 천 위에 나란히 누워 있었다. 바스타드 소드, 롱 소드, 투핸드 소드, 레이피어 말고도 에스테반 공작가 기사단이 사용하는 공작가 문장이 들어간 방패, 거기에 여러 가지 도끼에다 나중에는 에스테반 기사단용 갑옷까지 정교하게 제작되어 누워 있었다. 그래 봤자 그 모든 검의 길이가 작아서 투핸드 소드만 해도 내 손의 한 뼘 정도의 크기밖에 안 되었다. 그런데 이 모든 것이 자그마한 보석들이 박혀서 화려하게 세공된 검집에 고이 넣어져 있었던 것이다.

"하나 뽑아보시겠습니까? 안전을 위하여 검날을 세우지는 않았지만, 모양만은 정말 그럴듯하지요?"

선애의 말에 공자는 가장 끝에 있던 투핸드 소드를 집어 들어 조심스레 검집을 벗겨냈다. 그랬더니 그 안에 은빛으로 빛나는 검신이 모습을 드러내는 것이었다.

"우와아~ 이거 모두 이렇게 만든 건가?"

"물론이지요. 이 갑옷도 모두 진짜 갑옷처럼 분리된답니다."

갑옷은 똑바로 세울 수 있게 받침대까지 만들어져 있었다.

"우와, 우와, 우와아~ 이게 내 선물이란 말이지?"

"그렇습니다. 아무래도 공자님은 에스테반 공작가의 혈통을 타고나셨으니 검을 좋아하시지 않을까 해서 드워프들에게 특별히 주문한 거지요. 공녀님께 드리는 선물이야 같은 종류를 저희 상회에서 앞으로 판매하겠지만, 이건 그렇지 못하답니다. 드워프 마을에도 없는 거구요. 그러니 이 세상에서 이거 단 하나밖에 없는 것이랍니다."

"우와아아~"

단 하나밖에 없는 것이란 말에 공자의 입이 양옆으로 쫘아악~ 벌어졌다.

"이, 이게 내 거라구?"

"정말 멋진 선물이구나, 마틴."

공작 부인의 다정한 말에 남자 아이가 양 볼을 붉게 물들이며 얼른 고개를 끄덕끄덕한다. 너무 좋아하는 아이들의 모습을 보면서 공작 부인의 눈이 어떤 결심을 한 듯 굳는다. 아무래도 웬만한 부탁이면 들어주라고 공작에게 강력하게 주장하려는 모양이다.

하지만 천만다행히도 헤스딩스 남작 또한 자기 선에서 목적을 무사히 달성하고 있었다.

잠시 후 공작이 보낸 시종이 와서 우리 일행들을 불렀고, 부랴부랴 공작에게 따로 바칠 뇌물들을 챙겨 시종의 뒤를 쫓아간 우리는 우리가 있었던 곳보다 더 넓고 화려하고 고급스레 꾸며진 응접실로 안내되었다.

그곳에서 눈이 벌겋게 충혈되어 퉁퉁 부은 헤스딩스 남작이 우리를 향해 환한 미소를 지어 보여 일이 잘되었음을 알려줬다. 토냐의 조언이 상당한 도움이 되었던 모양이다.

공작이 다행히 괜찮은 귀족이라는 정보를 얻자마자 토냐가 해준 조언이란, 우선 가자마자 아무 말 없이 검을 바치라는 것이었다. 절대로 '이 검을 드릴 테니 제 부탁을 들어주십시오!' 라는 기색을 내비쳐서는 안 된다는 것. 공작 같은 귀족은 들어줄 만한 부탁이면 당연히 들어줄 텐데 그걸 모르고 마치 상인처럼 거래를 하려 드는 아랫사람을 무척 싫어한다는 것이다. 그리고 두 번째로 계속 공작가 그늘에 있으려는 것이 아니라 내쫓겨도 좋으니 이번 딱 한 번만 자신의 딸을 보호해 달라고 하라는 것이었다. 대단한 사람과 결혼시키는 것보다는 돈이 적고 대단하지 못한 가문 사람이라 해도 딸을 정말로 사랑해 주는 사람과 결혼시키고 싶다는 말을 꼬옥 넣으라는 것도 잊지 말라고 했다. 그것도 공작의 바짓가랑이라도 잡고 늘어지며 눈물로 호소하라고 했던 것이다. 공작 또한 애지중지하는 딸이 있으니 그 점을 이용하기 위한 것이었다. 눈이 팅팅 부은 걸 보니 정말 울면서 애원한 듯싶었다.

그 뒤로는 모든 일이 일사천리로 척척 진행되었다.

공작은 부탁을 기꺼이 들어주기로 해서 그런지, 정말 감사하다면서 헤스딩스 남작이 바치는 뇌물을 기꺼이(?) 받아들였고, 공작 부인과 아이들은 무지 좋아라 했다. 뇌물 안에는 선풍기와 괘종시계도 들어 있어 사람들의 찬탄을 다시 한 번 자아냈다.

처음에는 괘종시계도 태엽으로 움직이게 하려 했는데, 그보다는 좀 더 비싸기는 하지만 편리하게 마법석을 사용하기로 했다. 그것이 태엽보다 더 오래갔기 때문이다. 물론 건전지처럼 일년에 한 번 정도 갈아줘야 하기는 했지만 말이다.

괘종시계는 선애가—물론 그 뒤에는 내가—주문한 것을 만드느라 따로 많은 시간을 내지 못한 드워프들이 새로운 디자인을 만들 틈이 없어서 그들이 미리 만들어놨던, 매 시간마다 일곱 드워프가 나와서 즐겁게 일하고 노는 괘종시계를 눈물을 머금고 내줬다.

뭐, 다른 건 둘째 치고 드워프들이 음악에 맞춰서 움직이니까 애들이 너무 좋아서 딴 거 말고 이걸로 가지고 오기를 무지 잘한 듯싶었다.

그리고 선애가,

"망가지면 언제든지 가지고 오십시오. 수리해서 드리겠습니다."

하는 말에 공작 부인의 배려(?)로 공작령 내의 큰 도시 세 군데에다 우리 타이거 상회 지부와 가게를 열도록 허락받을 수 있었다. 뭐, 공작의 그늘 아래 들어가지 못한 게 아쉽기는 하지만 그래도 이게 어딘가 싶어 만족하기로 했다.

남작은 딸을 사랑하는 그 절절한 마음이 공작의 심금을 울렸는지 공작이 계속 자신의 가신으로 받아주겠다고 했단다. 그러니 헤스딩스와 계속 친하게 지내면 그 덕을 좀 받을 수 있지 않을까 한번 생각해 봤다.

제일 큰 쾌거는 공작 부인이 회전목마와 괘종시계를 너무 마음에 들어 하면서 회전목마와 선풍기, 괘종시계를 새로이 특별 주문한 것이다. 자신들에게 준 것 못지않게 잘 만들어달라고 신신당부를 했는데, 그것들은 얼마 후 있을 왕비의 생일 파티 때 그녀에게 바칠 생일 선물이 될 거라고 했다. 왕실에 선물로 들어갈 수 있다면 중앙 귀족들에게 대대적으로 선전이 될 것이니 우리 상회 입장으로서는 참으로 기쁜 일이 아닐 수 없었다.

그렇게 많은 것을 얻고 기분 좋게 돌아오는 길의 마차 안에서 선애는 소피에게 조용히 말을 건넸다.

"이번에 정보 길드의 도움을 정말 많이 받았어. 정말 감사하다고 전해줘."

"예."

공작가의 어린 자녀들이 선애가 있는 응접실에 찾아온 게 다른 사람들에게는 우연으로 보였겠지만, 사실 그건 혹시 헤스딩스 남작이 실패했을 경우를 대비하여 우리가 미리 깔아놓은 포석이었다. 공작가에 이미 침투해(?) 있던 정보 길드원에게 어린 공자와 공녀의 귀에 서대륙인이 왔다는 이야기가 들어가게끔 하라고 지시를 내려놨던 것이다.

태어나 한 번도 보지 못한 서대륙인이 왔는데, 되게 신기하게 생겼더라… 등등의 말을 어린아이들에게 흘린다면 호기심 왕성한 그 나이에 가만있겠는가? 그것이 바로 호위 기사도 없이 시녀만 데리고 어머니 몰래 공자가 공녀와 함께 살금살금 선애가 있는 응접실에 올 수 있었던 이유였던 것이다.

이럴 때야말로 '세상에 우연이란 없다' 라고 말할 수 있는 거겠지?

[후후후, 그 계획, 정말 멋진 것 같아. 덕분에 일이 수월하게 잘 풀렸잖아? 앞으로도 모든 일이 그렇게 잘됐으면 좋겠는데 말이야.]

"Me Too."

"예? 선애님, 지금 뭐라고 하셨어요?"

"응, 아니… 그냥 혼잣말."

Chapter 40

가장 큰 변수가 되리라 생각했던 에스테반 공작가 방문을 성공리에 마치고 돌아온 헤스딩스 남작의 표정은, 마음만으로도 가능하다면 하늘을 둥둥 떠서 다닐 것만 같았다. 하기야 그에게서 가장 큰 근심거리였던 딸의 혼사 문제를 무사히 처리할 수 있게 되었으니 어찌 그러지 않겠는가. 게다가 자신의 욕심이 아니라 딸을 생각한 일이 성공을 거둔 거라 나까지 덩달아 흐뭇해졌다.

게다가 선애도 남작 못지않은 쾌거를 이루었기에 남작 못지않게 기분이 좋아 보였다.

그렇게 여전히 허공을 붕~ 뜬 채인 남작과 마찬가지로 기분 좋은 선애가 알파두르에 도착하자 삼각 붕대를 맨 벨타이거가 둘을 맞이했다.

"아하하! 표정을 보아하니 일이 잘된 모양입니다."

"어허허허! 자네가 많이 도와줘서 그렇지. 그동안 정말 고마웠네."

"그 무슨 서운한 말씀을요. 일이 잘 풀렸다니 저도 한시름 놓았습니다."

"그래, 자네도 그동안 마음고생이 많았지? 그건 그렇고, 그 팔은 또 왜 그런가?"

남작이 천 매듭을 목 뒤로 묶어 팔을 고정시키고 어깨를 편하게 한 모습을 가리키며 묻자 벨타이거가 부끄럽다는 표정으로 웃어젖힌다.

"아하하! 이거 참, 말씀드리기 창피한데요. 요즘 저희 상회 일이 너무 많아서 잠을 제대로 못 잤더니만 졸다가 계단에서 굴렀지 뭡니까? 그래서 어깨뼈가 좀 부러졌습니다. 뭐, 토냐가 있어 금방 치료는 했습니다만, 그래도 당분간은 이러고 있는 게 안전하다고 해서요. 통증도 거의 없고 움직이는 데 무리도 없는데 괜히 폼만 잡고 있는 겁니다."

벨타이거의 말에 선애의 인상이 굳어졌다. 그의 상황을 알고 있는 바, 그의 말을 액면 그대로 믿을 수가 없었던 것이다. 내 귀에도 그의 말은 핸들리 혹은 그의 숙부에게서 한 번 더 암살의 위협을 받았다는 것으로 들렸다. 그래도 어깨뼈 부러진 것 외에 다른 데는 멀쩡한 거 보니 이번에도 무사히 위기를 넘긴 모양이다.

하지만 그런 걸 알 리 없는 헤스딩스 남작은 벨타이거의 말을 액면 그대로 믿는 표정이었다.

"저런… 그러기에 좀 쉬엄쉬엄하지 그러나. 아무리 젊다고 해도 몸을 혹사시키면 나이 들어서 고생이네. 나이 많은 사람의 충고는 진지하게 듣게."

"하하하! 저도 그러고 싶은데 상회의 일이 부쩍 많아져서요. 지금은 제 몸이 두 개였으면 하고 바란다니까요."

"그래도 그건 기쁜 소식이구먼. 상회 일이 잘 풀리니 일이 많아진 거 아니겠는가?"

"예, 다행히도 아직까지는 순탄합니다. 그러니 제가 잠도 못 자고 열심히 일하는 거 아니겠습니까? 기껏 남작님을 모시게 되었는데 이거 제가 바빠서 제대로 된 대접도 못해 드려 정말 송구스럽습니다."

"어허, 그런 말 말게. 우리가 어디 남인가? 오히려 자네가 바쁠 때 내가 와서 괜히 일만 더해준 것 같아 미안하이. 아아, 이런이런, 내 바쁜 사람 붙잡고 너무 이야기를 늘어놓은 것 같구먼. 난 내일 곧바로 내 영지로 출발할 테니 신경 쓰지 마시게나. 이 소식을 또 우리 애들에게 빨리 전해 주고 싶기도 하고."

"물론 그러실 테지요. 아, 제가 먼저 그쪽에다 소식을 보낼까요?"

"아닐세. 그냥 내가 직접 전해주고 싶군. 자네는 신경 쓰지 말고 어여 자네 일이나 보게. 빨리 끝내야 조금이라도 더 쉬지."

"배려해 주셔서 정말 감사합니다."

"배려랄 게 뭐 있겠나? 그럼 나는 이만 올라가서 쉬겠네. 아, 선애 양도 나 따라다니느라 정말 수고했네."

"제가 뭘 했나요, 남작님이 다 알아서 하셨는데요. 어서 올라가서 쉬세요."

"그래그래, 이거 나도 나이가 먹었는지 마차 타고 편히 온 주제에 온몸이 쑤시는구먼. 엣헴."

그렇게 헤스딩스 남작이 슬머시 자리를 피하자 벨타이거가 선애를 데리고 자신의 서재로 향했다. 그곳에는 토냐와 모건이 웬 남정네 한 명과 함께 기다리고 있었다.

"선애, 갔던 일은 어떻게 되었어?"

제일 먼저 토냐가 성과가 궁금하다는 듯 인사도 없이 다짜고짜 결과를 물어왔다. 하기야 토냐도 선애처럼 헬게르트 녀석에게 반 협박 스카웃 제의를 받고 있었으니 이번 결과를 목 빠지게 기다렸으리라.

그에 선애가 함박웃음을 지어 보이며 손가락으로 브이 자를 그렸다.

"성공~! 했습니다!"

"잘~ 했스~!"

"다행입니다!"

선애의 말이 끝나자 토냐가 환하게 웃으며, 모건이 살았다는 얼굴로 외쳤다.

"남작님께서 말씀하시길 토냐가 말한 게 모두 들어맞았대요. 아마 나중에 고맙다고 하실걸요? 정말 공작님 다리를 부여잡고 우셨던 모양이에요."

선애의 말에 토냐가 웃었다.

"세상에… 나는 말은 그렇게 했어도 정말 다리 붙잡고 울기까지 할 줄은 몰랐는데 말야."

"그만큼 절실하셨던 거겠죠. 하여간, 그렇게 해서 회장님이 브라우닝 경에게 파혼하라는 협박을 받지 않아도 될 것 같아요. 거기다 더 좋은 소식은 뇌물로 바친 우리 상회 제품에 폭 빠지신 공작 부인께서 특별 상품을 주문했다는 것, 그리고 에스테반 공작 영지 안에 있는 큰 도시 세 군데에 우리 상회 지부하고 가게를 열도록 허락받았다는 거예요."

"멋지십니다, 이사님. 덕분에 저는 더더욱 집에 못 가게 되었군요."

선애의 말에 모건이 막 좋아하다가 결국에는 익살맞게 울상을 지었다.

"아하하하! 미안해요, 모건. 대신 회장님께 보너스 듬뿍 청하세요. 그런데 이분은 누구신지……?"

평소 이런 자리에 같이하지 않았던 새로운 인물이 떡하니 버티고 있자 모건이 기다렸다는 듯 그를 소개했다.

"이사님을 옆에서 도울 사람입니다. 로건 씨도 금방 돌아오지 못할 테고, 또한 돌아왔다 해도 일이 많아졌으니 비서가 또 있는 것이 좋을 듯해서 말입니다."

모건의 말이 끝나자 그 사람이 앞으로 한 걸음 나와 선애를 향해 정중하게 고개를 숙여 보였다.

"안녕하십니까? 알프레드라고 합니다. 평민 출신이라 성은 없습니다."

[알프레드? 알프레드라고라?]

그 이름을 들으니 예전 한국에서 봤던 모 TV 프로그램에 나오는 유명한 캐릭터가 떠올라 웃음이 삐져 나올 듯했다.

선애도 갑자기 그를 떠올렸는지 어깨가 바들바들 떨렸다. 그러나 차마 그 앞에서 웃을 수는 없는 일인지 능력껏 소리나지 않게 참고 있었다.

그는 이 나라에서 흔히 보이는 갈색 머리에 갈색 눈을 가지고 있는 20대 후반의 남자였다. 제법 깔끔한 외모를 가지고 있어 주변 여자들에게 은근히 호감을 살 듯했다.

그가 인사를 했으니 답이 나와야 하는데 침묵이 길어지자 사람들이 의아한 시선을 보냈고, 그제야 웃음을 진정시킬 수 있었던 선애가 얼른 입을 열었다.

"아, 죄송합니다. 예전에 아는 사람이랑 같은 이름이라 좀 놀랐어요. 어쨌든 이렇게 만나서 반갑구요, 잘 부탁합니다."

선애의 말에 그가 다시 고개를 꾸벅 숙여 보였다.

"알프레드가 여기 온 지 사흘이 되었답니다. 이사님은 안 계신데 서류는 계속 올라오고 해서 제가 마음대로 서류 정리를 시켰습니다."

모건의 말에 선애가 고개를 저었다.

"아니에요, 잘 하셨어요. 보니까 모건과 아는 사이인 것 같은데, 모건이 추천한 사람이면 믿을 수 있지요."

[앗싸, 이제 일거리가 좀 줄어들겠구나!]

선애가 일하고 있는데 내가 놀 수 있을 리가 없다. 덕분에 옆에서 같이 일하는 것은 물론이거니와 요즘 잠이 점점 줄어든다는 이유로 선애가 잘 때도 혼자 선애 옆에서 일한 적도 허다했던 것이다. 하지만 이제 선애의 비서가 한 명 더 늘었으니 유령이 된 뒤 생긴 취미를 즐길 여유가 좀 생길 듯하다.

그 뒤 공작가에서 있었던 일을 선애가 좀 더 상세하게 설명하고—물론 정보 길드 덕분에 꼬맹이들을 만났다는 건 쏙 뺐다. 그건 그냥 우연으로 치부하게끔—선애가 없었던 동안 상회에서 있었던 일들을 이야기한 후에 모건과 토냐, 그리고 새로 생긴 선애의 비서 알프레드가 일을 하려고 자리를 뜨려 하자 선애 또한 같이 자리에서 일어나려 했다.

그런데 벨타이거가 선애를 붙잡았다.

"아, 잠깐만 선애, 좀 물어볼 게 있어."

"에? 그래요?"

그렇게 선애가 멈칫하며 자리에 다시 앉는 동안 사람들은 우르르 서재를 빠져나가 문을 닫았다.

그들이 모두 나가고도 벨타이거가 뭔가 생각에 잠긴 채 침묵을 지키자 잠시 기다려 주던 선애가 더 이상 기다려 주기 싫었던지 먼저 입을 열었다.

"그… 어깨 다친 거, 그냥 계단을 구른 게 아니죠?"

"응? 아아, 역시 그렇게 티가 났나?"

벨타이거가 어색하게 웃으며 목에 묶인 매듭이 불편한 듯 만지작거렸다.

"회장님이 그렇게 얼빵한 사람이 아니라는 걸 아니까 눈치 챈 거죠. 그래도 이렇게 다친 건 처음 있는 일이네요."

"그게… 이번 공격은 정말 위험했거든. 하마터면 죽을 뻔했어. 그래서 생각한 건데……."

아무래도 거기에 관련된 이야기인가 싶어 선애가 진지하게 벨타이거를 바라보자, 이 벨타이거 녀석이 히죽 웃으며 말을 꺼냈다.

"선애, 나랑 결혼하지 않을래?"

그 말을 들은 선애는 아무 말도 안 하고 소파와 소파 사이에 놓인 탁자 위에 있던 도자기를 양손으로 번쩍 들어올렸다.

그 모습에 벨타이거가 사색이 된 얼굴로 손을 내저었다.

"아앗! 농담이야, 농담! 우리 사이에 농담도 못하남?"

선애는 기가 막힌 표정으로 벨타이거를 노려봤지만 정말 집어 던질 생각은 없었던 터라 순순히 도자기를 제자리에 돌려놨다. 꽤나 비싼 거라 함부로 깨뜨리기가 어려웠던 것이다. 나중에 물어내라고 하면 어쩐단 말인가.

"죽고 싶으시면 그냥 말씀하시지 그랬어요. 기꺼이 손을 빌려 드렸을 텐데."

선애가 매섭게 노려보며 말하자 벨타이거가 하하 웃었다.

"무슨 그런 소리를… 나는 오래오래 사는 게 목적인 사람이라고."

"평소 행동하시는 건 전혀 그렇게 보이지 않는데요?"

"내가 그랬나? 생각이 잘……."

"어머, 벌써 치매기가? 머리에 강한 충격을 받으면 다시 생각날지도 몰라요."

선애가 그렇게 말하며 은근히 다시 도자기 쪽으로 손을 뻗자 벨타이거가 얼른 손사래를 쳤다.

"그만둬. 날 정말 죽일 생각이야?"

"음… 죽으면 회장님 운이 없는 걸로 생각하죠, 뭐."

"아하하! 사양할게. 그러니 그 도자기에서 좀 떨어져 주지 않겠어?"

벨타이거의 말에 선애는 무척이나 아쉽다는 얼굴로 도자기와 조금 떨어져 앉았다.

"장난은 그만 하고, 정말 하고 싶은 말이 뭐예요?"

"청혼을 질색할 정도로 날 그렇게… 아하하, 농담이니까, 농담."

선애의 손이 다시 도자기를 향해 뻗어가자 벨타이거가 얼른 말을 중단하고 얼버무렸다.

"한 번만 더 그런 농담을 하면 정말 날려 버리겠어요."

"예이, 예이. 음… 그런데 아예 상관없는 일은 아니거든?"

"그게 또 무슨 소리예요?"

또 장난인가 싶었지만 이번 어조는 정말 진지했기에 선애는 미심쩍은 얼굴이면서도 도자기로 손을 뻗지는 않았다.

"그동안은 여러 가지 사건이 일어나도 나는 좀 놀라기만 했을 뿐 상처는 입지 않았기에 얼마든지 버틸 수 있다고 생각했는데 이번 일로 그게 아니라는 걸 깨달았어. 까딱 잘못하다가는 모든 게 끝장일 수 있겠더라고. 그래서 난 나름대로 진지하게 생각한 거야. 내가 만약 잘못되기라도 한다면… 이 상회가 녀석들 손에 넘어가겠지?"

그건 그랬다. 선애가 공동 투자가이자 운영자이기는 하지만 타이거 상회의 명의는 벨타이거 앞으로 되어 있었으니까. 그러니 만약 벨타이거가 죽으면 크로스웰 상회는 핸들리에게 넘어갈 테고, 남작 작위와 타이거 상회 명의는 벨타이거의 숙부에게로 넘어가게 될 것이다.

그렇게 되면… 아마 타이거 상회는 반으로 뚝 잘라지게 되지 않을까? 선애가 벨타이거 숙부 밑으로 들어가려 하지는 않을 테니 말이다.

"난 이 상회가 녀석들의 손아귀에 조금이라도 들어갈 확률이 있다는 것조차 참지 못하겠어. 그래서 그걸 막을 방도를 생각한 거지."

가장 좋은 건 벨타이거가 빨리 결혼하여 자식을 보는 것이다. 그러면 벨타이거가 잘못됐을 때 작위며 명의며 모든 것이 자식에게 돌아가니 말이다.

"쓸데없는 생각 하지 말라고 하고 싶지만, 지금 회장님 상황이 안 좋다 보니 쓸데없는 말로 치부할 수가 없네요. 그래서, 결혼할 마음은 있는 거예요? 난 이왕이면 클라리사가 어떨까 싶은데……."

"리사는 어려서부터 보아온 동생 같은 존재라 그런지 지금도 전혀 이성으로 느껴지지 않는걸. 그렇다고 작위를 지키기 위해 조건이 맞는 아무 여자와 결혼하고 싶지는 않아. 그래서 선애에게 청혼한 건데……."

그러면서 벨타이거가 슬며시 선애를 바라보자 선애가 눈썹을 치뜨며 쓰읍! 하고 바람 소리를 낸다.

"뭐, 그건 반은 농담이고… 그래서 생각한 건데… 선애, 내 양녀가 되지 않겠어?"

"엑?"

"선애가 나보다 어리니까 내가 양녀로 삼을 수 있잖아. 만약 그렇게 된다면 내가 잘못되었을 경우 내 작위와 타이거 상회 소유권, 그리고 크로스웰 상회 소유권—비록 명분에 가까운 것이긴 하지만—을 가질 수 있어."

"그렇게까지 날 죽음의 늪으로 끌어들이고 싶으세요?"

선애의 말에 벨타이거가 머쓱하니 웃어 보였다.

"사실, 그게 마음에 걸리기는 해."

벨타이거의 말처럼 선애가 벨타이거의 양녀가 될 경우 그런 혜택은 있지만 그와 함께 앞으로 핸들리 녀석이나 벨타이거 숙부에게 목숨을 노림받게 된다는 악재도 따라온다.

이 나라의 법률상 상속권은 아들에게 먼저 주어지지만, 여자에게 아예 아무 권리도 안 주는 건 아니라서 아들이 없을 경우 미혼의 딸, 미혼 딸이 없을 경우 기혼의 딸에게 작위와 재산이 물려지긴 하니 벨타이거가 말한 방법은 괜찮은 것이기는 하다.

덕분에 선애는 귀족가의 영양이 될 수 있고, 이건 벨타이거가 결혼해서 아들만 낳으면 상속권만 사라질 뿐 여전히 귀족가의 영양으로 있을 수 있으니 선애 입장에서 손해는 없었고 나중에 벨타이거도 이 모든 권리를 못 돌려받게 될까 봐 전전긍긍할 필요도 없었다. 딸을 낳는다고 해도 양녀보다는 친딸의 권리가 우선이니 말이다.

게다가 벨타이거 입장에서는 오로지 혼자 노림을 받다가 선애와 같이 노림을 받게 된다면 좀 숨통이 트이지 않겠는가.

단, 선애가 그 노림 속에서 무사히 버틸 수 있느냐는 것이 문제인데…….

내 의견으로는 귀족 영양 안 돼도 좋으니 제안을 거절했으면 좋겠다. 뭐, 상회가 문제가 된다면 그거야 벨타이거가 미리 유언장을 작성해 놓으면 되는 거 아닌가? '내가 죽으면 상회에 대한 모든 권리는 선애에게 넘긴다'라고 말이다.

선애는 잠시 생각하는 듯하다 문득 떠오른 생각에 물었다.

"그런데 왜 나에게 작위를 물려주려고 해요? 딴 사람은 없었어요? 예를 들면… 아, 그래! 모건도 있는데…….'"

솔직히 따지자면 선애보다는 모건이 벨타이거와 더 가까웠다. 아니면 벨타이거의 다른 측근이라 할 수 있는 잭 조셉도 있고 말이다. 그 잭 조셉은 다른 도시 지부에 가 있어 얼굴 못 본 지 꽤 오래되었지만, 선애보다는 벨타이거와 가까운 사람이었다.

"음… 솔직히 말해도 될까?"

선애의 질문에 벨타이거가 망설이더니만 그렇게 묻는다. 그에 선애가 머뭇거림없이 고개를 끄덕였다.

"그러세요."

언제는 솔직히 말하지 말랬던가?

그랬는데 벨타이거가 불안하게 선애에게 시선을 던진다.

"화… 안 낼 거지?"

"왜요? 내가 화낼 일이에요?"

"아니, 화… 까지는 아니더라도 조금은 서운할까 봐."

"뭔데요?"

"사실은… 처음에는 모건을 떠올렸어. 그 다음에는 잭을 떠올렸고. 아무래도 그들은 내가 어려서부터 같이 있던 사람들이니까."

그거는 이해하는지 선애가 고개를 끄덕였다.

"그런데… 그들을 양자로 삼으려니 걸리는 게… 우선 모건은 나보다 나이도 많고 부인에 아들까지 딸려 있잖아. 만약 모건이 목표가 된다면, 그의 부인과 아들이 제일 먼저 노림을 받을 거야. 그들이 위험해지는 건 정말 생각하기도 싫어."

그 말에도 선애가 이해한다는 듯 다시 한 번 고개를 끄덕였다.

사실, 모건 아들이 이제 다섯 살이 되었는데, 그 애가 위험해진다면 모건이나 모건 부인이나 얼마나 절망하겠는가?

거기까지 생각하니 잭 또한 말하지 않아도 왜 양자의 후보에서 제외되었는지 알 것 같다. 잭의 아버지는 몰라도 어머니는 벨타이거가 정말 친어머니처럼 생각하는 존재였던 것이다. 그녀를 절대로 위험에 내몰고 싶지는 않았겠지.

그렇게 따지자면 선애는 벨타이거가 보기에 혈혈단신인데 비빌 언덕도 있었다.

"알겠어요. 나는 회장님보다 나이도 적고 혈혈단신인 데다 도움받을 곳도 있으니까 그나마 낫다고 생각한 거죠?"

선애의 말에 벨타이거가 고개를 끄덕인다.

"어때?"

그에 선애는 옆에서 보고 있는 날 한 번 쳐다보더니, 내가 인상을 북북 쓰고 있자 씨익 웃어 보이고는 고개를 끄덕였다.

"좋아요. 까짓것, 남작 영애가 한번 되어보도록 하죠."

[야, 너 죽고 싶냐?]

선애의 말에 내가 반사적으로 외치자 선애는 슬그머니 목 쪽으로 손을 올려 주변을 만지작거리는 것이었다.

그제야 생각난 것이 선애의 옷깃 속에 들어가 드러나 있지 않은 목걸이였다.

'아, 그러고 보니 저 목걸이 그동안 쓸 일이 없어서 까맣게 잊고 있었구만.'

그 목걸이는 그 싸가지없는 렌스버리 녀석이 준 것으로 방어 마법과 치유 마법이 담긴 마법 아이템이었다.

나도 옆에 붙어 있고 목걸이까지 있다면 좀 안심이긴 하다.

하지만 그건 어디까지나 아주 조금이었을 뿐 불안하기는 마찬가지였다.

'아쒸… 당분간 바짝 긴장하고 있어야겠네.'

다음날, 헤스딩스 남작은 이 기쁜 소식을 어서 전하기 위해 한시가 급하다는 듯 새벽부터 일어나 서둘렀다. 덕분에 벨타이거와 선애는 남작을 배웅하기 위해 평소보다 일찍 일어나야 했다.

헤스딩스 남작과 그의 수행원들이 시야에서 멀어지자 잠이 다 달아나 버린 일행들은 아쉬움이 섞인 쓴웃음을 지으며 이른 식사를 하러 식당으로 향하는데, 그때 편지 한 통이 날아왔다.

"닷지 상회군."

집사로부터 편지를 넘겨받은 벨타이거가 편지 봉투에 쓰인 발신인을 보고는 고개를 끄덕였다. 그렇지 않아도 요즘 한창 닷지 상회와 공동 가게를 열기 위한 계약 때문에 벨타이거가 골치를 썩고 있었다.

새로 마련할 가게 위치와 건물을 모두 흡족한 것으로 찾아내어 매수도 완료했고 공사할 준비도 끝이 났건만 단 한 가지 의견 차 때문에 아직도 닷지 상회와 교섭 중에 있었던 것이다.

"오늘 정오에 방문하겠다는군. 아무래도 아랫사람하고 이야기가 끝날 기미가 보이지 않으니까 당사자가 직접 오겠대. 점심이나 같이하자고 하는데 점심을 과연 제대로 먹을 수 있을지⋯⋯."

편지 봉투를 뜯어 안의 내용을 훑어보며 벨타이거가 입을 연다.

최대한 빨리 교섭을 마치고 공사에 들어가야 내년 봄에 맞춰 멋들어진 가게를 오픈할 수 있기 때문에 양쪽 상회 모두 빨리 해결했으면 하지만 이 사안이 도무지 양보할 수 없는 사안이라 계속 이렇게 대치만 하고 있는 것이었다.

그 사안이란 바로 1층을 어느 상회의 가게로 하느냐 하는 것이었다.

이걸로 이렇게 팽팽하게 맞설 줄 알았다면 가게를 도시 번화가 쪽 5층짜리 건물 말고 변두리 쪽에 평수가 무지하게 넓은 단층 건물로 마련할 걸 그랬다. 하지만 이미 번화가 쪽에 자리를 잡아 평수를 넓히는 데는 한계가 있었으니 가게 매장을 넓게 확보하려면 위로 올려야 했던 것이다.

그리하여 닷지 상회와 타이거 상회가 의논한 끝에 한 상회당 매장을 두 층씩 가지기로 했다. 그렇다 보니 여기서 누가 상층 매장을 가지느냐 하는 게 문제로 떠올랐다. 한국 백화점처럼 엘리베이터나 에스컬레이터가 있다면야 그냥 제비뽑기라도 하겠지만 여기는 그런 게 없으니 말이다. 하기야 한국에서도 2, 3층짜리 상가 건물은 1층이 제일 비싸고 2층, 3층으로 갈수록 가격이 싸지는 법이었다.

여기 있다 보면 아주 재미있는 '우리 상회가 1층에 매장을 오픈해야 하는 타당한 이유!'에 대한 토의가 벌어질 테지만, 아쉽게도 선애는 루빈스타인 후작가를 방문해야 했다. 오늘이 바로 서대륙의 손님들이 돌아가는 날이었기 때문이다.

선애가 에스테반 공작가에 가 있는 동안 그 손님들은 루빈스타인 상회의 가게들은 물론 타이거 상회 산하 가게의 견학을 모두 끝낸 상태였다. 그래 마지막으로 식사나 같이 하자는 초대가 들어와서 점심 전에 방문하기로 했던 것이다.

물론 벨타이거와 토냐도 같이 가기로 되어 있었지만······.

"이거 참 손님들께는 정말 죄송하다고 전해 드려. 마지막까지 배웅을 하고 싶었는데······."

토냐라도 같이 갔으면 좋겠지만, 요즘 들어 한층 더 무서워진 공격 때문에 아무리 도시 내에 있다 해도 벨타이거 곁에서 떨어뜨릴 수가 없었다.

"그럼 손님들 배웅에는 제가 가도록 하지요. 뭐, 그쪽에서도 중요한 손님 때문이라고 하면 이해해 줄 거예요."

"가능하면 손님들이 승선하기 전까지 끝내고 그쪽에 들르도록 하지. 그런데 조심해야 할 거야. 여유 기간은 손님들이 돌아가실 때까지였잖아."

벨타이거가 선애 혼자 보내려니 전에 그랜트 녀석의 협박이 아무래도 마음에 걸렸나 보다.

"그렇군요, 조심할게요."

"그리고······."

벨타이거는 주변을 힐끔 살핀 뒤 선애에게 다가와 작게 속삭였다.

"예의 그 건은 오늘 서류 처리가 될 거야."

예의 그 건이란 선애가 벨타이거의 양녀가 되는 걸 말한다.

"벌써요? 빠르네요."

"빠르면 빠를수록 좋으니까. 대신 공식적인 발표는 최대한 늦출 생각이야. 그 편이 선애가 안전할 테니까. 그래도 공식 서류가 만들어진 이상 언제 어디서 알려질지 모르니까 항상 조심하고 있어."

"그렇게 할게요."

"그럼, 빠른 시간 안에 다시 만날 수 있었으면 좋겠습니다."

사다함의 말을 통역하고 있었지만, 그래도 오사함의 눈에는 진심이 담겨 있었다.

"하하하! 그렇게 오래 걸리지는 않을 겁니다. 저희 상회에서 다시 방문할 테니까요."

엘리엇 녀석이 말했다.

"부디 평안한 여행이 되시길 바랍니다."

대표로 나와 있던 그랜트가 마지막 인사를 하자 왕자가 답했다.

"고맙소. 내 그대들에게 받은 큰 대접을 부왕께 꼭 아뢰겠소이다."

그리고서는 울 꼬맹이를 바라봤다.

"타이거 상회의 제품들도 무척 인상 깊었소."

하기야 사람들의 시선을 끌려고 가지고 온 드워프들이 만든 수박 크기만 한 유리상들의 아름다움과 섬세함을 보고 그들이 말을 잃을 정도였다고 하니 인상이 콱 박혔을 거다.

"과찬의 말씀이십니다."

"내 그대를 만난 것이 큰 행운이라 생각한다오. 앞으로도 귀 상회와 계속 좋은 관계를 유지했으면 좋겠소."

"감사합니다, 전하. 저도 그리되길 진심으로 바랍니다."

"그럼, 이만."

그렇게 인사를 끝낸 왕자가 몸을 돌려 선착장에 대기하고 있는 작은 배에 오르자 그 일행들도 뒤를 따랐다.

드워프 제품들을 그들에게 보이길 잘한 것 같다.

그렇게 말을 잃을 정도로 무척 놀란 왕자 일행은 매번 유리병들을 가지고 올 때 유리병 말고 다른 제품들을 왕실에 납품하지 않겠냐고 제의를 해왔다니 말이다.

그러다가 그 가격을 듣고 다시 한 번 말을 잃었다지만…….

그도 그럴 것이, 향수병용의 내 손바닥 반 정도 크기의 작은 유리병이 아니라 앞서 말한 큰 수박 크기 정도의 제품들이었으니 당연히 가격 또한 작은 유리병에 비해 몇 제곱으로 높아졌던 것이다. 가격에 다시 한 번 놀란 그들은 그래도 포기하기에는 제품이 너무나 탐났던지 적은 양을 주문해 왔다고 한다. 뭐, 지금이야 몇 제품씩밖에 안 산다고 해도 앞으로 한나라 왕실의 재정이 점점 더 빵빵해지면 주문 양도 늘어나지 않겠는가?

한나라 왕자 일행이 다 오르자 배는 선착장에서 멀어져 곧바로 저 깊은 바다에서 대기하고 있는 큰 배를 향해 나아가기 시작했다. 그렇게 점점 작아지는 배와 그 위에 탄 사람들을 부둣가에 서서 지켜보고 있는데, 그랜트 녀석이 다가왔다.

"그래, 대답은?"

다짜고짜 주어, 목적어가 빠진 질문을 던졌지만 그가 뭘 묻고 싶어하는지 모르는 바는 아니었고, 선애 또한 그가 물어올 것이라 예상하고 있었기에 머뭇대지 않고 대답했다.

"거절하겠습니다."

선애의 대답이 끝나고 그랜트는 묘한 표정으로 잠시 선애를 바라보기만 했다. 차라리 화를 내던지, 협박을 하던지, 그럴 줄 알았다는 듯 말이라도 하면 좀 낫겠는데 뭔 생각을 하는지 도통 모르겠는 얼굴을 보자니은근히 불안함이 솟아나기 시작하는 거였다. '저놈이 무슨 수작을 부리려고 저러나……' 하면서 말이다.

그런데 한참 후에야 나온 대답은,

"그런가……."

라는 거여서 나는 한순간 맥이 빠져 휘청거릴 정도였다. 거기다 더해 마지막에 '훗' 인지 '픽' 인지 하는 웃음이 달리니…….

'저놈, 도대체 뭔 생각이야?'

하지만 결국에 그놈이 하는 건 협박이었다.

"그럼 각오하도록. 아마 힘들 거야."

'각오하라' 고 한 건 이해하겠다. 아마도 루빈스타인 상회에서 휘두를수 있는 모든 힘을 휘두른다는 소리겠지. 아니면 뭐, 우리 타이거 상회가 괴로울 정도만… 인지도 모르겠지만.

그런데 그 뒤에 '힘들 거야' 라니. 이건 또 무슨 소리인지 원… 그럼우리 상회보다 몇 배, 아니, 쳐다볼 엄두도 안 날 상회에서 방해하려고 나서겠다는데 힘들지 안 힘들겠는가?

그런데 어째 그 녀석이 허공을 보면서 거의 중얼거리듯 말하는 것이딴 사람에게 말하는 것 같기도 하고 말이다.

하지만 그 말을 하자마자 녀석은 몸을 돌려 가버렸기에 나는 내 생각에 확신을 얻을 수가 없었다.

"가죠."

그랜트 녀석이 먼저 일행들을 이끌고 자리를 떠버리자 선애도 자신과 같이 왔던 알프레드와 소피에게 말했다.

"이거 참 무지 긴장되는데요? 앞으로 저들이 어떻게 나올까요?"

"글쎄요… 혹시 깡패들을 사주해서 가게에 쳐들어오게 하지는 않을지……."

이건 예전에 한 번 당해본 적이 있었다. 물론 내가 녀석들을 처리하고 그 뒤를 밟아 그걸 사주한 여자에게 위로금을 듬뿍~ 얻어 왔지만 말이다.

"음, 그래도 우리 상회도 이제 커서 경비원들이 상주하고 있지 않습니까? 게다가 루빈스타인 상회에서 깡패를 사주했다는 소문이라도 나 보십시오. 오히려 루빈스타인 상회의 명예가 실추될걸요?"

"그건 그렇네요."

타이거 상회가 드워프들과 거래를 하게 되면서 가장 먼저 한 일이 가게를 지키는 사람들을 고용하는 것이었다. 귀중품이 있는 이상 가장 크게 신경 써야 할 부분이 바로 그것이었으니 말이다. 지금은 가게가 제법 번창한 상태이기 때문에 돈도 많아져 어느 정도 수준있는 사람들을 고용한 상태라 웬만한 건달이나 깡패 정도는 걱정없었다.

"그럼 우리 물품을 수송할 때 덮친다던가."

"으음… 그건 확실히 일리있습니다. 돌아가면 회장님께 물품 수송시 경호를 좀 더 강화하도록 말씀드리세요."

"그래야겠어요. 또 뭐 없나……."

그렇게 돌아가는 길에 선애와 알프레드가 열심히 머리를 굴리면서 여러 가지 의견을 내놓기는 했지만 루빈스타인 상회가 사용한 방법은 그 안에 없었다.

그것도 루빈스타인 상회에서 빠른 시간 내에 움직일 것이라 예상은 했지만, 그 다음날 즉시 손을 쓰리라는 건 정말 생각지도 못했다.

"큰일입니다!"

오후 3시쯤, 점심 먹고 나서 신나게 서류 더미에 파묻혀 있던 선애가 잠시 숨을 돌릴까… 생각을 하는 와중 선애의 집무실을 박차고 들어온 알프레드가 다급한 어조로 말했다.

그와 함께 웬 중년인 한 명이 같이 들어왔는데, 그 또한 알프레드 못지 않게 안색이 좋지 못했다. 그 중년인은 이제 앞으로 서대륙으로부터 많은 물건을 수시로 받게 될 거란 예상에 서대륙으로부터 물건을 받아서 운반해 올 수송선과 그 배로부터 물건을 받아 임시로 저장하게 될 부두에 있는 임시 창고 임대, 관리, 제품들 관리 등등을 담당하고 있는 사람이었다.

그런데 알프레드와 함께 안색이 안 좋아서 달려온 거라면 당연히 그쪽에 관련된 일일 거다. 앞으로 타이거 상회가 발전하는 데 중요한 부분을 담당하게 될 서대륙 제품 수입에 차질이 생기게 된다면 타이거 상회 입장에서는 무척 큰일이었다.

"무슨 일입니까?"

덕분에 선애 또한 긴장한 얼굴로 그 둘을 번갈아 보며 물었다.

"그, 그게… 갑자기 무슨 연유에서인지 해상 운송 길드에서 다음 우리 상회 수송을 못하겠답니다!"

"예?"

"한 달 뒤에 서대륙에서 알파두르로 술을 싣고 오는 계약을 하지 않았습니까? 그런데 그 배가 서대륙으로 출발했다가 운없게 태풍을 만나서 부서지는 바람에 서대륙까지 못 가고 되돌아오고 있다고……."

"아니, 만약 그런 일이 있으면 그 다음 배를 자동적으로 배당해 주고 지연에 대한 배상금을 물게 되어 있지 않습니까?"

"그, 그게… 비어 있는 배가 없다면서 배상금하고 위약금까지 물겠답니다."

"그럼 다른 배를 찾으면 되지 않습니까? 한 달 후가 어려우면 그 뒤에라도요."

"저도 그리 생각해서 그 후를 알아봤습니다만, 두 달 후까지 모조리 계약이 되어 있다고 합니다."

"거짓말!"

아무리 계약 건수가 많다고 해도 한 달 정도면 몰라도 두 달 후에까지 모조리 계약이 되어 있다는 건 말도 안 됐다. 특히나 얼마 전에 자리가 많다고 해서 앞으로 지속적인 계약을 한다면 할인해 주겠다고 나온 쪽이 바로 해상 운송 길드 측이었다. 그런데 이제 와서 자리가 꽉 차서 남는 배가 없다고 나온다는 게 말이 되는가?

"그럼 그 후에는요?"

"앞으로 어떻게 될지 모르겠다고… 혹시 모르니 대기자 명단에 올려 달라는 것도 거절당했습니다."

"아무래도 그쪽에서 손을 쓴 것 같습니다."

루빈스타인 상회에서 방해 작전으로 나온다는 것 역시 수뇌부 몇몇만 알고 있는 비밀 사항이다. 그게 뭐가 좋다고 떠벌리겠는가? 떠벌리면 오히려 우리 상회 직원들만 불안해하고, 혹 무슨 일이 있을까 봐 주위 사람들도 멀어질 텐데.

알프레드의 말에 인상을 찡그린 채 곰곰이 생각에 잠겼던 선애가 곧 고개를 들고 알프레드에게 빠른 어조로 지시를 내렸다.

"지금 당장 로어에게 연락하도록 해요. 당분간 이쪽 배는 구할 수가 없으니 서대륙에서 배를 구하라고요. 장기전으로 될지 단기전으로 될지 모르지만, 우선은 올해 말까지의 단기 계약으로 하라고 해요."

"알겠습니다."

그렇게 알파두르가 대답하고 나가려 하는데, 서대륙 제품 담당 부장이 발목을 잡았다.

"그리고 문제가 또 있습니다."

"뭔데요?"

"부두에 있는 임시 창고에서도 앞으로 창고를 임대해 주지 못하겠다고 연락이 왔습니다. 내일 당장 그곳에 남아 있는 제품들도 빼라고……."

"물론 위약금까지 물었겠지요?"

"예에……."

선애의 눈초리가 사나워져서 그런지 괜히 서대륙 제품 담당 부장이 선애의 눈치를 보며 움츠러든다.

괜히 죄없는 아저씨만 미안해하는 것 같아 내가 선애의 옆구리를 쿡쿡 찔렀다.

[그만 해라. 아저씨가 불편해하시잖아.]

그에 선애가 아차 싶었는지 얼른 표정을 풀었다.

"죄송해요. 부장님 잘못이 아닌데… 어쨌든, 그래서 내일 당장 제품들을 옮기겠다고 했습니까?"

"아, 그건 아닙니다. 어떻게 갑자기 그럴 수 있냐고 강력하게 항의를 해서… 그래도 그쪽도 워낙 강경하게 나와서 3일 정도로……."

"알겠습니다. 그럼 운송팀에게 연락하세요. 일정이 좀 빨라졌다고 하면서 판매 제품은 각 가게 창고에다 두고 술은 지금 당장 가져다주면 오히려 좋아할 테니… 아차, 술은 두 파트로 분류해 주세요. 그 상태로 마을로 가져다주면 됩니다."

"아, 알겠습니다. 그럼 지금 당장 운송팀에 연락하겠습니다. 그럼 창고 임대는……."

"다른 방법을 찾아봐야죠. 알프레드, 지금 즉시 회장님과 토냐 씨를 불러주세요."

"알겠습니다. 그럼 로어 씨에 대한 연락은……."

"아아, 그건 내가 맡겠네. 그럼 전 이만 나가 보겠습니다, 이사님."

"예. 최대한 빨리 움직여 달라고 해주세요."

"알겠습니다."

서대륙 제품 담당 부장이 한시름 놨다는 표정으로 얼른 선애의 집무실을 빠져나가자 그 뒤를 따라 알프레드가 나갔다.

[정보 길드에는 연락 안 해?]

"뭐라고?"

[루빈스타인 상회로부터 공격을 받게 생겼다고.]

"그럼 그쪽에서 말할걸? 그래서 어쩌라고? 어쩌면 척 플래밍은 '네가 선택한 일이니 조금쯤은 스스로 해결하려고 해봐. 우리보고 전부 막아달라고 하는 건 아니겠지?' 라고 할지도 몰라."

[아…….]

그동안 녀석의 태도를 보자면 정말 그럴지도 몰랐다.

뭐, 언뜻 보면 녀석이 선애를 가지고 노는 것 같기도 하지만 다른 한편으로 볼 때 녀석 덕분에 선애가 분개해서 더욱더 분발해 왔으니 무조건적으로 녀석을 원망하기도 어려웠다. 어쩌면 녀석이 일부러 그걸 노리고 선애를 자극한 게 아닌가 싶기도 하고 말이다.

"어쨌든, 이번에는 우리끼리 해볼 거야. 정 안 되면 그때 도와달라고 하겠지만……. 음, 그런데 아무리 정보 길드라도 루빈스타인 상회를 상대할 수 있을까나? 그냥 넘어가라고 하는 거 아닌가 몰라."

[것두 그렇네. 단순히 상회가 아니라 권력도 상당한 집안이니… 으으음… 이게 바로 '정경유착 무소불위' 라고 하는 거겠지?]

"맞아, 맞아."

알프레드의 연락을 받은 벨타이거와 토냐는 즉시 달려왔다.

"드디어 시작된 건가?"

"하필이면… 하기야 루빈스타인 상회라면 가장 공격하기 쉬웠겠지. 뭐니 뭐니 해도 서대륙과의 무역 대부분을 장악한 곳이 바로 그 상회이니까. 루빈스타인 상회를 상대한다고 했을 때 제일 먼저 생각했어야 하는데."

"하지만 그렇다 해도 국내에서 루빈스타인 상회의 영향을 가장 적게 받는 곳도 바로 서대륙과 무역을 하는 상인들인데요. 그래서 크게 걱정을 안 했건만……. 정말 기가 막히네요. 아무리 상인이 이익에 민감한 족속이라 해도 그렇지 자존심도 없나?"

토냐가 정말 배신감을 느낀 것마냥 분노하는 어조로 말했다. 하기야 그녀의 집안은 내분으로 약해진 틈을 타서 주위 상회들의 공격을 받아 무너졌으니 이러한 현상, 그러니까 손쉽게 안면을 바꾸는 모습에 무척 민감하게 반응했다.

"그래도 뭐, 그들만 뭐라고 할 수는 없겠지요. 우리가 반대 상황이라 해도 아마 똑같이 반응했을걸요?"

"아무리 그래도 그렇지… 넌 화도 안 나냐?"

선애가 덤덤하게 말하자—그들이 오는 동안 나와 대화하면서 어느 정도 냉정을 되찾았던 것이다—토냐가 선애를 살짝 흘겨보았다.

"왜 안 그러겠어요? 두 분이 오기 전에 혼자 신나게 씩씩댔어요."

"아… 그래도 이왕이면 닷지 상회 사람들이 돌아간 다음에나 시작할 것이지, 하필이면……."

"맞다. 아직도 안 돌아갔죠? 어떻게 됐어요?"

"다행히도 아까 전에 결론은 냈어. 하지만 곧바로 우리 상회와 루빈스타인 상회에 대한 이야기가 퍼질 텐데 괜찮을지 모르겠군."

"만약에 우리가 견디지 못해 망하게 된다면, 우리와 거래하는 드워프 제품들 중 닷지 상회에서 다룰 수 있는 제품들은 모조리 그쪽에 넘기겠다고 해요. 물론 그건 우리 상회와 루빈스타인 상회와의 문제를 알고 따지러 왔을 때 말이에요."

선애의 말에 벨타이거가 휘둥그레진 눈으로 바라봤다.

"이야~ 선애, 벌써 뒷수습할 방법까지 다 생각해 둔 거야?"

"아뇨, 그건 방금 생각난 건데… 그래도 솔직히 우리 때문에 닷지 상회에까지 피해를 주는 건 미안하잖아요. 내가 해줄 수 있는 건 그 정도지만……."

선애가 멋쩍은 표정으로 말하자 토냐가 고개를 저었다.

"그 정도가 아니라 최고의 대가라고 생각하는데? 그 이야기를 들으면 닷지 상회는 군말없이 물러날걸? 어쩌면 우리가 망하길 기다리게 될지도……."

"어쩌면 닷지 상회의 도움을 받게 될지도 몰라. 그 문제는 그렇게 하면 되겠고. 나머지는 어떻게 하지?"

벨타이거의 질문에 선애가 자신이 생각해 냈던 의견을 털어놨다.

"우선 배 문제는 이쪽 수송선은 사용할 수 없으니까 로어에게 최소한 올해는 진나라 쪽 배와 계약하라고 연락하라고 했어요. 돈이 좀 더 들겠지만 아예 운송 수단이 끊어지는 것보다는 나을 것 같아서요. 문제는 로어가 곧 술을 가지고 도착할 텐데 창고가 없다는 거예요. 우리 상회 창고는 작아서 다 수용하기 어렵거든요."

그에 벨타이거가 문득 떠오른 생각이 있는지 밝은 얼굴로 입을 열었다.

"아, 그건 가능할 것 같아. 이 도시에 닷지 상회의 창고가 있다고 했어. 그걸 사용할 수 있을지 물어보지. 이번 한 번만 사용하자고 해놓고,

그동안 우리 상회용 창고를 짓자고. 어차피 앞으로 필요할 것 같아서 창고 하나 지으려고 계획하고 있었어."

"그나마 다행이네요. 그리고 배 사는 거 빨리 진행하죠? 이거 느긋하게 할 게 아닌데요?"

그렇지 않아도 한나라와의 거래 때문에 배를 한 척 사려고 여기저기 알아보고 있던 중이었다. 그런데 이게 처음에는 배만 구하면 끝인 줄 알았는데 그게 아니었다. 우선 배를 사면 그 배를 맡을 선장이 필요했고 휘하 선원들도 필요했다. 그리고 그 배를 소유하기 위해 필요한 서류 작업들도 귀찮을 정도로 많았다. 그런데 이번에는 순전히 우리 상회의 힘으로 해보려고 정보 길드의 도움 없이 스스로 알아보고 있느라 아직까지 배를 구입하지 못하고 있었던 것이다.

"선애 말이 옳아. 어떻게 해서든 당장에라도 배를 구해야겠어."

벨타이거가 선애에게 강한 눈빛을 보내며 그렇게 말하자 선애는 곧 알아듣고 고개를 끄덕였다. 그 시선은, 즉 정보 길드에서 정보를 얻어달라는 시선이었다.

토냐에게는 미안하지만 선애가 정보 길드와 선이 닿아 있다는 건 알리지 않았다. 그래서 '정보 길드'란 단어를 입에 올리지 않고 은근슬쩍 돌려서 말하는 것이었다.

드디어 루빈스타인 상회와의 한판 대결이 시작된 모양이었다. 그래도 다행스럽게도 첫 공격은 무난히 막을 수 있을 것 같다. 그래서 나는 계속 이 상태로 진행된다면 생각보다 쉽게 이 난관을 헤쳐 나갈 수 있지 않을까… 조심스레 추측해 봤다. 물론 그게 착각이라는 건 얼마 지나지 않아 알게 되었지만 말이다.

"예?"

그 소식을 들은 건 선애가 정보 길드에 미처 연락하기 전이었다.

"배를 사는 쪽도 모조리 막혔습니다. 얼마 전까지만 해도 배를 팔겠다고 했던 사람들은 물론이거니와 조선소 쪽에서도 우리 상회에게는 배를 팔 수 없다고……."

모건이 차마 그를 바라보고 있는 사람들의 시선을 마주칠 수 없었는지 고개를 푹 숙이면서 대답했다.

"작정을 했군."

벨타이거가 팔짱을 낀 상태로 한숨을 내쉬며 중얼거렸다.

"그래도 이건 너무 심한 거 아닙니까? 왜 배를 못 사게 막습니까? 그건 그들이 제안한 거였잖아요. 해상 운송 길드 수송선을 이용하지 말고 자기들 배 이용할 거 아니면 아예 하나 마련하라고."

물론 전에 나온 이야기는 그들이 보안을 위하여 해상 운송 길드의 배를 이용하지 말고 자기네 것을 이용하라고 하기에 우리 꼬맹이가 아예 한 척 마련하겠다고 한 거였지만 말이다.

그래도 여기 있는 어느 누구도 토냐의 말을 지적하려 하지 않았다. 하기야 그 자리에 모건과 벨타이거는 있지도 않았고, 유일하게 있었던 선애는 그 말을 지적할 정신도 없어 보였다.

"제가 아는 사람에게 부탁해서 좀 더 알아볼게요. 모건 씨는 닷지 상회와의 일에 전념해 주세요."

"그래, 그게 좋겠다."

선애의 말에 벨타이거도 찬성하자 토냐는 좀 어리둥절한 표정이었지만, 전부터 선애가 인맥(?)을 통해 상회의 일 몇몇을 해결한 걸 아는 모건은 기꺼이 고개를 끄덕였다. 단지, 자신이 못해 일을 넘기게 되었기 때문인지 표정이 별로 좋지 않았다.

그러나 선애가 길드에 연락을 넣었어도 나온 결과는 별로 신통치가 못했다. 사람들 시선을 피해 선애를 만난 휴가 어렵다는 뜻을 전했던 것이다.

"팔 사람이 아무도 없을까요?"

"찾아보면 한 척 정도 찾을 순 있겠지. 하지만 배만 구한다고 해서 해결될 일이 아니잖아. 배를 구하게 되면 이번엔 선장과 선원 구하는 것이 난관에 부딪힐 거다. 그리고 그걸 어떻게 해결한다면 이번에는 배 등록 과정에서도 문제가 생길 테고."

휴의 말이 계속될수록 선애의 얼굴이 찌푸려져 갔다.

"그렇군요. 녀석들이 이렇게 나온 이상 아마 끝까지 방해할 테지요."

"맞아."

"우쒸… 정말… 뭐 좋은 수가 없을까요?"

"서대륙과의 거래를 위해 배를 구하는 거라면 힘들 거다. 국내에서 서대륙 무역에 대한 제1위의 상회는 루빈스타인 상회니까. 국외라면 몰라도."

중얼거리는 듯한 휴의 말에 선애가 탁자를 손바닥으로 타악~ 하고 내려쳤다.

"그거 좋네요, 국외! 아따따다~ 아후! 손바닥 아파라!"

너무 갑작스럽게 떠오른 생각에 자신도 모르게 내려친 거라 선애의 손바닥은 빨갛게 되어 있었다.

"아후, 아후… 어쨌든 국외에서 구하면 되잖아요? 제가 듣기로 헤이븐 국도 진나라와 무역을 한다던데요."

선애의 '드디어 해결의 기미가!!' 라는 생각에 환해진 얼굴을 바라보며 휴는 참으로 미안하다는 미소를 보였다.

"물론 네 말은 맞다만… 그것도 힘들 거다."

"엑? 왜요?"

"헤이븐 국이 잔나라와 무역을 하는 건 맞다만, 서대륙에 대한 모든 무역을 나라에서 독점하고 있거든. 음… 전매라고 해야 하나? 그러니 먼 바다를 항해할 수 있는 커다란 배 또한 국가의 철저한 통제 아래 있지. 구하려면 지금 너희 상회가 여기서 구하려는 것만큼 힘들걸?"

"윽! 그런가요? 그, 그럼… 아예 방도가 없는 걸까요?"

"배를 구하는 거라면… 자, 그럼 여기서 루빈스타인 상회가 왜 갑자기 너희 상회의 앞길을 막는 건지 이유를 들을 때가 된 것 같구나."

갑작스러운 화제 전환. 그러나 선애는 휴가 그걸 물어볼 줄 예상하고 있었기 때문에 별로 놀라지 않고 고개를 끄덕였다. 뭐, 여기저기서 단편적인 정보는 이미 얻은 상태일 테니 대충 알고 있을 테지만, 그래도 어디 당사자에게 듣는 것만 하겠는가? 게다가 선애는 휴를 완전히 신뢰하고 있었기에 순순히 처음부터 다 털어놨다.

"비열한 녀석들이죠? 하기야 한나라에 대한 무역을 이번에도 독점하려고 애쓸 거라는 건 예상했지만… 설마 이렇게 나올 줄이야……."

"그들 입장에서는 가장 손쉬우면서도 확실한 방법을 찾는 건 당연한 거겠지."

"아무리 그래도 그렇지요. 후우… 이제 어쩌지요?"

"글쎄… 좀 생각을 해봐야겠다."

그렇게 말하며 휴가 골몰히 생각에 잠기자 선애는 그를 방해하지 않으려 조용히 눈앞에 있는 딸기 무스 조각 케이크를 먹기 시작했다. 그런데 휴가 생각에 잠긴 시간이 길어지자 그것만으로는 모자라 호두 파이 한 조각에 우유 한 잔까지 더 시켜 먹는 것이었다.

'얘가 배가 고팠구만.'

호두 파이의 마지막 한 조각을 입에 넣고 맛난 소리와 함께 씹어 먹은 뒤 입가심으로 바닥을 보이는 우유를 홀짝 마시고 있을 때야 생각에서 빠져나온 휴가 고개를 들어 선애를 불렀다.

"선애야."

"예?"

휴가 생각에 잠긴 동안 혼자서 케이크 먹고 우유 마시고 그랬던 게 걸렸던지 선애가 멋쩍은 얼굴로 대답했다. 그러나 휴는 그런 것에 아랑곳없이 진지한 표정으로 입을 열었다.

"내 생각으로는 현재 네가 취할 수 있는 방법이 세 가지가 있다."

세 가지라니, 그게 어디인가? 지금 어떻게 할 바를 찾지 못해 발을 동동 구르고 있는 상황인데 하늘에서 동아줄이 세 가닥이나 늘어뜨려진 기분이다.

그러나 그 기분은 휴가 첫 번째 방법을 말하자마자 사정없이 구겨졌다.

"첫 번째는, 루빈스타인 자작에게 가서 따지는 것이다."

"따… 져요?"

순간적으로 자기가 잘못 들은 건가 하는 표정으로 선애가 되물었지만 휴는 맞다는 듯 고개를 끄덕이는 것이었다.

"그래."

선애는 휴가 진심으로 하는 말인가 싶어 그의 안색을 살폈지만, 휴의 표정은 진지하기만 했다. 그래도 선애가 살피는 눈치의 뜻을 알아채지 못한 건 아니었던지 휴가 차분히 입을 열었다.

"장난치는 거 아니니 들어봐라. 무슨 일이든 명분만 있다면 유치한 일도 비겁한 일도 정당한 일이 되는 법이다."

그 말을 시작으로 이어지는 휴의 말을 듣다 보니 처음에는 황당무계했는데 점점 제법 그럴듯해졌다.

'과연 휴~ 라고나 할까?'

게다가 휴가 처음에 말했다시피 그가 생각해 낸 방법은 그것만이 아니었다.

"그리고 두 번째는 루빈스타인 자작의 약속을 들먹이는 것. 너희들이 그들에게 한나라 사람들을 소개시켜 준 대가로 루빈스타인 자작이 자신이 들어줄 수 있는 한도 내에서 원하는 걸 들어주겠다고 했잖아?"

"오오~ 그러니까, 그 자작보고 우리 타이거 상회를 건드리지 말라는 걸로?"

"그렇지. 이건 따지러 갔을 때 정 안 되겠으면 같이 써먹을 수 있어서 좋잖아."

"그렇군요. 마지막은요?"

얼굴이 환해진 선애가 묻자 이번에는 휴가 묘~한 미소를 지으며 머뭇거린다.

"이건… 정말 확실한 방법이긴 한데 나중에 뒷탈이 두려운 거야. 그러니 될 수 있으면 안 썼으면 좋겠어. 그냥 말한 김에 이야기는 해주겠는데, 이런 방법도 있다고만 알아두도록 해."

휴의 당부에 선애가 고개를 갸웃거렸다.

"도대체 어떤 방법인데 그래요?"

"후작가의 약점을 네가 손에 쥐는 거지. 최소한 그 집안을 뒤흔들 정도로 치명적인 걸로."

"호오, 혹시 스캔들 같은 거요?"

"그런 것도 좋지만, 단순한 소문으로는 안 돼. 확실한 물증을 확보해야 하지. 아니면 루빈스타인 상회 입장에서는 절대로 잃어버려서는 안 되는 물건이라든지. 그걸로 루빈스타인 상회와 거래를 할 수 있을 거야. 단지 거래가 끝나면 그들은 보복으로 네 목숨을 노릴 테니 절체절명의 순간이 아니면 절대로 써서는 안 돼."

"오오… 무슨 말인지 알겠어요. 그러니까 루빈스타인 상회, 아니, 루빈스타인 후작가의 가보 같은 걸 훔쳐서 제가 가지고 있으면 된다는 소리죠?"

"그렇지. 하지만 남들에게 잘 알려져 있지 않는 가보는 솔직히 잃어버리면 창피하겠지만, 그렇다고 그게 없다고 루빈스타인 후작가가 흔들리지는 않아. 그러니 남들에게 잘 알려져 있는 것으로 하는 게 좋아. 예를 들면 후작의 반지라던가."

"후작의 반지요?"

"그래, 그건 단순히 후작을 증명하기 위한 물건이 아니라 그 반지에는 인장이 새겨져 있어서 후작령 내에서 이뤄지는 모든 중요 결재, 혹은 외부에 후작의 이름으로 보내는 편지 등등에는 그 반지로 인장을 찍거든. 이 세상에 단 하나밖에 없고, 단 하나밖에 없어야 하는 물품이니 잃어버리면 후작가는 그날로 큰일이지. 마치 왕국의 옥새처럼 말야."

"오호라… 하지만 정말 건드리면 뒤탈이 크겠네요."

정말 그거 훔쳤다간 후작가가 가만두겠는가? 나중에 돌려준다고 해도 괘씸죄, 혹은 앞으로 또 훔쳐 갈까 싶어 절대로 가만 안 둘 거다.

"맞아. 그러니 최후의 수단으로 생각한 거랬잖아."

휴의 말에 선애는 크게 고개를 끄덕였다. 선애나 나도 설마 그 수단을 사용할 거라고는 생각지 않았던 것이다. 그래 그냥 그 이야기는 들어두기만 하고 우선은 앞의 방법들을 구체화시켜 써먹기 위해 자리에서 벌떡 일어났다. 아무래도 세세하게 방법을 만들려면 벨타이거, 토냐와 의논을 해야 했기 때문이었다.

"이 은혜는 잊지 않을게요."

선애의 진심이 담긴 말에 휴가 피식 웃더니 손을 살짝 들어 보이며 대답했다.

"타이거 상회가 대상회가 되는 게 은혜를 갚는 거야."

"물론이죠. 반드시 대상회로 만들 거예요. 그럼 나중에 뵈요!"

선애는 휴에게 인사에 대한 대답을 듣는 둥 마는 둥 하며 거의 뛰는 속도로 그 자리를 빠져나갔다.

[이야… 이거 나중에 휴랑 자스민에게 뭔가 좋은 선물이라도 해야겠네?]

"그래야지. 그나마 전에 서대륙에서 사 온 선물이 마음에 들었다니 좀더 고급 물품을 생각해 봐야겠어."

[좋은 생각인데, 네가 언제나 서대륙에 가냐?]

"내가 갈 필요 있나? 어차피 우리 상회에서 다룰 물품이 고급인데, 그 중에서 괜찮은 거 고르면 되지."

[아하~ 그렇군.]

앞을 꽉 막은 문제에 대한 실마리가 보이는 것 같자 마치 모든 일이 다 해결된 듯한 기분이 들어 선애와 나는 크로스웰 남작 저택으로 돌아가면서 즐거운 마음으로 떠들었다.

그리고 그건 벨타이거와 토냐도 마찬가지였다.

"이야~ 그 사람 누군지 몰라도 정말 대단한걸? 사실, 나도 배를 정 못 구하면 비밀을 퍼뜨린다고 협박하거나 아니면 루빈스타인 자작과 한 약속을 들먹여야겠다고 생각했었거든."

토냐가 감탄스러운 어조로 말했다.

"둘 다 대단한데요? 어떻게 루빈스타인 상회에 대고 협박할 생각을 합니까? 나는 엄두도 안 나는구만."

벨타이거는 오히려 토냐가 감탄스럽다는 듯 쳐다보자 토냐가 호호~ 웃으며 당당한 어조로 말했다.

"이런 게 바로 경험에서 나오는 연륜이라는 겁니다."

"그렇군요. 다시 한 번 생각하는 거지만, 역시 토냐는 마법사로 쓰기는 아까운 인재입니다."

벨타이거가 은근슬쩍 아부성 발언을 하자 토냐가 듣기 싫지 않은지 깔깔 웃었다.

"자, 그럼… 이제 누가 따지러 가느냐 하는 건데……."

벨타이거가 선애와 토냐를 돌아보며 말하자 선애가 토냐를 바라보며 대답했다.

"아무래도 전 토냐 씨가 가야 한다고 생각해요. 루빈스타인 자작으로부터 그 약속을 받아낸 것이 토냐 씨잖아요. 게다가 여기서 가장 말발이 센 것도 토냐 씨고."

그러자 벨타이거도 고개를 끄덕인다.

"그건 나도 동감."

"음… 내가 가는 건 상관없지만, 그럼 회장님은요?"

토냐가 자신과 떨어져도 괜찮겠냐는 의미로 벨타이거를 힐끔 보며 묻자 벨타이거가 입을 열었다.

"그래서 말인데, 나도 같이 갈까 해. 아무래도 한 사람보다는 두 사람이 낫지 않겠어? 게다가 나 또한 어느 정도 말재주는 있다고 자부하니까."

어느 정도 뿐인가. 선애 못지않게 녀석도 꽤 한다. 단지 선애가 매서움+카리스마 형 말발이라면, 녀석은 능글맞은 구렁이 같은 말발인데 그게 엘리엇 녀석이나 그랜트 녀석에게 통할지 모르겠다는 거다. 하지만 뭐, 토냐 보조를 목적으로 간다면 괜찮을지도.

CHAPTER

41

FANTASY FRONTIER SPIRIT

Chapter 41

다음날, 벨타이거와 토냐는 선애의 열렬한 배웅을 받으며 루빈스타인 후작 저택을 향해 출발했다. 그 둘이 못 미더운 건 아니었지만, 엘리엇 녀석 말발도 만만치 않은 데다 우리가 아무리 당당한 명분을 가지고 빼도 박도 못하게 현란한 말발과 논리로 잡는다 해도 귀족 권력으로 밀어붙여 버리면 소용없는 게 아닌가 하는 걱정이 들었다. 벨타이거도 일단은 귀족이긴 하지만 그래도 지방 귀족하고 중앙 귀족하고 어디 비교가 되겠는가?

뭐, 그랜트 녀석이 그렇게 치사한 녀석은 아니라고 생각은 하지만 그 밑에 있는 놈이 너무너무 치사하니 걱정이 안 될 수가 없었다.

덕분에 그 둘을 보내고 난 뒤 선애는 물론이거니와 나 또한 걱정으로 일이 손에 안 잡혔다. 빨리 그 둘이 돌아와서 성공했든 실패했든 결과를 이야기해 줬으면 좋으련만, 이놈의 해는 오늘따라 왜 이렇게 꿈지럭대며 버티고 있는 건지 모르겠다. 시간이 제법 지나간 것 같아 하늘을 바라보면 해는 여전히 그 자리에 있었고, 저택 입구로 누가 오는 기미도 보이지 않았다.

"후우… 왜 이렇게 안 돌아오지?"

선애가 결국 참지 못하겠는지 긴 한숨을 내쉬며 중얼거렸다.

[그러게 말이야.]

그런데 그때 문에서 노크 소리가 들리며 알프레드가 들어왔다.

"이사님!"

"회장님 돌아오셨나요?"

알프레드가 채 뭔 말을 꺼내기도 전에 선애가 다급하게 묻자 오히려 알프레드가 놀라 그 자리에서 굳어버렸다.

"아… 저기… 예?"

"아니, 회장님 돌아오셨냐고요."

"아, 예. 아직 안 돌아오셨는데요?"

"그래요? 후우… 회장님 돌아오시면 빨리 알려달라고 하세요."

"예, 예."

"그래, 무슨 일이에요?"

"예에… 이번에 우리 상회가 확장되면서 상회 본 건물을 마련했지 않습니까? 그에 대한 리모델링 견적이 나왔습니다."

타이거 상회는 규모가 별로 크지 않았고, 상회 회장과 단 한 명뿐인 이사가 모두 크로스웰 남작 저택에 머물고 있는 상황이었기에 상회의 일을 모두 저택에서 처리했다. 그러나 이제는 제법 규모도 커지고 닷지 상회는 물론이거니와 진나라, 한나라와 거래를 하게 되었기에 다른 상회처럼 상회 본부 건물을 하나 마련할 예정이었다. 돈이 좀 넉넉하다면 아예 넓은 부지에 멋들어진 새 건물을 지었으면 좋겠지만, 아직 그 정도까지 재정이 넉넉지 못했기에 크기는 하지만 오래된 건물 하나를 구입하여 완전히 리모델링하기로 했다. 지금 그 견적이 나온 모양이었다.

"그렇군요. 어디 한번 보죠."

건물 전체를 완전히 뜯어고친다고 할 수 있는 리모델링이었기에 견적비와 함께 어디를 어떻게 얼마 가격의 무엇으로 고친다 하는 설명과 간략한 그림까지 곁들여져 서류가 꽤나 두꺼웠다. 거기다가 그 밑에 벨타이거, 선애, 토냐의 집무실, 그리고 그들의 비서라 할 수 있는 모건과 로어, 알프레드들의 집무실에 들여놓을 가구 목록까지 있었다.

"어라… 이거 사무실이 하나 더 있는데?"

"아참, 오늘 아침에 모건 실장님께 들은 겁니다만, 잭 조셉이라는 분이 이쪽으로 합류하실 겁니다."

"오오~ 잭 조셉 말이죠? 알프레드는 그분을 뵌 적이 없던가요?"

"예."

나도 잭 조셉의 얼굴이 가물가물할 지경이었다. 알파두르 도시에서 멀리 떨어진 몇몇 도시 지부를 차마 모르는 사람에게 맡길 수가 없어서 그에게 맡긴 것이었지만, 사실 오랜 세월 공부하느라 유학 갔다 온 사람에게 다시 집과 멀리 떨어진 곳에서 오랫동안 근무하게 하는 건 너무한 처사라고 생각한다. 아마 벨타이거 녀석도 그렇게 생각해서 잭 조셉을 불러들이려는 것이 아닐까? 이제는 제법 모건이나 잭 조셉 말고도 벨타이거가 신임하는 사람들이 생겨났으니 말이다.

"조셉 부인이 기뻐하시겠네. 아들이 돌아오시는 거 알고 계시려나?"

"나중에 한번 슬쩍 물어보십시오. 그래서 모른다고 하시면 이사님께서 알려주시면 좋지 않겠습니까?"

"아, 그래야겠네요."

알프레드는 그 뒤 선애에게 이것저것 말을 걸면서 처리해야 할 서류더미들을 은근히 밀어붙였고, 그의 질문 대부분은 그가 밀어붙이는 서류

나 일에 관계된 것들이었기에 선애는 그와 대화하는 중에 자동적으로 작업에 몰두하게 되었다.

그런 거 보면 아무래도 알프레드가 그런 걸 노리고 괜히 이것저것 말을 시킨 게 아닌가 싶다.

'오옷! 노련한 사람이야. 그러니까 모건이 알프레드를 선애에게 붙인 거겠지만.'

그러나 그렇게 일에 몰두한 지 대략 한 시간 정도 지났을까?

선애야 옆에 알프레드가 붙어 있으니 집중해서 일할 수 있었겠지만, 알프레드가 같이 집무실에 있던 덕분에 쉬이 서류를 움직이지 못했던 나는 전보다 더욱더 한가해져서 나중에는 아예 창문만 바라보고 있었다. 그런 내 눈에 어느 순간 저택 현관 문을 향해 온 힘을 다하여 빠르게 달려오는 말 한 마리가 보였다.

[어라라?]

의자에 앉아 멍하니 바라보던 중에 발견한 거라 나는 나도 모르게 놀라서 자리에 일어나 창문으로 다가가 자세하게 살펴봤다.

위에 타고 있는 건 타이거 상회 경비 제복을 입은 사람이었는데, 그는 현관에 다다르자 구르다시피 말에서 내려 현관 문을 향해 뛰어들었다. 그가 달려오는 걸 보고 있었던지 말이 현관 앞에서 멈추자마자 한 시종이 안에서 현관 문을 열고 나왔는데 상회 소속 경비병은 그를 지나쳐 현관 안으로 사라졌다.

[어라? 선애야, 뭔 일 있는 것 같은데? 상회 경비병이 급하게 뛰어왔네?]

나의 부름에 알프레드와 함께 서류 더미에 얼굴을 파묻은 채 한창 일하고 있던 선애가 고개를 들었다. 그러자 갑작스러운 선애의 행동에 알프레드가 의아한 얼굴로 바라봤다.

“이사님? 갑자기 왜?”

“아뇨… 왠지 바깥이 소란스러운 것 같아서요.”

“바깥이요?”

선애가 말을 얼버무렸지만 별로 좋은 변명은 아니었던 터라 알프레드가 고개를 갸웃거렸다. 그도 그럴 것이, 선애의 집무실은 방음 시설이 제법 잘 되어 있는 탓에 웬만한 소리는 잘 들리지 않았던 것이다.

“그런가요? 음… 저는 잘 들리지 않습니다만… 한번 제가 나가 볼까요?”

그렇다고 선애가 들린 것 같다는데 자기가 안 들린다고 무시하자고 할 수는 없었던지 알프레드가 슬그머니 제안을 했고 선애가 고개를 끄덕였다.

“그래 주겠어요? 뭐, 별일이 아닐 수도 있습니다만… 왠지 마음에 걸려서요.”

“그러고 보니 슬슬 회장님이 돌아오실 때가 된 것 같습니다만… 혹시 그에 관련된 소식일지도 모르지요.”

그렇게 말하며 알프레드가 문에 다가가 열자마자 바깥에서 거의 뛰는 것 같은 다급한 발걸음 소리가 들리더니 아까 내가 창문 밖에서 본 그 경비병이 숨을 헥헥거리며 모습을 드러냈다.

“이사님 계십니까? 급한 일입니다!”

이사 집무실 문을 열고 복도로 나간 알프레드를 발견했는지 병사가 물었지만, 대답을 들으려 하지도 않고 곧바로 열린 집무실 안으로 들어와 외친다.

“이사님, 큰일났습니다!”

“무슨 일입니까?”

그때쯤 뭔 일인가 싶었던 선애가 자리에서 일어나 있었기에 그대로 병사에게 다가가며 물었다.

"회장님께서……."

"회장님이 뭐요?"

선애는 정말 뭔 일이 있나 싶어서 놀라 물었지만, 이 병사가 선애에게만 말하라는 신신당부라도 들었는지 말끝을 흐리며 주변을 살피더니 슬며시 선애에게 다가오는 거였다. 그에 선애는 자연스레 병사에게 귀를 내줬다.

보통, 중요한 일은 비밀을 요하는 경우가 많기 때문에 눈치껏 문을 닫아 바깥의 시선과 귀를 차단시킨 알프레드는 병사의 뒤쪽에 있었기 때문에 발견할 수가 없었다. 그러나 선애에게만 속삭이려는 듯한 그 폼에 궁금증을 참지 못한 나는 같이 들으려고 재빨리 선애 옆에 바싹 붙어 있었기에 그 병사가 품에 손을 넣는 걸 발견할 수 있었다.

'손을 왜 품에?' 라는 생각에 의아해서 계속 보고 있길 잘했지, 품에서 빠져나온 병사의 손에 쥐어진 것은 시퍼런 날을 번쩍이는 단검이었던 것이다.

"죽어!"

[야!]

녀석이 선애에게 소리치며 검을 뻗은 것과 내가 소리치며 선애를 향해 손을 뻗은 것은 거의 동시였다. 천만다행으로 내가 늦지 않아서 녀석의 날카로운 단검에 선애의 가슴 부분의 옷자락이 잘리기는 했지만, 단검의 날이 피부에까지 닿지는 않았다.

"뭐, 뭐야?"

나에게 목덜미를 잡혀 뒤로 당겨진 선애가 당혹스러운 목소리로 외치자 병사, 아니, 병사의 제복을 입은 암살자는 온몸으로 그 질문에 대한 답을 해왔다. 한 걸음 성큼 내딛으며 선애를 향해 다시 한 번 단검을 휘

둘렀던 것이다.

[위험해!]

"이사님!"

이번에는 선애의 허리를 잡고는 녀석이 휘두르는 방향에 같이 맞춰 내가 옆으로 몸을 틀었다.

"경비병! 경비병 없는가? 암살자다~! 이사님이 위험해!!"

상황의 심각성을 알아챈 알프레드는 잽싸게 문을 열어젖히고는 목청 껏 바깥을 향해 소리쳤다.

"칫!"

그에 두 번이나 공격을 실패한 암살자가 알프레드의 목소리를 듣고 낭패한 표정을 짓더니만 다시 한 번 이를 악물고 선애를 향해 몸을 날렸 다. 하지만 그건 너무 늦은 몸짓이었다.

[야! 너, 마법 목걸이 가지고 국 끓여 먹을래? 실드 쳐, 실드!!]

녀석이 두 번째 공격을 실패하고 다시 자세를 잡는 사이 선애의 허리 를 붙잡고 여차하면 도망갈 준비를 하던 내가 선애를 향해 소리쳤다. 덕 분에 그제야 자신이 어떤 무기를 가졌는지 생각해 낸 선애가 다급하게 외쳤다.

"시, 실드!"

암살자가 선애를 향해 몸을 던진 것보다 일, 이 초 정도 선애의 외침이 빨랐고, 그건 선애와 암살자의 희비를 엇갈리게 했다.

깡!

마치 단단한 쇠에 다른 쇠를 있는 힘껏 부딪치는 소리가 나며 암살자 의 단검이 겨우 타이밍 맞춰 형성된 실드에 부딪쳤고, 그 충격이 상당했 는지 암살자는 자신의 손목을 부여잡고 두어 걸음 뒤로 물러섰다.

[후아, 후아, 아슬아슬했어. 쫌만 늦었으면 큰일 날 뻔했잖아?]

내가 뒤로 물러서기는 했지만, 그건 단 한 걸음뿐이었던 터라 실드가 없었으면 선애가 그대로 찔릴 뻔했다.

그때 바깥에서 두다다다~ 하는 여러 명이 달려오는 소리와 함께 곧바로 남작가의 기사들이 들이닥쳤다.

"누구냐!"

"젠장!"

그에 암살자는 욕설을 한번 내뱉고는 창문을 향하여 돌진~! 마치 액션 영화에서처럼 그대로 몸으로 유리창을 깨면서 바깥으로 몸을 날렸다.

"잡아라!!"

"놓치지 마라!"

"바깥으로 나갔다!!"

몇몇은 암살자처럼 유리창으로 몸을 날려 바깥으로 나갔고, 나머지는 복도를 이용해 바깥으로 달려가며 소리쳤다.

선애의 집무실은 벨타이거와 같이 3층에 위치해 있었고, 여기는 한 층의 높이가 제법 높아서 3층이라 해도 일반 건물의 4층 높이였지만, 주변에 나무가 많아서 어느 정도 몸이 날렵한 사람이라면 다치지 않고 충분히 안전하게 밑으로 내려갈 수 있을 거다. 거기다 저택 바깥 면 여기저기 장식을 하느라 새겨놓은 조각들이 디딤대 역할도 해줄 테고 말이다.

그래서 암살자가 바깥으로 몸을 날린 이상 놓칠 수 있었기에 기사들과 사병들이 정신없이 달려나간 것이다.

그리고 그사이 알프레드와 소동을 듣고 달려온 집사가 선애에게 다가왔다.

"이사님, 괜찮으십니까?"

선애는 놀라는 바람에 다리에서 힘이 빠졌는지 바닥에 털푸덕 주저앉기는 했지만 그래도 정신없을 정도는 아니었는지 침착하게 실드를 해제

하고는 사람들에게 피해가 가지 않도록 한쪽으로 비켜주기까지 했다.

하기야 울 꼬맹이가 목숨을 위협받은 게 이번이 처음은 아니다. 맨 처음에는 그 못된 엘리엇 녀석이 선애의 목을 조르려 했었고—물론 그땐 진짜 죽이려는 게 아니라 단지 협박이었던 거지만, 그래도 그게 목숨 가지고 위협하는 게 아니고 뭐겠는가?—두 번째는 서대륙에 갈 때. 음모에 휘말려 해적선을 탄 데다 일이 틀어지자 해적 선장이 속임수를 써서 선애를 인질로 잡기까지 하지 않았는가 말이다. 그 다음 렌스버리 녀석에 의하여 죽을 만큼 무서운 공포를 맛보았고, 흥분한 렌스버리 녀석 때문에 배가 부서져서 물에 빠질 뻔했고……

'하이고, 죽을 뻔한 적도 많구만.'

그러고 보니 이 세계로 넘어오기 전에는 교통사고로 죽을 뻔하지 않았던가?

그때 털 끝 하나도 다치지 않고 무사할 수 있었던 거 보면 울 꼬맹이는 정말 행운아인 것 같다.

"아아… 괜찮은 것 같아요."

알프레드가 다가와 여기저기 살펴보려 하자 선애가 손을 저어 만류했다. 목소리가 약간 힘이 없긴 하지만 그래도 제법 침착하게 나온다.

"정말 괜찮으십니까? 지금은 괜찮은 것 같아도 어찌 될지 모르니 의원을 불러서 진찰을 받으시는 게 좋겠습니다."

집사가 침착하게 제안하자 알프레드가 얼른 동의했다.

"그렇습니다. 혹 모르니 진찰을 받으시고 만약을 대비해 약도 처방받는 게 좋겠습니다."

[그래, 그래. 놀라서 잠 못 잘지 모르니까 진정제라도 받아두는 게 좋겠어.]

나까지 거들고 나서자 선애가 고개를 끄덕였고, 그러자 집사가 의원을 부르겠다며 방을 나서며 시녀들에게 방을 치우도록 지시했다.

그 틈에 알프레드는 선애를 부축해서 집무실에 마련된 소파에 앉혔다.

"오늘은 더 이상 일하지 마시고 쉬십시오. 나머지는 제가 정리해 두겠습니다. 그리고 시녀에게 따뜻한 차를 한잔 가지고 오게 할 테니 천천히 드십시오. 지금은 괜찮아도 나중에 몸이 떨리실지 모르니 그때 도움이 될 겁니다."

알프레드가 그렇게 말하고 엉망이 된 서류를 정리하기 위해 자리를 뜨자 나는 선애에게 속삭였다.

[괜찮아?]

"아아··· 그럭저럭 괜찮아. 어우~ 엄청 놀랐네."

고개를 설레설레 젓기는 하지만 팔팔한 모습이다. 그에 나는 완전히 안심할 수 있었다.

[그러게. 무슨 영화 같다. 너에게 암살자도 오고······.]

"그런데 왜 나에게 암살자가 왔지? 나에게 원한이 있는 녀석이라도 있나? 아, 혹시 루빈스타인 상회에서?"

[거기서는 널 스카웃하려고 하는데 암살자를 보내겠냐? 으음··· 네가 죽어봤자 특별히 이익을 보는 사람이라고는 해도 휴하고 자스민밖에 없는데······.]

선애는 이곳에 아무런 연고도 없었기 때문에 사망 시 전 재산을 휴와 자스민이 운영하고 있는 고아원에 기증하기로 되어 있었다. 그러나 그걸 노리고 휴가 암살자를 보냈다고는 절대로 생각할 수가 없었다.

"그들일 리가 없잖아?"

[그건 나도 동감이야. 아앗~! 그럼 혹시··· 네가 벨타이거의 양녀가 되었다는 걸 알고······.]

"내가 없어지면 뭐 하나. 벨타이거 녀석이 있는데······."

[음, 그것도 그렇네.]

"하여간… 토냐하고 벨타이거 녀석이 돌아오면……."

그 둘과 같이 의논하자는 이야기를 하려던 선애의 말은 다급하게 뛰어 들어오는 알프레드에 의해 끊어졌다.

"이사님, 큰일입니다."

"무슨 일인데요?"

"회장님께서… 회장님께서… 돌아오셨는데……."

알프레드가 채 말을 끝내기도 전에 선애는 빠른 걸음으로 바깥으로 나갔다.

현관 밖으로 나갔더니 루빈스타인 후작 저택에 갔던 일행들이 도착해 있었는데 놀랍게도 모두들 부상을 당한 채였다.

[헉! 습격을 당한 거야?]

그런데 의아하게도 벨타이거를 호위하고 갔던 병사들이나 기사들은 별로 다친 기색이 없는데 모건과 토냐의 부상이 심했다. 거기다 가장 중요한 벨타이거는 정신을 잃은 채 들것에 실려서 들어오는 것이었다.

"도대체 이게 어떻게 된 겁니까?"

선애가 물었지만 돌아오는 대답은 없었다. 단지 토냐가 선애의 손목을 단단히 붙잡고는 벨타이거 침실로 끌고 들어가는 것이었다. 그 뒤를 모건이 따라 들어와 다른 사람들을 내보내고는 문을 굳건하게 닫아걸었다.

"왜, 왜요?"

그 둘의 얼굴이 심각하게 굳어 있자 그 분위기에 눌려 선애가 문이 닫혔는데도 작은 목소리로 속삭이듯 물었다.

"우선, 회장님부터 치료해 줘."

그러나 선애의 질문에 대답하는 대신 뜬금없는 말을 내뱉는 토냐. 그에 선애가 황당하다는 듯 토냐를 바라봤다.

"제가요?"

"어쩔 수 없어. 난 지금 힘들어서 더 이상 마법을 쓸 수 없단 말이야. 그런데 너에게는 마법 목걸이 있잖아. 설마, 지금 없어?"

그제야 상황을 이해한 선애가 고개를 끄덕였다.

"지금 가지고 있어요. 잠시만요, 우선 회장님 치료해 드리고 토냐와 모건도 해드릴게요."

"알았으니까 서둘러."

토냐의 재촉에 선애는 옷깃 속에 들어가 있던 목걸이를 꺼내 들고는 사람들에 의하여 침대로 옮겨진 벨타이거에게 다가갔다.

오는 길에 의료원에 들렀던지 몸 여기저기에 붕대가 보이고 붕대로 감기지 않은 상처 위에는 검은색의 연고가 발라져 있었다. 그러나 창백한 얼굴로 정신을 잃고 누워 있는 걸 보니 상태가 상당히 안 좋은 모양이었다.

선애는 벨타이거의 몸에 한 손을 올려놓고는 시동어를 외웠다.

"힐링!"

곧바로 선애의 목걸이에서 빛이 나기 시작하더니 그 빛이 선애의 팔을 타고 벨타이거에게 흘러들어 가 녀석의 온몸을 감쌌다.

분명 상처가 아물어가고 있었겠지만, 검은색의 연고에, 혹은 붕대에 가려 보이지 않았다. 게다가 선애가 마법을 조절하는 게 아니라 목걸이에 새겨진 마법이 알아서 발현하는 것이기 때문에 잠시 후 빛이 사라졌어도 선애는 다 된 건지 확신하지 못했다.

창백했던 얼굴에 조금이나마 혈색이 도는 것 같기는 한데 정신을 차리지 못하니 효과가 있는지 확신하지 못했던 것이다. 렌스버리가 만든 거니 효과가 확실하기야 하겠지만, 마법 목걸이를 받은 뒤에 한 번도 사용해 본 적이 없었으니 뭘 알 리가 있나.

"저어… 한 번 더 사용해야 할까요?"

선애가 머뭇거리며 토냐를 바라보자 토냐가 한숨을 내쉬며 고개를 저었다.

"아니야. 힐링은 단지 상처를 아물게 할 뿐이라 그 마법을 시전했다고 해서 정신을 잃은 사람이 완전히 나아서 번쩍 눈을 뜨는 건 아니야. 그렇게 할 수 있는 건 리커버리뿐일까?"

그렇게 말해봤자 마법에 문외한인 나나 선애는 그게 뭔지 알 수가 없었다. 단지 이제 됐다는 것만 알아들어 선애가 그 즉시 토냐에게 손을 뻗으며 말했다.

"그럼 토냐에게 해드릴게요."

"응, 부탁해."

선애가 마법을 시전하는 동안 옆에서 지켜봤던 토냐는 더 이상 버티기 힘들었던지 휘청거리며 침대 근처에 있던 의자에 털썩 주저앉았다.

토냐가 다쳤다는 건 알고 있었지만, 지금 보니 토냐도 벨타이거 못지 않게 얼굴이 창백한 데다 계속 움직여서 그런지 식은땀마저 나고 있었다.

그리고 그건 모건도 마찬가지였다.

선애는 토냐에게 마법을 시전해 준 뒤 모건에게도 마법을 시전해 주고 나서 잠긴 문을 열고 그들을 위하여 따뜻한 차를 주문했다.

"아아… 이번에는 정말로 죽는 줄 알았어."

선애가 주문할 걸 알고 있었던 듯 곧바로 차가 날라져 왔고, 그 차를 한 모금 마신 토냐가 '이제야 살 것 같다'란 표정으로 긴 한숨을 내쉬며 말했다.

"이제 말해주세요. 도대체 무슨 일이에요? 회장님이나 두 분이 그 지경인 거 보면 큰 싸움이 있었던 것 같은데… 어라라? 그러고 보니 같이 갔던 경호병들은 크게 다치지 않은 것 같던데……."

"그게… 정말 생각지도 못한 방법으로 당했거든. 이 도시 안에서 회장님이 인위적인 사고를 당하면 '후계자 다툼 금지' 법령에 의거하여 작위가 몰수되잖아? 그거만 믿고 녀석들이 손을 쓰더라도 무조건 자연스런 사고로 보이는 방법일 거라고만 생각했었어."

"예? 그럼 그게 아니란 말이에요?"

"마차에다 폭발 장치를 해놨더군. 루빈스타인 후작가 저택에서 나와 한참 달렸을 때 갑자기 폭발했어. 손을 쓸 새도 없었는걸."

이 세계에도 화약 비슷한 물품이 있다. 내가 직접 본 것이 아니고 이야기만 들었을 뿐이지만, 이 세계의 화학자라 할 수 있는 연금술사들이 예전에 만들어냈는데 마법에 밀려서 큰 빛을 보지 못하고 있다 한다. 하지만 반대로 마법사의 시선을 피하여 소수의 사람에게 피해를 줄 수 있기 때문에 이런 용도로 가끔 사용되는 모양이다. 바로 이번처럼, 토냐가 옆에 있다는 것을 역이용하여 공격하는 것처럼 말이다.

"회장님 의자 밑에 장치를 해놨더군요. 덕분에 좀 떨어져 앉은 토냐님이나 저는 피해가 적었습니다만… 게다가, 마부가 적이 보내온 암살자였습니다. 마차가 폭발하자마자 크게 다치신 회장님을 모시고 밖으로 나온 때를 노려 그놈이 회장님을 찌르고 달아났습니다. 너무 순식간의 일이라 녀석은 놓치고 말았습니다."

이해가 간다. 마차 안에서 갑자기 폭발음이 들렸다면 경호하고 있던 이들도 놀라 우왕좌왕했겠지. 그 틈을 노려 달려들었다면 성공 확률이 무척 높았을 거다.

[으음, 그런데 이곳 폭발물은 성능이 낮은가 보네. 한국에서 구했다면 마차는 물론 안에 탄 사람들도 흔적 하나 남지 않았을 텐데.]

마차뿐이겠는가! 내 지나가다 들은풍월이지만, 내 손바닥 반만 한 크기인데 반경 1㎞ 내를 초토화시킨다는 고성능 소형 폭탄도 있다고 들었다. 그런데 여기서는 사람만 좀 다치게 할 정도니, 폭발 장치만 해놓고 안심할 수가 없어 암살자도 같이 딸려 보낸 거겠지.

"녀석이 찌른 단검에는 독이 묻어 있었습니다. 그래도 토냐님이 계셔서 얼른 해독 마법을 펼치셨지만, 토냐님도 폭발에 다치신 터라 더 이상의 마법 시전은 힘들었습니다."

덕분에 벨타이거는 독에 중독되는 건 면했지만, 폭발에 의한 상처가 무척 커서 정신을 잃었다고 한다. 토냐도 마법을 펼치고 힘겨워해서 주변에 있던 경호병들이 얼른 그들을 부축하여 가까운 의원에게 달려가 치료를 받게 한 것이었다.

그 둘의 말은 거기서 끝났고, 그 이야기를 다 들은 선애는 고개를 끄덕였다.

"큰일 날 뻔했네요."

그러나 그 말을 하는 선애나 나는 별 걱정이 안 됐다. 여기 오기 전에 의원에게 보인 데다 마법으로 치료까지 받았으니 걱정할 필요성을 느끼지 못한 것이다. 그래 벨타이거 녀석이 좀 심하게 다쳐서 정신을 잃었지만 내일 정도면 깨어날 것이라 믿어 의심치 않았다. 그래서 '큰일이군요' 라고 한 게 아니라, '큰일 날 뻔했네요' 라고 말한 거다.

그런데 선애의 이런 반응에 토냐와 모건이 의아한 표정으로 쳐다본다.

"에? 왜요?"

그 시선을 이해 못 한 선애가 어리둥절해서 묻자 토냐가 고개를 갸웃하더니 조심스레 묻는 거였다.

"저기… 선애야, 평소에 회장님과 투닥투닥 하는 모습을 보긴 했지만 정말 사이가 안 좋았던 거야?"

"예? 아니, 갑자기 회장님과 제 사이가 여기서 왜 나오는데요?"

"음… 내가 오해했다면 미안한데, 회장님이 중상을 입어 누워 계시는데 별로 걱정을 안 하는 것 같아서."

토냐의 말에 선애와 나는 입이 떡억 벌어졌다. 선애가 날 바라보는 폼을 보니 자기가 제대로 들었나 싶었나 보다.

"중상이요? 회장님이?"

선애의 말에 토냐와 모건이 고개를 끄덕끄덕한다. 그에 선애는 침대 위에 있는 벨타이거를 바라봤다 날 바라봤다. 나 또한 벨타이거를 한 번 보고 선애를 봤다.

[저게… 중상이야?]

선애 또한 나와 마찬가지 심정이었다.

"아니, 저게 중상이에요? 내일이면 깨어나실 거 아닌가요? 아니면 혹시 회장님께서 머리를 크게 다치셔서 심한 뇌진탕이라도 걸리신 건가요?"

선애의 질문에 토냐와 모건이 어리벙벙한 표정이다.

"저게 중상이 아니면? 저보다 더 심한 부상을 입으면 즉사야."

"네에?"

토냐의 진지한 말에 모건이 고개를 끄덕이자 선애는 어처구니없다는 듯이 반문했다. 그리고 그건 나도 마찬가지였다.

[저기… 혹시 벨타이거 녀석이 폭발 때문에 정신을 잃었는지, 아니면 그때는 정신이 있었는데 마차에서 나왔을 때 정신을 잃었는지 물어봐. 내가 알기로 폭발 때문에 정신을 잃은 거면 혹 뇌에 큰 충격이 온 걸 수도 있거든.]

내 말을 들은 선애가 토냐와 모건에게 묻자, 다행히 그건 아니라고 했다. 모건이 벨타이거를 부축했을 때는 정신을 잃지 않은 채라서 모건과 토냐의 안부를 물어봤다고 하니 말이다. 단지 마차에서 나온 후 암살자 녀석에게 칼침을 맞은 후 피부가 독 때문에 퍼렇게 되어갈 때 정신을 잃었다고 했다.

[에이, 그럼 뭐 독이 뇌에 침투해 뇌 기능을 마비시킬 수도 있긴 하지만 그건 토냐가 즉시 해독했다며? 근데 뭐가 문제야?]

선애 또한 나와 같은 생각이었다.

"에… 으음… 전 아무리 봐도 심한 부상으로 안 보이는데… 저 정도면 길어야 두 주에서 세 주 정도면 완치할 수 있는 거 아닌가요?"

선애의 말에 눈이 뚱그레진 토냐는 모건과 시선을 맞부딪치더니 물어왔다.

"저기… 혹시 네가 있던 곳에서는 저 정도 부상을 입으면 웬만하면 모두 완치하니?"

[그렇지. 저거보다 좀 더 심해도 웬만해선 안 죽을걸?]

나는 그렇게 쉽게 중얼거렸지만, 선애는 뭔가 깨닫는 게 있는지 나처럼 대답하는 대신 조심스레 묻는다.

"저 정도 부상을 입으면… 혹시 완치하지 못하는 경우가 많은가요?"

선애의 질문에 모건이 고개를 끄덕였다.

"회장님은 그래도 마법 치료를 받으셨으니 회복하실 가능성이 좀 높을 것 같습니다만, 저 정도의 부상을 입으면 절반 정도는 살아나기 힘듭니다."

그의 말에 선애와 내 입이 떠억 벌어졌다.

[뭣이라? 저 정도 다쳤다고 죽는다고?]

"회장님은 제가 마법도 걸어드렸잖아요. 혹 필요하다면 나중에 다시 걸어드릴 수도 있는데요?"

선애의 말에 토냐와 모건은 그제야 이해했다는 듯한 표정이다. 그리고 토냐의 차분한 설명.

"선애야 앞에서도 이야기했지만, 힐링 마법은 상처를 아물게 할 뿐이야."

설명하는 폼을 보아하니 아무래도 선애가 '마법이면 어떤 환자든 다 낫게 한다'는 인식을 가지고 있다 생각한 모양이다.

"지금 회장님의 상황은 상처뿐만이 아니라 그로 인한 충격과 손실이 큰 상황이거든? 그걸 이겨내셔야 하는데 그게 쉬운 일이 아니야. 그걸 이겨내지 못하시면……."

뒷말은 안 하지만 아무래도 위험하다는 이야기겠지. 보아하니 데미지가 커서 그걸 회복시켜야 한다는 이야기 같은데…….

'그게 죽음까지 생각할 정도로 어려운가?'

물론 피를 많이 흘렸다면 그건 위험하다는 건 안다. 이건 빨리 피를 보충해 주지 않으면 죽음까지 이를 정도다. 여기는 혈액 은행도 없고 수혈이라는 것도 없으니 그거라면…….

'음… 확실히 위험하겠군.'

거기까지 생각이 들자 토냐와 모건의 걱정도 이해될 것 같았다.

"하아… 이럴 때 8클래스의 마법사나 고위 신관이 있었다면……."

토냐가 지나가는 말로 그렇게 중얼거리자 문득 떠오르는 존재가 있었다. 그러나 워낙 그 존재의 성격을 볼 때 치료해 달란다고 순순히 치료해 주리라고는 생각할 수가 없었다.

그때였다.

똑! 똑!!

"선애님, 손님이 오셨습니다."

집사의 목소리가 들려왔다.

그것도 선애한테 말이다.

'갑자기 웬 손님?'

"누굽니까?"

"그게… 남작님의 숙부님께서 오셨습니다."

그에 일행들은 놀란 표정을 지으며 서로를 바라봤다.

벨타이거의 숙부는 토지그 크로스웰이라는 사람으로, 정확하게 말하면 벨타이거의 5촌 외숙부다. 벨타이거 어머니의 4촌 오라버니였으니 말이다. 그리고 벨타이거 다음으로 남작 계승권을 가진 사람이었다.

예전에는 말이다. 현재는 그 중간에 울 꼬맹이가 끼어버려 선애의 다음 타자로 밀려난 상태였다.

원래 벨타이거의 손님이었지만 벨타이거가 정신을 잃고 누워 있으니 선애를 부른 모양이다.

선애가 모건에게 시선을 돌렸다.

"저기요, 그 호적……."

선애가 무엇을 묻고 싶어하는지 알아챈 모건이 선애가 다 말하기도 전에 힘차게 고개를 끄덕였다.

"예. 이사님은 현재 합법적으로 회장님의 양녀십니다."

그에 토냐가 어리둥절한 표정으로 선애와 모건을 바라본다.

"웅? 그게 무슨 소리야?"

그러나 선애가 토냐에게 뭐라 대답하기도 전에 바깥에서 집사의 재촉이 들려왔다.

"선애님!"

"알겠습니다. 나가지요."

그러고는 모건에게 시선을 돌렸다.

"저기… 집사님은 알고 계시나요?"

"예. 회장님이 말씀하셨습니다. 그런데 함구를 명하셨기 때문에 '아가씨'라고 부르지 않으시는 겁니다."

벨타이거와 이 저택 집사의 사이는 별로 안 좋은데도 불구하고 이런 거 보면 신뢰하는 사이 같기도 하고……

선애가 모건과 토냐를 데리고 침실 밖으로 나가자 집사가 예의 차가운 무표정으로 기다리고 있다가 고개를 살짝 숙여 보였다.

"어디 있어요?"

"응접실로 모셨습니다."

토지그 벨타이거는 이야기는 들어봤어도 직접 만나본 적은 한 번도 없었다. 사이가 사이이다 보니 평소는 물론이거니와 새해라던가 생일이라던가 하는 특별한 날이라 해도 뭔가 축하 메시지 같은 것도 없었던 것이다. 그러니 선애가 볼 일이 있겠는가?

해서 그때 토지그 벨타이거를 처음 보게 되었는데, 그를 보자마자 나는 불독이 생각났다. 그는 통통한 몸매를 지닌 중년 아저씨였는데 특히나 볼이 통통해서 약간 처진 느낌이 나는 데다 눈매도 처져서 귀만 밑으로 처져 있다면 완전히 불독이었다.

그런 그가 응접실의 푹신한 소파에 앉지도 않고 서서 왔다 갔다 하다가 들어오는 일단의 사람들을 돌아보고는 의문 어린 시선을 집사에게 던졌다. 여기서 아는 인물이 집사뿐인가 보다.

하지만 조셉 집사는 아무 말도 안 했고 대신 선애가 앞으로 나섰다.

"처음 뵙겠습니다."

그러자 의아하다는 듯 눈살을 찌푸리는 토지그 크로스웰.

"넌 누구지?"

다짜고짜 반말로 내뱉자 선애의 인상이 굳어졌지만, 그보다도 모건과 집사의 얼굴에 분노가 피어올랐다.

"토지그님, 이분은 당신이 함부로 말할 수 있는 분이 아니십니다."

집사가 정색하며 말하자 토지그가 움찔하더니 선애를 살핀다.

"이, 이분이 누구신데 그러는가?"

토지그 크로스웰은 벨타이거의 5촌 숙부라 한국으로 치면 그는 분명 벨타이거의 어른이지만, 바이런 국 식으로 치면 그는 벨타이거에게 존대를 해야 하는 입장이었다. 한 핏줄이기는 하나 토지그 크로스웰은 평민이고 벨타이거는 작위를 가진 남작이기 때문이다.

아버지가 귀족이면 그 자식들도 귀족이지만, 거기에는 한계선이 존재한다.

아버지의 작위를 물려받을 수 있는 자식이야 대대로 귀족 계급을 가질 수 있지만, 작위를 물려받지 못하는 아들은 자신 대만 기사 작위를 가진 귀족일 뿐 그 밑의 자녀들은 평민이 된다. 하기야 이렇게 제한을 둬야지 아버지가 귀족이라고 그 자식들도 대대로 모두 귀족이게 하면 작위 없는 귀족들이 얼마나 기하급수적으로 늘어나겠는가? 딸의 경우는 아들의 경우와는 달리 결혼 전에는 아버지의 계급을, 결혼 후에는 남편 계급을 가지게 된다.

그로 인해 토지그 크로스웰은 평민이고—그는 '기사 작위를 가진 귀족'의 아들이다—선애는 양녀기는 하지만 남작 영애이기 때문에 엄연한 귀족. 그러니 토지그 크로스웰은 선애를 향해 존대를 해야 하는 것이다.

"이분은 크로스웰 남작의 영애이신 선애 크로스웰님이십니다."

조셉 집사의 위엄있는 말에 토지그 크로스웰의 턱이 빠질까 걱정될 정도로 쩌어억~ 하고 벌어졌다.

"뭐, 뭣이라?"

말이 제대로 안 나오는 듯 쥐어짜듯 그 말을 한 토지그는 선애와 조셉 집사를 둘러보더니 발악하듯 외쳤다.

"남작 영애라니, 남작 영애라니!! 그게 무슨 말이야? 누가 남작 영애라는 거야? 듣도 보도 못한 남작 영애가 어디서 갑자기 튀어나온 거란 말이냐?"

거의 집사에게 달려들 듯이 외치는 토지그였지만, 조셉 집사는 눈썹 하나 까딱하기는커녕 오히려 토지그를 향해 엄하게 질책하는 것이었다.

"말조심하십시오, 토지그님! 당신이 아무리 현 남작님의 친척 어른이라 해도 당신은 엄연히 평민이시고 아가씨는 남작 영애. 당신이 함부로 하실 수 없는 분입니다!"

"내가 모르는 남작 영애가 갑자기 어디서 나타났단 말이냐! 거기다 남작과 나이 차이가 얼마 나지도 않는데… 남작이 어렸을 때 애를 낳았단 말이냐?"

"물론 이분은 양녀십니다."

"말도 안 돼! 난 인정 못해!"

"죄송합니다만, 이건 남작님과 아가씨 사이의 일일 뿐 토지그님께서 관련하실 수 없는 일입니다."

여전히 냉정한 조셉 집사의 말에 토지그는 볼을 푸들푸들 떨며 선애를 노려보더니 갑자기 삿대질까지 하며 소리치는 것이었다.

"너, 너, 너어어~ 갑자기 어디서 나타난 계집이기에!! 근본도 모르는……."

"밀양 박씨 집안의 천자공파로서 신라 3대 왕의 첫째 아드님이신 경원대군의 제35대손입니다."(이건 작가가 그냥 지은 겁니다.)

갑작스레 선애가 내뱉는 말에 붉으락푸르락해진 얼굴로 소리치던 토지그 녀석의 말문이 터억 막혔고 주변에 있던 사람들도 놀란 표정이었다.

"그… 으으음… 뭔지는 잘 모르겠지만, 어쨌든 이사님은 대단한 집안 출신이란 말씀이시군요."

모건이 말하자 주변에 있던 사람들이 동감이라는 듯 고개를 끄덕인다.

"다른 건 모르겠고, 35대손이라는 건 알아듣겠네. 그거 꽤 역사가 깊은 집안이잖아?"

토냐의 감탄에 나는 호탕한 웃음을 터뜨렸다.

[음홧홧홧~ 당연하지. 우리 선조는 신라 초기 시대 사람이고 선애와 나는 한국인이었으니 역사가 얼마야? 내가 그거 가르쳐 주길 잘했지? 므흐흐흐! 거봐, 알아두면 좋잖아.]

"선조께서는 왕족이셨습니다. 물론 그 나라는 멸망하고 다른 나라가 세워졌습니다만, 그래도 그 뒤로는 쭈욱~ 음, 그러니까 이 나라 식으로 말하면 귀족 집안이었습니다."

음… 솔직히 울 집안은 직계가 아니라 방계라 따지고 보면 토지그 입장과 비스무리하지만 말이다.

선애의 말에 토지그는 딱딱하게 굳어 있다가 그래도 이대로 물러나기는 싫었던지 악을 쓰듯 외쳤다.

"그게 진짜인지 거짓인지 어찌 알아?"

"당신이 믿든 안 믿든 별 상관은 없습니다. 그런데 여기에 제 출신을 따지러 오신 겁니까?"

"이이익! 가, 감히……!"

토지그가 선애에게 삿대질을 하며 이를 갈았다.

[아! 저 아저씨 정말 마음에 안 드네! 지금 누구에게 삿대질이야, 삿대질이!]

자꾸 선애에게 함부로 대하는 토지그의 태도에 눈살을 찌푸리며 한 번만 더 하면 저 손가락을 꺾든지 팔을 꽈악 물어버리던지 해야겠다고 생각하는데, 나보다도 조셉 집사가 먼저 나섰다.

"무례하십니다! 지금껏 남작님의 혈육이란 생각에 가만있었지만, 계속 이렇게 나오신다면 더 이상 가만있지 않겠습니다!"

조셉 집사가 단호하게 말하자 차마 그 말을 무시할 수가 없었던지 토지그가 입을 다물었다. 하지만 그의 눈에서는 분노의 불길이 활활 타오르고 있었다. 그래도 생각없이 사는 사람은 아니었던지 더 뭐라 하는 대신 자신이 이곳에 온 목적을 밝혔다. 물론 거의 씹어 내뱉는 듯한 어조였지만 말이다.

"남작이 안 좋은 일을 당했다는 소식을 듣고 왔네. 남작은 지금 어디 있는가?"

선애는 무시한 채로 조셉 집사에게 말하자 조셉 집사 또한 냉정하게 대답했다.

"남작님은 지금 주무시고 계십니다. 모처럼 문안을 와주셨지만, 지금은 뵐 수 없으니 이만 돌아가 주시기 바랍니다."

"단지 피곤해서 자는 거라면 깨워주지 그러나? 내 오랜만에 방문한 건데 얼굴도 보지 못하고 돌아가면 서운하지 않겠나?"

"죄송합니다. 일어나기 전에는 웬만한 일로는 깨우지 말라고 하셨기 때문에……."

"내가 방문한 것도 웬만한 일인가?"

"죄송합니다."

조셉 집사가 한 치도 물러섬 없이 그의 요청을 거부했는데 이상하게도 토지그는 불쾌한 기색이 아니다. 오히려 아까 선애의 존재 때문에 엄청 분노했던 것이 점차 가라앉아 침착해지는 특이한 상황이 연출되어 버렸다. 게다가 그렇게 침착해지니 더 이상 버티고 있다간 자신만 손해라는 생각이 들었는지 순순히 물러나기까지 하는 것이었다.

"흠… 그렇다면 하는 수 없지. 알겠네, 오늘은 아쉽지만 그냥 가도록 하지."

하지만 돌아가기 전에 선애를 매서운 눈길로 노려보면서 한마디 하는 건 잊지 않았다.

"남작 영애라? 홍, 어디 두고 보자."

두고 보자는 사람 치고 무서운 사람 없다고 하지만 그래도 기분은 무지 나빴다. 특히나 저 태도를 보아하니 분명 선애에게 뭔 짓을 할 것 같다.

그렇지 않아도 누군지 모를 놈에게서 암살자까지 보내진 마당이었으니, 신경이 있는 대로 곤두서 있던 나는 분노와 함께 심지어 나도 모르게 살기까지 뭉클뭉클 치솟아올랐다.

'저, 저놈… 그냥 확 없애 버릴까? 어차피 벨타이거에게도 하등 도움 안 되는 놈인데…….'

그렇게 생각하니 구체적인 방안까지 여러 개 떠오르는데…….

솔직히 지금 내 입장에서 자연사로 위장해 살해하는 건 캐링턴 후작가에 들어가서 가보를 훔쳐 오는 것보다 쉬운 일이었다. 막말로 녀석이 계단 위에 있을 때 밀어서 구르게 해도 되고 녀석이 밤에 잠잘 때 베개를 들고 녀석이 숨을 못 쉬게 막아도 되고, 그것도 안 되면 자고 있을 때 몸속에 손을 넣어 심장이나 폐를 한 번 꾸우욱~ 눌러줘도 되고…….

그런데 내가 거기까지 떠올리며 실천을 진지하게 고려하고 있을 때였다. 갑자기 내 발밑이 어두워지면서 그곳에서 뭔가 차갑고 음습한 기운이 새어 나와 내 발을 칭칭 감아오는 것이었다.

[우와아악~!]

이런 몸이 된 뒤로 촉각이 사라져 버려 부드럽다, 단단하다, 거칠다 등의 느낌은 물론이거니와 차갑다거나 뜨겁다는 느낌도 전혀 못 느끼게 된 지 오래였기에 갑자기 느껴지는 차갑고 음습한 기운은 나를 기겁하게 만들었다.

그래 나도 모르게 비명을 지르며 펄쩍 뛰자 선애가 무지 놀라 날 바라보는 것이었다.

"뭐, 뭐야? 왜 그래?"

선애 또한 너무 놀라는 바람에 옆에 토나와 모건이 있다는 것도 깜빡하고 물어 토나와 모건을 놀라게 만들었다.

"선애?"

"이사님? 갑자기 왜 그러십니까?"

그제야 정신을 차린 선애는 나를 향해 찌릿한 시선을 보내고는 얼른 둘러대려고 입을 열었다.

"어… 그게 말이지요, 갑자기 생각난 건데…….''

그런데 그때 선애에게 구원의 동아줄을 내려준 사람이 있었으니……

"혹시 아까 저택에서 있었던 일을 말씀하시려는 겁니까?"

생각지 못한 말에 선애와 내가 놀란 시선을 돌리니 그곳에는 언제 왔는지 모를 알프레드가 서 있었다.

"어라? 알프레드, 언제 왔어요?"

"아니, 그게 무슨 소리지? 아까 저택에서 있었던 일이라니?"

선애와 모건이 누가 먼저랄 것도 없이 묻자 알프레드가 갑자기 끼어들어 실례했다는 듯 살짝 목례해 보이고는 차분하게 대답했다.

"좀 전에 집사님께서 손님 배웅 나가시는 모습을 보고 이제 들어가도 되겠다 싶어 들어왔습니다. 놀라게 해드렸다면 죄송합니다. 그리고 아까 저택에서 있었던 일이라면, 누군가 이사님께 살수를 보냈던 일을 말합니다."

알프레드의 말에 토나와 모건이 눈을 둥그렇게 떴다.

"살수? 살수라고?"

"그게 무슨 소리야?"

원래 루빈스타인 후작가 저택을 방문하러 간 사람들이 돌아오려면 의논하려고 했었는데, 그들 또한 큰일을 당해서 정신이 하도 없다 보니 말한다는 걸 깜빡하고 있었다.

토냐와 모건이 그렇게 묻자 본격적으로 의논하고 싶었던지 알프레드가 자리를 옮길 걸 요청했고, 둘은 기꺼이 받아들여 토냐의 집무실로 자리를 옮겼다. 원래 선애의 집무실로 가려 했지만, 실수 녀석이 하필 그곳에서 선애를 노리는 바람에 지금 그곳은 엉망이었던 것이다.

덕분에 선애가 갑자기 소리쳤던 걸 해명하는 일은 흐지부지 넘어갈 수 있게 되었다.

[휴우… 다행이다. 너도 참, 갑자기 거기서 소리치면 어떻게 하냐?]

사람들이 자리를 옮기려 이동하는 중 일행의 맨 뒤에서 가던 선애에게 내가 안도의 한숨을 내쉬며 속삭이자 선애가 매서운 시선을 날리며 속삭였다.

"그게 누구 때문인데? 언니야말로 갑자기 왜 비명을 지르는 거야? 놀랐잖아?"

[아니, 그게… 나도 일부러 그러려던 건 아니었거든?]

뭐, 선애가 놀란 건 나 때문이었으니 나는 머쓱해하며 아까 내가 겪었던 이상한 현상에 대해 설명했다.

내 설명을 다 들은 선애는 되게 걱정스러운 표정으로 날 봤다.

"차갑고 음습한 기운?"

[응. 되게 놀랐어. 그래서 깨달은 건데… 나 아무래도 사람의 생명을 해하면 안 될 것 같아.]

"당연한 일을… 언니, 혹시 그거… 지옥의 문이라도 열린 거 아니야?"

[응응, 나도 그런 게 아닐까 생각했어. 왜 옛날에 나온 '사랑과 영혼'이라는 영혼에서도 그랬잖아.]

"몰라, 그런 영화 안 봤어. 어쨌든, 그게 아니라도 사람 죽이는 건 정말 큰 죄잖아. 아무리 나쁜 놈이라도 앞으로는 그런 생각 하지 마."

하기야, 그 '사랑과 영혼'이라는 영화가 내가 중학교 1학년 때인가 2학년 때인가 나왔던 영화였으니 지금으로부터… 음… 생각하기 싫다.

[알았어. 나도 그럴 생각이었어. 내가 장난치는 건 그나마 용서가 돼도 생명에 손대는 건 용서가 안 되나 봐.]

선애의 말에 나는 진지하게 고개를 끄덕였다. 아까 토지그 녀석 때문에 머리끝까지 치솟았던 분노와 살기가 한순간 얼음물이라도 뒤집어쓴 것처럼 차갑게 가라앉았고, 대신 겁이 덜컥 나 앞으로는 그에 대해 생각조차도 하지 말아야겠다고 굳게 결심했다.

토냐의 집무실에 도착하여 문을 굳게 닫고 일행이 자리에 앉자마자 토냐가 잡아먹을 듯한 시선으로 선애와 알프레드를 바라보며 물었다.

"아까 그게 무슨 소리야? 선애가 살수의 공격을 받았다니?"

"그게… 아까 우리 상회 경호병 복장을 한 사람이 말을 타고 다급히 달려와서 회장님께 큰일이 났다고 말하더라고요. 그러면서 자세한 설명을 나에게 하려는 척 다가오더니 갑자기 단검을 빼서 찌르려고 하데요?"

"그래서? 찔렸어?"

토냐가 묻자 선애가 머쓱하게 웃으며 고개를 저었다.

"아니요, 운 좋게 피했지요. 몇 번 계속 공격했는데 실패하는 데다 그때 알프레드가 사람들을 불러서 녀석은 도망갔어요. 괜히 제 집무실 유리창을 깨면서 말이죠."

선애의 이야기가 끝나자 토냐와 모건은 심각한 얼굴로 시선을 교환하더니만 잠시 후 모건이 진지한 어조로 질문을 해왔다.

"이사님… 혹시 전에 원한 같은 거라도 산 적 있으세요?"

물론 아주 착하게만 살아왔다고 할 수는 없지만, 그래도 선애를 죽으려고 혈안될 정도의 큰 잘못은…….

"으으음… 없는 것 같은데요?"

"그럼… 역시 아무래도……."

토냐가 진중한 어조로 말하자 모건이 뭘 말하려는지 알고 있는 듯 고개를 끄덕인다.

그러나 알지 못하는 선애와 나, 알프레드는 고개를 갸웃할 수밖에 없었다.

"왜요? 혹시 뭐 짐작 가는 거라도 있어요?"

"짐작… 이라기보다 할 만한 사람이 너무 뻔한 것 같아서. 단지 지금까지 꼬리를 잡히지 않으려고 아주 교묘하게 움직여 왔으면서 왜 갑자기 이렇게 노골적으로 나서느냐 하는 거지."

토냐가 뻔한 사람이라고 한다면, 아까 그 토지그 크로스웰과 핸들리 크로스웰이다. 그런데 이해가 안 가는 것이, 왜 선애를 노리느냐 하는 거다. 선애는 그들과 이해관계가 전혀 없는데. 물론 선애가 크로스웰 남작의 영애가 되었으니 이제는 눈엣가시겠지만, 방금 토지그 녀석이 와서 집사에게 듣기 전까지는 그들은 그걸 몰랐으니 그들이 선애에게 원한을 가질 이유가 없다.

"그들이 왜 절 노려요? 그럴 이유가 없잖아요?"

선애 또한 토냐가 누굴 가리키는지 금세 알아챈 듯 그렇게 물었다.

"내 생각엔 회장님과 널 한꺼번에 없앰으로써 두 가지를 얻으려는 것 같아. 첫 번째는 타이거 상회. 예전에는 크로스웰 상회에 비하면 보름달 앞의 반딧불 같았지만, 지금은 그렇지 않잖아? 거기다 크로스웰 상회를 통하지 않고 독자적으로 서대류의 술을 사들이기 시작했으니 아무래도 신경에 거슬리겠지."

토냐의 말에 나는 고개를 끄덕였다.

타이거 상회는 선애한테도 소유권이 있지만, 선애한테는 혈연이 없으니 벨타이거와 선애가 같이 사망하게 된다면 그 모든 것들이 몽땅 토지

그 크로스웰에게 넘어갈 거였다.

"신경에 거슬리는 점을 제거하는 한편, 제법 큰 상회를 삼키게 되었으니 이득 아니겠어?"

토냐가 덧붙인 설명에 선애도 고개를 끄덕였다.

"그렇군요. 그리고 다른 이득은 뭐예요?"

"전 같으면 벨타이거가 저렇게 노골적으로 살수에게 죽는다면 그들이 당연히 범인으로 지목되겠지만, 너와 같이 죽게 된다면 범인을 그들이라고 단정할 수가 없어진다는 이야기지. 그들도 물론 용의자로 지목되겠지만, 타이거 상회가 사라진다면 이익을 볼 다른 누군가도 용의자로 지목되지 않겠어?"

"우리 상회가 사라진다고 누가 이익을 봐요? 이 도시의 화장품 계열 상회들?"

선애의 말도 안 된다는 뉘앙스의 말에 모건이 심각한 어조로 말했다.

"물론, 다른 때라면 이건 설득력이 없습니다만, 지금 저희 상회 상태라면 설득력이 있지 않습니까?"

"어떤?"

"루빈스타인 상회에게 밉보였다는… 그들로서는 더 좋겠지요. 용의자가 루빈스타인 상회라면 조사 나온 관리들도 함부로 하지 못하고 그냥 단순 원한 관계로 범인은 알 수 없음… 이라고 끝낼 확률이 높지 않겠습니까? 아마 그쪽 사람들에게 잘 봐달라고 뇌물을 좀 쓰기도 하겠지요."

"그게 말이 됩니까? 우리 상회하고 루빈스타인 상회하고 사이가 안 좋다는 건 사람들이 잘 모르잖아요?"

모건의 말에 선애가 반박했지만 토냐는 모건의 말을 긍정하고 나섰다.

"그러니까 여기에 한 가지 가정이 들어가는 거지. 루빈스타인 상회와 우리 상회 사이를 그들이 벌써 알고 있다는 거. 아니, 내 생각에는 회장님의 웬만한 일거수일투족을 그들이 알고 있었던 것 같아."

토냐의 말에 분위가 심각해졌다.

"왜 그렇게 생각하시는데요?"

"그동안 회장님이 겪었던 사고들을 쭈욱 생각해 보니까, 남들이 잘 알지 못하는 회장님의 행보를 범인은 알고 있었거든. 뭐, 극비로 치부하지는 않았지만 주변에 떠들지 않았던 행보나 갑작스레 이루어진 행보에서 사고를 당한 경우도 있었어. 이번에 우리가 루빈스타인 후작 저택을 방문한 것처럼."

하기야 벨타이거와 토냐가 후작가를 방문한 건 갑작스레 이루어진 일이었다. 선애가 휴를 만나고 와서 벨타이거, 토냐와 의논한 뒤 후작가로 가자~! 해서 그 다음날 바로 방문한 거였으니 말이다.

"오늘 사고, 회장님이 후작가를 방문하기 전에 당할 수 있는 사고였어. 설마 그 폭발물이 후작가 안에서 설치되었다고 생각하는 건 아니겠지? 그런데 왜 우리가 후작가를 나온 후에 폭발을 일으켰을 것 같아? 용의자로 루빈스타인 상회가 지목되기를 바랐던 거야. 특히나 우리 상회와 사이가 안 좋을 때 일어난 일이라면 더더욱 루빈스타인 상회가 범인으로 유력하게 보이겠지."

토냐의 말을 듣고 있던 알프레드가 침중한 음성으로 말했다.

"지금… 회장님의 일거수일투족을 그들에게 알려주는 누군가가 있다고 말씀하시는 거군요?"

"그래. 생각해 보면 이상할 것도 없지. 회장님이 남작 작위를 받기 전에 이 저택 안 사람들 중 회장님 편이었던 사람은 거의 없었으니. 그러니 저택 안 사람들 중 누군가가 그쪽 사람이라고 해도 크게 놀랄 일은 아니야."

모건이 침중하게 말한다.

"잠깐만요, 그럼 아까 그 토지그라는 불독 녀석이 온 것도?"

선애의 말에 모건이 고개를 끄덕인다.

"누군가에게 듣고 직접 확인하러 온 걸 겁니다. 아마 회장님이 정신을 잃은 채 실려 왔다는 이야기를 들은 거겠지요. 직접 용태를 확인할 겸, 남작 대리로 나설 때를 대비해서 말입니다. 그러다 이사님이라는 존재를 알고 낭패를 당하기는 했습니다만."

모건의 말에 알프레드가 뭔가 떠올랐는지 다급한 표정으로 입을 열었다.

"이거 큰일이군요. 만약 회장님이 빨리 정신을 차리지 못하신다면 앞으로의 공격은 이사님께 집중되지 않겠습니까?"

"아마도. 회장님이 정신을 차리신다면 공격이 양분화될 테니 좀 덜해지겠지만, 이대로 정신을 차리지 못하신다면… 앞으로 더더욱 위험해지실 겁니다."

"그걸 막기 위해서라도 빨리 그 빌어먹을 스파이 녀석을 찾아내야 해. 그런데 어떻게 찾아내지? 한꺼번에 모아놓고 일일이 심문할 수도 없고… 차라리 싹 갈아버리자고 건의를 해봐?"

모건과 토냐가 줄줄이 말을 꺼내자 선애가 잠시 생각하더니 입을 열었다.

"조셉 집사에게 도움을 청하는 건 어떨까요? 회장님과 별로 사이가 좋지 않다고 했지만, 오늘 절 보호하는 거 보니 그래도 회장님 쪽인 것 같던데요. 우리야 이 저택에 들어온 지 얼마 안 되었지만, 집사님이야 평생 저택을 관리해 오신 분이니 저희보다 더 잘 아실 거 아니에요?"

그러자 모건이 난색을 표했다.

"집사님이요? 차라리 조셉 부인 쪽이 더 나을 텐데……."

"아니에요. 조셉 부인이 회장님 편이라는 건 모르는 사람이 없잖아요.

그러니 조셉 부인이 나서면 오히려 어려워질 거예요. 차라리 전에 회장님과 사이가 별로 안 좋았다는 조셉 집사가 제격이에요."

선애의 말에 토냐가 고개를 끄덕인다.

"맞는 말이네. 그 집사라면 티 하나도 안 내고 잘 찾을 수 있을 것 같아. 거기다 이제 남작은 회장님이고 부인도 회장님 편이고, 그 아들도 회장님이랑 친하다며?"

"맞아요. 젝 조셉 씨도 곧 돌아온다면서요? 그러니 집사님이 제격이에요. 모건이 나중에 한번 가서 도움을 청해보세요. 아니면 제가 말해볼까요?"

선애가 다시 한 번 말하자 모건이 좀 께름칙한 표정이었다가 결국 고개를 끄덕였다.

"뭐, 두 분이 그렇게 말씀하신다면야… 이 일로 조셉 집사님과 회장님 사이가 좀 나아졌으면 좋겠군요."

[거기에 정보 길드의 도움을 받으면 좋겠지. 집사에게만 맡겨두기는 그렇잖아?]

내 말에 선애가 살짝 고개를 끄덕였다.

CHAPTER

42

FANTASY FRONTIER SPIRIT

Chapter 42

그날 밤 선애는 처음 암살을 당할 뻔한 충격으로 인해 잠을 못 잘까 봐 걱정했는데, 웬걸 이 세계에 와서 하도 여러 가지 험한 일을 당해서 담이 커진 건지, 아니면 암살 미수 말고도 여러 가지 정신없는 일들이 연달아 일어나 피곤이 많이 쌓여서 그런지 할 일이 여전히 많이 남아 있었는데 도 불구하고 밤이 깊어지자 졸리다고 하더니 잠자리에 들었다.

나는 그래도 걱정이 돼서 밤늦게까지 잠 못 자고 혹시나 웬 놈이 몰래 숨어들어 오는 건 아닌지 지키고 있었는데, 울 꼬맹이는 도로롱도로롱~ 쌕쌕~ 거리면서 잘도 자는 거였다.

이 녀석이 내가 옆에 있어서 안심하고 잘 수 있는 건지, 담이 커져서 잘 잘 수 있는 건지 헷갈렸다.

그러나 우리 꼬맹이와는 달리 벨타이거 녀석의 상황은 좋지 못했다. 녀석은 그 다음날도 여전히 정신을 차리지 못해 사람들을 걱정시키더니 그날 밤에는 체온까지 갑자기 뚝 떨어져 그를 간호하던 의원을 기겁하게 만들었다. 그 체온은 다음날까지도 회복이 안 되어 벨타이거 덕분에 밤을 샜던 의원은 퀭해진 눈으로 조심스레 일행들에게 마음의 준비를 시키는 것이었다.

"아무래도… 오늘이 고비가 될 것 같습니다. 만약 이대로 체온이 회복 안 되신다면 힘들 겁니다."

의원의 말에 모건의 얼굴이 창백하게 질렸다.

"어떻게… 어떻게 방법이 없겠습니까?"

그의 말에 의원이 긴 한숨을 내쉬며 말했다.

"방법이 없는 건 아닙니다만……."

"그게 뭡니까?"

"최고위 신관님이나 대마법사가 오셔서 회복 마법을 걸어주신다면 가능합니다만, 그런 분들을 모시는 것이 어디 쉬운 일이겠습니까?"

알파두르 도시도 제법 발달한 도시였기에 큰 신전이 존재했고 고위 신관도 상주하고 있었지만, 최고위 신관은 수도에 있는 대신전에서나 볼 수 있는 존재였다. 최고위 신관은 7클래스 이상의 마법사만큼이나 아주 극소수의 보기 힘든 존재였던 것이다.

"그런……."

의원의 말을 들은 모건은 더욱 절망적인 표정으로 고개를 떨구었다.

그 모습이 너무나 안쓰러웠던지 토냐는 선애의 옆구리를 쿡쿡 찔러 따로 불러낸 뒤 속삭였다.

"선애, 그리고 보니 그분 아직도 안 돌아오셨나?"

토냐는 드워프 마을에 같이 갔었지만, 그곳에 렌스버리가 왔다는 건 몰랐다. 워낙에 갑작스레 와서 드워프들만 보고 다시 순식간에 사라졌으니 말이다.

"아뇨, 드워프 마을에 있을 때 잠깐 오셨는데… 뭐 연구할 게 있다고 돌아간다고 하셨어요."

선애의 말에 토냐가 낭패 어린 표정을 지었다.

"돌아가셨다고? 그럼… 다시는 안 돌아오시려나?"

"그게… 연락할 방법은 있는데요."

선애가 조심스레 말을 꺼냈지만 토냐의 표정은 펴지지 않았다. 오히려 절망스러운 한숨을 내뱉었을 뿐.

"하긴… 불러봤자 그분이 도와주신다는 보장은 없지. 오히려 이런 귀찮은 일로 왜 불렀냐고 화를 낼 게 뻔해. 자기가 무슨 상관이냐고 하면서……."

토냐의 말이 맞을 것이다. 평소라면 말이다.

그러나 선애한테는 한 가지 이점이 있었으니…….

[야… 저기, '그거' 쓰면 안 되려나? 아무래도 무엇보다 사람 목숨이 가장 중요하지 않겠냐?]

내 말에 선애가 막 뭐라 대답하려는 찰나, 어제부로 우리에게 완전 협력하기로 약속한 조셉 집사가 다가왔다.

"손님이 오셨습니다."

"누군데요?"

"닷지 상회의 리클레어 씨라고 하셨습니다."

리클레어라면 닷지 상회 대표였다.

"그가 갑자기 왜? 모건은 지금 정신이 없을 테니… 토냐, 나랑 같이 가서 만나요."

"그래."

선애는 모건을 부르려고 하다가 모건의 모습을 보더니 그 대신 토냐에게 동행 요청을 했다. 아무래도 지금 모건은 일을 할 상태가 아니었던 것이다. 평소 닷지 상회를 상대했던 건 모건이었는데, 그 대신 뜬금없이 매력적인 아가씨들이 나섰으니 그가 좀 놀랄지도 모르겠다.

그러나 선애의 뒤를 따라가서 본 벨저 리클레어는 놀라기는커녕 모건이 나왔는지 안 나왔는지 알아본 것 같지도 않았다. 그만큼 정신없어 보였던 것이다.

"크로스웰 남작님, 제가… 아니, 그대는?"

문 열리는 소리에 몸을 돌리며 다짜고짜 벨타이거를 찾던 그는 들어온 사람이 자신이 기대한 사람이 아니란 걸 발견하고는 화를 내려다 선애가 누구인지를 깨닫고 억지로 자신을 진정시켰다.

"어서 오십시오, 리클레어 씨. 지금 회장님께선 자리에 안 계셔서 제가 대신 나왔습니다."

이미 서로 안면이 있는 사이였기 때문에 선애는 어색해하지 않고 자연스레 인사를 했다.

"그래요… 크로스웰 남작님의 동업자이신 선애 양… 이라고 했던가요?"

"잘 아시는군요. 이제는 선애 크로스웰이라고 합니다."

"크로스웰? 음… 그럼 혹시… 결혼을?"

놀라움으로 눈이 둥그레진 그에게 선애가 배시시 웃어 보였다.

"아닙니다. 양녀가 되었지요."

"험험, 그랬군요. 어쨌든 축하합니다, 남작 영애."

"감사합니다. 자, 그럼 방문 목적을 여쭤봐도 될까요? 무척 급한 용무이신 것 같은데요."

그제야 정신을 차린 듯 벨저 리클레어가 다시금 다급한 표정이 되었다.

"크로스웰 양, 내가 아주 놀라운 이야기를 들었는데… 그 이야기가 사실이 아니길 간절히 바라고 있소."

"무슨 말을 들으신 건지 말씀을 해주셔야 그에 대한 답을 해드릴 텐데 요."

선애의 말에 벨저 리클레어가 초조한 얼굴로 머리를 한 번 쓸어 올렸 다. 처음, 아니, 전에 만났을 때만 해도 당당하고 자신감에 넘치던 사람 이었는데 얼마나 충격적인 이야기를 들었으면 사람이 이리 변했나 싶기 도 하다. 하지만 곧 깊게 심호흡을 한 번 한 벨저가 좀 침착해진 어조로 입을 열었다.

"오늘 아침에 내 수하가 밖에서 놀라운 소식을 하나 들었다고 했소. 그게 뭐냐면 타이거 상회가 루빈스타인 상회와 사이가 나빠졌다는 소리 요. 그게 사실이오?"

"예에? 아니, 그게 무슨 소립니까? 사이가 나빠졌다니요?"

선애 대신 토냐가 무지 놀란 표정으로 되묻자 벨저가 안도의 표정을 지으며 말한다.

"과연… 헛소문이었군. 어제 루빈스타인 후작가를 방문했던 크로스웰 남작님이 돌아오던 중 습격을 당했다고 하던데 그건 어떻소? 지금 밖에 서는 그게 루빈스타인 상회에 밉보여서 그런 거라고 소문이 파다하오."

그 말에 선애와 토냐가 심각한 얼굴로 시선을 주고받았다. 대낮에 대 로에서 폭발이 있었으니 목격자가 없지는 않을 거다. 하지만 그 일이 일 어난 건 겨우 이틀 전이었다. 그런데 단지 소문이 퍼지기 시작한 것이 아 니라 벌써 루빈스타인 후작가 저택을 방문하고 돌아오는 길에 밉보여서 사고를 당했다고 한다니… 너무나 구체적이다. 마치 누군가가 일부러 작 정을 하고 퍼뜨린 것처럼 말이다.

"리클레어 씨, 이 자리에서 확실하게 말씀드리는데 저희는 닷지 상회 에 피해를 드리고 싶은 마음은 조금도 없습니다."

선애의 말에 벨저가 펄쩍 뛰었다.

"그게 무슨 말입니까, 크로스웰 양? 그럼 정말 루빈스타인 상회와 사이가 틀어졌다는 말입니까?"

"사이가 나빠졌다고 말씀드리기 조금 미묘하군요. 나중에 일이 해결되면 자세한 설명을 드릴 테니 지금은 믿어주시면 안 되겠습니까?"

"그럼 일이 잘못 해결되면 어떻게 한단 말입니까?"

암울한지 얼굴이 급격히 어두워지는 벨저에게—계약서에 사인을 했고 공사도 한창 진행된 상태였으니 이제 와 무르면 닷지 상회는 엄청난 손해를 보니 말이다—선애가 단호한 표정으로 말했다.

"닷지 상회에는 될 수 있는 한 피해가 없도록 하겠습니다. 하지만 그래도 불안하시다면, 만약 저희 상회가 잘못될 경우 저희 상회가 가지고 있는 드워프와의 거래 중 닷지 상회에서 수용할 수 있는 거래 모두를 넘겨 드리겠다고 약속하지요. 어떻습니까?"

선애의 말에 벨저의 눈이 휘둥그레졌다.

"드워프와의 거래를?"

"그렇습니다."

선애의 말에 벨저는 마치 선애의 진심을 가늠하려는 듯 뚫어져라 바라보는 것이었다.

그에 선애가 생긋 웃으며 말했다.

"계약서라도 써드릴까요?"

그러자 벨저는 고개를 저었다. 하기야 거기서 계약서 쓰라고 했다가는 타이거 상회에 이미지가 안 좋게 찍힐 테니 단호하게 쓰라고 할 수는 없을 거다.

"아닙니다. 크로스웰 양을 믿겠습니다."

그렇다고 그가 큰 위험 부담을 가지고 있는 건 아니었다. 그가 객관적으로 봤을 때 선애의 말은 신용할 수 있을 테니 말이다. 드워프들과 거래를 한다는 건 '신뢰할 수 있는 사람'이란 보증수표였던 것이다.

드워프들은 인간 됨됨이가 부족한 사람과는 절대로 거래를 하지 않았다. 현재 드워프들과 거래하고 있는 벨저 또한 그런 면을 잘 알고 있을 테니 저리 말할 수 있는 걸 거다.

선애가 그렇게 '드워프와의 거래'까지 걸고 나서자 벨저 리클레어는 그쯤에서 진정하고 오히려 잘 해결되길 바란다며, 혹 도울 일 있으면 언제든지 이야기하라는 말을 남기고 돌아갔다.

그가 돌아가자 토냐가 걱정스러운 시선으로 선애를 바라봤다.

"그냥 끝까지 시치미 떼지 그랬어?"

"아뇨, 처음에는 그럴까 했었는데 누군가 작정을 하고 퍼뜨리는 이상 우리가 숨기려 한다고 해서 숨겨질 게 아닌 것 같아요. 이럴 때는 그냥 정직 작전으로 나가는 게 좋지 않을까 싶어서요."

선애의 말에 토냐가 걱정스러운 표정으로 고개를 끄덕였다.

"하기야… 그것도 맞는 말이지. 그런데 누굴까?"

"저는 핸들리 크로스웰 쪽이 유력한 것 같은데요?"

"동감이야. 루빈스타인 쪽이야 그런 소문 따위 내지 않아도 우리들을 엄청 힘들게 할 수 있으니까 말이야."

"아아… 그렇군요. 다시 생각난 거지만, 빨리 배를 구해야 하는데 그놈의 루빈스타인 상회 때문에……."

"거기다가 루빈스타인 상회와 사이가 안 좋다는 소문도 문제야. 이러니 앞으로 뭘 하든 힘들어지겠어."

토냐가 계속되는 악재에 한숨을 푹푹 쉬며 걸음을 옮기는데 손님 배웅을 나갔던 조셉 집사가 다시 다가왔다.

"아가씨."

조셉 집사는 선애가 남작 영애라는 것이 밝혀진 후부터 꼬박꼬박 아가

씨라고 부르는 한편 저택의 다른 시종, 시녀들에게도 아가씨라 부르게
했다. 처음에는 닭살이라고 질색하던 선애도 하도 사방에서 아가씨, 아
가씨 하고 부르니 이제는 익숙해져 그러려니 하고 있었다.

"무슨 일인가요?"

"잭이 돌아왔습니다. 뵙고 싶어하는데 만나시겠습니까?"

잭이라면 조셉 집사의 외아들이자 모건과 같이 벨타이거의 측근이라
할 수 있었다. 이번에 가게를 확장하면서 그를 불러들인다는 이야기는
들었는데 벌써 도착한 모양이었다.

"그래요? 당연히 만나야죠."

"이리로 데려오겠습니다."

"아니에요, 같이 가요."

집사를 따라 현관으로 나가니, 과연 오랜 여행으로 약간 피로해 보이
는 잭 조셉이 거기에 서 있었다. 그는 벨타이거가 나올 줄 알았는지 선애
와 토냐만 모습을 드러내자 의아함을 감추지 못한 상태로 얼결에 고개를
꾸벅 숙여 보이는 것이었다.

"오랜만에 뵙습니다, 이사님."

그는 미래의 크로스웰 저택 집사가 될 몸이었지만, 현재는 상회에 소
속된 몸이라 선애보고 이사라 부르는 것이었다.

그런데 선애가 그에 뭐라 대답을 하기도 전에 집사의 호통이 떨어졌
다.

"이분은 크로스웰 남작 영애시다! 그러니 앞으로 아가씨라 불러라!"

"예?"

집사의 호통보다는 그 내용이 뜬금없었기에 잭이 어리둥절한 얼굴로
되묻자 집사가 못마땅한 듯 눈살을 찌푸리며 뭐라 하려는 찰나 선애가
끼어들었다.

"아아, 집사님, 제가 설명하도록 하죠. 잭, 나도 오랜만에 만나서 반갑네요. 음… 설명이 좀 길어질 것 같으니 가면서 이야기할까요? 게다가 회장님도 만나뵈어야죠?"

집사는 선애가 남작 영애로 밝혀진 후 벨타이거 녀석을 회장님이라 부르는 걸 굉장히 못마땅해했다. 그러나 상회를 위하여 남작 영애가 되었지 정말 되고 싶어서 양녀가 된 게 아닌 선애는 벨타이거를 '아버지'라 부르기 무지하게 싫어했기에 호칭을 꿋꿋하게 버티고 있는 중이었다. 이번에도 선애가 벨타이거를 '회장님'이라 하자 집사의 눈썹이 다시 한 번 꿈틀댔지만, 선애는 싸악 무시했다.

"가요, 회장님은 위층에 계세요."

그렇게 선애와 토냐를 따라 벨타이거의 침실로 향한 잭은 정신을 잃은 채 누워 있는 벨타이거를 보고 그대로 얼어버렸다.

"이… 이… 이……!"

너무 놀라 제대로 말도 못하는 잭을 보고는 벨타이거 곁을 지키고 있던 모건이 동지를 보는 듯한 표정으로 그의 어깨를 툭툭 두드렸다. 그러나 잭은 그 손을 사납게 쳐내더니 모건을 무섭게 노려보는 것이었다.

"이게, 이게 어찌 된 일입니까? 당신이 곁에 있었는데 어떻게 벨님이 이런 상태가 되신 겁니까? 어떻게 당신은 멀쩡할 수가 있죠?"

"면목없군."

잭의 사나운 어조를 모건은 고개를 푹 숙였다.

그런데 사실 모건이 멀쩡했던 건 아니다. 그가 벨타이거를 데리고 저택으로 돌아왔을 때 그도 토냐도 꽤나 크게 부상당한 상태였으니 말이다. 단지 선애가 가지고 있는 마법 목걸이 덕분에 치료 마법을 받아 지금은 멀쩡해 보이는 것뿐이다.

"당신이 저렇게 되더라도 벨님은 지켰어야 하는 거 아닙니까? 이럴 거면 뭐 하러 벨님 곁에 남아 있었단 말입니까? 차라리 내가 남아 있었을 것을……!"

처음에는 사납지만 작은 목소리로 시작했으나 나중에는 흥분했는지 잭의 언성이 점점 높아졌다.

그러자 토냐가 듣다 못 참겠는지 척척 다가가 잭의 뒤통수를 강하게 후려쳤다.

퍼어억~!

[나이스~!]

잭의 말이 너무 심하다 생각하고 있던 나는 토냐의 행동에 짝짝~ 박수를 쳤다.

"좀 진정하지 그래? 너야말로 환자 옆에서 그렇게 큰 목소리로 떠들면 어쩌자는 거냐? 그리고, 모건 씨는 자신이 할 수 있는 한 최선을 다했어. 네가 뭘 안다고 모건 씨를 질책하는 거지? 네가 그때 옆에 있었다 해도 모건 씨보다 더 잘하지는 못했을 거다."

"익! 그래도……!"

"시끄러! 계속 그렇게 흥분해서 떠들 테냐, 아니면 사정 설명을 들을 테냐?"

토냐가 매섭게 노려보며 단어를 딱딱 끊으며 묻자 잭이 움찔하더니 흥분을 가라앉혔다.

[오오~ 토냐 씨~ 멋있어요~!]

잭이 완전히 침착해진 걸 확인하자 토냐는 잭과 모건을 이끌고 다시 자신의 집무실로 향했다. 그에게 하려는 이야기가 많았기 때문이다. 모건은 벨타이거 옆에 계속 있으려 했지만, 일해야 하지 않냐는 토냐의 질책에 얌전히 뒤를 따랐다.

그곳에서 지금까지 있었던 이야기를 쭈욱 듣게 된 잭 조셉 녀석은 생긴 건 침착하고 남이 쉽게 접근하지 못할 것처럼 생겨놓고서는 성격은 그렇지 못한지 중간중간 분노를 참지 못하고는 이를 빠득빠득 가는 것이었다. 하지만 뭐 당장 핸들러나 토지그를 처단하겠다고 자리를 박차고 일어나지 않은 것만 해도 인내심이 있다고 칭찬해 주고 싶었다.

마지막으로 토냐가 의원이 이대로 벨타이거 녀석이 깨어나지 못한다면 위험하다는 말을 끝내자 잭의 얼굴이 침울해졌다.

"벨님……."

그가 낮은 어조로 그렇게 중얼거린 후 아무도 입을 여는 이가 없었기에 토냐의 집무실은 정적에 휩싸였다.

그 틈에 나는 선애에게 작게 속삭였다.

[야, 꼬맹아, 아까 이야기하다 말았는데 벨타이거 녀석, 아무리 미운 놈이라고 해도 그동안 인연도 있는데 이대로 둘 거냐? 게다가 저 녀석 없어지면 너도 힘들어질 텐데…….]

내 말에 선애가 날 힐끔 째려본다. 그 시선이 마치 '내가 아무리 성격이 안 좋다지만, 그래도 아픈 사람을 그냥 두고 볼 것 같아?' 라고 질책하는 것 같았다. 그러더니 길게 심호흡을 한 번 하고는 일행을 둘러보며 입을 열었다.

"저기요, 제가 곰곰이 생각해 봤는데요, 지금 현재 우리 상회의 상황을 이야기하자면, 벼랑 끝에 서 있는 격이겠지요?"

선애의 말에 일행들은 '다 아는 이야기를 왜 다시 꺼내나?' 하는 표정으로 선애를 바라봤지만, 선애의 시선이 진지하니 일단 모두들 고개를 끄덕였다.

"그렇습니다. 앞으로 이보다 더 최악의 상황이 생길 수 있을지 의문이 들 정도로 지금 저희 상회는 벼랑에 몰려 있습니다."

"맞아, 회장님은 쓰러져서 깨어나지 못하고 있지, 서대륙으로 빨리 배를 보내야 하는데 배를 구할 수 있는 방도는 보이지 않지, 밖에서는 우리 상회와 루빈스타인 상회 사이가 안 좋다고 소문이 났지, 이사의 목숨도 노려지고 있지, 거기에 앞으로 루빈스타인 상회에서 어떻게 나올지 몰라 불안하지… 이보다 더 나쁠 수 있나?"

벨타이거가 다치기 전 루빈스타인 후작 저택을 방문한 일은 성과없이 끝났다고 한다. 하기야 휴나 토냐가 비상한 머리를 가지기는 했지만, 사실 엘리엇 녀석도 입만 산 녀석이 아니었기 때문에 우리가 생각해 낸 것 정도는 그들도 생각해 낼 수 있었을 거다. 거기다 그쪽이 우리보다 파워가 강하고 말이다.

그것 말고도 그랜트 녀석이 말하길, 이번 일은 자기들 선에서 이루어진 것이 아니라 루빈스타인 상회의 회장인 후작이 직접 명령한 일이라고 했다.

처음에는 갑자기 후작 명령 운운하기에 그랜트 녀석이 우리 부탁 안 들어주려고 거짓말하는 건 아닌가 의심도 했지만, 그랜트 녀석이 그렇게 치사한 녀석은 아니고, 또 이제 와서 그게 정말 후작의 명이든 아니든 결과는 달라질 게 없었기 때문에 그냥 후작의 명이라 생각하기로 했다. 타이거 상회와 루빈스타인 상회 사이가 안 좋다고 소문난 이상 그걸 따지는 건 아무런 소용 없는 일이었으니 말이다.

게다가 그 소문 때문에 한나라와의 거래에 다른 상회를 끌어들이려 해도, 우리와 새로 손잡을 상회를 찾는 건 어려울 것이다.

"그래서 말인데요, 제가 마지막 강수를 쓰려고 합니다."

선애가 단호하게 말하자 사람들이 어리둥절한 표정으로 바라본다.

그러나 그 말을 알아들은 난 놀라움을 감추지 못했다.

[야, 너 설마… 그거 휴도 위험한 방법이니 절대로 쓰지 말라고 했

잖아!]

하지만 선애는 내 말을 무시해 버렸고 사람들은 선애의 단호한 표정을 바라보고는 질문을 던졌다.

"어떤 방법인지 여쭈어도 되겠습니까?"

모건의 말에 선애는 잠시 생각하다가 고개를 저었다.

"미안하지만 방법에 대해서는 그냥 모른 체해주십시오. 단지 확실한 만큼 뒤탈이 있을 겁니다. 저는 사실 그것 때문에 이 방법을 사용하지 않으려 했습니다만, 저희 상회가 벼랑 끝에 몰려 있으니 이대로 무너지길 기다리느니 차라리 도박을 하려 합니다."

"도박을 하는 건 좋은데 방법을 말하지 않겠다면 우리가 도와줄 수가 없잖아?"

토냐의 말에 선애는 고개를 끄덕였다.

"이건 저 혼자 할 겁니다. 그럴 수밖에 없어요. 단지 이 방법을 쓴다면 제가 당분간 몸을 피해 있어야 할지도 모르니 뒷일을 부탁드리고 싶습니다. 단순히 제가 자리를 비우기만 하는 것이 아니라, 혹 저 때문에 상회에 피해가 올지도 모르니 단단히 대비를 해주셨으면 합니다."

선애의 말에 토냐의 인상이 팍 찡그려졌다.

"피해야 지금보다 심할까. 하지만 네가 자리를 오래 비워야 하는 거라면 하지 마. 지금 회장님이 저 상태인데 그 뒤를 이어야 할 너까지 상회를 떠나 있겠다고? 너까지 없는데 상회가 제대로 돌아갈 거라고 생각해?"

토냐의 말에 선애가 자신만만한 미소를 지으며 입을 열었다.

"회장님은 살아나실 겁니다. 토냐, 아까 저에게 물으셨죠? 그분께 연락할 수 없냐고요."

선애의 말에 토냐의 눈이 둥그레졌다.

"말도 안 돼. 그건 내가 하도 답답해서 해본 말이야. 그분을 부른다 해도 정말 그분께서 들어줄 리 만무하다고."

"아니에요. 전에 그분께서 자신이 들어줄 수 있는 한도 내에서 한 가지는 들어주겠다고 약속하신 적이 있어요. 저는 그걸 회장님을 살리는 데 쓰려고 합니다."

선애의 말에 이번에는 토냐의 입이 떠억 벌어졌다. '그분'이 누군지 모르는 알프레드와 모건, 조셉은 어리둥절한 표정이었지만, '그분'의 정체를 아는 토냐는 그 약속이 가지는 어마어마한 가치를 잘 알고 있었던 것이다.

"아깝다. 이럴 줄 알았으면 이 지경이 되기 전에 미리 쓰지 그랬냐."

"아하하! 크로스웰 상회를 상대로 쓸까요, 루빈스타인 상회를 상대로 쓸까요?"

토냐의 말에 선애가 웃었다.

"그거야 으음… 그런 데 쓰는 것도 문제군."

내 생각인데 만약 선애가 렌스버리에게 루빈스타인 상회를 막아달라고 부탁하면, 렌스버리는 이것저것 복잡하게 생각하기 귀찮으니 아마 루빈스타인 상회 본부라든지 가게들을 박살 내버릴 거다. 그게 얼마나 간편한 방법인가?

토냐도 그걸 알기에 문제라고 한 걸 거다.

우리야 괴롭히는 거대한 적이 사라져서 좋지만, 그 과정에서 얼마나 많은 인명, 재산 피해가 생길까? 루빈스타인 상회는 이 나라 경제를 지탱하는 상회고, 루빈스타인 후작가는 이 나라를 좌지우지하는 후작가, 그 대단한 가문이 한순간에 파괴된다면 국가 입장으로서도 상당한 손해일 거다. 뭐, 라이벌들 입장에서야 좋겠지만.

게다가 울 꼬맹이는 자기의 일은 자기 스스로 하길 원하는 녀석이었기에, 그렇게 해결한다면 상당히 찝찝해했을 거다.

"저어… 대화하시는데 죄송하지만 자세한 설명을 부탁드려도 되겠습니까?"

선애와 토냐만의 대화가 계속 이어지자 궁금증을 참을 수 없었는지 모건이 슬며시 끼어들었다.

그러자 토냐가 무지 암울한 표정으로 고개를 저었다.

"알려고 하지 마요. 알면 다쳐."

선애 또한 토냐의 말에 적극적으로 동의를 보였다.

"그냥 우리를 한 번 도와줄 분이 있다고만 알고 계세요. 단지, 이번 일은 비밀입니다. 여러분은 누군가 우리를 도와줬다는 사실마저도 잊으시길 바라요."

쇠뿔도 단김에 빼랬다고, 선애는 마지막 수단을 쓰기로 한 이상 시간을 끌지 않기로 했다. 그래서 토냐들과 이야기를 끝낸 즉시 벨타이거의 침실로 쳐들어가 놀란 표정으로 바라보는, 그 안에서 벨타이거를 간호하고 있던 이들을 모두 내보내고 침실 문을 단단히 잠갔다. 토냐는 렌스버리 녀석을 만나기 무섭다고 밖에서 아무도 못 들어오게 지키기로 했다.

여전히 정신을 못 차린 채 창백한 얼굴로 누워 있는 벨타이거를 확인하고 선애는 한심하다는 어조로 중얼거렸다.

"아니, 내가 기껏 마법까지 걸어줬건만 못 일어나는 이유가 도대체 뭐야? 으으! 그 기회 써먹기 싫다."

[그러게 말이다. 하지만 별수없잖냐, 사람 목숨 살리는 것만큼 값진 일은 없으니까.]

내 말에 선애가 고개를 끄덕이더니 렌스버리가 주고 간 반지를 들었다.

[야, 그러고 보니 생각난 건데, 그 녀석 궁금한 거 있으면 가끔 연락한다더니만 그 뒤로 한 번도 연락 안 했네?]

내 말에 고개를 갸웃거리던 선애가 어깨를 으쓱했다.

"궁금한 게 없었나 보지 뭐. 설마 궁금한 게 있는데도 날 귀찮게 하기 미안해서 연락 안 했겠어?"

[하긴…….]

녀석이 가르쳐 준 대로 반지의 수정을 오른쪽으로 돌리자 수정에서 환한 빛이 켜지면서 잠시 있자 렌스버리 녀석의 목소리가 들렸다.

―뭐냐?

오랜만에 듣자 그래도 조금은… 아주 조금은 반갑다는 생각이 들기도 했다. 우리가 녀석에게 아쉬운 소리를 해야 하기 때문에 그런 걸까?

"안녕하셨습니까? 저기… 부탁이 있어서 연락드렸는데요."

목소리가 들리자마자 선애가 조심스럽게 말을 꺼냈다. 녀석은 기다리는 걸 싫어하니 말이다. 그런데 어째 한참이 지나도 응답이 없다. 부탁이 있다는데 그게 뭐냐고 묻거나 하다못해 지금은 바쁘니까 나중에 연락하라는 말은커녕 아무런 반응이 없자 선애는 불안한 시선으로 날 바라봤다.

"이거… 왜 아무런 말도 안 하시지?"

[그러게… 그거 혹시 망가졌나?]

반지가 망가진 확률보다 '렌스버리 녀석이 대답하기조차 귀찮아 아예 무시해 버렸다~!'에 더 높은 확률을 주고 싶지만, 선애의 심정을 생각해서 일부러 확률이 낮은 쪽을 언급했다.

"아, 정말 망가졌나? 이거 토냐 씨에게 한번 보일까?"

그러자 갑작스레 들려온 퉁명스러운 목소리.

"망가지긴 뭐가 망가졌다는 거야? 누가 만들었는데?"

고개를 돌려보니 벨타이거 침대 옆에 떠억~하니 렌스버리 녀석이 나타나 있는 것이었다. 소리 소문 없이 나타나 갑자기 말을 거는 녀석의 모습에 선애와 나는 무지하게 놀라 버렸다.

"으헉!"

[왁!!]

[미안해요, 많이 놀랐어요?]

그러자 렌스버리 옆에 딱 달라붙어 있던 아리아가 미안함과 반가움이 섞인 얼굴로 나에게 다가온다.

[아하하! 무지하게 놀랐네요. 어떻게 이렇게 소리 소문 없이 나타나실 수 있는 거죠?]

[아, 이건 공간 이동 마법보다 한 차원 높은 용언 마법을 쓴 거거든요. 그래서 마나의 파동도 거의 없지요.]

아리아가 자랑스레 말했지만 용언 마법이 뭔지 마나의 파동이 뭔지 내가 알게 뭔가. 그냥 그런가 보다 하고 고개를 끄덕일 뿐. 그것보다는 부탁이 있다고 하기는 했지만 그 말에 이렇게 즉시 날아온 렌스버리의 반응이 더 놀라웠다.

'저놈이 아리아 씨랑 못 노니까 무지하게 심심했나 보네.'

"왜 불렀냐?"

"예?"

자신이 만든 물건에 대해 한 자랑할 줄 알았는데 그에 대해서는 아무 말도 안 하고 곧바로 본론으로 들어가자 선애가 어리둥절했던지 되물었다. 그러자 렌스버리 성격이 어디 가겠는가? 인상이 살짝 찡그려지며 목소리에 짜증이 묻어나기 시작하는 것이었다.

"부탁이 있다며? 그게 뭐냐고!"

그제야 퍼뜩 정신 차린 울 꼬맹이.

"아, 예, 부탁이 있습니다."

선애는 그렇게 말하며 침대에 쳐진 휘장을 걷어 거기에 누워 있는 벨타이거를 렌스버리에게 보여줬다.

"이분 좀 살려주세요. 의원의 말이 8클래스의 리커버리 마법이 있다면 살 수 있다고 하더라구요."

선애의 말에 렌스버리는 벨타이거를 힐끔 보더니 침대 가에 다가가지도 않고 나타난 자리에서 그대로 선 채 손만 뻗어가지고 중얼거리는 것이었다.

"회복!"

[저게 용언 마법이에요. 세상에, 렌이 그래도 아는 사람이라고 용언 마법을 써주네요.]

그 모습을 본 아리아가 기쁜 표정으로 방방 뜬다.

용언 마법이 뭔지는 모르겠지만, 그래도 일반 마법보다 한 단계 더 좋은 거라고 납득한 나는 '저놈이 웬일이야?'라는 시선으로 녀석을 쳐다봤다.

그 용언 마법이라는 건 정말 대단했다. 창백한 얼굴에 입술도 파리해서 지금 당장이라도 죽을 것 같던 벨타이거의 몸에서 하얀 빛이 새어 나오다 다시 스며들더니 그 후에 벨타이거의 혈색이 돌아오더니만 미약하던 숨소리도 커진 것이었다. 이건 선애의 목걸이로 걸어줬던 힐링 마법에 비할 바가 아니었다.

"됐냐?"

됐냐고 물어도, 혈색이 좋아진 건 알겠는데 이게 확실하게 회복된 건지 선애나 나나 어떻게 알겠는가? 한 번 더 걸어야 하는지 이걸로 된 건지 알 수가 없자 선애가 조심스레 묻는다.

"아… 저기… 완전히 회복된 건가요?"

그러자 렌스버리의 눈살이 찌푸려진다.

"날 못 믿는 거냐?"

그에 화들짝 놀란 우리 선애.

"예? 아뇨, 절대로 그런 건 아니고요, 마법이 다 시전된 건지 여쭤어 본 건데요. 제가 이런 건 한 번도 본 적이 없어서……."

'아이고, 저놈 한 번이라도 좀 좋게 말할 수 없냐? 저놈 때문에 내 동 생 가슴 새가슴 되게 생겼네!'

"다 된 거다. 저놈 완전히 회복되었으니 걱정 마. 한숨 푹 자고 일어날 거다. 그럼 부탁은 끝난 거지?"

렌스버리가 순순히 대답해 주자 선애가 안도한 표정으로 얼른 고개를 끄덕였다.

"예, 정말 감사합니다. 이제 한 가지 부탁을 들어주셨으니 다시는 귀 찮게 해드리지 않겠습니다."

선애가 진심 어린 표정으로 그렇게 말하자 '그래, 다시는 하지 말아 라. 이제 끝이다' 라고 할 줄 알았던 렌스버리가 무슨 이유인지 뭔가 말 을 하려다 말고 좀 머뭇대는 것이다. 그리고는 선애를 빤~히 바라보다 잠시 후 고개를 살짝 틀어 곰곰이 생각에 잠기더니 뜬금없이 입을 열었 다.

"뭐 더 부탁할 거 없냐?"

"예?"

선애가 되물었다고 '또냐?' 라고만 생각할 수는 없었다. 나도 순간적 으로 내가 잘못 들은 줄 알았으니까. 그런데 우리가 잘못 들은 게 아니었 다.

"부탁할 거 없냐고. 너 한 번만 더 날 다시 말하게 하면 가만 안 둔 다."

렌스버리가 인상을 찡그리며 말하자 선애가 얼른 고개를 끄덕인다.

'하여간 저놈의 성격 하고는… 그건 그렇고, 저놈이 왜 저런다지? 뭐 잘못 먹었나? 전에도 그러더니 이놈 요즘 이상하네.'

렌스버리의 밴댕이 소갈딱지만 한 용심에 이런 파격적인 제안을 할 줄 누가 알았겠는가. 게다가 갑자기 물어보니, 평소 그런 걸 쭈욱 생각하고 있었던 게 아니라면 대답하기 쉬울 리가 없었다. 으음… 울 꼬맹이는 부탁할 게 너무 많아서 뭘 골라야 할지 몰라 머뭇댔을지도.

"아… 저… 그러니까……."

"뭐냐, 없으면 나 그냥 간다?"

"아뇨, 그게 아니라 제가 어떻게 할 바를 모르니 좋은 방법을 가르쳐주셨으면 좋겠습니다."

간다고 그러니 놀란 선애가 다급하게 말을 꺼냈다. 하기야 뭘 부탁할지 모를 때는 부탁 들어주는 사람에게 '뭐 들어줄래?' 라고 묻는 게 좋은 방법인지도 모르겠다.

그에 렌스버리가 흥미로운 표정으로 선애를 바라봤다.

"뭔데? 말해봐라."

"저기… 사실은 지금 제가 목숨의 위협을 받고 있습니다. 지금은 그나마 한 단체에서 받고 있는데, 조금 더 있으면 일을 하나 더 벌일 예정이라… 그러면 그때는 저희 상회로서는 감당하지 못할 엄청나게 큰 상회에서 절 노리게 될 것입니다. 그때 제 목숨을 보호할 수 있는 방법이 없겠습니까?"

선애의 말에 렌스버리가 선애의 목에 걸려 있는 목걸이를 가리키는 것이었다.

"그거 있잖냐."

"예, 물론 이 목걸이가 큰 도움은 됩니다만, 얼마 전 제가 실수를 맞이했는데, 제가 알아차리지 못하는 순간에 덤비면 실드도 소용이 없더군요. 거기다가 혹시 독이라도 있으면…….”

선애의 말을 듣던 렌스버리가 픽 하고 웃었다.

“뭘 얼마나 잘못했기에 목숨까지 노림을 받냐?”

“그게 어쩌다 보니… 일부러 원한을 사려는 게 아니었는데 저희 상회가 잘나가려고 하니까 시기하는 곳이 생기더군요.”

선애의 말에 잠시 생각해 보던 렌스버리가 갑자기 허공을 휘젓더니만 뭔가를 선애에게 휘익 던졌다.

얼결에 받고 보니 단순한 은빛 링 팔찌였다. 그 가운데에는 내 검지 손톱보다 조금 큰 붉은 구슬이 하나 박혀 있었는데, 색이 너무 예쁘다는 것 빼면 디자인은 시중에서 흔히 볼 수 있는 디자인이었다.

“에… 저… 이게 뭡니까?”

“팔찌다.”

선애의 질문에 간단한 렌스버리의 답변.

‘이놈아, 누가 팔찌인 거 몰라서 물은 거냐?’

그런데 잠시 후에 렌스버리가 자세하게 설명해 주는 것이었다.

“눈치 챘겠지만 마법의 팔찌다. 그 붉은 구슬은 레드 드래곤의 피고. 예전에 나에게 깝죽대던 빨강 녀석을 반 죽여놓은 기념으로 만든 거지. 그놈이 흘린 피거든.”

“아하하하! 예…….”

저놈 성격상 다른 드래곤과 만날 싸웠다고 해도 고개가 끄덕여질 것 같다.

“그곳에 두 가지 마법이 새겨져 있는데, 블링크와 매직 미사일이다. 그에 대한 설명은 저 밖에 있는 마법사에게 물어봐라. 매직 미사일은 3서클의 마나가 들어간 것 다섯 개가 만들어지는데 개수를 조절하지는 못해.

무조건 시동어를 외우면 다섯 개가 만들어지지. 거기에 사방으로 보내지는 못하고 한쪽에만 보낼 수 있어. 이걸 좀 조종할 수 있는 걸로 만들어 보려다가 실패한 거야. 그래도 너에게는 엄청난 보물이겠지?"

선물까지는 아니지만, 어쨌든 기껏 선심 써서 줘놓고 대놓고 태연하게 실패작이라고 말하다니, 역시 렌스버리라고나 할까?

'으이그, 저 성격 어디 가겠냐?

"아! 이거 정말 감사합니다."

그래도 고맙기는 고마웠으니 선애는 순순히 감사 인사를 했다.

블링크란 공간 이동 마법보다 한 단계 낮은 마법으로 순간 이동을 할 수 있는 마법인데 눈에 보이는 곳 안에서밖에 할 수 없다는 단점이 있었다. 그래도 순간적으로 서 있는 자리를 바꿀 수 있다니 도망갈 때 무척 유용할 것 같다.

목숨을 유지할 수 있을 방법을 물어봤는데 도망갈 때 유용한 걸 주다니, 혹시 무조건 도망가라는 뜻인가?

"아, 한 가지 더 이야기하겠는데 내가 준 목걸이와 팔찌를 같이 차고 있으면 극독이 아닌 이상 웬만한 독으로 죽을 걱정은 안 해도 될 거다. 드래곤의 피에는 강력한 마나가 담겨 있어 네 몸에 나쁜 물질을 분해하는 데 도움이 되어주거든. 특히나 레드 드래곤의 피는 독과는 완전 상성이 반대라 네 몸에 들어온 독은 제대로 기능을 발휘하지 못할 거다."

그거라면 정말 선애가 몸을 피하는 데 큰 도움이 될 듯하다.

"아… 정말 감사합니다."

선애가 이번에는 진심으로 우러나오는 감사의 인사를 했다.

렌스버리 녀석, 아까 선애가 독을 언급했다고 독에 확실한 대비책으로 그 팔찌를 넘겨준 모양이다.

나도 다시 한 번 고마운 마음이 들었지만 너무 고마워지니 한편으로는 뭔가 좀 불안한 느낌이 들었다. 왜 사람이 갑자기 바뀌면 죽을 때가 되었다고 하지 않던가 말이다. 그게 드래곤에게도 적용되는가 싶기도 하고, 그게 아니면 뭔가 다른 목적이 있나 싶기도 하고.

선애도 그걸 생각했는지 슬그머니 물어본다.

"음… 저기, 잠시 언니를 빌려 드릴까요? 아리아 씨와 오랜만에 대화라도……."

그런데 놀랍게도 렌스버리가 거절하는 것이었다.

"됐다. 난 이만 갈란다. 그럼 앞으로는 볼 일 없겠지? 아참참, 그거 내놔라."

"예? 뭘요?"

"반지 말이다. 앞으로 나에게 연락할 필요 없을 거 아니냐?"

"아, 예에……."

물론 연락할 일 없기는 하지만 원래 저 반지를 준 건 자기가 쉽게 연락하려고 준 게 아니던가 말이다. 그런데 도로 가져가니 좀 이상하다는 생각이 들었다. 게다가 아리아 씨와 대화하도록 도와준다는데도 거절하다니, 아리아 씨와 관련된 거라면 아무리 하찮은 거라도 눈에 불을 켜던 렌스버리답지 않았다.

'핸드폰을 연구하다 아리아와 이야기할 방법이라도 찾았나? 흐음… 그럼 아리아 씨가 말했을 텐데…….'

그러나 나의 의아한 시선을 받은 아리아도 별말없이 묘한 표정으로 나에게 생긋 웃어 보일 뿐이었다.

"그럼 난 가마. 잘 먹고 잘살아라."

"예에… 안녕히 가세요."

희한한 인사를 하고는 아리아와 함께 순식간에 샤사삭~ 하고 사라진 렌스버리를 보며 나는 또 한 번 고개를 갸웃거렸다.

[저 녀석… 인사가 왜 저런대? 잘 먹고 잘살라니.]

"몰라. 저 심중을 누가 알겠어? 그나저나 별일이네… 드래곤이라서 마법 물품이 쌓였나? 이런 걸 쉽게 던져 주고 말이야."

[실패작이라잖아. 버리긴 아깝고 가지고 있자니 귀찮고 하니까 준 거 겠지.]

"그래도 나에게는 큰 도움이 될 것 같은데?"

[그러니까 잔뜩 생색내고 갔잖냐. 하지만 뭐, 고맙긴 하다. 그러고 보니, 정말 좀 변한 것 같지?]

"응, 좀이 아니라 많이 변했어. 꼭 딴 드래곤 같아."

선애와 내가 완전히 변한 렌스버리의 태도를 두고 쑥덕거리는데 그게 좀 시끄러웠던지 침대 쪽에서 약간 짜증 섞인 신음성이 들려왔다.

"으으음……."

[어라라? 야, 저놈 깼나 보네.]

"어? 정말? 회장님, 정신이 드십니까?"

선애가 다가가 보니 렌스버리가 오기 전만 해도 움직일 힘도 없는 양한 치의 미동도 없이 누워만 있던 녀석이 인상을 찌푸리며 몸을 뒤척거린다. 거기에다 대고 선애가 벨타이거의 어깨를 흔들며 깨우자 인상이 더욱 찡그려지더니 눈이 떠지는 거였다.

"으으음, 선애? 뭐 급한·일이라도 있어?"

잠에 취한 듯한 탁한 목소리, 그러나 분명 벨타이거 녀석의 목소리였다.

"어머나, 회장님이 깨어나셨어요!"

그 모습에 선애가 박수를 짝 치더니 잠가됐던 침실 문을 열고 밖을 향해 소리쳤다. 그러자 밖에서 대기하고 있던 사람들이 기다렸다는 듯 우르르 들어온다.

"벨님!"

"회장님!"

"뭐, 뭐야? 무슨 일 있어?"

그 모습에 반쯤 상체를 일으켰던 벨타이거 녀석이 무슨 영문인지 몰라 눈을 휘둥그레 뜨며 물었다.

그렇게 정신을 차린 벨타이거 녀석은 자신이 며칠 동안 계속 정신을 잃고 있었다는 사실에 놀라면서 의원의 지시로 시종이 가지고 온 죽 한 그릇을 깨끗하게 비워 버렸다. 정신이 없어 모르고 있었다가 막상 죽을 대하니 식욕이 무척이나 동했던 모양이다.

죽도 한 그릇 깨끗하게 비워내고 혈색도 체온도 정상인 걸 보고 의원은 기적이라고 떠들어대며 며칠만 정양하면 자리를 털고 일어나도 될 거라고 했다.

그 사실에 모건과 잭이 얼마나 기뻐했는지 모른다.

그렇게 벨타이거가 깨어난 것에 들뜬 마음이 가라앉자 선애는 벨타이거에게 마지막 강수를 쓸 거라고 선언했다.

당연히 벨타이거는 펄쩍 뛰며 반대했지만, 선애는 눈 하나 깜짝하지 않았다.

"그럼, 지금 우리 상회가 직면하고 있는 상황을 해결할 방법 있으면 말해봐요."

"처음에 계획했던 대로 해. 토냐가 브라우닝 경에게 가서 우리를 도울 수 있는지 타진해 보는 거야."

"그쪽은 토냐를 스카웃하길 원한다고요. 그럼 우리 상황을 해결해 주는 대신 토냐를 넘기라고 하면 어떻게 할 거예요? 그리고, 거기서 그랬다면서요? 이번 일은 루빈스타인 자작이 아니라 루빈스타인 후작이 시킨 일이라고. 상회 회장이 시켰다는데 브라우닝 경이라고 무슨 수가 있겠습니까?"

"그래도 할 수 있는 건 해봐야지."

벨타이거가 강경하게 대답했지만 선애도 물러나지 않았다.

"지금 브라우닝 경 여기 없는 거 알죠? 수도로 돌아갔단 말이에요. 토냐가 거기까지 가서 의견을 타진해 오길 언제까지 기다려요. 곧 배를 사서 내보내야 한단 말이에요."

"조금 늦어도 되잖아?"

"그것도 한계가 있다고 생각 안 해요? 그동안 바깥에 퍼진 소문은 어떻구요? 게다가 이제 내가 남작 영애라는 것도 알려져서 핸들러나 토지 그가 나도 노릴 거라구요."

"그럼, 이렇게 해."

옆에서 선애와 벨타이거의 한 치도 물러섬이 없는 공방을 보고 있던 토냐가 끼어들었다.

"어차피 후작도 수도에 있지? 그럼 선애가 나와 같이 수도로 가는 거야. 그래서 우선 내가 브라우닝 경을 만나서 의견을 타진해 보고 안 되면 선애가 강수를 쓰는 거지. 어때?"

"안 돼요. 회장님 경호는 어떻게 하고요?"

"브라우닝 경과 만나서 협상하려면 어차피 내가 가야 하잖아. 그동안 회장님 혼자 알아서 버티라고 하지 뭐. 그쪽도 이렇게 실패한 이상 다시 함부로 움직이기는 힘들걸? 게다가 남작 영애도 있다는 걸 알았으니 좀 자중할 거라고 봐."

토냐의 말에 모건도 고개를 끄덕인다.

"어쩌면… 오히려 이사님이 회장님과 떨어져 있는 게 나을지도 모르겠군요. 이곳에서야 그들이 얼마든지 날뛸 수 있지만, 이사님이 수도로 가버리신다면 그들이 쉽게 손을 쓸 수 있겠습니까? 두 분을 한꺼번에 노리기 힘들 겁니다."

"하나하나 해결하려 들면요?"

선애의 질문에 모건이 어깨를 으쓱해 보이며 허허 웃었다.

"그건 운에 맡겨야지요. 뭐, 두 분이 여기 함께 계시든 따로 떨어져 계시든 계속 노림받는 건 똑같을 텐데요."

"후우… 나야 든든한 경호원이 있지만, 회장님은 토냐와도 떨어져 계신다니 걱정이네요. 그냥 나 혼자 갔으면 좋으련만……."

선애가 깊은 한숨을 내쉬며 말하자 벨타이거가 선애를 흘겨봤다.

"나는 선애 혼자 보낸다는 게 더 걱정이야. 지금이라도 생각을 바꿀 수 없어?"

"없어요. 됐어요. 이 이야기는 여기서 끝내는 걸로 하죠. 저는 준비되는 대로 출발할 테니까, 제가 없는 동안 일이나 열심히 하시길 바라요."

출발하기 전 정보 길드 본부에 미리 연락을 하기 위함도 있고, 당분간 못 만날 것 같아 작별 인사를 하려고 휴를 만났다.

휴는 당연히 선애 이야기를 듣고는 펄쩍 뛰었다.

"네가 죽고 싶어서 안달이 났구나!"

"에이, 제가 다 믿을 만한 구석이 있으니까 이렇게 나서는 거죠."

"바보 같은 소리 하지 마. 그래, 너 혼자는 빠져나갈 수 있다고 치자. 그럼, 타이거 상회를 인질로 잡으면 어떻게 하려고 그래?"

"그러니까 타이거 상회에 손을 안 댄다는 약조를 받아야죠."

"그들의 말을 믿을 수 있어?"

"약속을 어기면 다시 한 번 후작가 인장이 사라질 텐데요? 아마 후작이 완벽하게 안심할 수 있는 방법은 나만 감쪽같이 처리하는 것뿐이에요."

선애가 생글생글 웃으며 말하자 휴가 이마를 짚었다.

"내가 그 말을 해주는 게 아니었는데… 괜히 말해줬어. 그냥 알아두라고만 이야기한 걸 정말로 실천할 줄이야."

"에이… 그건 아니에요. 휴가 그 의견을 말 안 했어도 내가 생각해 냈을걸요? 제 최고의 무기가 그거잖아요."

선애의 말에 휴가 길게 숨을 내쉬더니 걱정스런 시선으로 선애를 바라봤다.

"잠시 피신할 수 있는 피난처도 알아봐 주랴?"

"그래 주시면 고맙구요. 계속 도망만 다닐 수는 없는 거니까 뭐, 잠시 숨어 있는 동안 길드 일을 도우면 되겠네요."

"상부에 이야기는 해놓으마. 에휴, 네 녀석을 처음 봤을 때 이렇게 골치를 썩일 거라는 걸 알아봤어야 하는데."

"에이이… 휴는. 제가 일부러 그러나요? 상황이 저를 이렇게 만드니 제가 어쩔 수가 없는 거죠."

"후우… 부디 조심, 또 조심하길 바란다. 상부에 연락해 놓을 테니까 네가 수도에 도착하면 그쪽에서 연락을 취할 거다."

"예. 음… 오랫동안 못 뵐 것 같은데 그동안 안녕히 계세요. 선물 못 보내 드려도 너무 미워하지 마시구요, 자스민에게도 안부 전해주세요."

"그래, 내 걱정은 말고 너나 몸 성히 돌아오거라. 아차차! 깜빡했는데, 그 녀석 알아냈다."

"그 녀석이라니요?"

"네가 부탁한 저택 내의 스파이 녀석."

"오오, 그래요? 집사님은 아직 못 알아내셨는데……."

"집사가 생각 못한 뜻밖의 녀석이었으니까 그렇겠지."

"누군데요?"

"와일리."

휴의 말에 선애는 고개를 갸웃거렸다.

"엥? 누구요?"

"와일리. 그 저택의 부집사 말이다."

"에엑? 그 사람이요?"

사각 턱에 구레나룻을 기르고 있던 사람이라고 기억한다. 그래도 선애와 별로 마주치는 일이 없어서 독특한 인상이라고만 기억하고 있는 사람이었는데 그 사람이 스파이였다니……. 하기야, 부집사 정도의 지위를 가지고 있으니 벨타이거의 일정이라든지 형편을 아주 잘 알 수 있는 거겠지.

'흠. 요 근래 선애 주위에서 자꾸 보이더라니…….'

"어디에 붙었어요? 토지그? 핸들리?"

"핸들리 쪽이더라. 그 녀석이 직접 핸들리 저택을 방문했기에 알 수 있었던 거였어. 그래서 캐보니 전에 가끔씩 들렀더라고."

"세상에나… 어쨌든, 제가 출발하기 전에 찾을 수 있어서 다행이네요."

다음날 선애는 소피, 토냐와 함께 수도로 향했다.

그런데 이게 무슨 악연인지 배를 타고 수도까지 가려고 웨이벌리에서 여객선에 올라탔는데 그곳에서 그랜트 일행을 만난 것이다. 상회의 운명을 걸고 향하는 길이었기에 그런 그들을 위로할 겸 해서 돈을 좀 들여 고급 여객선을 고른 거였는데, 거기서 따악 마주쳐 버릴 줄 누가 알았겠는가?

그 순간 나는 혹시 저놈들이 울 꼬맹이를 감시하고 있었던 건 아닌지부터 시작해서 우리가 수도로 가는 걸 수상히 여겨 쫓아오는 건가, 아니면 혹 우리 계획에 대하여 뭔가 눈치 챈 건 아닌가 등등 별의별 생각이 다 드는 것이었다. 이런 게 바로 도둑이 제 발 저린다고 하는 걸 거다.

하지만 천만다행스럽게도 이런 내 생각은 기우였던 듯 그랜트 일행도 놀란 표정이었다. 뭐, 엘리엇 녀석만 그런 표정이었다면 '저놈이 혹시 연극하고 있는 거 아냐?' 라고 의심을 했겠지만 같이 있던 그랜트와 켐벨 집사도 놀란 기색인 거 보니 정말 우연이었던 모양이다.

그런데 거기서 선애와 나는 반가운 얼굴을 또 한 명 볼 수 있었다. 바로 선애가 후작가의 시녀로 취직(?)할 때 같이 취직했던 시오나의 애인인 드렉 암스트롱 경이었다.

선애가 후작가를 나온 후 시오나와 직접 연락을 주고받지는 못했지만 간간이 휴에게서 소식을 듣기로는 지금은 하녀 사이에서 계급이 높아졌고 정식으로 정보 길드 외근 요원이 되어 활동하고 있다고 했다. 그런 시오나와 여전히 사이좋은 애인이라는 것만 해도 반가운데 전에 선애가 후작가를 나오던 날 받은 도움도 있었으니 더더욱 반가웠다. 폼을 보아하니 드렉도 지위가 올라 그랜트 녀석 수도 가는 데 호위 기사로 뽑힌 모양이었다.

뭐, 자리가 자리이고 서로의 입장이 있어서 정식 인사는 못하고 그냥 나중에 스쳐 지나가며 가벼운 눈짓만 주고받았지만, 선애는 그것만으로도 만족해했다.

그렇게 같은 배를 타고 수도까지 가려니 될 수 있는 한 안 마주치려 조심했음에도 불구하고 그랜트 녀석 일행과 가끔 마주치는 건 어쩔 수 없었다. 이 배가 고급 여객선이라 해도 크루즈 같은 엄청나게 큰 호화 유람선 같은 게 아니었기 때문에 행동 반경이 좁은 데다가, 서비스를 해주는 종업원이 많지 않아서 모든 손님이 식사는 손님용 식당에서 해결해야 했기에 종종 마주치게 되었던 것이다.

그럴 때마다 우리 일행은 불편한 마음으로 잽싸게 그 자리를 피하고는 했었다. 그도 그럴 것이, 우리 일행이 수도에 가는 목적이 '타파, 루빈스타인 후작!' 이었으니 아무래도 찔리는 구석이 있었던 것이다. 그게 일부러 우리가 유도한 것이 아니라 순전히 루빈스타인 상회 쪽에서 잘못한 거라 해도 말이다.

다행히 그랜트의 주위에는 그에게 잘 보이고 싶어하는 사람들로 북적북적했기에 우리가 그를 피하는 건 어렵지 않았다.

그런데 그렇게 그랜트 일행과 스쳐 지나갈 때 나는 항상… 은 아니고 가끔가다 그랜트 녀석이 선애를 향해 오묘한 시선을 던지는 걸 발견하곤 했다. 적의가 아니라는 건 분명한데, 그렇다고 호의 같다고도 할 수 없고… 도통 이해 못할 그 시선에 기분이 매우 찜찜해졌다. 차라리 확실한 감정을 나타낸다면 그에 맞춰 뭔가를 해볼 수도 있는데, 이건 뭔지 모르겠으니 뭘 어떻게 할 수도 없지 않은가 말이다.

처음에는 그랜트의 시선이 신경 쓰여 선애에게 말해둘까 하다가, 그렇지 않아도 그랜트 일행과 한 배를 타고 있다는 것에 신경이 곤두선 꼬맹이를 더더욱 자극시키고 싶지 않아서 그냥 입을 다물기로 했다. 게다가 얼마 후 수도에 도착하여 그들과 쌈빡하게 헤어진 후엔 나도 더 이상 신경 쓸 필요가 없어지자 그에 대해 찜찜했던 기분도 잊어버릴 수 있었다.

수도에 도착해 지부에서 마련해 준 숙소에 짐을 푼 선애 일행은 우선 첫날은 여행 피로를 풀고 그 다음 지부와 가게에 가서 그동안의 경영에 대해 보고를 들었다.

다행인 것은 이곳에는 타이거 상회와 루빈스타인 상회 사이가 틀어졌다는 소문이 나지 않았다는 것이었다. 그걸 보면 알파두르에서의 그 소문은 아무래도 핸들리 쪽에서 낸 것 같았다. 만약 루빈스타인 상회 쪽에서 소문을 냈다면 전국까지는 아니라 해도 최소한 루빈스타인 상회 지부가 있는 대도시에는 소문이 났을 테니 말이다.

덕분에 이곳 가게 운영에 별 지장은 없는 터라 선애와 토냐는 안도의 한숨을 쉴 수 있었다.

그 후 하루가 지나 토냐가 헬게르트네 집을 방문하러 간 사이, 선애에게도 척에게서 저녁이나 같이 하자는 전갈이 왔다.

이번에도 당연히 어떤 고급 식당에서 만날 거라 생각했는데, 예상외로 선애가 안내받은 곳은 중상위 계층의 사람들이 모여 사는 주택가였다. 제법 넓직한 정원에 멋들어진 이층 저택을 보자니 꼭 한국 드라마에서 본 부자촌 주택가를 보는 것만 같았다.

잘 가꾼 깔끔하고 멋들어진 정원을 지나자 기다리고 있었다는 듯 염소수염을 가진 나이 지긋하신 집사님이 두터운 원목으로 만들어진 현관 문을 열어주는 것이었다.

"어서 오십시오."

그분의 안내를 따라 응접실로 들어가니 편안한 복장을 하고 있던 척이 소파에 앉아 책을 읽고 있다가 고개를 들었다.

"아, 어서 와."

그 모습에 선애는 놀란 표정을 그대로 드러낸 채로 주변을 둘러보며 물었다.

"이거 혹시나 하고 물어보는 거지만… 여기 혹시……."

선애의 모습에 척이 피식 웃더니 책을 덮고 자리에서 일어나며 말을 가로챘다.

"내 집이야. 어때, 멋지지?"

"우오~ 척이랑 안 어울려요."

선애의 단호한 말에 척이 의아한 표정이다.

"응? 왜? 내가 이래 봬도 심미안이 좀 있다고 자부하는 편인데… 네가 보기에 인테리어가 좀 이상한가?"

인테리어가 이상한 건 아니다. 최소한의 가구와 장식품으로 깔끔하면서도 우아한 모습이 완전 내가 좋아하는 타입이다. 완전 모던 스타일이라고나 할까?

"인테리어가 이상한 게 아니라 저는 왠지 척이 아주 화려한 엔틱이나 고풍 스타일을 선호할 거라고 생각했거든요."

선애의 말에 척이 이상하다는 듯 고개를 갸웃거린다.

"그래? 하지만 난 화려하고 복잡한 건 딱 질색이야."

왜… 음… 이건 편견이겠지만서도, 좀 야비하게 생긴 사람은 돈을 엄청나게 모아서 집 안을 엄청 휘황찬란하게 꾸미지 않을까 생각했던 것이다.

그런데 척의 집은 마치 어느 근엄한 학자네 집 같다. 서재가 따로 있었지만 응접실 구석에도 작은 책장이 하나 자리를 차지하고 있었고, 주변에 읽는 중인 듯한 책이 여기저기 놓여 있었다. 서재도 나중에 가봤는데 크로스웰 남작 저택에 있는 선애의 집무실보다 더 넓은 곳에 바닥부터 천장까지 닿을 정도의 책장이 창문과 문을 제외한 나머지 벽들을 모두 차지하고 있었고, 그곳에는 얇은 책부터 내가 기겁할 정도로 엄청나게 두꺼운 고급 양장 책들이 꽉꽉 차 있었다. 혹시 장식품인가 싶어서 선애와 내가 중간중간 랜덤하게 책을 선택해서 뽑아봤더니, 모든 책에 사람이 읽었다는 흔적이 고스란히 남아 있는 것이었다. 이런 거 보면 척의 독서량은 저 왕립학교의 교수들이나 웬만한 학자들 못지않을 것 같다.

[대~단한 사람이잖아? 역시 사람은 얼굴만 보고 모른다니까.]

"그러게……."

또 놀랐던 건, 척네 집의 멋들어진 식당에서 식사를 대접받을 때 요리사가 직접 요리를 가지고 나왔는데, 그는 바로 벤이었다. 우리를 안내한 집사님만큼이나 나이 지긋한 분으로 처음 만났을 때 척의 옆에서 조용히 시중을 들고 있기는 했지만, 절대로 평범해 보이지 않는 사람이라 소피처럼 호위 무사 겸 시종 역을 하고 있나 했는데 요리사 역까지 하고 있는 모양이었다.

요리의 데코레이션도 상당히 뛰어나다 생각했는데 직접 먹어본 선애의 평에 의하면 맛도 무지하게 뛰어나다고 한다. 요리사로 나가도 될 정도로 말이다.

그렇게 맛나게 식사를 하고 이동한 곳은 아까 내가 소개했던 척의 서재였다. 그곳에서 감탄하며 나랑 같이 신나게 구경하고 있던 선애를, 잠시 자리를 비웠다가 돌아온 척이 소파를 권하고 자신도 앉으면서 말을 던졌다.

"인생이 지루한가 봐?"

뜬금없는 그의 말에 선애가 어리둥절한 얼굴로 되물었다.

"에?"

"감히 혼자의 몸으로 루빈스타인 후작과 한판하려고 하다니 말이야."

척의 말에 선애의 인상이 찡그려졌다.

"지금, 그거 재미있으라고 하는 말이죠?"

"감탄한 건데?"

"그게 어디가 감탄한 거예요?"

선애의 인상이 찡그려지자 척이 슬며시 웃으며 물러섰다.

"나는 진심이었는데… 뭐, 어쨌든 본론으로 넘어가자고. 음, 이건 그냥 한번 물어보는 건데 루빈스타인 상회에 얌전히 들어갈 마음은 없는 거지?"

"들어갈 생각이었으면 벌써 들어갔겠지요. 처음에는 아무것도 없다시

피 한 상회를 이만큼 키우기까지 들인 공이 아까워 버틸 생각이었는데, 점점 압력이 들어오니까 이제는 오기가 생기는 거 있죠? 끝까지 버텨내고야 말겠다는……."

그렇게 말하면서도 선애는 스스로 생각해도 너무 심하다 싶었는지 머쓱하게 웃어 보였다.

"뭐, 솔직히 말하면 가능성이 있으니까 끝까지 버티는 거죠. 아예 망망대해에 있는 것처럼 절망적이었다면 진즉에 항복하고 얌전히 흡수되었을걸요."

선애의 말에 척이 쿡쿡 웃었다.

"멋진걸? 버틸 수 있으니 버틴다… 좋아, 그건 그렇고 목적을 이룬 뒤에는 어떻게 할 예정이야?"

"꽁지 빠져라 도망가야죠, 별수있나요?"

자기가 말하고도 머쓱한지 배시시 웃는 선애를 향해 척이 진지한 어조로 말한다.

"좋은 생각이긴 한데… 선애에게는 어려운 일인 거 알아?"

"예?"

"선애가 우리 정보 길드의 외근 요원이 되지 못하고 협력자가 된 이유, 기억해?"

'그거야, 너무 눈에 뜨이는 외모… 아하!'

"제 외모 때문이지요? 어디에 있든 너무 눈에 띄니까."

"맞아, 그 외모로 도망갈 수 있겠어?"

그런 거… 생각 못했다.

이 세계에 처음 왔을 때야 다른 외모를 평소에도 확실히 각인하고 있었지만, 시간이 흐르며 익숙해진 데다 선애가 대부분 머무르는 알파두르 항구 도시에는 선애 말고도 서대륙에서 넘어온, 비슷한 외모의 사람들을 거리에서 쉽게 볼 수 있었기 때문에 튀는 외모라는 각인이 서서히 흐려져 갔던 것이다.

거기에 얼마 전 렌스버리의 변덕으로 인해 새로이 받은 마법 팔찌도 있으니, 그 능력에 내 능력까지 더하면 도망 정도야 식은 죽 먹기라고 생각했었다.

아마 휴도 그에 대해 아무 말 안 한 거 보니, 선애의 외모가 튄다는 걸 깜빡한 모양이다. 그 또한 알파두르에서 평생을 산 사람이니 말이다.

선애가 '아차!' 싶은 표정이자 척이 싱긋 웃었다.

"자, 그러면 선애가 필요한 건 후작의 물건에 대한 방범 장치는 물론이거니와 무사히 도망갈 수 있는 방법, 그리고 적당한 시간이 흐를 때까지 숨어 있을 수 있는 피난처에 거기까지 널 변장시키면서 안내해 줄 사람까지군?"

척이 손가락을 하나하나 꼽아가며 이야기하는 거 보니, 나는 내가 뒷일에 대하여 너무 안일하게 생각했음을 다시 한 번 깨달았다. 뭐가 이렇게 준비할 게 많은 건지, 그것도 선애를 위해 모두 다 꼭 필요한 것들이었다.

그런데 그건 일단 그렇다 치고, 그렇게 말하는 척의 폼을 보니 어째 이번 일에 대한 가격을 흥정하려는 것 같다. 하지만 '정보 길드에 매년 납부하는 머니가 있지 않느냐?' 라고 따질 수 없는 것이, 내가 생각해 봐도 이번 일은 좀 고난이의 요구였기 때문이다.

선애 또한 동감인 듯 척의 말에 반박하는 대신 고개를 끄덕였다.

"얼마를 요구할 생각이세요?"

선애의 반응에 척이 만족스러운 표정이다.

"얼마를 요구하든 들어줄 거야?"

"들어보구요."

"오오, 이제 제법 흥정을 걸 줄도 알고."

척이 마치 기특한 동생을 보는 시선으로 바라보자 선애의 눈이 가늘어졌다.

"장난하지 말고 얼렁얼렁 이야기하시죠? 저 한가한 사람 아니거든요? 에… 가만, 제 재산 대부분을 이 길드에서 보관해 주고 있죠? 부디 그 안에서 해결했으면 좋겠는데……."

선애의 말에 척이 양손을 들어 보이며 말했다.

"에이… 설마 내가 선애에게 돈을 내라고 하겠어? 내가 원하는 건 선애가 단순한 내 부탁을 하나 들어줬으면 하는 거야."

"단순한 부탁이요?"

"그래, 선애만 할 수 있는 일이라고나 할까?"

"뭔데 그렇게 뜸을 들여요?"

자꾸 딴 이야기만 늘어놓자 선애가 슬슬 짜증을 내비치며 물었다. 그러자 척이 마치 식당에서 메뉴 보고 주문을 하는 어조로 툭 던진다.

"음… 왕궁 지하 보고 지도."

"예?"

[뭐?]

하지만 어조에 비해 내용은 너무 엄청나다.

척이 부탁하는 일의 요지는 이랬다. 선애를 지키는 어떠한 존재―바로 나―는 캐링턴 후작가에 숨어들어 가 후작가의 가보를 쉽게 훔쳐 올 수 있는 능력을 가지고 있으니 왕궁 또한 쉽게 침입할 수 있을 거라는 가정하에 왕궁 지하의 지리를 알아봐 달라는 것이었다. 왕궁 지하에는 왕궁에 바쳐지는 수많은 보물들 중 당장에 쓸 일이 없는 것들을 콕 박아두는 보고가 있는데, 그곳으로 가는 지도를 원하는 것이었다.

그렇다고 정보 길드에서 그곳을 침입한다는 건 아니고, 단지 정보를 다루는 길드의 입장으로서 최고의 기밀 정보를 얻고 싶어하는 것뿐이었다.

그 이야기를 들은 나는 선애에게 속삭였다.

[저기… 들어갔다 나오는 건 상관없는데 혹시 무슨 장치가 되어 있는지도 알아봐야 해?]

선애는 내 말을 듣고 척에게 그대로 질문을 옮겼고 척은 한순간도 망설이지 않고 대답했다.

"당연하지."

[아이고, 고생이겠구나.]

물론, 내가 아니라 왕궁을 지키는 분들 말이다.

따르르르르~!

귀가 따가울 정도로 울리는 종소리. 그리고 그와 함께 얼마 지나지 않아 절그럭절그럭 하는 금속들이 부딪치는 소리와 함께 힘차게 다다다다~ 하며 달려오는 소리들.

[죄송합니다아아~ 에휴, 이걸로 알람 마법은 벌써 13개째인가?]

내가 알람 마법을 건드린 지점에 위치를 확인하려 가만히 서 있자니 잠시 후, 다다다~ 하는 요란한 발걸음 소리의 주인들이 모습을 드러냈다.

"젠장할~ 오늘도 또냐, 또야?"

"도대체 어떤 놈이야? 잡히기만 해봐라. 절대로 가만 두나~!"

"으아아악~ 잡는 건 둘째 치고 누군지 알고 싶다아아~!"

"그놈 때문에 비상 근무한 지 벌써 며칠째야? 이제 집에 가고 싶다고!!"

"으으윽~ 저놈의 알람 소리는 도대체 언제나 꺼지는 거야? 마법사들은 언제 와?"

"낸들 알아? 으아악~ 생각 같아서는 콱 부숴 버리고 싶어!"

"정말, 마법사 놈들 제대로 장치한 거 맞아?"

왕실 문장을 가슴에 단 일곱 명의 기사가 내가 서 있는 지점에 도착하자마자 사방으로 흩어져 근처를 수색하며 떠들어댔다. 그런데 그들이 하는 말 한마디 한마디가 얼마나 내 양심을 콕콕콕 찔러대던지.

[정말 죄송해요오~ 일부러 그런 게 아니거든요?]

사방을 둘러보는 그들의 눈은 벌겋게 핏줄이 서 있고 눈 밑에는 두터운 다크 써클이 층층이 쌓여 있었다. 그럼에도 불구하고 그들의 눈빛은 형형하게 빛나는… 것이 아니라 이번 소동을 벌인 범인을 위한 증오 때문인지 광기로 번들거렸다.

그러한 모습을 바로 옆에서 보는 이 범인의 심정이 어떻겠는가? 특히나 난 여린 심정의 소유자란 말이다.

하지만 어쩔 수가 없었다. 단순히 지리만 알면 되는 게 아니라 중간중간에 장착되어 있는 방범 장치를 모두 알아내야 했는데, 내가 그냥 딱 보고 '아, 저건 뭐구나' 하고 알 수 있는 능력이 없으니, 알려면 무조건 건드리고 봐야 했던 것이다.

그런데 이 지하에 방범 장치를 한 사람은 완벽한 철통 방어를 하고 싶어했던지, 아니면 '알람 마법 원츄~!' 의 사상을 가지고 계신 건지 모르겠지만, 하여간 알람 마법을 엄청나게 장치해 놨던 것이다.

'나도 지겹다, 지겨워~ 부디 이게 마지막이었으면 좋겠는데…….'

보물 창고는 벌써 발견했다. 첫날에는 우선 돌아다니며 보물 창고를 확인하고 그곳으로 가는 지리를 익힌 후에 그 다음부터 그곳에 있는 방범 장치를 알기 위하여 무조건적으로 물리적인 힘을 행사하며 걸어 다녔으니 말이다. 그러다 내가 방범 장치에 걸려 발동되면 힘을 풀고 그 자리에 선 채 방범 장치가 어떤 식으로 발동되는지 살핀 후, 그로 인해 일어난 소동이 어느 정도 가라앉은 후에야 다시 움직였다.

이것도 그냥 무조건 걸어 다니는 것이 아니다. 너무 한쪽으로 움직이면 뭔가 정체를 조금이라도 들킬 것 같아서 처음에는 밖에서부터 시작했다가 두 번째는 안에서 시작했다가 세 번째는 왔다 갔다 했다가 등등 규칙적으로 움직이지 않으려고 무단히 애를 썼다.

덕분에 죽어나는 건 방범 장치를 지키는 사람들이었다.

하루에 단 한 번씩 해도 이게 며칠 계속 지속되면 피곤할 텐데, 이건 하루에 네다섯 번씩 방범 장치를 건드리고 다니니…

내가 이러고 다니기 시작한 날로부터 오늘까지 계속 비상 경계령이 내려져서 그들은 아마 제대로 쉬지도 못했을 거다. 그나마 밤에만 이러거나 낮에만 이러거나 했으면 좋을 텐데, 솔직히 말하자면 하루 종일 돌아다녔던 것이다. 그러니 알람 소리만 들어도 이를 벅벅 가는 건 당연했다.

그 모습을 보고 얼마나 미안하던지 나중에 익명으로 왕실 경비대 기사들에게 고급 영양식이라도 기증해야겠다고 생각했다.

'어쨌든, 여기에 알람 마법이 또 깔려 있다는 거 체크하고 와야지.'

나는 머리가 그다지 좋지 않기 때문에 몇 시간 동안 쭈욱 건드리고 다니는 걸 다 기억하지 못한다. 그래서 한 번 방범 장치 건드려서 알아내면 그 즉시 종이에 메모를 해야만 했다. 그 종이 또한 들고 다닐 수가 없기 때문에 안전한 구석탱이에 놓고 방범 장치를 알아내면 종이가 있는 곳까지 쌩~ 하니 달려가 체크하고 다시 돌아와 다른 곳 건드려서 알아내고, 또 종이 있는 데까지 달려가 체크하고는 했다.

그나마 지금은 지리에 익숙하니 다행이지, 처음에 도둑 방지를 위하여 복잡한 구조로 만들어진 이 지하 지리를 외우는 데 얼마나 고생했는지 모른다. 대충 내 머리가 기억하는 데까지 걸어간 다음 쌩 하니 달려가 종이에 체크하고 달려온 것까지는 좋은데, 달려온 후에 내가 체크한 곳이 어디였는지 찾지 못해서 낯익은 데가 나올 때까지 열심히 헤매고 다녀야 했던 것이다.

'어휴 차라리 보물 창고에 어떤 보물이 있으니 그거 훔쳐 와달라고 하는 부탁이 더 쉬웠어~!'

하여간 나는 물론이거니와 그 기사 분들도 무지무지 고생이었지만, 이 방범 장치를 관리하는 마법사들도 고생이었을 거다. 장치가 망가진 건지 아닌지 계속 체크하고 소리나면 달려가서 꺼야 했으니 말이다.

아, 그러고 보니 내 볼일이 끝나고 나서 왕실 마법사가 대량으로 물갈이되었다는 소문이 있었는데 그게 사실인지… 어흠흠.

그리고 며칠 후.

"수고했어. 며칠간 왕실이 엄청 소란스럽다 했더니만, 역시 직접 하나하나 체크하면서 다닌 모양이야?"

선애가 턱 하니 건넨 지도를 훑어보며 척이 말하자 선애가 인상을 찡그렸다.

"그럼 어떻게 합니까? 마법이라고는 하나도 모르니 직접 일일이 확인해 볼 수밖에요. 참, 참고하실 건 이렇게 신나게 헤집고 다녔으니 장치가 바뀌었을 수도 있다는 거예요. 뭐, 지리야 다 뜯어고치지 않는 한 바뀌지 않겠지만서도, 어쨌든 저는 부탁받은 대로 한 거니까 앞으로는 알아서 하세요."

"물론이야. 그건 그렇고, 선애는 언제 행동을 할 거지?"

"오늘 밤이라도 당장이요. 물론 지금은 물건을 빼내오는 것뿐이니까 다른 건 필요없고 정보하고 그에 대한 준비물만 주시면 돼요."

토냐의 작전은 실패했다. 헬게르트 녀석 또한 회장의 명이라고 타이거 상회를 돕지 못하겠다고 했던 것이다. 단지 자신의 밑으로 오면 지금 현재의 지위를 보장하며 받아주겠다고 했는데, 그건 이미 그랜트 녀석이 제의한 거라 선애나 토냐는 조금의 고려도 없이 그 제의를 걷어차 버렸다.

'하여간 그 녀석도 나쁜 노무시키라니까.'

마지막에는 토냐에게 언제든 돌아오면 좋은 대우로 받아줄 테니 잘 생각해 보라고 했다는 거다. 확실히 토냐의 능력이라면 누구라도 탐이 나기야 하겠지만 이럴 때 우리 상회의 인재를 탐내니 의도가 무엇이든 다 나쁜 녀석으로 보였다.

하여간 마지막 기대주였던 헬게르트 녀석도 별 도움이 안 되는 걸 안 이상, 이제는 내가 움직이는 일만 남았다.

Chapter 43

루빈스타인 후작의 반지를 빼내는 건 캐링턴 후작가의 가보를 빼내는 것보다 오히려 쉬운 편이라고 할 수 있었다. 캐링턴 후작가의 가보가 고이 모셔져 있었던 곳은 후작이 열지 않는 한 항상 굳게 잠겨 있어 물건을 가지고 나올 수 없었지만, 루빈스타인 후작 반지야 항상 공개된 곳에 있었으니 말이다. 그 자리가 후작의 손가락이라는 것이 흠이기는 하지만 돌발 상황에 의하여 갑자기 캐링턴 후작의 뒤통수를 내려쳐야 했던 것에 비한다면야 미리 '일어날지도 모른다' 하는 마음의 대비를 하고 갔기 때문에 오히려 훨씬 상황이 나았다.

게다가 이건 선애가 가지거나 정보 길드에 넘길 게 아니었기에 저택 밖으로 가지고 나갈 필요도 없어 일은 더더욱 쉬웠다.

삼엄한 방범 장치도 잠시 작동을 멈추고 경계도 느슨해지는 백주 대낮에 방화, 방수 기능을 갖추고 있는 금속 상자와 모든 마법을 무효화시키는 '디스펠' 마법진, 그리고 혹 있을지 모를 돌발 상황에 대비하여 몇몇

스크롤과 함께 '초강력, 초스피드 수면향!'을 챙겨 든 나는 저택 안으로 잠입해 들어갔다. 거기서도 후작의 침실까지 무사히 들어간 후 사람들 눈에 띄지 않는 구석탱이에 가지고 온 물건들을 잘 숨겨놓고 시간을 때울 겸, 적에 대해 좀 더 잘 파악하기 위해 루빈스타인 후작을 찾으러 갔다.

루빈스타인 후작은 부자간이라서 그런지 그랜트와 판박이었다. 그랜트 녀석이 나중에 나이를 먹으면 저렇게 될 거라는 모습을 보여주고 있는 것 같았으니 말이다. 단지 그랜트와 다른 면이 있다면, 그랜트는 냉정해 보이기는 해도 '사람'이라는 범위(?) 안이었지만, 루빈스타인 후작은 완전 얼음 조각이었다. 인간미가 요만큼도 느껴지지 않는 것이 얼음 여왕이 아니라 얼음 성의 성주 같다고나 할까? 아니면 '찔러도 피 한 방울 안 나오는 존재'의 표본이라고나 할까?

그랜트나 미란다가 부모와 사이가 좋지 않다는 건 알고 있었지만 후작을 보니 단순히 '사이가 안 좋다' 정도의 차원이 아닌 것 같았다. 자식이라도 앞길에 방해가 되면 한순간의 머뭇거림도 없이 치워 버릴 수 있어 보였으니까.

'미란다 지지배만 못됐다고 할 게 아니었어.'

그 핏줄 속에 피 대신 얼음이 흐를 것 같은 후작은 서재에서 일을 하고 있었다. 그리고 그 옆에 공손한 자세로 시립하고 있는 이가 있었는데, 놀랍게도 엘리엇 녀석이었다.

'아니, 그랜트 옆에 있어야 할 놈이 왜 여기에 있는 겨?'

그 녀석 또한 후작이 무섭기는 무서운지 그랜트 옆에 있을 때는 항상 자신만만한 태도를 보였는데 지금은 바짝 얼어 있는 거였다. 루빈스타인 후작이 서류 작업을 하는 수십 분간 엘리엇 녀석이 그 자세 그대로 꼼짝없이 서 있는데 무지 고소하게 느껴졌다. 그래 후작이 작업을 오래오래 했으면 하고 속으로 빌었건만, 어째 서류가 바닥을 보이지 않는데 후작이 문득 지나가는 투로 입을 여는 것이었다.

"그 녀석은?"

몸통과 끝을 다 잘라먹은 질문이었는데도 엘리엇 녀석은 알아들었는지 조금의 주저도 없이 대답했다.

"조용하십니다."

"흠, 그나마 생각은 있는 모양이군."

거기서 다시 서류 작업에 집중하는 후작 때문에 대화는 끊기고 침묵이 돌았다. 그러나 잠시 후 후작이 또다시 지나가는 투로 질문을 던진다.

"크로스웰 남작이란 녀석이 다시 팔팔해졌다지?"

"예."

이번에도 지체없이 엘리엇 녀석의 대답이 나왔다.

그런데 내가 그냥 듣고 지나갈 수 없는 내용이었으니.

'에엥? 크로스웰 남작이라고? 그럼 벨타이거잖아? 갑자기 여기서 그 녀석 이야기는 왜……?'

이런 내 심정을 헤아려 준 것인지 후작의 말이 이어졌다.

"흠. 핸들리 크로스웰이라는 놈, 쓸모있겠다 싶었는데 내가 잘못 봤군."

'헉! 뭐야, 이거. 그럼 핸들리 놈하고 루빈스타인 후작하고 뒤로 손잡았다는 소리?'

뜻밖의 소식에 나는 입이 떠어억~ 하고 벌어졌다. 핸들리 녀석이 벨타이거를 노렸다는 건 진즉에 알고 있었지만, 그 뒤에 루빈스타인 후작이 버티고 있는 줄은 정말 몰랐다.

"그게……."

엘리엇 녀석이 무척 조심스럽게 입을 열자 후작이 그에게 힐끗 시선을 던졌다.

"뭔가?"

"말씀드리기 송구합니다만 크로스웰 남작은 거의 죽음 직전까지 갔었습니다. 그를 치료했던 의원의 말에 의하면 도저히 살아나지 못할 거라고 단언할 수 있을 정도였다고 합니다."

"하지만 살아났잖나? 아무리 거의 죽을 뻔했어도 살아났다면 그건 실패한 거야."

"아, 예."

아무래도 엘리엇 녀석은 벨타이거에 대한 암살 시도가 거의 성공했었다고 이야기하고 싶었던 듯하다. 그러나 그는 후작의 딱 자르는 말에 하고 싶은 말을 다 하지 못하고 조용히 입을 다물었다.

잠시 후 후작의 입이 다시 열렸다.

"약혼식을 준비해라. 날은… 그래, 그런 건 역시 봄이 좋겠지. 핸들리에게는 올해 안에 일을 마무리 지으라 전하고. 만약 그때까지 해결 못한다면 쓸모없는 녀석이란 소리겠지."

"알겠습니다."

이번에도 지체없이 대답한 엘리엇은 후작이 가볍게 손짓을 하자 깊숙이 허리를 숙여 보이고 뒷걸음질쳐 후작으로부터 멀어진 뒤에야 몸을 돌려 문으로 향했다.

함부로 등을 보이지 않는 그 엘리엇 녀석의 태도 하나만 봐도 엘리엇 녀석이 후작을 얼마나 경외하는지 짐작할 수 있었다. 예의범절에서 상대에게 등을 보이지 않는 최고의 예우를 받는 자는 오로지 국왕밖에 없었으니 말이다.

엘리엇 녀석이 서재 밖으로 나가자 다시 일에 열중하는 후작을 한번 힐끗 본 나는 엘리엇의 뒤를 쫓아갔다. 아무래도 엘리엇에게 붙어 있는 것이 후작과 엘리엇의 대화에 대한 좀 더 자세한 정보를 얻을 수 있을 것 같아서였다.

엘리엇이 향한 곳은 그랜트의 서재.

그런데 서재에 가까워졌을 즈음 서재 안에서 캠벨 집사가 나오는 것이었다. 그리하여 자연스레 복도에서 두 사람이 마주치게 되었는데, 어째 두 사람 사이의 분위기가 심상치 않았다. 예전 둘 사이는 같은 주군을 섬기는 '동지'라는 의식이 있어서인지 서로 존중해 주는, 그럭저럭 좋은 사이라고 할 수 있었다. 그런데 지금 이 둘이 서로를 마주 보니 찬바람이 쌩쌩 하고 분다. 뭐, 그나마 엘리엇 녀석은 덤덤하게 캠벨 집사를 보고 있었지만 캠벨 집사는 마치 잡아먹을 것처럼 험악한 시선으로 엘리엇을 노려보고 있었다.

"집사님."

엘리엇이 먼저 꾸벅 고개를 숙이며 인사했지만 캠벨 집사는 인사받을 생각도 안 하고 다짜고짜 묻는 것이었다.

"어딜 다녀오는 건가?"

말투하며 눈빛이 마치 배신자를 보는 듯하다.

"후작님께서 부르셔서 다녀왔습니다."

그 말에 캠벨 집사의 얼굴에 분노의 기색이 떠올랐다.

"자네, 정녕 이럴 건가? 도대체 자네의 주군이 누구신가? 후작님이신가, 그랜트 도련님이신가?"

캠벨 집사, 여기서 더 흥분했다간 발이라도 쾅쾅 구를 것 같다.

그러나 엘리엇도 당당하다.

"전 항상 그랜트님을 위해 일해 왔습니다. 이번 일도 마찬가지입니다."

"뭐가 도련님을 위한 일이란 말인가? 도련님은 어린애가 아니시네. 그런데 어찌 감히 자네가 앞길을 좌지우지하려 하는가?"

캠벨 집사의 어조가 흥분으로 인하여 조금씩 커졌다.

하지만 이에 굴하지 않는 엘리엇 녀석의 단호한 어조.

"사람이 항상 옳은 길을 선택하는 건 아닙니다. 주군이 잘못된 선택을 할 때 그걸 어떻게 해서든 바로잡는 것이 바로 보좌관이 해야 할 일 아닙니까?"

"바른길로 인도오~? 자네의 욕심대로 주군을 휘두르려 하는 것이 아니라?"

켐벨 집사가 비꼬는 어조로 묻자 엘리엇 녀석이 발끈했다.

"그럼, 켐벨 집사님께선 하찮은 여자 하나 때문에 후작님의 뜻을 거스르는 것이 옳은 일이라 생각하시는 겁니까?"

"도대체 도련님께서 후작님의 뜻을 언제 거슬렀단 말인가? 나에게는 자네가 괜히 일어나지도 않은 일을 앞당겨 확대해서 이 난리를 치는 것으로밖에 안 보이네!"

켐벨 집사의 나무라는 어조에 엘리엇 녀석이 그놈답지 않게 노골적으로 인상을 찡그리며 거칠게 내뱉었다.

"두고 보십시오! 제가 옳은지 집사님이 옳은지는 두고 보면 아시게 될 겁니다! 그럼 전 이만."

그리고는 더 이상 이야기하기 싫다는 듯 켐벨 집사를 지나쳐 그랜트 녀석 서재의 문을 두드리는 것이었다.

"이익!"

그 무례한 모습에 분노한 켐벨 집사가 몸을 돌려 엘리엇을 향해 분노를 쏟아내려 했으나 저쪽 복도 끝에서 보이는 시종의 모습에 멈칫하더니 그대로 휙~ 하고 다시 몸을 돌려 제 갈 길로 가기 시작했다.

'아니, 도대체 이게 무슨 일이래?'

그러나 엘리엇 녀석이 안에서 허락을 받아 서재 안으로 들어가 버렸기 때문에 어리둥절해하고만 있을 수는 없었다. 그래 멀어져 가는 켐벨 집사에게 한 번 시선을 준 나는 얼른 엘리엇의 뒤를 따라 그랜트의 서재로 뛰어들어 갔다.

서재의 분위기도 어째 아까 엘리엇과 캠벨 집사와의 분위기와 비슷했다. 단지 흥분하는 캠벨 집사 대신 평소 차분했던 분위기는 어디다 던져버리고 눈보라를 휘감은 그랜트가 있다는 게 다를 뿐.

그런 분위기 속에서도 꿋꿋하게 버티는 엘리엇 놈이 더 대단해 보였다.

"뭐지?"

그랜트의 목소리에도 얼음덩어리들이 뚝뚝 떨어졌다.

그러자 엘리엇 녀석이 갸륵하게도 '어쩔 수 없나?' 라고 말하는 듯한 표정으로 한숨을 내쉬더니 굳건한 얼굴로 입을 여는 거였다. 자기가 무슨 '내가 아님 누가 지옥에 가리오' 라고 외치는 의적, 아니면 목숨을 내놓고 충언을 올리는 충신이라도 되는 줄 아나 보다.

"약혼식이 준비될 겁니다. 아직 날짜는 정확하게 잡히지 않았지만, 후작님께선 내년 봄쯤으로 생각하고 계십니다."

엘리엇이 말을 끝내고 입을 다물었는데도 그랜트 녀석은 아무런 대답도 없이 묵묵히 서류만 보고 있다. 잠시 기다리던 엘리엇은 그랜트가 아무런 반응을 보이지 않자 그를 부른다.

"그랜트님."

그제야 엘리엇을 힐끔 보며 귀찮다는 듯 시큰둥하니 한마디 내뱉는 그랜트.

"알았다."

하지만 엘리엇 녀석은 그 대답이 못 미더운 모양인지 한숨 섞인 어조로 말을 꺼냈다.

"그랜트님, 부디 어리석은 생각은 하지 마시기 바랍니다. 지금 그랜트님은……."

하지만 그의 말은 끝까지 이어지지 못했다.

"알았다고 했다!"

칼날같이 날카로운 어조에 엘리엇은 한숨을 삼키는 표정으로 고개를 숙였다.

"죄송합니다."

"이만 나가 봐라."

"그럼……."

그랜트의 축객령에 엘리엇 녀석이 고개를 꾸벅 숙이고는 몸을 돌려 문으로 향한다. 그 모습만 봐도 엘리엇 녀석이 그랜트보다 후작을 더 경외한다는 걸 알 수 있었다.

어쨌든 엘리엇 녀석이 그렇게 축객령을 받아 나가 버려 대화가 끊기자 나는 더 이상 이 어두운 분위기에 대한 정보를 얻을 수 없었다. 그래도 그나마 단편적으로 얻은 정보를 종합해 보면, 엘리엇 녀석이 그랜트를 위한다는 명분으로 후작에게 들러붙었는데, 그 이유가 그랜트에게 좋아하는 사람이 생겼기 때문인 듯하다. 그런데 그 여자 분이 엘리엇은 물론 이거니와 후작의 눈에 안 차는 모양이다.

'그래, 뭐 그건 이해가 가는데 거기에 왜 우리 타이거 상회가 끼어 있는 거지? 그 그랜트가 좋아하는 여자가 우리 상회 사람인가?'

하지만 아무리 머리를 굴려봐도 딱히 떠오르는 이가 없다.

솔직히 우리 상회에 있는 여성 중 그랜트와 인연이든 악연이든 가장 많이 얽혀 있는 사람이라면 바로 울 꼬맹이가 아닌가 말이다. 그런데 우리 꼬맹이 말고 다른 여성에게 필이 꽂혔단 말인가?

'뭐, 꼬맹이랑 연결되길 바란 적은 없지만, 그래도 이거 은근히 기분 나쁘네. 울 꼬맹이보다 얼마나 매력적인 여자길래… 아, 혹시 토냐인가?'

가능성이 있었다. 토냐는 나이가 그랜트보다 연상이라서 그렇지 얼굴만 보면 절대로 그 나이로 안 보이는 데다 엄청난 미인이었으니 말이다. 거기다 마법사였으니 머리 좋지, 능력 좋지, 성격 호탕하지, 이 얼마나 매력적인 여성이란 말인가? 헬게르트 녀석도 토냐에게 눈독을 들이고 있는 상황이니 그랜트라고 그러지 말라는 법은 없었다.

반대로 후작이나 엘리엇 녀석 눈에 차지 않는 것도 이해가 간다. 토냐는 그렇게 본신의 능력은 높아도 배경이 안 좋았으니 말이다. 우선 평민인 데다 빵빵한 상단이었던 집안도 망한 상태니 말이다. 물론 토냐 개인의 재산은 꽤 넉넉한 편이긴 하지만 그게 후작이나 엘리엇 눈에 찰 리 만무하다.

'하지만 그놈이 토냐에게 찝쩍대는 건 못 봤는데? 그거참… 선애 없을 때 그랬나?'

그게 아니라면 우리 타이거 상회와의 문제가 생겼을 때 우연히 같은 시기에 그랜트에게 여자가 있다는 게 들킨 건지도 몰랐다.

하지만 그랜트가 좋아하는 여성이 타이거 상회 사람이든 아니든 간에 타이거 상회가 아무리 밉보여도 그렇지, 어떻게 벨타이거를 제거하려고까지 한단 말인가? 그것도 자기 손은 더럽히기 싫다는 듯 핸들리 녀석과 뒤로 손을 잡아가면서까지 말이다.

후작을 보기 전에도 그에게 별 호감은 없었는데 점점 그에 대한 감정이 안 좋아지고 있었다.

'이 사람 정말 안 되겠는걸?'

그러는 동안에도 시간은 점점 흘러 드디어 날이 저물고 밤이 되었다.

후작이 혹시 오늘 밤은 딴 데서 자는 건 아닌지 걱정했는데 다행히도 밤이 깊어지자 후작이 피곤한 얼굴로 침실로 들어섰다.

'출발은 좋군.'

후작의 왼손 검지에는 나의 목표물이 단단히 끼어 있었다. 인장으로 사용되기 때문인지 반지가 제법 크고 묵직해 보여 그걸 끼고 다니면 꽤나 불편할 것 같은데도 후작은 절대로 빼지 않았다. 심지어 자기 전 목욕할 때 옷은 물론 몸에 찬 장신구는 다 빼놓으면서도 그 반지만은 꼬옥 끼고 있었다.

그렇다고 내가 뭐 후작의 알몸을 다 본 건 아니고…….

'으음, 그래도 중년 남자인 주제에 몸매는 짱… 크험험!'

그리고 잠시 기다리니 후작의 시중을 들던 일단의 무리들이 조심스레 물러나고 후작이 침대에 누웠다.

그 모습을 보고 대략 한 시간 정도 기다린 후에 침대에 슬그머니 다가가니 후작이 눈을 감고 있기는 한데 표정이 되게 무뚝뚝하다. 잠들어 있을 때 어찌 표정 관리가 가능할까마는, 그래도 그렇게 무뚝뚝한 얼굴을 하고 있으니 이거 깊이 잠들어 있는지 얕게 잠들어 있는지 헷갈린다.

그렇지 않아도 정보 길드에서 준 정보에 의하면 후작은 신경이 제법 예민한 사람이라고 했기 때문에 일에 착수하기가 좀 망설여졌다. 그래 확인하고자 잘 자는 후작의 머리카락을 하나 슬며시 탁 뽑자 후작의 눈꺼풀이 파르르~ 떨리더니 떠질락 말락 한다.

'으음… 아직 푹 잠든 게 아닌가 베.'

그래도 혹시나 싶어 뺨을 한 번 콕 찔러보니 정말 눈이 번쩍 하고 떠졌다.

'흐엑! 놀래라!'

살짝 목만 들어 주변을 살펴보고는 고개를 한 번 갸웃한 후 짜증스럽다는 듯 괜히 베개만 툭툭 두어 번 때린 후 다시 몸을 누이고 눈을 감는 것이었다.

진짜 신경 예민한 사람이었다.

그 상태로는 후작에게 손을 댈 수가 없어서 대략 30분 정도 더 기다려봤다가 슬금슬금 다가가 옆구리를 쿡 찌르자 끄응~ 소리를 내며 돌아눕는 것이었다. 이번에는 깰 기미를 안 보이는 거 보니 그래도 어느 정도 깊이 잠든 모양이다. 그 모습에 이제 된 것 같아 돌아눕느라 이불 바깥으로 나온 후작의 왼손을 조심스레 잡아 반지를 빼려고 했다.

그런데 이놈의 반지가 안 빠지는 것이었다.

'뭐야? 본드라도 붙여놨나?'

보아하니 손가락이 굵지도 않고 반지도 잘 돌아가고 헐렁헐렁해 보이는 것이 꽉 끼어서 안 나오는 것은 아닌 것 같은데 이상하게도 빠지지 않았다.

'우쒸, 왜 안 나와?'

처음에는 조심조심 이리 돌리고 저리 돌리고 갖은 애를 다 썼는데도 안 나오자 나도 모르게 힘을 세게 줬나 보다.

갑자기 후작의 상체가 벌떡! 하고 일으켜지더니만, 후작의 오른손이 내가 있는 곳을 휘익~! 하고 휩쓸어 가는 것이었다. 물론 후작의 손에 잡힌 것은 없었지만 말이다.

하지만 나는 갑작스러운 그 상황에 너무 놀라서 그 자리에 주저앉아 버렸다. 아마도 육체가 있었다면 엉덩방아를 찧는 소리가 쿵~! 하고 크게 났을 것이다.

번개 같은 습격이었지만 눈앞에 보이는 것도, 손에 잡히는 것도 없자 후작은 인상을 찡그리며 주변을 두리번거렸다. 그 눈빛은 언제 자고 있었냐는 듯 무지무지 날카롭기까지 했다.

그의 바로 눈 아래에서 나는 털썩 주저앉아 심호흡을 하고 있었다. 무지하게 놀랐던 것이다. 이미 오래전에 멈춰 버린 심장이지만, 지금 이 순간만은 엄청 벌렁거리고 있는 것 같았다.

루빈스타인 후작가에서는 자녀들을 모두 문무에 뛰어나도록 교육시킨다고 하더니만, 후작의 몸놀림도 장난이 아니다.

후작은 자리에서 그냥 주변을 둘러보는 것에 만족하지 못하고 침대에서 나와 불을 밝혀 침실 안 구석구석을 살펴보는 것이었다. 그나마 사람들을 불러들여 수색하게 하는 등 일을 크게 벌이지 않는 게 다행이었다. 그리고 내 준비물이 있는 곳까지 들여다보지 않았다는 게 무지무지 다행이었다.

그렇게 베란다, 두터운 커튼 뒤, 침대 아래 등등 사람이 숨을 수 있을 만한 공간 구석구석을 모조리 둘러본 뒤에야 별일 없다는 걸 확인하고 만족한 후작은 그제야 침대로 돌아왔다. 나 같으면 귀찮아서라도 안 할 것 같구만 역시 대단한 집안 사람은 뭔가 달라도 달랐다.

하여간 그렇게 후작이 침대에 누워 다시 눈을 감았지만, 한 번 크게 놀란 나는 다시는 함부로 그의 몸에 손을 대지 않았다. 대신 한 시간 정도 기다렸다가 준비해 온 수면향을 슬며시 태우기 시작했다. 그냥 건드리기에는 무지 불안했던 것이다.

'이왕 준비해 온 것, 모조리 다 쓰고 가련다!'

다른 때라면 토냐에게 구했을 테지만 이번에는 토냐에게 작은 단서라도 알게 하지 않으려고 정보 길드보고 구해달라고 한 거였다. 그래도 토냐가 만든 것 못지않게 뛰어난 제품으로 태워도 연기나 냄새가 거의 나지 않으면서도 효과는 극대화시킨 특제 수면향이었다.

나중을 대비하여 우선 절반만 모조리 태운 뒤 그러고도 30분 정도 기다린 후에야 나는 슬금슬금 후작에게 다가갔다.

숨소리를 들어보니 느리고 고르게 숨 쉬는 것이 역시 깊이 잠든 것 같았다. 하지만 그렇다고 안전하다고 믿기에는 좀 불안해서 어깨를 콕 찔렀는데, 이번에는 아까와 달리 찔린 것도 모르는 듯 계속 잔다. 하지만 그래도 안심을 못한 나는 후작의 목을 간질였다. 잠시 후에 간지러움을 느낀 듯 움찔거리는 했지만, 눈은 뜨지 않는 걸 보니 수면향의 영향을 확실히 받은 듯했다.

그제야 안도의 한숨을 내쉰 나는 다시 후작의 왼손을 잡았다.

그러나 이번에도 역시 반지는 빠지질 않는다.

'으음… 아무래도 척의 말대로 빠짐 방지 마법이라도 걸린 모양이네.'

이런 커다란 가문의 인장은 정말 왕실의 옥새만큼이나 중요한 것이기 때문에 도난 방지용으로 마법이 걸려 있다고 했다. 추적 마법은 기본적으로 걸려 있을 테고, 그것 말고도 다른 마법이 더 걸려 있을지도 모른다고 해서 '디스펠' 마법 스크롤을 넉넉히 준비해 왔다.

스크롤을 가지고 와 반지 앞에서 찢자, 과연 반지에 희미한 빛이 한 번 휘감기고는 사라진다. 어떤 마법도 걸려 있지 않다면 디스펠 스크롤을 찢어도 아무런 반응이 나타나지 않는다고 했던 것이다.

그 후에야 후작의 손에서 반지를 빼자 마치 헐거웠던 것처럼 쉽게 쓰윽~ 하고 빠진다.

'오오~ 역시 마법 반지였어. 그런데 정말 크다.'

무척 긴 시간 동안 대대로 물려 내려왔다고 들었는데 마치 새것처럼 반짝거려 이게 진짜인지 좀 의심스러웠지만, 마법 중에는 '보존' 마법이라는 것도 있다고 들은 데다 대략 50원짜리 동전만 한 면에 양각으로 섬세하게 새겨진 문장이 틀림없는 후작가의 문장인 거 보니 가짜는 아닌 것 같다.

'좋았어.'

그 후 그 반지를 추적 마법에 대비하여 '디스펠' 마법진이 새겨진 종이에 조심스레 감싼 뒤에 준비해 온 금속 상자에 넣고 나만이 아는 아주 은밀한 곳에다 잘 숨겨두었다.

이곳은 선애나 정보 길드에도 가르쳐 주지 않았다. 그러니 만약 내가 사라진다면 이 저택을 완전히 부서뜨려 하나하나 수색하지 않는 한 절대로 찾지 못할 거다.

그 모든 일을 다 마무리 지은 후에 나는 여유있게 후작가를 빠져나와 선애에게 돌아왔다. 그때의 시각은 대략 새벽 4시경이었는데 울 꼬맹이는 그때까지 자지 않고 나를 기다리고 있었다.

"언니, 어떻게 됐어?"

[냐하하하~ 당연히 무사히 끝내고 왔지. 아… 그 후작, 정말 사람 놀라게 하더라만, 그래도 날 어떻게 찾아내겠어? 우훗훗훗.]

"후우… 그렇구나. 너무 늦어서 혹시 실패한 건 아닌가 하고 걱정했단 말야."

[에이, 설사 내가 실패했다고 해도 날 어떻게 잡겠어? 어쨌든, 이제 기다리는 일만 남았으니까 잠이나 푹 자.]

그 후 우리는 일주일을 얌전히 기다렸다. 그동안 타이거 상회에서는 딱히 특별한 일은 일어나지 않았다.

선애가 알파두르에서 멀어진 것이 유효했는지 딱히 선애를 노리는 어떠한 사건은 일어나지 않았고, 가게도 잘 돌아갔으며, 새로이 오픈할 가게 단장 공사도 착실하게 진행되었다.

단지 토냐가 헬게르트 녀석과의 담판에서 별다른 소득을 얻지 못해서 그런지 좀 가라앉은 분위기였다. 선애가 잘 해결될 거라고 했지만, 단지 위로라고 생각했는지 한 번 쓴웃음만 지어 보일 뿐이었다. 그렇다고 내가 후작 반지를 숨겼다고 이야기할 수는 없었기에 선애는 빨리 결과만 나오기를 바라며 토냐를 걱정스레 바라볼 뿐이었다. 클라리스가 선애를 좋아하는 것처럼 선애도 토냐를 좋아했던 것이다.

가끔 혼자 어딜 다녀오는 것 같기는 한데, 그녀의 사생활을 모두 꼬치꼬치 캐묻기는 뭣했는지 선애는 자세하게 묻지는 않았다. 그냥, 가라앉은 기분을 전환 삼아 산책을 하고 오는 것이려니 하고 여기는 듯했다.

그렇게 우리 상회가 평화로운 나날을 보내는 동안 루빈스타인 후작가는 겉으로는 고요했으나 정보 길드의 말에 의하면 안으로는 발칵 뒤집혔다고 했다.

이 세계는 사인과 인장을 같이 사용하고 있었는데, 사인은 개인용이고 인장은 가문용이기 때문에 인장이 한 차원 높았다. 왕의 친필보다는 옥새가 찍힌 것이 더 높은 위력을 발휘한다고 하면 이해가 될까?

그런데 그 가문의 인장이 사라졌으니 후작가는 지금 가문의 이름으로 처리해야 할 공문서를 작성할 수가 없었던 것이다.

처음에는 어떻게 해서든 위기를 넘겼지만 그것도 한계가 있었다.

내가 반지를 숨긴 날로부터 5일이 흐르자 후작가는 건드리면 금방이라도 폭발할 것만 같은 위험한 상태가 되었다고 연락이 왔다.

그러나 그런 연락이 왔다고 냉큼 가기는 좀 그렇지 않은가 말이다. 그래도 예의상 한두 번은 튕기는(?) 맛이 있어야지.

그리하여 정보 길드로부터 '이제 가보지 그래?' 라는 연락이 온 날에서 이틀이 더 지난, 즉 반지가 없어진 날로부터 일주일이 흐른 뒤에야 선애는 후작가에 가기로 했다.

드디어 D-데이 날, 아침 일찍… 이 아닌 정오가 지난 시간이 되어서야 든든하게 배를 채운 선애는 숙소를 나섰다. 어디로 가는지 아무에게도 말하지 않았지만, 소피만은 눈치 채고 따라나서려 했다. 그러나 선애는 자신만만하게 웃으며 그녀의 호위를 거절했다. 도망치는 것쯤이야 나도 있고 렌스버리 녀석이 준 팔찌도 있으니 자신있었던 것이다. 대신 소피에게는 선애가 다시 돌아오지 못할 것을 대비하여 토냐에게, 그리고 벨타이거에게 메시지를 남겼다.

몸을 숨길 곳은 벌써 예비되어 있었다. 위험할 때 언제든 약속된 곳으로 가기만 하면 뒷일은 정보 길드에서 알아서 해줄 것이다.

후작가로 가는 길에는 영업 마차를 이용했다. 지금부터는 선애 개인적으로 하는 일이라는 뜻에서 사소한 것이라도 상회와 관련된 것은 사용하지 않으려는 것이었다.

우아한 디자인으로 만들어진, 엄청 큰 정문 앞에 내리자 당연하겠지만 지키고 있던 두 병사가 막아선다.

"어떻게 오셨습니까?"

서대류인은 한 번도 보지 못한 듯 선애를 보는 시선에 신기함이 어렸지만, 태도와 어조는 정중했다. 대귀족 가문답게 사병 교육도 확실하게 시킨 모양이다.

"후작님을 뵈러 왔습니다."

상대방이 정중하게 나오니 선애 또한 예의 바른 자세로 대답했다.

약속은 되어 있지 않았지만 '잃어버리신 물건'에 대한 정보를 가지고 있다 하자 얼마 기다리지 않아 저택 안으로 안내되었다.

현관 앞에 선애를 안내하려고 기다리는 사람이 있었는데, 놀랍게도 그는 후작의 보좌관인 켐벨이었다. 물론 선애가 알고 있는 켐벨 집사는 아니었다.

여기서 잠깐 켐벨 집안에 대해 소개하자면, 대대로 후작가를 모셔온 집사 집안이었다. 그리하여 현재의 켐벨 집안 사람들도 후작가 사람들을 모시고 있었다.

현 켐벨 집안의 가장이자 장남은 후작 영지에 있는 후작가 본성의 집사이자 전국 각지에 있는 후작가 저택의 모~든 집사들의 우두머리였다. 그리고 켐벨가의 차남은 후작의 보좌관으로서 그랜트 옆에 붙어 있는 엘리엇 같은 존재였다. 삼남이자 막내는 후작가 본성의 부지배인이란 지위를 가지고 있었는데, 그랜트와 미란다가 태어났을 때부터 그들 교육을 담당해 왔기에 현재는 그랜트의 유모 겸 개인 집사를 역임하고 있었다. 미란다야 따로 유모가 붙어 있었으니 말이다. 이 켐벨가의 막내가 바로 선애가 알고 있는 고든 켐벨 집사다.

그리고 현재 선애를 마중 나온 자는 고든 켐벨 집사의 바로 윗 형인 켐벨가의 차남이고 말이다.

"크로스웰 남작 영애십니까?"

켐벨 집사와 형제라 그런지 외모가 많이 닮았다. 하지만 고든 켐벨 집사는 외모와는 달리 열혈 성격을 가지고 있는 데 반해 형 켐벨은 분위기를 보아하니 외모처럼 깐깐한 성격인 것 같다.

그는 일단 선애를 저택 내의 한 응접실로 안내해 준 후 잠시 기다리라는 말을 남기고 자리를 비웠다. 그러자 선애는 제법 느긋한 얼굴로 응접실을 둘러본 후 고급스러워 보이는 가죽 소파에 편한 자세로 앉는 것이었다.

[긴장 안 되냐?]

"무지 긴장돼. 그래도 왠지 겁은 안 나는걸?"

평소 큰일을 앞두고 있으면 방방 뛰면서 안달하던 녀석인데, 그동안 여러 경험들을 하면서 그나마 연륜이 조금이나마 쌓였나 보다.

잠시 후 문이 달각 하고 열리기에 나는 시녀나 아니면 형 켐벨이 돌아온 줄 알았다. 그런데 놀랍게도 익숙한 얼굴의 켐벨 집사가 쓱 하고 들어오는 것이었다.

그는 들어오자마자 복도로 고개를 내밀어 누가 오는지 확인한 후 다급한 어조로 선애에게 속삭였다.

"너, 뭐 하는 거냐? 여기가 어디라고 왔어? 얼른 돌아가. 큰일 나기 전에 얼른!"

누가 들을까 작게 속삭이는 걸로는 부족한지 문 쪽으로 가게끔 선애의 등을 밀어내기까지 한다. 그 모습에서 켐벨 집사가 울 꼬맹이를 아끼는 마음을 느낄 수 있어 나는 가슴이 뭉클해졌다.

'아… 역시 이 사람은 괜찮은 사람이었어.'

물론 선애도 감동은 했지만 이대로 나갈 수는 없었기에 양해를 구하려 몸을 돌리는데, 문이 다시 달칵~! 하고 열리더니만 이번에는 형 켐벨이 모습을 드러내는 거였다. 그 순간 고든 켐벨이 얼른 선애의 몸에서 손을 떼며 한 걸음 뒤로 물러났지만, 형의 의아해하는 시선을 면하긴 어려웠다.

"네가 왜 여기 있는 거냐?"

그 말에 켐벨 집사가 움찔한다. 그랜트마저도 마치 친손자를 보듯 대하는 켐벨 집사였기에 두려워하는 누군가가 있을 줄 몰랐던 터라 이런 그의 모습이 신기하기도 하고 재미있기도 했다.

"형님……."

당황한 기색을 숨기지 못한 채 형을 불렀지만, 형 켐벨은 동생을 한 번 노려보는 것으로 그의 입을 막고는 선애를 향해 몸을 돌렸다.

"오시지요. 후작님께서 기다리고 계십니다."

그 말에 '이제 끝장이다' 싶었던지 켐벨 집사가 절망적인 표정으로 한숨을 내쉬는 것이었다.

그런 그에게 선애는 배시시 웃으며 목례를 해 보이고는 형 켐벨을 따라나섰다.

형 켐벨이 선애를 안내한 곳은 의외로 후작의 서재였다.

설마 그곳으로 안내할 줄은 몰랐기에 선애와 나는 놀란 시선을 교환했다. 그도 그럴 것이, 서재에는 중요한 서류가 많아 저택 내에서도 보통 사람은 침실과 함께 접근 불가령이 내려진 곳이라 할 수 있었다. 그러니 처음 보는 손님을 서재에서 맞이한다는 건 정말 생각하기 어려웠다.

그런데 선애를 그곳으로 부른다는 건 사안을 그만큼 중요하게 여긴다는 뜻일까나?

문을 열자 책상에 기대선 채 우리를—정확히는 선애를—주시하고 있는 후작의 모습이 보인다.

"후작님, 크로스웰 남작 영애십니다."

형 켐벨의 소개에 후작이 입을 열었다.

"어서 오게, 남작 영애. 나에게 하고 싶은 말이 있다고?"

말투와 내용은 평이했으나 후작의 시선이나 분위기는 결코 그렇지 못했다. 전에 봤을 때도 인간 같지 않게 보였는데 오늘은 거기에서 한 단계 더 업그레이드한 것만 같다.

허튼짓을 하면 절대 가만두지 않겠다는 매서운 시선 앞에서도 울 꼬맹이는 담담하게 고개를 숙였다.

"처음 뵙겠습니다, 루빈스타인 후작님."

"괜한 인사는 됐네. 바로 본론으로 들어가고 싶군."

후작의 말에 선애가 방긋 웃으며 고개를 끄덕였다.

"저 또한 바라는 바입니다."

'오오~ 훌륭하다, 선애야. 저 후작의 앞에서 당당하다니. 역쉬~ 내 동생~'

"내가 잃어버린 물건에 대한 정보를 가지고 있다고?"

선애가 말하기도 전에 먼저 말을 꺼내는 걸 보니 급하기는 무지 급했나 보다.

그와는 달리 선애는 방긋방긋 웃으며 여유롭게 대답한다.

"그렇습니다."

얘가 아무래도 토냐의 태도를 따라 하려는 것 같다. 전에 토냐와 엘리엇의 대결에서 큰 인상을 받은 모양.

'그거, 상대방 열받게 하는 데 특효지.'

그 효과가 후작에게도 발휘되었는지 후작의 눈매가 매서워졌다. 그러나 그 또한 만만치 않은 사람이었다.

"호오, 그렇다라? 재미있군. 내가 잃어버린 물건이 있었던가?"

어이없다는 듯 말하면서도 후작은 날카로운 시선으로 선애를 살폈다. 아주 작은 반응이라도 놓치지 않겠다는 듯 말이다.

그러자 울 꼬맹이 정말 웃긴다는 듯이 한 번 픽 웃더니 살짝 비꼬는 어조로 입을 열었다.

"아, 그럼 제가 잘못 알고 있었군요. 소중한 반지를 잃어버리신 줄 알았는데 아니라면 제가 큰 실례를 했습니다. 정말 죄송합니다."

이 녀석이 이제는 모션까지 배웠는지 그리 말하며 '그렇다면 볼일 없다'라는 기색으로 가려는 양 꾸벅 인사까지 하는 거였다.

그러자 후작의 눈에서 불꽃이 튀었다. 하찮게 여긴 상대가 약점을 쥐고 살살 약을 올리니 분노를 참기 어려웠던 모양이다.

"기다려!"

쫘악 가라앉은 얼음장같이 찬 목소리였지만, 분노가 어려 있다는 건 쉽게 알 수 있었다. 그 목소리와 후작에게서 뿜어지는 분노의 오라, 거기에 후작의 카리스마까지 어우러지니 위압감이 장난이 아니어서 조금 걱정되었다.

그런데 울 꼬맹이 녀석, 언제 나 모르게 호랑이 간이라도 삶아 먹었는지 태연한 신색을 유지하는 것이다. 애써 허세를 떠는 게 아닌 듯해서 더 놀라웠다.

"무슨 일이신지요?"

위압감에도 선애가 태연하자 후작은 더 화가 난 모양이다.

"정확하게 말해라! 내가 뭘 잃어버렸다는 거지?"

"잃어버리신 물건이 없는 거 아니셨던가요?"

후작이 단도직입적으로 물었음에도 불구하고 선애가 제대로 대답을 안 하고 오히려 질문을 되돌리자 후작의 눈썹이 극한 분노로 인하여 꿈틀거렸다.

"봐주는 것에도 한계가 있어. 계속 이렇게······."

그런데 울 꼬맹이, 그 말에 생글생글 웃던 표정을 싸악 지우고 정색을 하더니만 감히 후작의 말을 싹둑 잘라 버리기까지 하는 것이었다.

"정말 재미있는 분이셨군요, 후작님께선. 무슨 농담을 그리도 잘하십니까?"

후작도 그 옆에 있던 형 켐벨도 놀란 표정이었지만, 나도 무지 놀랐다.

'얘가, 얘가, 정말 호랭이 간이라도 삶아 먹었나?

"농담? 내 말이 농담 같은가?"

"농담으로 들릴밖에요. 이미 저희 타이거 상회와 회장님이신 크로스웰 남작님 목숨을 노리고 계시면서 봐주고 계신다고 말씀하시다니, 정말 웃기시는군요!"

물론온~ 전에 여기에 숨어들었을 때 들은 이야기를 선애한테 해주기는 했지만, 그걸 이 자리에서 금방 써먹을 줄은 몰랐다. 반지를 가지고 '더 이상 타이거 상회 건드리지 말기' 정도만 거래할 줄 알았지 이렇게 강하게 나올 줄은 몰랐던 것이다.

설마 선애가 그걸 알고 있을 줄은 몰랐던지 후작이 움찔했다.

아마 은근슬쩍 떠보는 거였다면 후작은 놀란 내심을 감추고 기가 막히다는 표정을 지으며 무시했을지도 모른다. 그런데 다짜고짜로 '왜 그랬냐?' 라고 물으니 허를 찔린 모양이다.

선애는 거기서 끝나지 않았다.

"단도직입적으로 말씀드리지요. 후작가의 인장 잃어버리셨지요? 그걸 찾아드리겠습니다. 대신 저희 타이거 상회에 대한 모든 압박을 철회하십시오. 지금 하시는 모든 일은 물론, 앞으로도 말입니다."

선애의 단호한 말에 후작의 몸이 부르르 떨렸다.

"네가… 네가 가지고 갔느냐?"

그에 선애가 어이없다는 표정으로 대답한다.

"물론 아니지요. 저에게 그런 능력이 어디 있겠습니까?"

"그럼 누가 가지고 갔지?"

"그건 당연히 말씀드릴 수 없습니다."

"내가 네 말을 어찌 믿느냐? 내가 너희 상회에 행하는 모든 일을 철회한다 해도 반지가 돌아오지 않는다면?"

후작의 말에 선애가 이번에는 기가 막히다는 시선으로 후작을 봤다.

"정말… 대책없으시군요. '어찌 믿느냐'는 그 대사, 제가 해야 하는 거 아닙니까? 어쨌든 제 계획을 말씀드리자면 후작님께서 철회하겠다고 약속하시면 오늘 밤……."

거기서 선애가 날 힐끗 보자 나는 고개를 재빨리 저었다.

[일이 어떻게 될지도 모르는데 네가 안전한 곳에 도착한 뒤에 돌려줄 거야.]

"…은 어려울 것 같고, 며칠 내로 후작님 손으로 돌아갈 것입니다."

"만약 내가 반지를 손에 넣은 뒤 다시 압력을 가한다면?"

"그러면 후작님께선 소중한 무언가를 다시 잃어버리시게 되겠지요. 인장 말고도 후작님께선 소중한 물건을 많이 가지고 계실 거 아닙니까? 예를 든다면… 중요한 계약서라던가, 서류라던가… 으음… 상회를 운영하시다 보면 그런 게 많으시겠지요?"

선애가 태연하게 말하자 후작이 선애를 무섭게 노려봤다.

그런데 선애는 눈 하나 깜짝 안 하고 후작의 눈을 똑바로 바라보는 것이었다.

'도대체 얘가 뭘 믿고 이렇게 간댕이가 부었을까?'

어쨌든 토나의 생글생글 전법보다는 이렇게 단도직입적으로 세게 나가는 것이 훨씬 울 꼬맹이다웠다. 하기야 꼬맹이도 자기한테 안 맞는 것 같으니 중간에 그 전법을 포기하고 자기 식으로 나간 거겠지만.

한참 동안 선애를 노려보며 갈등하던 후작은 결국 마음을 정한 듯 한풀 꺾인 표정으로 입을 열었다.

"좋다. 네 말대로 하겠다. 단, 조건이 있다."

"말씀하시지요."

"우선, 너희 상회에 대한 압력을 철회하는 건 내가 반지를 받은 후다."

"알겠습니다."

"따로 이번 거래에 대한 문서를 작성하길 바라느냐?"

"아닙니다. 후작님께서 약속하시면 믿겠습니다."

"좋아. 그러나 나는 우선 반지를 받아야겠다. 그러니 네가 이 저택을 나가는 건 내 손에 반지가 들어온 후가 될 것이다."

이건 어쩔 거냐는 표정으로 후작이 선애를 보자 선애가 날 힐끔 본다.

나야 뭐 반지는 후작의 침실에 있으니 언제라도 넘겨줄 수 있었다. 단지 내가 선애의 곁을 잠시라도 떠나는 게 걸려서 선애가 안전한 곳에 도착한 후에야 돌려주려고 했을 뿐이다.

그러나 선애가 저택 안에 있다면…

'금방 주고 오면 되겠지.'

[나야 아무래도 상관없으니까 네가 원하는 대로 해.]

내 말에 선애가 고개를 끄덕였다.

"찾아드리겠다고 약속했으니 제가 여기 있든 없든 아무래도 상관없겠지요. 알겠습니다. 그렇게 하도록 하지요."

선애가 어깨를 으쓱하며 선선히 동의하자 후작이 뭔가를 알아내려는 듯한 날카로운 시선으로 바라보다가 잠시 후 입을 열었다.

"그럼 다 된 건가?"

"아참, 남작님 목숨을 노리는 것도 철회해 주셨으면 좋겠는데요?"

선애의 말에 후작이 팔짱을 턱 끼더니 어이없다는 표정으로 입을 연다.

"내 말할 기회가 없어서 미처 묻지 못한 건데, 무슨 근거로 내가 크로스웰 남작 목숨을 노린다는 거지? 너희 상회에 대한 압박은 인정하지. 한나라와의 거래를 독점하고 싶었으니까. 하지만 남작 목숨을 노린다는 건 인정 못하겠군."

그의 말에 선애가 기가 막힌다는 표정으로 후작을 노려봤다.

"정말 이러실 겁니까? 후작님께서 핸들리 크로스웰 녀석 뒤에 버티고 있었다는 것 모를 줄 아셨습니까?"

후작은 처음에 선애의 말을 부인하려는 듯 욱하는 표정이었지만, 곧 생각을 바꿨는지 양손을 들어올리며 인정했다.

"좋아, 인정하지. 그런데 도대체 어떻게 그런 것들을 알 수 있었는지… 잠깐… 그렇군, 그날인가? 내 반지가 사라진 날 낮……."

후작의 말에 나는 가슴이 뜨끔했다.

역시 후작은 정말 머리 좋은 사람이다. 그걸 금방 알아채다니 말이다.

"내 말이 맞지?"

그러나 선애는 태연하게 고개를 저었다.

"그건 아닙니다. 핸들리 크로스웰이 노골적으로 나오기 시작했을 때 뭔가 이상해 알아보기 시작했으니까요. 잘못되면 작위는 물론이거니와 재산까지 잃어버릴지도 모르는데 마치 그것과 상관없는 양 나오는 걸 보고 법을 무시할 수 있을 정도로 대단한 존재가 뒤에 버티고 있을 거라 생각했습니다. 그리고……."

거기서 잠시 말을 끊은 선애는 후작에게 씨익 웃어 보였다. 마치 장기를 두다가 '장군'을 눈앞에 둔 사람의 미소라고나 할까? 체스로 치자면 체크메이트?

"때마침이라고 해야 할지, 후작님의 루빈스타인 상회에서 방해하고 나오기 시작해서 둘 사이를 의심했었습니다."

선애의 당당한 말에 후작이 못마땅하다는 듯 코웃음을 쳤다.

"그랬군. 빨리 해결하려는 욕심에 일을 너무 서둘렀던 게 화근이었나? 좋아, 그건 그렇다고 하지. 그럼, 이만 물러가서 쉬도록 하게."

그렇게 말한 후작은 형 켐벨에게로 시선을 돌렸다.

"손님이 쉬실 방으로 안내해 드리도록."

후작의 명에 켐벨이 고개를 숙여 보이고는 선애를 향해 입을 열었다.

"이쪽으로 오시지요."

선애가 안내된 곳은 마치 미리 준비되어 있었던 것 같은 아주 멋들어진 방이었다. 손님방을 항상 준비해 놓고 있다니, 후작가에는 갑작스러운 손님이 가끔 있는 모양이다.

"시녀를 보내 드릴 테니 필요한 게 있으면 말씀하십시오."

켐벨은 그렇게 말한 뒤 나가 버렸다.

그제야 나는 마음 놓고 선애한테 말을 걸었다.

[이야… 후작가라 그런가? 어째 크로스웰 남작 저택에 있는 네 방보다 더 넓고 좋다야.]

"그러게… 우왓~ 언니, 이거 진짜 금이겠지?"

방 한쪽에 놓인 기다란 장식 탁자 위에 청자 하나, 백자 하나, 그리고 금으로 만든 매 한 마리가 놓여 있었다.

[오옷~ 눈이 파래. 이거… 진짜 사파이어겠지?]

"돈 많다. 손님방에도 진짜 금 조각상을 가져다 놓고."

[그러게. 하기야 전에 갔던 에스테반 공작 저택도 완전 금칠을 해놨었지.]

예전에 갔었던 저택을 떠올리며 나는 고개를 끄덕였다.

그 당시 공작 저택의 현관 문이 두 짝의 대리석으로 되어 있었는데, 그 테두리하고 가운데 조각이 금으로 도금되어 있었고 손잡이도 금으로 되어 있었던 것이다. 선애 옆에 붙어 있느라 선애가 머물러 있던 응접실밖에는 보지 못했지만, 현관 문에도 그렇게 금칠(?)을 해놨으니 공작 침실은 얼마나 화려하고 멋들어지게 꾸며놨을까?

"뭐, 그건 그렇고… 언니, 그거 언제 돌려줄 거야?"

[오늘 밤에 돌려주지 뭐. 어려운 일도 아니고… 아, 그런데 꼬맹아, 나아까 무지 놀랐다? 너, 후작이 무섭지 않디? 어떻게 그렇게 당당했냐? 옆에서 보는데 내가 다 조마조마해지더라.]

내 말에 선애가 주변을 휘휘 둘러보더니만 작게 속삭였다.

"허연 도마뱀 덕분에… 그때 크게 놀란 뒤로는 웬만한 건 껌으로 보이네?"

그 말에 나는 크게 웃을 수 있었다.

[푸하하하~ 아, 맞다, 맞어. 그 녀석이 있었지? 그래그래, 세상에 그 녀석보다 더 무서운 존재가 또 있을까나?]

이 세상에서 가장 뛰어난 종족이라는 드래곤, 그것도 엄청 오래 묵은 드래곤의 분노를 직격으로 맞아봤으니, 그에 비하면 후작의 위압감 정도야 얼마든지 감당할 수 있었을 거다.

[이야… 그거참… 요 근래 희한하게 그 도마뱀 도움을 많이 받네?]

"피해도 많이 입었잖아? 그럼 쌤쌤이지 뭐."

선애가 후작과의 면담(?)을 어렵지 않게 끝내기는 했지만, 그래도 긴장을 조금도 안 할 수는 없었던지 가벼운 스트레칭을 하며 겉옷을 벗었다.

그 즈음 문에서 노크 소리가 들리며 켐벨이 보낸 듯한 시녀 세 명이 들어왔다.

"시중들기 위하여 왔습니다."

30대 초반으로 보이는 사람 한 명과 20대 중반으로 보이는 사람 두명. 저들은 선애의 시중을 들기 위해 온 것도 있겠지만, 그와 함께 선애를 감시하기 위하여 보내진 걸 거다.

그러나 울 꼬맹이는 아무런 거리낌도 없었기 때문에 그녀들의 시중을 즐기면서, 그녀들이 가져다준 고급 실크로 만든 실내복을 입고 편안하게 휴식을 취했다.

그동안 난 슬그머니 밖으로 나가 주변을 둘러보았다. 입구에는 아무도 없었지만 약간 떨어진 복도 모퉁이마다 아까는 보이지 않던 무장을 한 기사들이 배치되어 있었다.

'이거이거… 아무래도 갈 때 내가 업고 냅다 달려야겠는걸?'

선애가 잠자리에 들고 몇 시간이 지나 새벽이 되었을 때에야 나는 내가 맡은 임무를 완수하기 위하여 선애의 숙소를 벗어났다.

대부분의 사람들이 잠들 시간인데도 불구하고 후작의 저택은 구석구석 환하게 불을 밝히고는 모든 기사들이 삼엄한 경계를 펼치고 있었다. 후작 또한 잠자리에 들지 않고 서재에서 캠벨 보좌관과 이 저택의 집사, 그리고 중년의 기사와 함께 자리하고 있었다.

'이거… 반지는 침실에다 가져다 놓을 텐데, 여기 있으면 언제나 발견하려나? 그렇다고 서재로 가져다줄 수도 없고…….'

차라리 후작이 침실에서 눈을 붙이고 있었다면 반지 가져다 놓고 그가 금방 발견할 수 있도록 깨우기라도 했을 텐데 말이다.

'하는 수 없지. 반지가 후작 손에 들어갈 때까지 내가 지키고 있을 수밖에.'

그러나 천만다행스럽게도 오래 기다릴 필요는 없었다. 내가 숨겨놓은 곳에서 반지를 꺼내 침대 바로 옆에 있는 탁자 위에 올려놓았을 때 문이 열리며 집사와 켐벨 보좌관이 피곤한 얼굴의 후작과 함께 들어왔던 것이다.

"조금 쉬십시오."

"알겠네. 그럼 무슨 일이 있으면 즉시 깨우도록 하게."

아무래도 내일을 위해 잠시 눈을 붙이려는 모양이다.

"알겠습니다."

무슨 일이 있으면 금방 일어나기 위함인지 후작은 겉옷도 안 벗은 채 시중들려는 집사도 물리고 그대로 침대에 누워 눈을 감는 거였다.

'어라라? 이봐, 이건 봐야지.'

이대로 그냥 잠들었다가는 언제 발견할지 몰라 나는 일부러 반지를 건드려 소리가 나게 만들었다.

달그락~

그러자 역시 예민한 후작은 별로 큰 소리도 아니었는데도 그 소리를 들었는지 번쩍 눈을 뜨더니 탁자 위로 시선을 돌리는 거였다.

그리고는 그대로 눈을 휘둥그레 떴다.

"바, 반지가… 게 아무도 없느냐?"

후작의 외침에 밖에서 대기하고 있던 시종과 기사들이 우르르 들어온다.

'임무 완수.'

그 모습에 나는 씨익 웃고는 얼른 선애에게로 달려갔다. 여기서 후작이 어떻게 하는지 지켜보고도 싶었지만, 이곳은 적진 한가운데였으니 될 수 있는 한 선애 옆에 붙어 있는 게 더 안심이 되었던 것이다.

CHAPTER

44

FANTASY FRONTIER SPIRIT

Chapter 44

다음날, 내가 반지는 돌려줬어도 혹시나 시침 뚝 떼고 선애를 붙잡아 둘까 걱정되어서 우리가 따로 이곳을 빠져나갈 준비를 하고 있는데, 의외로 후작이 켐벨 보좌관을 달고 선애가 머무는 방으로 몸소 행차했다.

"반지가 돌아왔더군."

들어오자마자 인사는 생략한 채 선애를 보고 툭 던진 말이었다.

이렇게 정직하게(?) 나올 줄 몰랐던 터라 난 후작이 새삼스럽게 보이기도 했지만, 한편으론 도대체 뭔 꿍꿍이일까… 하는 의심도 들었다.

"그럼 약속을 지키시겠군요?"

오늘도 울 꼬맹이는 태연하게 후작을 상대한다.

"약속을 했으니 지켜야겠지."

후작도 태연하다. 마치 날씨 이야기하듯이 긍정하니 더더욱 의심이 커진다.

"그럼 오늘부터 루빈스타인 상회의 압력은 걱정 안 해도 되겠군요?"

그러자 후작이 훗! 하고 웃는다.

"아무래도 알파두르로 연락할 시간은 필요하니 오늘 당장은 무리일세. 빠르면 내일… 늦으면 이틀 뒤에나 모든 압력이 사라질 것일세."

후작의 말에 선애가 살짝 고개를 숙여 보였다.

"감사합니다. 아, 그리고… 핸들리는 어쩌실 겁니까?"

선애의 말에 후작이 대답한다.

"핸들리와는 손을 끊도록 하지."

"한 가지 더 확실하게 하자는 차원에서 묻겠습니다만, 저희 상회에 대한 압력을 철회하신다는 건 직접적인 것들은 물론 간접적인 것들도 마찬가지겠지요?"

선애의 말에 후작이 기분 나쁘게 입꼬리만 올려 웃는다.

"직접적인 것이야 내가 통제할 수 있겠지만, 간접적인 영향까지는 어떻게 할 수 없겠군. 상회 사람들의 입까지 일일이 단속할 수는 없는 것 아니겠는가? 그리고 상회를 꾸려 나간다면 이 정도의 압력은 수시로 받게 될 텐데, 그것도 감당 못하나?"

다른 상회하고 루빈스타인 상회하고 어디 같은가?

'저, 저런 치사한 인간 같으니라고…….'

그러나 루빈스타인 후작의 말도 표면적으로 틀린 건 아니었기에—상회 사람들의 입 단속까지 하라고는 할 수 없는 일이었으니까—선애는 못마땅한 표정이면서도 어쩔 수 없이 고개를 끄덕였다.

"그렇군요. 그건 후작님 말씀이 옳으십니다."

[간접적인 압력은 계속 행사한다는 소린가 보네. 완전히 손떼지는 못하시겠다?]

그래도 직접적인 압력이라도 사라진다는 게 어디인가? 최소한 배는 구해서 서대륙과의 왕래는 할 수 있을 거다.

아무래도 인장 가지고 거래할 수 있는 건 여기까지인가 보다.

"그럼 반지도 돌아왔으니 자네가 여기 있을 이유는 없겠지. 잘 가도록 하게. 다시는 이런 일로 보지 않았으면 좋겠군."

후작의 말에 선애도 고개를 끄덕였다.

"저도 동감입니다. 그럼 안녕히 계십시오."

어차피 잡아놓으려 해도 우리가 알아서 나갈 생각이었으니 보내준다는 데 머뭇거릴 이유는 없었다.

"배웅해 드리겠습니다."

캠벨 보좌관이 안내를 자처했기에 선애는 후작에게 목례를 해 보이고는 그 뒤를 따라갔다.

[나가자마자 도망쳐야겠지?]

후작이 선선히 나오기는 했지만, 그래도 혹시 모르니 안전하다는 확신이 있을 때까지는 몸을 피하는 게 좋을 것 같았다.

내 말에 선애가 살짝 고개를 끄덕인다.

"그럼, 안녕히 가십시오."

캠벨 보좌관이 배웅해 주는 건 저택의 현관 문까지, 그리고 정문까지는 선애가 혼자 알아서 가야 했다.

마차를 타고 왔다면 타고 온 마차를 현관 입구에 대령해 주겠지만, 정문에서 현관까지는 걸어서 들어왔기 때문에 갈 때도 걸어서 가야 했다.

[여기는 콜 마차는 없남? 영업 마차도 정문 밖으로 나가서 잡아야 하잖아?]

"바쁜 일도 없는데 천천히 가지 뭐. 그래도… 무사히 끝내서 다행이다."

캠벨의 모습이 현관 문 안으로 사라진 것을 확인한 선애가 기분 좋게 기지개를 켜며 말했다.

[그러게. 나는 솔직히 한바탕할지도 모른다고 단단히 대비하고 있었거든.]

"동감이야. 나도 겁은 나지 않았지만, 그래도 언제든 시동어를 외칠 준비를 하고 있었어. 계속 긴장하고 있으니까 그것도 꽤 피곤하더라."

큰 고비를 넘겨서 그런지 선애의 얼굴은 무지 홀가분해 보였고 발걸음도 가벼웠다.

덕분에 긴장이 완화된 상태라 길옆에 쭈욱 늘어서 있던 무지하게 크고 굵은 가로수 뒤에서 갑자기 손 하나가 뻗어 나와 선애를 끌어당겼을 때 선애는 엄청 놀라 자기도 모르게 비명을 꽥~! 질렀다. 물론 곧바로 다른 손이 선애의 입을 막았기에 그 비명은 나오다가 막혀 버렸지만 말이다.

"쉿!"

그런데 그 손의 주인이 더 놀라웠다. 바로 그랜트 녀석이었던 것이다.

"진정해. 지금 여기서 소리치면 사람들이 몰려올 거야. 그걸 바라?"

[지금 진정하게 생겼어? 왜 저놈이 여기 있는 거야? 선애야, 어떻게 할까? 구워버릴까?]

내가 옆에서 방방 뛰자 오히려 선애가 냉정을 되찾은 듯 침착하게 고개를 저었다.

그러자 그랜트가 조심스레 선애의 입을 막은 손을 풀어주는 것이었다.

"도대체 이게 무슨 짓이냐고 묻고 싶은데요, 자작님?"

황당하다는 표정을 감추지 않은 채 그랜트를 보며 선애가 물었지만, 그랜트는 대답하는 대신 다짜고짜로 선애의 팔을 잡고 걸음을 옮기는 것이었다.

"자작님?"

"가만, 지금은 조용히 따라와. 시간이 없어."

그랜트의 표정이 너무나 심각하고 목소리도 다급하고 진지했기에 선애도 얼결에 그를 따라 거의 뛰다시피 걸었지만, 의아함은 가시지 않았다.

"저기… 이유라도 말씀해 주시면 고마울 텐데요?"

"나중에. 살고 싶으면 우선 따라와."

"엥?"

그의 말에 선애가 황당하다는 얼굴로 날 돌아보았다.

물론 선애가 위험할 거라는 건 예상하고 있었다. 여기에는 목숨을 걸고 왔으니 말이다.

문제는 그랜트의 행동이었다. 후작의 아들내미인 주제에 마치 선애를 구하려는 것 같지 않은가 말이다.

그랜트는 선애를 데리고 그 넓은 후작가의 정원 안으로 들어가더니 복잡다단한 길을 지나 어느 정원 한구석에 존재하는 멋들어진 정자에 도착했다. 그런데 놀랍게도 그 정자에는 캠벨 집사가 초조한 얼굴로 왔다 갔다 하다가 둘의 모습을 보고는 안도하며 얼른 다가오는 것이었다.

"도련님, 무사히 오셨군요. 제가 갔다 온다니까요."

"잘 왔으니까 됐잖아."

"무사하셨으니 망정이지, 누구에게 들키기라도 했으면 어쩔 뻔하셨습니까? 이것아, 내가 어제 얼른 가라고 할 때 갈 것이지… 이게 무슨 막무가내 짓이냐?"

캠벨 집사는 그랜트에게도 한 소리 하더니 그 후에 선애를 보면서도 한 소리 하자 선애는 더욱더 어리벙벙해졌다.

그건 나 또한 마찬가지였다.

'아니… 이게 도대체 어떻게 돌아가는 거래?'

"고든, 시간이 없어."

"그렇군요. 어여어여 가세요. 저는 지금이라도 막고 싶지만… 도련님이 굳게 결심한 일이니 부디 일이 잘 풀릴 때까지 무사하시기 바랍니다. 여기 급해서 제대로 준비는 못했지만, 그래도 당분간은 문제없을 겁니다."

그랜트의 재촉에 캠벨이 미리 준비한 듯한 책가방만 한 꾸러미 두 개를 들더니 하나는 그랜트, 하나는 선애에게 넘겨주는 것이었다.

"보석하고 금화, 은화를 적당히 섞었습니다. 일이 어떻게 될지 모르니, 될 수 있는 한 아껴서 쓰세요. 그리고 갈아입을 옷하고 육포도 조금 챙겨 넣었고요."

"고마워."

그랜트가 녀석에게서 보기 힘든 미소를 지어 보이고는 정자의 한쪽 벽으로 다가갔다.

그 벽에는 아름다운 처녀 한 명이 바람을 맞고 있는 모습이 양각 부조로 새겨져 있었는데, 그 벽의 몇 군데를 툭툭 건드리니 그그긍~ 하는 소리와 함께 그 벽이 가운데를 회전축으로 해서 90도 돌아가는 것이었다. 그와 함께 벽 뒤로 컴컴한 통로와 아래로 내려가는 계단이 보였다.

'오옷, 이것이 바로 말로만 듣던 비밀 통로?'

그랜트가 그렇게 수상쩍은 통로를 여는 동안 캠벨은 선애의 손을 꼬옥 잡고 신신당부하고 있었다.

"부디 몸조심해라. 어쩌면 차라리 이렇게 된 게 잘된 건지도 모르겠다. 네 꾸러미에도 금화들을 적당히 넣어놨으니 필요할 때 쓰도록 하고."

"예에? 저기… 캠벨 집사님……."

그러나 선애가 채 제대로 묻기도 전에 그랜트가 다가와 선애의 팔을 잡아끌었다.

"빨리!"

뭐, 폼을 보아하니 선애를 해하려는 건 아닌 듯해 선애는 여전히 어리둥절한 표정이면서도 순순히 그의 뒤를 따라갔다.

"조심하십시오."

걱정스러운 켐벨 집사의 얼굴을 마지막으로 다시 그르릉~ 하며 문이 닫혔고, 덕분에 선애가 들어선 통로는 빛이 차단되어 무척이나 깜깜해졌다.

하지만 곧, 그랜트가 미리 준비한 듯한 등을 켰다. 횃불을 이용한 것이 아니라 마법 물품인 듯한 야구공만 한 동그란 수정구가 밝은 빛을 내뿜고 있었다.

그것으로 앞길을 밝힌 후 선애의 팔을 잡아 걸어가며 그랜트가 입을 열었다.

"이제 궁금한 거 있으면 물어봐."

그에 선애가 황당하다는 얼굴로 입을 열었다.

"이러시는 이유가 궁금합니다만?"

"앞에서도 이야기했듯이, 네 목숨을 구하려 하잖아."

아주 간단하게 나온 대답이지만, 그렇다고 궁금증을 해결할 수 있는 건 아니었다.

"그러니까 왜 자작님이 제 목숨을 구하려 하시냐구요? 저 지금 후작님께 목숨을 위협당하는 거 아닙니까?"

그런데 이번에는 그랜트 녀석, 선애의 말에 대답은 안 하고 엉뚱한 말을 꺼냈다.

"자작님이라고 하지 말고 이름을 부르지?"

"예?"

"이름을 부르라고. 내 이름 알잖아?"

'쟤 갑자기 왜 저래?'

선애도 어이없다는 시선을 나에게 보낸다. 지금 이 상황에 저 말이 왜 나온단 말인가?

선애가 아무 말도 안 하자 그랜트 또한 입을 열 생각이 없는 듯 묵묵히 앞으로 걷기만 해서 통로 안에는 때 아닌 침묵이 흘렀다.

잠시 후 침묵을 깬 건 물어볼 게 많은 선애였다.

"아… 예에… 그, 그럼… 그랜트님……."

어이없기는 하지만 지금은 자신이 불리한 입장이니 참는다… 는 기색이 가득 담긴 표정으로 어렵사리 녀석의 이름을 꺼냈다. 그런데 선애가 그 말을 꺼내자마자 그랜트 녀석이 곧바로 토를 다는 것이었다.

"'님' 자 빼."

[헐… 쟤 진짜 왜 저러냐?]

내가 황당하다는 듯 중얼거렸지만, 선애는 '그렇게 말하면 내가 못할 줄 아냐?'라고 생각한 듯 당당히 이름을 부른다.

"그럼, 그랜트, 이유는 말해주시죠? 절 돕는 거 아버지의 뜻에 어긋나는 일 아닙니까?"

그런 기색을 느꼈는지 그랜트의 입꼬리가 비죽 올라갔다.

"맞아."

그러나 그랜트와는 달리 그의 대답이 단답형이자 선애의 인상은 팍 찡그려졌고 어조도 불퉁해졌다.

"아버지의 뜻을 어겨도 돼요?"

그랜트 녀석은 선애의 어조에 담긴 불만을 아는지 모르는지 여전히 간단하게 대답했는데, 꼭 이놈이 말장난하는 것 같았다.

"물론 안 되겠지."

그러자 과연 선애의, 그렇지 않아도 작은 인내심이 바닥을 드러내 선애가 짜증스러움을 감추지 않고 입을 열었다.

"그런데 왜 이러는데요?"

그래도 소리를 빽 지르지 않는 것이 그나마 아주 이성까지 날려 버리지는 않은 것 같다.

그러자 계속 앞으로 걷기만 했던 그랜트가 잠시 걸음을 멈추고 선애를 돌아보더니 어깨를 가볍게 으쓱해 보이며 입을 열었다.

"글쎄… 왜 이럴까?"

"자꾸만 장난하시면 그냥 저 혼자 알아서 갈 겁니다?"

그랜트의 말에 선애가 인상을 찡그리며 그에게 잡힌 팔을 뿌리치려 했다. 하지만 그랜트는 단단히 잡은 채로 놔주질 않는 거였다.

"장난 아니야. 농담도 아니고."

그 뒤에 곧바로 선애는 '그럼 농담입니까?' 라고 말하려 했었나 보다. 뭐라 말하려 입을 빵끗 하려다가 그랜트의 말에 다시 입을 꾹 다물고 못마땅하다는 표정을 지어 보였으니까. 그런 선애를 바라보며 픽 하고 웃던 그랜트는 다시 발걸음을 옮겼다. 그러면서 조용히 중얼거리는 것이었다.

"그래… 나도 정말 모르겠다."

하지만 선애와 그랜트의 발걸음 소리 외에 아무 소리도 들리지 않는 통로였기에 그 말소리는 선애와 나에게 뚜렷하게 들렸다.

선애는 그랜트에게 따져 묻는 작전을 살짝 변경하기로 했는지 한숨을 내쉬더니 다른 질문을 꺼냈다.

"뒷감당 어떻게 하시려고요? 절 도와주신 거 알면 후작님이 가만 안 두실 텐데요?"

"맞아, 그렇겠지. 아버지는 냉정하신 분이니까. 하지만… 웃긴 일이야. 그런 게 지금은 정말 아무렇지도 않거든."

"될 대로 되라는 기분?"

"음… 그건 아닌데? 내 모든 능력을 다 동원해 아버지의 분노를 버텨 낼 생각이거든."

"왜요? 왜 그런 걸 각오하면서까지 날 도와주는 거죠?"

선애의 질문이 다시 본론으로 돌아오자 그랜트가 발걸음을 멈췄다. 그 상태로 깊게 심호흡을 한 번 하더니 고개를 돌려 선애를 바라보는 거였 다. 그리고 아주 진지한 어조로 입을 열었다.

"내가 널 좋아하니까."

[에에엑~!! 이게 무슨 소리야~!!]

선애는 그랜트의 말에 놀란 표정이었지만, 곧바로 튀어나온 내 비명 같은 외침에 인상을 찡그리며 날 째려봤다. 그에 나는 허걱 하고 얼른 입 을 다물었다. 그제야 다시 그랜트에게 시선을 돌린 선애.

"장난 아니죠? 농담도 아니고요?"

그 말에 딱딱하게 굳은 그랜트의 얼굴이 풀리더니 쿡~ 하고 웃는다. 녀석, 그래도 고백이라고 잔뜩 긴장해 있었던 모양이다.

"너무한 거 아니야? 난 농담으로라도 고백은 안 해."

뭐어… 그랜트 녀석이 원래 농담을 잘 안 하는 무뚝뚝한 녀석이기는 했다. 게다가 평소 장난을 잘 친다고 해도 이 상황에 농담을 할 리도 없 고 말이다.

"그럼… 진심이세요?"

선애가 그랜트의 눈을 곧은 시선으로 바라보며 묻자 그랜트가 다시 한 번 웃고는 시선을 돌려 걸음을 옮겼다.

그렇다면 저 녀석이 지금 아버지의 뜻을 거스르며 선애를 구하는 이유 가 선애를 좋아해서라는 건데… 저 녀석이 허튼소리 할 사람이 아니라는 건 알지만, 정말 선애를 좋아하는지 의문이다. 그동안 선애와 여러 일이 있기는 했지만, 그랜트는 선애에게 어떤 감정을 가지고 있다고 표현하기는커녕 무슨 반응을 보인 적도 없었던 것이다.

'에에… 처음 만났을 때 울 꼬맹이 눈동자보고 흑진주 같다고 하기는 했지만, 설마 그게 좋아한다는 감정의 표현이었던 건 아니겠지?'

그렇게 다시 앞만 보며 몇 걸음 걸었을 때, 그랜트가 담담한 목소리로 말했다.

"내 평생 너 같은 사람은 정말 처음 보았다. 네 행동은 항상 내 생각을 엇나갔으니까. 그것이 내 호기심을 자극했어. 처음에는 다른 나라 출신이라 그런 거라고 생각하고 대수롭지 않게 여겼는데… 어느새 난 언제나 널 바라보고 있더군. 너는… 항상 반짝반짝 빛이 나는 것 같았어."

[으아악~ 닭살이야아아앗~!!]

나는 온몸이 간지러운 것 같은 기분에 팔을 벅벅 긁으며 외쳤다. 물론 그 순간 선애의 날카로운 눈빛이 날아와서 슬그머니 팔을 긁던 손을 내렸지만 말이다.

선애의 시선은 꼭 '내가 언니 때문에 분위기를 못 타아~' 라고 말하는 것 같았다.

그러나 선애와 내가 이렇게 놀고 있는 걸 모르는 그랜트는 자기가 말해놓고 쑥스러운지 흠흠… 하고 괜히 몇 번 헛기침을 하는 것이다. 그게 또 그놈답지 않은 생소한 광경이라 재미있기도 하고 우습기도 하고… 거기다 놈이 내 동생에게 매력을 느낀다는 점이 내 마음 한구석을 뿌듯하게 하는 것이었다.

'그럼 그렇지. 내 동생이 얼마나 매력적인 여성인데. 아, 그럼 전에 그랜트가 마음에 두고 있다는 여성이 바로 울 꼬맹이? 우훗훗… 그럼 그렇지. 암, 암……'

그랜트는 선애에게서 고개를 돌리고 있었지만, 살짝 보이는 귓불이 왠지 붉어진 것 같기도 하고…….

'헤에… 저놈이 그래도 귀여운 면도 있구만?'

물론, 그렇다고 내 동생의 남편감으로 허락한다는 건 절.대.로. 아니었다. 내 동생에게 매력을 느끼는 건 마음에 들지만, 그렇다고 녀석이 내 동생 남편감이 되기에는 한참, 하아아안~참 부족했던 것이다.

그런데 잠시 후 마음을 진정시킨 듯한 그랜트의 덤덤한 말이 이어졌다.

"널 맘에 두고 있었지만 그걸 표현할 수는 없었다. 만약 그랬다간 아버지가 널 가만두지 않으리라는 걸 알고 있었으니까. 과연, 결국 이런 일을 벌이시더군."

그의 말을 듣고 있자니 어째 머리가 더 복잡했다.

"저기… 좀 이해할 수 있도록 설명해 주시면 안 될까요?"

선애가 더 혼란스럽다는 표정으로 바라보자 그랜트가 말을 이었다.

"아버지는 내가 완벽한 후작이 되길 바라시지. 루빈스타인 후작가와 상회를 잘 이끌어갈 재능은 물론이거니와 우리 집안에 도움이 될 만한 집안의 여자와 결혼하여 후작가를 더욱더 튼튼히 하길 말이야."

그건 이해할 만했으니 선애와 나는 동시에 고개를 끄덕였다.

"그 과정에서 조금이라도 벗어나는 걸 용납하지 않으셨다. 특히, 아버지의 눈에 차지 않는 다른 여성을 취하는 것은 더 용납치 않으셨지."

그의 말에 선애는 고개를 갸웃거렸다.

"저기… 이런 말을 내가 하는 게 열받기는 하지만, 이 나라는 능력만 있으면 두 번째 부인을 둘 수도 있잖아요?"

이 나라는 법률상으로는 일부일처제지만 관례상으로 능력있으면 얼마든지 후처를 둘 수가 있었던 것이다.

"그렇긴 하지만, 부인이 여러 명이면 나중에 후계자 싸움으로 집안이

시끄럽게 될 테니까 애초부터 그런 빌미를 제공하지 않으시려는 거지. 아버진 그 이유 하나 때문에 어머니를 사랑하지 않으면서도 다른 여자는 만들지 않으셨다면 이해가 갈까?"

내가 후작에게서 받은 이미지를 생각하자면, 후작은 능히 그럴 수 있을 것 같기도 했다.

어찌 보면 가여운 사람이라고나 할까? 집안을 위해서 자신의 사랑조차 희생한다는 이야기니까 말이다. 뭐, 지금까지 그만큼 사랑한 여자가 없었는지도 모르겠지만……

"내 부인이 될 사람도 이미 정해놓으셨지. 그래서 만약 내가 너에게 감정을 가지고 있다는 걸 알면 나에게 뭐라 하는 대신 널 없애 버리셨을 거다. 당장에야 내가 아버지의 뜻에 순종한다 해도 나중에라도 널 취할지도 모르는 일이니."

그의 말에 나는 기가 막히기도 했지만 이해가 가기도 했다. 그야말로 확실한 방법이 아닌가 말이다.

그의 말을 잠자코 듣고 있던 선애가 불쑥 입을 열었다.

"그러면 혹시… 전에 절 저택에서 나가게 했던 것도 그런 이유 때문에?"

"그때는… 아직 너에 대한 감정을 인정하지 않았었어. 단지 네가 신경 쓰이고 시선이 가는 것이 스스로 생각해도 마음에 들지 않았으니까. 내가 나 같지 않은 것 같다고나 할까? 네가 보이지 않는다면 나는 본래의 나로 돌아올 수 있을 거라고 생각했어. 그래서 네가 잘못한 것이 아니라는 걸 알았으면서도 내보냈던 거지."

"하아?"

선애가 못마땅한 탄성을 내뱉자 잠시 머뭇거리던 그랜트가 작은 목소리로 덧붙였다.

"…잘못했다고는 생각해. 옳은 일은 아니었지."

그가 곧바로 자신의 잘못을 인정할 줄은 몰랐는지 선애가 놀란 표정으로 그랜트의 뒤통수를 바라보았다.

그 시선을 눈치 챘던 걸까? 그랜트가 다시 한 번 힐끔 돌아보더니 곧바로 휙 하고 고개를 돌리는 거였다.

그 모습에 울 꼬맹이가… 세상에, 울 꼬맹이가 쿡… 하고 작게 웃는 거였다. 그리고는 입을 열었다.

"그럼… 저에 대한 감정은 언제……?"

그에 그랜트는 잠시 침묵을 지키다가 입을 열었다.

"널 다시 만났을 때. 그때 나도 놀랄 정도로 반갑고 기뻤다. 이런 내가 생소할 지경이었지. 그리고 그제야 내가 너에게 감정을 가지고 있다는 걸 알았다. 그걸 인정하고 나니… 그동안 한 번도 겪어보지 못한 여러 감정들이 한꺼번에 몰려오는데… 정말 생소한 경험이더군."

그렇게 말하며 그때를 생각하는지 혼자 피식 웃던 그랜트는 이런 자신이 머쓱했는지 얼른 표정을 고치고는 힐끔 고개를 돌려 선애를 살피려 했다. 그러나 자신을 똑바로 말똥말똥 쳐다보는 선애를 발견하고는 머쓱한 표정이 되더니만 다시 고개를 돌리는 것이었다. 아무리 그래도 선애의 시선을 똑바로 마주 보며 그동안의 일을 고백하기는 힘들었나 보다. 그리하여 잠시 발걸음만 옮기다가 다시 그랜트의 말이 이어졌다.

"그래도 드러낼 생각은 없었다. 이 감정을 드러내 봤자 좋을 일이 없었으니까. 솔직히 그때는 너에 대한 감정을 시인하기는 했어도 그렇다고 너와 어떻게 되길 바란 건 아니었다. 아마… 널 지켜주지 못할 테니 미리 포기한 건지도 모르지."

그의 말에 나는 심히 동감하는 마음으로 고개를 끄덕였다. 그런데 그때 선애도 고개를 끄덕끄덕하는 거였다.

내가 그런 꼬맹이를 빤~히 쳐다보자 선애가 배시시 웃어 보였다.

그럴 때 그랜트의 말이 들려왔다.

"하지만… 서대륙에 가는 길에 널 계속 보면서 슬며시 욕심이 생기더군. 내 감정은 숨기고 있겠지만, 그동안 네가 다른 곳으로 가버리면 어쩌나 싶기도 하고, 그 무엇보다 널 내 눈 안에 두고 싶었다."

'우오오옷~ 닭살이다아앗~!!'

나는 다시 한 번 내 팔을 북북 긁어야 했다.

"그래서 알파두르로 돌아와 기껏 짜낸 생각이 한나라와의 거래를 독점한다는 핑계로 널 내 곁에 두는 거였어. 그것이 내 최소한의 욕심이었는데… 넌 거절했지."

녀석이 선애를 다시 돌아보더니 피식 웃었다.

"섭섭하기는 했지만, 니다운 선택이라고 생각했다. 그래도 내 욕심을 순순히 포기하기는 싫었지. 이런 일은 처음이었거든. 게다가 그 일을 위해 내가 얼마나 큰 용기를 냈는지 모를 거다. 그런데… 그사이 엘리엇이 내 감정을 눈치 채버렸지."

엘리엇이야 그랜트의 옆에 항상 붙어 있었으니 충분히 가능한 일이었다.

"엘리엇은 내가 아버지처럼 완전무결한 후작이 되길 바랐지. 그랬기에 아버지의 뜻을 따르는 것이 날 위하는 일이라 생각한 거야. 엘리엇의 보고로 아버지 또한 나의 감정을 알게 되신 거였지."

'아하… 그래서 켐벨 집사가 엘리엇보고 어찌 그럴 수 있느냐고 펄펄 뛴 거였군.'

"엘리엇이 나 몰래 아버지와 연락했기 때문에 내가 어떻게 손을 써볼 틈도 없었다. 게다가 그 후에 나 또한 감시를 받고 있었기에 함부로 움직일 수도 없었지. 아버지의 명으로 수도로 돌아가면서 널 봤을 때 어쩌면 널 보는 일이 그게 마지막일지도 모른다고 생각했었다. 그런데 수도로 돌아온 후 얼마 지나지 않아 후작가 인장이 사라지는 사건이 발생하더군."

그랜트의 뒤통수를 뚫어져라 바라보며 이야기를 듣고 있던 선애가 그 대목에서 어색한 얼굴로 슬그머니 시선을 돌렸다. 힐끔힐끔 선애를 보던 그랜트가 그걸 봤는지 다시 피식 하고 웃었다.

"처음에는 그 일과 널 관련시키지 못했지. 그러나 어제 켐벨이 하얗게 질린 얼굴로 달려와 네가 왔다는 이야기를 했을 때야 알아챌 수 있었다. 정말 넌 끝까지 날 놀라게 하더군. 그와 함께 이 일이 나에게 마지막 기회가 될 것이란 걸 깨달았다."

거기서 그랜트는 입을 닫았다.

'히야~ 저 녀석, 진짜 말 많이 했네. 이렇게 말 많이 한 적이 또 있었을까?'

그러자 잠시 침묵을 지키던 선애가 불쑥 물었다.

"그런데요, 제가 당신에게 아무런 감정이 없으면 아무 소용 없는 거 아닌가요?"

그러자 그랜트가 음흉한 얼굴로 피식 웃는 것이었다.

"아무런 감정이 없어도 있는 척 연기해야 하지 않을까? 없다고 단언하면 난 실망해서 이번 일에서 손을 뗄지도 몰라."

'헐… 살고 싶으면 자길 좋아하라는 소리냐?'

그랜트의 대답에 선애가 기가 막혔는지 바람 빠지는 소리를 내며 웃었다.

그에 나는 선애에게 슬그머니 다가가 물었다.

[저놈 웃기지 않냐?]

그러자 선애가 픽~ 하고 다시 한 번 웃는다.

그런데, 어째 꼬맹이 표정이 싫지만은 않은 것 같았다.

'어어… 이거… 설마 싫지만… 어째 수상한디?'

그 후로 대략 10분 정도 더 걸어간 후에야 그 통로가 끝나려는지 올라가는 계단이 보였고, 그 위로 올라가자 두터운 나무 벽이 앞을 가로막고 있었다.

똑, 똑, 똑……

나무 벽에 가까이 다가간 그랜트가 벽을 두드리자 덜컥덜컥 하는 벽 앞을 치우는 소리가 들리더니만 잠시 후에 덜커덕 하며 나무 벽이 아예 들려서 옆으로 치워지는 것이었다.

"오셨습니까?"

이미 대기하고 있었던 듯 그랜트의 모습을 확인하자마자 인사하는 소리가 들린다.

갑자기 밝은 빛 덕분에 선애가 인상을 찡그리는 동안, 그런데 별 영향을 받지 않는 나는 대기하고 있는 두 사람 중 한 사람을 보고는 눈을 휘둥그레 떴다. 평범한 복장을 하고 있었지만 그는 분명 후작가의 기사인 드렉 암스트롱이었다.

[야, 야, 드렉 암스트롱 경이 있어.]

내 말에 고개를 돌린 선애의 눈이 드렉을 확인하고 둥그레졌다.

"어라, 암스트롱 경?"

선애의 부름에 그가 시선을 돌리더니 살짝 고개를 숙여 아는 체를 해 보인다. 그리고는 곧바로 그랜트에게 다가가 속삭이는 거였다.

"서두르십시오. 지금 총비상 동원령이 내려져 있습니다. 저도 곧 돌아가 봐야 합니다."

"수고했네."

그랜트가 그의 말에 고개를 끄덕이고 선애의 손을 잡아끌자 같이 있던 중년 남자가 기다렸다는 듯 얼른 선애와 그랜트가 빠져나온 통로를 막았다.

마치 창고 같은 그곳의 문을 열고 나가자 곧바로 커다란 마구간이 보인다.

"여기가 어디예요?"

"어떤 고급 여관의 마구간. 루빈스타인 상회에서 비밀리에 운영하는 곳이지."

아무래도 그 비밀 통로를 지키기 위해 일부러 여관을 세워 운영하는 모양이다.

먼저 문밖으로 나간 드렉이 그 넓은 마구간에 얌전히 매어져 있는 말 중 두 마리를 끌어내고 있었다. 그사이 그랜트는 켐벨 집사가 넘겨준, 자신이 가지고 있던 꾸러미를 열어 후드가 달린 망토를 꺼내 선애에게 넘겨줬다.

"이걸 써."

그리고는 또 다른 망토를 꺼내 자신도 두른다.

선애가 망토를 제대로 둘렀다는 걸 확인하고 나서 그랜트는 선애를 데리고 마구간을 나왔다.

"조심하십시오."

미리 나와 두 말의 말고삐를 쥐고 있던 드렉이 그랜트에게 말고삐를 넘겨주며 말하더니 선애와 그랜트를 보고 주저하며 입을 열었다.

"저도… 같이 가는 게 어떻겠습니까? 자작님 혼자서는 힘드실 텐데……."

그런데 그랜트는 단호하게 고개를 젓는 것이었다.

"아니, 지금까지 도와준 것만으로도 충분하네. 이제부터는 내가 알아서 하도록 하지."

그랜트가 단호하게 거부하는데 드렉이 계속 같이 가겠다고 우길 수는 없었는지 순순히 고개를 숙였다.

"알겠습니다. 그럼 전 이만."

"수고했네."

"선애님도 조심하십시오."

드렉이 자신에게도 인사를 할 줄 몰랐던 터라 선애는 얼떨떨한 얼굴로 마주 꾸벅 고개를 숙여 보였다.

"아, 예, 감사합니다."

사실 드렉에게 좋은 감정을 가지고 있지만, 이렇다 할 친분은 없었으니 말이다. 그냥 목례만 할 줄 알았지, 직접 인사를 할 줄 몰랐었다.

그렇게 드렉과 헤어지고 난 뒤 그랜트는 선애를 데리고 그곳을 빠져나왔다.

그가 나온 곳은 여관의 뒷문으로 제법 넓은 골목으로 이어져 있어 지나다니는 사람들이 꽤 보이긴 했지만, 어느 누구도 뒷문에서 나오는 둘을 신경 쓰지는 않았다.

후드를 깊이 눌러써 머리와 얼굴을 가린 둘은 재빨리 그 골목을 빠져나가기 시작했다.

"어디로 가는 거예요?"

"숙부님 댁."

"숙부님 댁?"

"너도 알걸? 브라우닝 백작님 말이야."

"아……."

"지금 현재 아버지에게 맞서 나를 도와주실 분은 그분뿐이거든."

그랜트의 말에 선애가 고개를 끄덕끄덕했다.

"문제는… 그곳까지 무사히 도착해야 한다는 건데……."

"멀어요?"

"숙부님하고 아버지는 사이가 좋지 못하거든. 이 수도에는 귀족 저택가가 두 군데 있는데 양극이라고 할 수 있을 정도로 떨어졌지. 우리 집하고 숙부님 댁이 각각 거기에 있어."

"헤에……."

"수도를 가로질러 간다고 해도 시내에서는 말을 달릴 수 없으니 오늘 안에 도착하기는 힘들어. 그러니 편법을 써야지."

바이런 국은 땅이 무지하게 넓은 나라였다. 그런 나라답게 수도도 무지하게 넓었다. 수도 외곽 성안에 커다란 숲이 있을 정도니 말이다. 이 숲은 왕실 소유로 귀족들의 오락거리인 사냥터로 애용된다고 했다. 그리하여 평소에도 평민은 출입이 엄격하게 통제되어 있지만 귀족들은 언제든지 드나들 수 있었다.

지금 그랜트는 그곳을 통과해 숙부님 댁으로 갈 생각이었다. 수도 안에서는 말을 달릴 수 없었지만, 숲 안에서는 얼마든지 달릴 수 있었으니 말이다. 게다가 평민 출입이 엄격하게 통제되어 인기척도 적을 테니 사람들 눈을 피하기도 좋았다.

하지만 그 숲에 도착할 때까지가 문제였다.

한 나라의 수도인 만큼 길거리에는 사람들이 바글바글했다. 특히나 그랜트가 선택한, 대로가 아닌 약간 뒷골목에는 용병들도 많이 보였고 선애나 그랜트처럼 얼굴을 보이지 않을 정도로 깊이 후드를 눌러쓴 사람들도 가끔 볼 수 있었다. 거기다 말을 끌고 다니는 사람들도 흔치 않아 선애와 그랜트는 사람들의 시선을 끌지 않고 전진할 수 있었다.

그러나 문제는 그 뒤였다.

"거기! 잠깐만 기다려라!"

길을 잘 가고 있는데 갑자기 뒤에서 들려온 외침에 길에 있는 모든 사람들의 시선이 쏠렸다.

나 또한 마찬가지였기에 고개를 돌려보니, 이게 웬일? 거기에는 루빈스타인 후작가 문장을 떠억 붙이고 있는 기사 셋과 사병 십여 명 정도가 누군가를 둘러싸고 있는 것이었다.

"무슨 일이오?"

"지금 우리는 범죄자를 쫓고 있는 중이다. 그러니 얼굴을 좀 보여봐라."

그들이 둘러싸고 있는 한 무리는 용병들로 보였는데 그들 틈에 왜소한 체격을 가진 사람이 후드를 깊숙이 눌러써서 얼굴을 가리고 있었던 것이다. 기사들과 사병들이 눈을 부라리니 용병들도 하는 수 없다는 듯 입을 다물었고, 후드를 눌러쓴 사람이 한숨을 내쉬며 후드를 걷어 올렸다. 거기에는 체격이 좀 작고 말랐지만, 갈색 머리를 가진 평범한 남자가 모습을 드러냈다. 얼굴이 동안이라 그런지 20대가 안 된 것 같기도 하고…….

하지만 기사들은 그가 남자라는 걸 확인하자마자 고개를 끄덕이고는 길을 비켜줬다.

"좋아, 가봐라."

그들이 찾고 있는 사람은 뻔했다. 울 꼬맹이를 찾고 있는 거였다.

그 모습을 본 그랜트도 같은 생각이었던 듯 선애의 팔을 잡고 다짜고짜로 옆 골목으로 끌고 들어갔다.

"거기, 잠깐!"

다행히 후작가의 기사와 사병들은 이 둘의 모습을 보지 못한 듯 이번에는 또 다른 후드를 눌러쓴 사람을 잡아서 얼굴을 보려고 했다.

그런데 이때, 언제 어디서나 꼬옥 감초처럼 끼어 있는, 그러나 절대적으로 환영받지 못하는 인물이 여기서도 등장하고 말았으니…

"저어… 기사님?"

"뭐냐?"

웬 후줄그레한 중년 남자 한 명이 양손을 비비적거리며 슬그머니 기사 곁으로 다가가는 것이었다.

"저기… 기사님들이 찾으시는 범죄자 말입니다요, 신고하면 포상금이 있습니까요?"

"물론이다. 누굴 봤느냐?"

현상금 포스터도 없는 사람을 찾는데 포상금이 어디 있겠는가? 게다가 울 꼬맹이는 수배범도 아닌데 말이다.

그러나 기사 녀석은 그렇게 말했고, 중년 남자는 얼굴이 환해졌다.

"얼굴을 본 건 아닙니다만, 아까 어떤 후드를 쓴 두 인물이 도망가는 걸 봤습니다요."

"어디냐?"

기사가 다급하게 묻자 중년 남자가 헤픈 웃음을 흘린다.

"에헤헤… 그런데… 포상금은 얼마나 되는지……."

거기까지 듣자마자 나는 선애를 향해 뛰었다.

[야! 누가 너 숨는 거 보고 기사들에게 일러바쳤다!]

내 외침에 선애가 그랜트의 옆구리를 쿡쿡 찔렀다.

"누가 우리를 보고 기사들에게 말했대요."

그 말에 그랜트는 의아한 표정이었지만, 별말 않고 다시 선애를 데리고 또 옆 골목으로 꺾어 들어갔다. 그리고 얼마 지나지 않아 우리가 방금 전에 있던 골목으로 다다다다~ 하는 여러 사람들이 달려오는 소리가 들렸다.

"뭐야, 없잖아?"

"어라… 분명히 여기로 들어갔는뎁쇼?"

"네 목을 걸고 맹세하느냐?"

"물론입니다요. 분명히 이 두 눈으로 똑똑히 봤습니다요!"

"흩어져서 찾아봐라. 방금 갔다고 하니 얼마 가지 못했을 거다. 두 사람이고 말을 데리고 있다고 했다."

"이런……."

한 번 꺾어진 뒤 계속 전진하지 않고 잠시 몸을 숨기느라 벽에 따악 붙어 있던 그랜트가 그 이야기를 듣고 낭패 어린 표정으로 중얼거렸다.

"어쩌죠?"

"우선 가만히 있어 보지. 만약 들킨다 해도 저들이 흩어진다면 충분히 제압할 수 있어."

그랜트의 말에 선애가 고개를 끄덕이더니 힐끔 나에게 시선을 준다.

[알았어. 너희들을 발견하기만 하면 입을 막고 뒤통수를 내려칠게.]

잠시 후 세 기사는 각각 세 명의 사병을 데리고 사방으로 흩어졌다. 그런데 그 근처는 마치 미로처럼 갈라지는 길목이 좀 많았던 관계로 운 좋게 우리가 있는 골목은 아무도 오지 않았다. 그도 그럴 것이 다급했던 그랜트가 잠시 몸을 숨길 요량으로 말이 겨우 들어갈 정도로 좁은 골목으로 들어왔는데, 우리에게 말이 있다는 걸 아는 기사들은 말들이 충분히 지나갈 정도로 넓은 골목으로만 수색을 나섰던 것이다. 그랜트 녀석, 이걸 계산했던 건지 아니면 단순히 운이었던지……

"지금 좀 움직일까요?"

선애가 속삭이자 그랜트가 손가락을 입으로 가져가 조용히 하라는 시늉을 했다.

"조금 더 있다가."

그리고 한참 귀를 기울이더니 바깥에서 기사들의 발걸음 소리가 더 이상 들리지 않자 곧바로 우리가 있던 골목을 뛰쳐나왔다.

과연 골목에는 아무도 없었다.

"이쪽으로."

그랜트는 선애를 맨 처음 우리가 가던 그 길로 데리고 갔다. 아무래도 인적이 없는 곳보다는 사람이 많은 곳으로 숨어드는 것이 더 낫다고 판단한 모양이다.

그런데 이게 웬일인가? 하필 우리가 가려는 그 길과 골목이 이어지는 모퉁이에 사병 하나가 우리가 간 곳을 일러준 그 중년 남자를 감시하며 있었던 것이다.

"여기다! 여기 있다!!"

사병이 우리의 모습을 보고 골목 안을 향해 외쳤지만, 다행히 기사들이 너무 멀리 떨어졌는지 돌아오는 발소리는 들리지 않았다. 그러자 병사는 자기 혼자라도 둘의 발을 묶어놔야겠다는 역사적 사명감을 느꼈는지 그랜트에게 홀로 달려들었다. 그러면서 손은 얼른 품에서 내 검지만 한 막대를 꺼내 입으로 가져가 힘껏 부는 것이었다.

삐이이익~!!

날카로운 휘슬 소리가 골목골목으로 퍼져 나간다. 병사의 목소리는 몰라도 그 휘슬 소리는 확실히 들렸을 거다.

그러자 그랜트가 도망가다 말고 그대로 몸을 틀어 자신에게 달려드는 사병의 얼굴을 주먹 한 방으로 가격하여 기절시키는 거였다. 그 뒤로 선애와 그랜트가 도망갔다는 걸 알린 중년 남자에게 달려가 그도 한 방에 때려눕히고는 선애에게 달려왔다.

"어서!"

후작의 몸놀림도 잽싸다고 생각했지만, 그랜트도 꽤나 날래다. 사병과 중년 남자를 때려눕히고 선애에게 달려온 시간이 일 분 걸렸을까? 하기야 그렇게 체술에 자신있으니까 자기 혼자 선애를 데리고 도망갈 생각을 할 수 있었던 거겠지.

그러나 채 그 둘이 사람들 사이에 섞이기 전에 사병의 휘슬 소리를 들은, 가장 가까이에 있던 듯한 기사가 골목에서 달려나왔다. 급하니까 사병은 뒤에 두고 혼자만 빠르게 달려온 듯 그가 나오고 잠시 후에야 사병들이 헐레벌떡 쫓아 나왔다.

"게 섯거라!"

기사가 기껏 우렁차게 외쳤지만, 서라고 서는 사람이 어디 있을까?

"달려!"

상황이 다급하게 되자 그랜트는 한 손에는 고삐를, 다른 한 손에는 선애의 팔을 잡고는 달리는 속도를 올리기 시작했다.

그러나 단지 간편한 무장만 했을 뿐인 기사의 달리는 속도와 한 손에는 말고삐, 한 손에는 아가씨의 팔을 잡은 그랜트의 달리는 속도 중 누가 더 빠르겠는가? 게다가 그랜트의 앞에는 길거리를 지나가던 많은 사람들이 있었기에 그들을 채 피하지 못한 사람들을 그랜트가 피하느라 속도가 느릴 수밖에 없었다.

그리하여 결국 기사에게 따라잡혔다.

[내가 나설까?]

그 기사의 뒤로 두두두~ 쫓아오는 세 사병 말고도 막 골목에서 뛰쳐나오는 다른 기사들과 사병의 모습을 봤기에 물은 건데, 선애가 미처 대답하기도 전에 그랜트가 선애에게 자신의 말고삐를 넘겨주더니 그대로 기사에게 달려드는 거였다.

채앵~!!

언제 빼 들었는지 모를 검으로 기사에게 달려들자 기사 또한 차고 있던 검을 빼 들어 막아섰다.

"제법이구나."

그랜트보다 두어 살 많아 보이는 기사가 호기롭게 외치며 팔에 힘을 주어 그랜트를 밀치고는 자신도 두어 걸음 떨어졌다.

"누구냐? 정체를 밝혀라!"

기사의 외침은 당연한 거겠지만, 마찬가지로 그랜트 또한 자신의 정체를 밝힐 수는 없는 입장이었다.

그리하여 그랜트는 대답하는 대신 다시 검을 들고 기사에게 달려들었다.

채애앵~!!

"언니, 저 뒤에!"

선애의 외침에 나는 그랜트와 기사의 대결에서 눈을 떼고는 뒤를 바라
봤다. 거기에는 골목골목으로 수색 나갔던 모든 기사들과 사병들이 모조
리 달려오고 있어 내가 한가하게 대결을 지켜보고 있을 수가 없었다.

[알았어!]

"여기서 불은 위험해!"

그들에게 달려들며 불을 일으킬 준비를 하던 나는 선애의 외침에 멈칫
했다. 그제야 주변에서 많은 사람들이 가던 길을 멈추고 멀찍이 서서 지
켜보고 있음을 발견했다.

내 능력을 밝히는 걸 꺼려하는 것이 아니라, 그들이 혹시 불로 인하여
다칠까 봐 걱정인 것이다. 신경 써주면 화상 안 입게 할 수 있지만, 사람
이 너무 많아서 일일이 세심하게 신경 써줄 수가 없었다.

[그럼 그냥 해결할게!]

좀 번잡스럽겠지만 한 명 한 명 직접 제압하는 수밖에 없었다. 뭐, 그
렇다고 아예 목숨을 끊어놓는 것이 아니라 단지 선애와 그랜트가 도망
칠 시간만 버는 것이기 때문에 크게 어려움은 없었다.

다다다다~

후작가 기사들은 실력이 뛰어난지 달리는 속도도 무지하게 빨랐다.

'이럴 때 넘어지면 더 아플 텐데…….'

그 아픔이 상상되어 절로 인상이 찡그려지며 미안함이 샘솟았지만, 선
애를 위해서는 이런 미안함 정도야…….

'미안합니다아~'

그래도 그냥 달려들려니 양심에 찔려서 나는 속으로 사과를 하며 제일

앞서 달려오는 기사에게 다가가 슬쩍 발을 내밀었다.

틱! 쿠당탕탕~!!

'갑옷 때문에 더 아프겠지?'

하지만 나는 그 기사를 돌아보는 대신 그 다음 두 기사에게 다가가 있었다. 그 두 기사는 거의 엇비슷한 속도로 달리고 있었기 때문에 이번에는 바닥에 쭈그려 앉아 양팔을 뻗었다.

틱, 틱, 꽈당탕~!!

기사들보다 좀 느려 그 뒤에서 쫓아오던 사병들도 같은 운명을 가질 수밖에 없었다.

틱, 꽈당~!! 틱, 퍼억~! 터억, 떼구루루······.

단순히 한 번 넘어뜨리는 것으로 끝나는 것이 아니라, 먼저 넘어진 사람이 정신을 차리고 다시 일어나 달려가려 하면 또 쫓아가서 밀든지 발을 걸든지 해서 넘어뜨리느라 바빴기에 나는 그랜트 녀석이 기사를 제압했는지, 반대로 제압당했는지 지켜볼 수가 없었다.

그러나 잠시 후 선애가 날 부르는 소리가 들려 고개를 돌리니 그랜트가 선애를 붙잡고 도망가고 있었다.

'호오··· 제압했나 보네.'

과연, 그 뒤를 쫓아가 보니 아까 그랜트와 대결하던 기사가 고통스러운 표정으로 복부를 감싼 채 바닥에 주저앉아 있었다. 그런데 어째 그의 표정은 고통으로 일그러져 있는데 눈빛은 경악으로 치켜떠져 있는 거였다.

'에? 표정이 왜 저래? 그랜트에게 진 게 그렇게 충격적이었나?'

그 모습에 잠시 멈칫하는데 기사 뒤쪽으로 나 때문에 넘어졌던 기사들과 사병들이 '게 섯거라!'를 외치며 쫓아오는 모습이 보인다.

'하이고··· 끈질기기도 하셔라.'

그리하여 나는 곧바로 선애 뒤를 쫓지 않고 잠시 거기서 멈춰 서서 또다시 기사들을 쓰러뜨려야 했다. 나 때문에 때 아니게 길바닥에서 개그 콘서트를 보게 된 지나가던 구경꾼들은 무지 즐거웠을 거다.

그렇게 애를 쓴 보람이 있었는지 기사들의 발을 충분히 묶었다 싶은 내가 선애와 그랜트를 찾으니 그들은 인적이 없는 어느 공터에 자리를 잡고 있었다. 지쳐서 잠시 쉬려는가 싶었는데, 선애가 다급한 표정으로 그랜트의 옷을 벗기고(?) 있었다.

[야! 너 뭐 하냐?]

"이 사람 다쳤어."

[엥?]

그래서 보니 그랜트의 옆구리 부근에서 벌겋게 핏물이 배어 나오고 있었다.

"그냥 지혈시킬 천이나 줘."

그랜트가 부산을 떨며 옷을 벗기는 선애를 제지하며 신음을 내지 않으려는 듯 억눌린 목소리로 말했지만, 선애는 그대로 무시했다.

"거, 환자는 입 다물고 가만히 계시지요?"

그래 이번에는 내가 끼어들었다.

[뭐 하는 거야? 다쳤으면 너 그 목걸이로 치유 마법 써주면 되잖아?]

"토냐가 그러는데 옷 위로 하면 마법 위력이 현저히 떨어진대. 정석은 상처 바로 위에 손을 올려놓고 하는 거래."

[아… 그런 거냐?]

그래서 그랜트의 옷을 벗기고 있었나 보다.

선애가 한국말로 나에게 말을 걸자 뭐라 하는지 알아듣지 못한 그랜트가 의아한 표정으로 물었다.

"지금 뭐라고 한 거지?"

그에 선애가 거칠게 그의 망토를 옆으로 팽개치고 셔츠를 벗기며 말했다.

"자신만만하게 나섰으면 제대로 하던가, 뭐 하러 바보같이 다치고 오냐구요!"

울 꼬맹이… 이제 둘러대는 데 이력이 붙었나 보다.

셔츠 아래 받쳐 입은 속옷은 벗기는 대신 그냥 옆구리만 보이도록 걷어 올렸다. 그러자 내 손의 반 뼘 크기의 상처가 드러났고 거기서 검붉은 피가 뭉클뭉클 새어 나온다. 아마 검에 푹 찔렸나 보다.

선애는 그곳에 자신의 손을 가져다 대고 중얼거렸다.

"힐링!"

목걸이를 꺼내지 않았음에도 불구하고 마법은 잘 발현되어 선애의 목 부근에서 잔잔한 빛이 새어 나오더니 그 빛이 선애의 팔을 따라 흘러내려 그랜트 녀석의 옆구리에 모여들었다.

그러자 뭉클뭉클 삐져 나오던 피가 멎더니만 벌어진 상처가 서서히 아물어가는 것이었다. 그리하여 잠시 후 주변에는 이미 흘린 피로 지저분했지만 상처만은 마치 옛 상처인 듯 붉은 선 하나만 남고 깨끗하게 나았다. 전에도 한 번 본거지만 다시 봐도 정말 신기한 광경이었다.

"마법?"

그 모습을 본 그랜트가 놀란 표정으로 선애를 바라봤다.

"마법도 할 줄 알았나?"

"설마요. 마법 물품입니다. 제가 아무런 준비도 없이 맨몸으로 후작가에 갔겠습니까? 목숨 부지할 준비는 하고 갔지요."

"훗… 그런가?"

그랜트가 그렇게 말하며 말려 올라간 속옷을 내리려 하자 선애가 제지했다.

"잠시만요. 피도 안 닦고 그대로 옷을 입으면 어쩝니까?"

그러더니 그가 춥지 않게 어깨 위에 망토를 걸쳐 주고는 켐벨 집사가 챙겨준 보통이 속에서 가죽 물통과 수건을 찾아내 자리에서 일어났다.

"여기서 조금만 기다리세요."

바이런 국 대도시들은 상수도 시설이 제법 잘 되어 있는 편이었다. 그렇다고 집집마다 수도꼭지를 틀면 물이 콸콸 쏟아져 나오는 건 아니고 길의 일정한 거리마다 물이 나오게 한 터를 만들어놨던 것이다. 번화가나 좀 잘 사는 거리에 있는 곳은 조각상에서 물이 나오게 한다든지 멋들어진 분수로 만들어놓기도 했지만, 여기는 그냥 동그란 관에서 물이 계속 흐르는 단순한 모습이었다.

멀지 않은 곳에서 그러한 곳을 발견한 선애는 잽싸게 달려가 가지고 온 수건을 적시고 물통에도 물을 가득 담아서 그랜트에게 돌아갔다.

그 자리에서 기다리고 있던 그랜트는 선애가 물을 가지고 돌아오자 기분 좋게 가벼운 미소를 지어 보인다.

"다친 게 좋은가 봐요?"

그 모습에 선애가 퉁명스레 툭 던지며 물통과 적신 수건을 건네자 그랜트는 무척 기분 좋게 그 둘을 받았다.

"가끔은 다치는 것도 괜찮다는 생각이 드는걸?"

녀석은 그런 닭살 돋는 말을 던지고 물을 조금 마신 후 이제 말라서 딱지가 되어버린 피를 간단하게 닦아냈다. 그리고는 미리 찾아놓은 새 속옷과 셔츠를 갈아입고 망토까지 걸쳤다. 그나마 바지에는 거의 안 묻었으니 다행이지, 바지에까지 묻었으면 어떻게 갈아입으려 했는지 원……

그 뒤 후작가의 기사들이 이들을 수색하는 걸 알고 있었기에 나는 지붕 위로 올라가 지붕과 지붕으로 이동하며 그랜트와 선애 주변을 살폈다. 앞에 기사들이 있으면 피해가라고 가르쳐 주기 위해서였다.

그렇게 내가 애쓴 덕에 우리는 별 탈 없이 숲에 도착할 수 있었다.

좀 돌아가느라 숲에 도착할 때는 날이 어두워지고 있었다.

평민들 출입이 금지되어 있다 해도 숲 둘레에 철조망이 쳐지고 병사들이 둘러서서 지키고 있는 것은 아니었기 때문에 가끔 둘러보는 숲지기한테만 들키지 않는다면 숲을 마음껏 출입하는 것이 가능했다.

"말은 탈 수 있지?"

숲 속으로 어느 정도 들어가자 그랜트가 선애를 향해 물었다.

"물론이죠."

예전에 드워프 마을에 가는 며칠 동안 배우기는 했지만, 그렇다고 능숙한 것은 아니었다. 게다가 그 후에 말을 타고 다닐 기회가 없어 한 번도 타지 않았기에 선애가 자신만만하게 대답했지만, 뒤에서 지켜보고 있던 나는 은근히 불안했다.

[야, 너 승마 배운 뒤에 한 번도 탄 적 없잖냐. 그런데 괜찮겠어?]

"괜찮아, 괜찮아. 정 불안하면 언니가 뒤에 타서 붙잡아주면 되잖아?"

선애가 작게 속삭이며 그랜트의 도움을 받아 거뜬하게 말 위에 올라탔다.

"가자."

그 후 자신도 말에 오른 그랜트가 속삭이며 말 옆구리를 찼다.

"이럇!"

그 뒤를 따라 선애도 말 옆구리를 차 앞으로 달려나갔다.

[우와… 너 잘 탄다?]

"이 정도쯤이야, 우훗!"

그랜트는 숲 속 지리에 익숙한 듯 어둑어둑해지는 숲 안으로 거침없이 말을 몰아가고 있었다.

날이 완전히 어두워지고 말도 그 위에 타고 있던 사람도 지치기 시작하여 그랜트는 휴식을 취하기로 결정했다. 적당한 자리에 말을 멈춰 세운 그랜트 녀석은 자기가 먼저 내리더니만 혼자 내리려고 하는 선애에게 척 하니 팔을 내미는 것이었다.

"예?"

그 의미를 이해 못한 선애가 의아하다는 듯 바라보며 묻자 그랜트가 픽 하고 웃으며 말하는 거였다.

"보면 몰라? 받아주겠다는 거잖아. 조심해서 내리라고."

아까야 말 등이 높은 탓에 혼자 타기 어려워 그랜트의 도움을 받았다 하지만, 내릴 때는 괜찮은지 선애는 사양했다.

"혼자 내릴 수 있는데요?"

"무드 없는 아가씨네. 이럴 때는 그냥 고마워하며 받아들이면 되는 거야."

'허~ 정말 콧구멍이 두 개라 숨 쉰다, 이놈아. 그동안 무뚝뚝의 대명사가 누구인데? 어우~ 닭살~ 저놈이 갑자기 왜 저리 느끼해졌지?'

나는 차마 방해하지 못하고 속으로만 투덜대며 그랜트 녀석을 째려볼 뿐이었다.

이런 내 심정을 아는지 모르는지 선애는 그랜트의 말에 한 번 픽 웃더니 기꺼이 그의 손을 빌려 바닥으로 내려오는 것이었다.

그 뒤 그랜트는 선애가 앉을 자리를 마련해 주고 자기는 그 옆에 앉더니만 육포에 먹을 물까지 세심하게 챙겨주는 것이었다.

"추운가?"

차가운 밤바람에 선애가 살짝 움츠러들자 그랜트가 그걸 또 번개같이 캐취해 가지고는 묻는다.

"아아… 좀… 불 피워도 될까요?"

그랜트 녀석도 날이 완전히 어두워진 후 사방을 밝히느라 비밀 통로에

서 어둠을 밝혔던 그 마법 등을 이번에도 밝히고 있어 선애가 쉽게 물어
본 거였다.

"흠… 그럼 잠시만 기다려. 나뭇가지를……."

그러나 그랜트는 말을 채 끝내지도 못하고 자신의 발 앞에 갑자기 팍~!
하고 피어나는 불덩어리를 놀라서 바라보았다.

녀석이 괜히 선애한테 뭘 해주려고 다니는 것도 꼴불견이었고, 조금이
라도 빨리 선애를 따뜻하게 해주고 싶어 내가 힘을 좀 쓴 거였다.

"마법?"

갑자기 생성된 불덩어리에 잠시 말을 잃었던 그랜트가 선애를 바라보
며 묻자 선애가 어깨를 으쓱해 보이며 대답했다.

"뭐, 비슷한 거죠."

"하~ 이거야 원… 준비한 것이 한두 가지가 아니었던 모양이지?"

"많이 준비해야 그만큼 안전할 확률이 높잖아요."

선애가 씨익 웃으며 자신만만하게 대답하자 그랜트가 김빠진 얼굴로
픽 하고 웃는다.

"이거, 왠지 점점 내 자신이 초라하게 느껴지는걸?"

"그게 아니라 제가 그만큼 대단한 거죠."

선애가 은근슬쩍 어깨를 펴며 당당하게 말하자 그랜트가 다시금, 이번
에는 좀 환하게 쿡쿡 웃는다.

"맞아. 정말 대단하지."

그랜트가 그렇게 냉큼 맞장구칠 줄은 몰랐던 터라 선애는 어이없기도
하고 재미없다는 표정으로 입을 다물었다. 그랜트 또한 같이 입을 다물
었기에 공터에는 때 아닌 침묵이 흘렀다.

그런데 그때 눈치없는 밤바람이 휘잉~ 하고 불어온 것이었다.

앞에 불이 타오르고 있어도 바람 때문에 추위를 느낀 것인지 선애가

다시 한 번 어깨를 움츠리자 빌어먹을 그랜트 녀석이 자신이 걸치고 있던 망토 자락을 들어 선애의 등을 덮어주는 것이 아닌가? 그렇다고 녀석이 망토를 벗어준 것이 아니었기 때문에 자연스레 그랜트의 손이 선애의 어깨 위에 얹어졌고, 녀석의 몸과 선애의 몸이 붙어버렸다.

[으아아아악~ 저, 저놈이 지금 뭔 짓을 하는 거야? 야, 떨어져! 당장 떨어지지 못해?]

라고 외치며 그랜트 녀석에게 펀치 한 방이라도 날려주고 싶었다. 하지만… 정말정말 못마땅한 모습이긴 했지만 나는 아무 말도 할 수가 없었다. 그렇게 은근슬쩍 선애와 접촉한 그랜트 녀석이 약간은 불안한 시선으로 머뭇거리며 선애를 바라보고 있었던 것이다. 아마도 선애가 그의 호의(?) 아니면 시커먼 속내(?)가 담긴 손길을 거절할까 봐 은근히 걱정되었나 보다.

'쳇, 저 녀석도 이런 일에는 무조건 자신만만하지는 못하나 보군?'

평소 당당하고 자신만만하고 뭔 일이 있어도 태연한 표정은 절대로 잃지 않을 것 같던 녀석이 첫사랑을 하게 된 사춘기 소년처럼 거절하지는 않을까… 하는 걱정과 초조와 긴장감이 담긴 시선으로 선애를 바라보는 걸 보고 있자니 차마 입이 안 떨어졌다.

그와 함께 녀석이 정말로 선애를 좋아하긴 좋아하는구나… 라는 걸 새삼 깨달았다. 녀석이 선애를 향해 좋아한다고 하고 그럴듯한 이유를 가져다 대기는 했지만, 솔직히 그냥 그런가 보다 했을 뿐 녀석의 진심은 느껴지지 않았다고나 할까? 그래서 그랜트 녀석이 못마땅하게 느껴졌는지도.

선애도 그랜트의 그런 시선 때문인지 그를 한 번 보더니 슬쩍 고개를 돌려 눈앞의 불덩어리를 주시했지만 그의 망토 자락을 걷어내지는 않았다.

그러자 그랜트 녀석 작게 안도의 한숨을 내쉬더니 기분 좋은 미소를 지으며 선애와 같이 불덩어리만 뚫어져라 바라보는 것이었다.

그 모습에 나는 왠지 기운이 빠져 선애 옆에 쪼그리고 앉으며 슬쩍 물었다.

[야, 너 설마… 저놈이 좋냐?]

그러자 선애는 아무 말도 안 하고 그냥 묘하게 훗… 하고 웃기만 할 뿐이었다.

[허… 나원 참…….]

선애의 모습에 나는 더 이상 그 자리에 버티고 있기가 껄끄러워 슬그머니 그 자리를 벗어났다. 물론, 내 힘과 시선이 닿는 범위를 벗어나지는 않을 정도로 말이다.

'어이구… 자식 녀석 키워봤자 소용없다더니만…….'

그래도 솔직히 위험한 것보다는 차라리 눈꼴신 모습이 나은 데다 그랜트 녀석에 대한 못마땅함도 조금은 사라진 터라 브라우닝 백작 저택에 도착할 때까지 별일없다면 저런 기가 막힌 장면도 눈감아주리라 생각했건만 루빈스타인 후작은 순순히 울 꼬맹이를 놔주고 싶지 않았던 모양이다.

잠시의 휴식이 끝난 후 다시 말 위에 오른 그랜트와 선애는 새벽이 되어 어두운 밤하늘의 동쪽이 서서히 남빛이 되어갈 때 즈음 숲을 거의 빠져나올 수 있었다. 그리고 발견한 것은 숲 입구에 우르르 몰려와 있는 한 떼의 기사와 더 많은 무리의 사병들이었다.

[헉! 아니, 어떻게 우리가 여기로 올 걸 알고 기다리고 있는 거야?]

나는 기겁하고 있었지만, 그랜트는 침착하게 말에서 내리고는 선애에게 손을 내밀어 말에서 내리는 것을 돕는 것이었다.

기사들 맨 앞에 있던 중년 기사가 둘이 말에서 내려서는 것을 기다렸다가 한 걸음 앞으로 나오더니 입을 열었다.

"돌아가시지요, 도련님."

그의 말에 그랜트가 씁쓸한 어조로 중얼거렸다.

"역시… 아까 나란 걸 들켰던 건가? 조심한다고 했는데……."

[에엑… 그래서 아까 그 기사가 그런 멍~한 표정을 하고 있었던 거구만? 자신이랑 싸웠던 사람이 자작일 줄은 몰랐을 테니.]

그랜트가 선애를 돕고 있다는 것을 알았다면, 후작은 그랜트가 어디를 향할 거라는 것도 충분히 짐작했을 거다. 후작도 자신과 맞설 수 있는 사람 하면 브라우닝 백작을 떠올릴 테니 말이다. 뭐, 다른 가문 사람도 생각할 수 있겠지만, 집안일(?)에 다른 사람들을 끌어들일 수는 없는 거 아닌가?

"어떻게 할 거예요?"

그랜트가 잡아당겼기 때문에 그의 등 뒤에 서게 된 선애가 작게 속삭이자 그랜트가 덤덤하니 대답하는 것이었다.

"도망가야지."

"에에?"

"도련님, 지금 이곳은 포위되어 있습니다. 부디 허튼짓하지 마시고 얌전히 따라주시지요."

중년의 기사가 다시 한 번 입을 열자 그랜트가 피식 웃었다.

"경, 한 가지 물어보지. 아버지의 명령이 날 데리고 오라는 거였나?"

그랜트의 질문에 중년 기사가 멈칫했다.

"예? 그게 무슨 말씀이신지……?"

"내가 아는 아버지는 절대로 그런 명령을 내리지 않으실 분이거든. 정말 아버지가 날 곱게 데려오라고 하셨는가?"

그랜트의 말에 중년 기사가 머뭇머뭇대더니만 그랜트 녀석의 시선을 피하며 힘겹게 입을 열었다.

"…일단 후작님께 돌아가셔서 용서를 비십시오."

그러자 그랜트가 차갑게 웃더니 입을 열었다.

"내가 그럴 것 같나?"

녀석은 그렇게 말을 하자마자 마법 등을 쥔 손을 번쩍 치켜 올리더니 꽈아악~ 하고 힘을 주는 것이었다. 그러자 펑~! 하는 풍선 터지는 소리와 함께 무지 강렬한 빛이 터졌다.

"윽!"

"헉!"

기사들은 그들이 숲 입구에 버티고 서 있다는 것을 그랜트가 모르게 하기 위하여 불을 켜지 않은 채로 어둠 속에 서 있었기에 갑자기 터진 강렬한 빛에 속수무책일 수밖에 없었다.

이제야 눈치 챈 거지만 그랜트 녀석, 기사들이 기다리고 있던 걸 발견하자마자 마법 등을 은근슬쩍 망토 안으로 집어넣었다. 아마 처음부터 이걸 노렸었나 보다.

그렇게 기사들과 사병들이 잠시 시력을 잃어버린 사이, 그랜트는 기사나 사병들처럼 시력을 잃은 선애를 이끌고 잽싸게 어두운 숲 속으로 몸을 숨겼다. 다행이라고 해야 할지 그랜트와 선애가 덮고 있던 망토가 검은색이었기에 숨는 데 도움이 되었다.

단지… 지금이 새벽녘이라서 조금 있다 해가 뜨면 도움이 되지 못할 테니 그때까지 안전한 곳으로 도망가야 했다. 이 숲은 귀족들의 사냥터로 사용되었기에 말들이 충분히 달릴 수 있을 정도로 울창하지 않게 관리되어 숨기에도 적당치 않은 곳이었다.

"찾아라! 서둘러야 한다!"

그랜트와 선애가 그 자리를 벗어난 지 얼마 지나지 않아 중년 기사의 목소리가 들리고 일사불란한 발자국 소리들이 들려왔다.

그 소리에 그랜트는 발걸음을 서둘렀지만, 얼마 지나지 않아 걸음을 멈춰야 했다.

"이런……."

그곳에서도 기사와 사병들이 버티고 있었던 것이다. 그랜트와 선애가 중년 기사와 대치하고 있는 사이 아무래도 더 넓게 포위한 모양이다.

"나무 위로 올라가자."

낭패한 얼굴로 주변을 둘러보던 그랜트가 얼른 주위에 있던 커다란 나무를 가리키며 말하자 선애가 고개를 저었다.

"잠시만요. 해결할 수 있을 거예요."

그랜트가 의아하게 바라봤지만, 선애는 자신만만한 표정으로 그의 시선을 받았다.

왜냐, 내가 있었으니까.

[우훗훗, 여기 잠시만 숨어 있어. 내가 저쪽에서 소란을 피울 테니까 그때 빠져나가도록 해.]

나는 그들이 있는 곳과 좀 떨어진 곳에서 열심히 사방을 둘러보며 수색을 하고 있는 무리들에게 달려갔다.

[미안합니다아~]

그래도 그들은 자신들의 임무에 충실한 건데 내가 방해를 하는 거니 좀 미안한 마음이 들어 들리지는 않겠지만 고개를 꾸벅 숙여 사과한 후 근처 바닥에 떨어져 있던 나뭇가지를 들어 한 사병의 등을 후려쳤다.

퍼억~!

"컥! 여, 여기다! 여기 있다아~!!"

아프게 하기는 싫어 등을 보호하고 있는 갑옷 위를 때렸더니만 놀라서 신음을 터뜨린 후에는 곧바로 우렁차게 외치는 것이었다.

물론, 그게 바로 내가 원하는 것이었다.

그 사병의 외침에 주변에서 이쪽으로 달려오는 발자국 소리들이 들렸다.

나는 괜히 그 주변 어두운 곳만 골라 수풀을 흔들며 이동했고, 그러자 그 사병이 잽싸게 따라오는 발자국 소리가 들린다.

"어디? 어디야?"

"이쪽, 이쪽으로 갔어!"

슬슬 사람들이 모여들자 나는 수풀을 흔드는 걸 그만두고 다시 이동하여 무리에서 약간 떨어진 사병의 등 뒤로 돌아가 또다시 근처에 있던 나뭇가지를 주워 후려쳤다.

"어억! 누, 누구야?"

"그쪽이야?"

"이쪽인 것 같아!"

"어디? 어디야?"

아직 날이 어둡기 때문에 가능했던 일이었다.

그렇게 한참 소동을 일으키다가 날이 점점 밝아져 더 이상 행동하기 불가능해지자 그제야 소동을 멈추고 나는 선애를 찾으러 갔다.

그런데 이게 웬일?

기껏 소동을 일으켜 포위망에 구멍을 뚫어줬더니만, 그 밖에 있던 다른 몇몇 사람들에게 들켜서 쫓기고 있었던 것이다.

[야, 괜찮냐?]

그랜트에게 팔을 잡힌 채 거의 끌려가다시피 달려가던 선애가 내 물음에 째려본다.

"헥헥, 지금, 헥, 이게, 헥, 괜찮은, 헥… 이잇, 어쨌든, 헥, 어떻게 조오옴~ 헥……."

[알았어, 알았어!]

그리하여 나는 선애 옆에서 따라 뛰던 걸 멈추고 뒤쫓아오던 녀석들에게 몸을 돌렸다.

[뎀벼! 아뵤오오~!!]

그런데, 내가 그들의 앞길을 방해한 지 얼마 되지 않아 갑자기 다급한 선애의 목소리가 들렸다.

"언니이~!!"

[왜?]

그러면서 고개를 돌리니, 세상에, 이번에는 말을 탄 무리가 저쪽에서 달려오고 있는 것이었다. 아마도 아까 숲에 있던 사람들 중 일부인 듯.

[뭐가 이렇게 많아? 인해전술이냐아~!!]

그랜트와 선애는 아까 숲 앞에서 만난 무리를 피하기 위해 타고 온 말을 버리고 몸만 빠져나왔던 것이다. 그러니 말을 타고 달려오는 사람들에게서 빠져나갈 수 있을 리가 없었다.

그에 잽싸게 몸을 빼 선애의 옆으로 달려간 나는 선애를 째려보며 물었다.

[야, 너 그거 써! 마법 팔찌 뒀다 국 끓여 먹냐? 너 그거 공격 마법도 있잖아!]

"누군 쓰기 싫어서 안 쓰는 줄 알아? 한 번도 써본 적이 없어서 조절을 못한단 말이야. 토냐가 이거 굉장히 효과가 크다고 말했어. 잘못 써서 사람이 죽으면 어떻게 해?"

[땅에다 쓰면 안 되냐?]

"그냥 언니가 해줘!"

울 꼬맹이 아까는 헥헥거리던 주제에 지금은 다다다 말도 잘한다.

[우이 씨… 알았어, 잠깐만. 아, 저 말 뺏어 타고 가면 되겠다.]

그리하여 이번에는 기마대에 시선을 돌린 나는 내 힘을 개방했다.

콰콰콰광~!!

갑자기 눈앞의 땅에서 불꽃이 솟아오르자 열심히 달려오던 일단의 무리가 놀라서 멈춰 섰다. 그들을 일부러 멈춰 세운 이유는, 달리는 말 위에서 떨어지면 크게 다칠지도 모르기 때문이었다.

내 의도대로 말이 멈춰 서자 나는 지체없이 몸을 날려 말 위로 뛰어올랐다.

퍼억!

"윽!"

꽈당~!

퍽! 퍽! 퍽! 퍼어억~!!

"켁!"

"억!"

"큭!"

"욱!"

꽈당, 꽈당, 꽈당, 꽈당탕탕!

두 명만 떨어뜨리면 다른 사람이 쫓아올지도 모르기 때문에 선애 뒤를 쫓아왔던 다섯 명 모두를 말에서 떨어뜨린 나는 어쩔 줄 몰라 하며 푸르르거리는 말들의 엉덩이를 강하게 때렸다.

[이랴앗!!]

그렇게 무사히 말을 뺏어서 선애와 그랜트에게 가져다주자 그랜트는 지체없이 말 위에 오르면서도 궁금증을 참지 못하겠는지 선애한테 물었다.

"도대체 어떻게 한 거지? 아까도 그렇고… 누군가 돕는 것 같은데……."

"으음… 절 지켜주는 존재가 있기는 하죠. 제가 준비한 것 중 가장 큰 패라고나 할까요?"

"하… 그럼 난 지금 헛수고를 하는 셈?"

그랜트가 허탈하게 웃으며 말하자 선애가 생글생글 웃었다.

"허탈해요? 원한다면 지금이라도 나 혼자 도망칠 수 있는데……."

"그렇게 둘 리가 없잖아? 이제 나는 뒤로 물러날 수 없다고. 혼자 도망가기만 해봐, 끝까지 따라가 줄 테다."

[허… 누가 그렇게 둘 줄 아냐?]

그랜트의 말에 내가 기가 막혀 중얼거렸지만, 그랜트 녀석은 내 말을 듣지 못했고, 유일하게 들을 수 있는 선애는 그냥 깔깔 웃기만 했다.

이른 새벽이라 길거리에 인적이 드문 관계로 그랜트는 그대로 길을 따라 말을 달렸다. 후작이 보낸 기사들이 쫓아올지도 모르기 때문이다.

그리하여 브라우닝 백작 저택이 보일 때까지 쉬지 않고 열심히 달려 드디어 도착했나 싶었는데…

[후작 녀석, 정말 끈질기구만.]

백작가 정문 앞에 후작이 보낸 기사 한 무리가 떡하니 버티고 서 있었던 것이다.

하기야, 그랜트가 갈 길을 미리 예측해 숲 입구에도 사람들을 보냈으니, 백작가 앞에도 사람을 보냈으리란 걸 예상했어야 했다.

그런데 그랜트는 예상치 못한 모양이었다.

"이런……."

떠억 버티고 있는 일단의 무리를 보자 낭패 어린 얼굴로 말을 멈춰 세우는 걸 보니 말이다.

"어라, 여기에 혹시 와 있을지도 모른다는 생각 안 해봤어요?"

그 모습에 의아함을 느낀 선애가 묻자 그랜트가 무거운 표정으로 고개를 끄덕였다.

"내가 여기로 오리라는 건 아버지도 예측할 줄 알았지만, 아버지와 숙부는 사이가 좋지 못하니 이 근처에는 사람을 보내지 못할 줄 알았지. 설사 보낸다 해도 숙부가 그걸 용납하지 않으실 거라 생각 했고. 그런데… 벌써 뭔가 타협을 본 건가?"

그도 그럴 것이, 일단의 무리들이 막고 있는 뒤로 보이는, 굵은 철창을 우아한 형태로 구부려 만든 정문 뒤편에는 백작 휘하로 보이는 기사들이 완전 무장을 한 상태로 모여 있었던 것이다.

"젠장… 거의 다 왔는데……."

목적지가 눈앞에 있긴 했지만 그 길목이 꽈악 막혔으니 그랜트도 마땅한 방법이 떠오르지 않는 모양이다.

[내가 나설까?]

내가 선애에게 속삭이자 선애가 의외로 고개를 저어 보인다. 그리고는 뜬금없이 말 등 위로 발을 올리고는 내 쪽을 향해 손을 내미는 것이었다.

"언니, 나 좀 잡아줘."

[응? 갑자기 왜?]

의아하기는 했지만 선애가 원하는 대로 손을 내밀어주자 선애가 그 손을 잡고는 말 등 위에 올라서는 것이다.

[너 뭐 하냐?]

그것도 모자라 발뒤꿈치를 들더니만 저 너머 백작 저택 쪽을 기웃기웃대는 거다.

"선애?"

나 말고도 그랜트가 의아한지 선애를 불렀지만 선애는 돌아보지도 않은 채 말했다.

"글쎄, 좀 기다려 봐요. 음… 보이네. 가능할 것 같다."

[뭐 하게?]

그러나 선애는 내 질문은 싸악 무시하고 그랜트에게 손짓을 한다.

"손 내밀어요."

"응?"

"아, 손 내밀라구요."

"뭐? 왜?"

"아, 글쎄, 좀 시키는 대로 해봐요."

선애가 인상을 찡그리며 재촉하자 그랜트가 얼떨떨한 표정이면서도 순순히 손을 내밀었다.

선애와 그랜트의 황당한 모습에 사람들이 의아해하는 얼굴이었지만, 그래도 백작가 정문 앞에서 조금도 떨어지지 않는다. 후작한테서 절대로 움직이지 말라는 명이라도 들은 모양이다.

자신에게 내밀어진 그랜트의 손을 꼭 잡은 선애는 다시 까치발로 백작가를 바라보더니 중얼거렸다.

"블링크!"

'아하~ 그 수를 쓰려고……'

눈앞이 흐릿해진다 싶었더니만 순식간에 주변 환경이 바뀌었다.

"어엇?"

놀라서 주변을 돌아보는 그랜트.

그에 선애는 의기양양하게 씨익 웃어 보인다.

"성공이네. 이게 마지막 조커."

선애의 말에 그랜트가 선애를 돌아보더니 풋~ 하고 웃었다.

"멋지군. 이 게임에서 멋지게 이겼는걸?"

"준비를 단단히 했다니까요."

그들의 소리를 들은, 백작가의 정문 안을 굳건하게 지키고 있던 백작 휘하 기사단이 돌아보더니 놀라서 입을 떠억 벌린다.

"자, 자작님?"

그런 그들에게 선애는 예쁘게 생긋 웃더니 입을 열었다.

"백작님 좀 뵐 수 있을까요?"

선애의 뒤에서 그랜트가 다시금 풋~ 하고 웃는다.

그 모습에 슬며시 못마땅한 감정이 솟아오르려 했지만, 그래도 그랜트에 대한 감정도 많이 흐려진 데다 무사히 여기까지 도착한 것이 기뻤기에 그냥 예쁘게 봐주기로 했다.

그 후의 이야기…

그 후의 이야기…

브라우닝 백작과 루빈스타인 후작 사이에 무슨 언약이 있었다 하더라
도 그것이 백작 저택의 정문 안으로 넘어온 그랜트를 넘겨주는 건 해당
되지 않는 모양이었다. 그리하여 놀란 정신을 수습한 기사들의 안내로
쉽게 저택 안으로 들어선 선애와 그랜트는 금방 백작을 만날 수 있었다.

"그랜트, 도대체 이게 무슨 소란이더냐?"

잠옷 위에 가운 하나 달랑 걸친 모습인데도 불구하고 얼굴에 별 졸음
기가 없는 걸 보니 백작도 이런 소란들 때문에 잠을 자지 못하고 있었던
모양이다.

백작은 헬게르트의 아버지라 그런지 외모가 닮은 구석이 많았지만 몇
몇 부분에서는 다른 면도 보였다. 그런 거 보면 헬게르트는 부모님께 골
고루 외모를 물려받은 모양이다.

중후한 멋을 간직한 매력적인 중년 미남인 백작은 후작보다는 훨씬 인
간미가 넘치는 분위기를 가지고 있었다.

"숙부님."

백작의 등장에 그랜트가 자리에서 벌떡 일어나 인사를 하려 하자 백작이 제지하며 소파에 앉았다.

"앉자. 우선 앉아서 이야기하자."

그런데 그랜트는 백작의 권유는 아랑곳하지 않고 다짜고짜 백작의 앞에 터억 하고 무릎을 꿇는 것이었다.

"얘, 얘야? 지금 이게 무슨 짓이냐?"

백작이 당황해서 그랜트를 일으키려 했지만, 그랜트는 꿋꿋하게 버티면서 입을 열었다.

"숙부님, 도와주십시오. 절 도와주실 분은 숙부님밖에 안 계십니다."

"어허, 제대로 이야기를 해야 할 것 아니냐? 무조건 이러면 되겠느냐?"

"도와주신다고 하실 때까지 절대로 일어나지 않겠습니다."

"그래그래, 내 도와줄 수 있는 것이면 도와주도록 하마. 그러니 어서 일어나도록 해라."

그들의 모습을 지켜보고 있던 나는 뒤에 뻘쭘하게 서 있던 선애에게 속삭였다.

[저기… 백작이랑 후작이랑 사이가 안 좋다고 알고 있는데, 그래도 백작은 그랜트를 미워하지 않나 보네?]

그동안 백작은 겨우 그랜트를 일으키며 물었다.

"도대체 무슨 일이냐? 이제 어떻게 된 연유인지 이야기해 보거라."

그러자 그랜트가 뒤에 서 있던 선애의 팔을 잡아 자신의 옆으로 끌어당기며 입을 여는 것이다.

"제가 마음에 둔 여자입니다."

그 말 한마디에 백작이 모든 걸 이해했다는 표정으로 고개를 끄덕였다. 이 집안 핏줄은 한마디 하면 모든 걸 유추해 내는 뛰어난 머리들을 가졌나 보다.

"그럼, 저 밖에 있는 녀석들은 이 아이를 해하기 위하여 온 거로군?"

"맞습니다. 그러니 도와주십시오."

그랜트의 말에 백작이 의외라는 시선으로 그랜트를 바라본다.

"좀 놀랍구나. 나는 네가 아버지의 뜻을 거스를 거라고는 생각하지 못했는데."

그 말에 그랜트가 씁쓸하게 웃었다.

"저도 몰랐습니다. 하지만 때로는 어쩔 수 없는 일도 있는 법이더군요."

백작은 그랜트를 신중한 시선으로 바라보며 물었다.

"괜찮겠느냐? 넌 이번 일로 아버지와 완전히 단절할 수도 있다. 네 모든 걸 포기할 각오가 되어 있는 거냐?"

"예, 각오하고 있습니다."

그랜트가 한 치의 머뭇거림도 없이 단호하게 고개를 끄덕이자 백작의 얼굴에 미소가 떠오른다.

"그래. 솔직히 나는 지금의 너가 훨씬 보기가 좋구나. 네가 그 모든 걸 각오한다면, 내 힘껏 도와주도록 하마."

"감사합니다, 숙부님."

그 대화를 듣고 있자니, 솔직히 기분이 좀 나쁘다. 선애는 그랜트의 마음을 받아주겠다고 이야기한 적도 없는데, 이건 선애가 그랜트의 연인이라는 것이 점점 기정사실화되어 가니 말이다.

[어이, 그냥 가만있을 겨? 너, 정말 그랜트랑 사귈 거냐?]

선애가 내 질문에 막 입을 열어 대답하려고 할 때였다. 응접실 문이 열리면서 헬게르트가 불쑥 들어왔다. 그런데, 그는 정말 자다가 일어났는지 여전히 잠이 들러붙은 얼굴에 머리는 여기저기 뻗쳐 있었다.

"아버지, 누가 왔다고요?"

그런데 내가 놀란 건 헬게르트 뒤에 나타난 얼굴 때문이었다.

[토냐?]

"토냐!"

선애 또한 놀라서 그 이름을 부르자 헬게르트 뒤를 따라 들어오던 토냐 또한 놀란 시선으로 선애를 불렀다.

"선애? 네가 여긴 웬일이야?"

"그거 제가 묻고 싶은 말이거든요? 토냐가 여긴 어쩐 일이세요?"

그에 대한 설명을 해준 것은 백작이었다.

"허허허허, 이거 참… 내 며느리와 조카며느리가 서로 아는 사이였던가?"

"며느리?"

"조카며느리?"

선애와 토냐가 한마디씩 하며 서로를 바라보더니 다시 입을 연다.

"토냐가 브라우닝 경과?"

"네가 루빈스타인 자작과?"

그리고는 이번에는 동시에 입을 열었다.

"언제 그렇게 된 거야?"

"언제 그렇게 된 거예요?"

서로 묻기만 할 뿐 대답을 안 해서 대화가 되지 않자 보고 있던 백작이 아무래도 교통정리가 필요하다 싶었는지 둘 사이에 끼어들었다.

"자자, 둘 사이에 대화가 필요한 모양인데, 나는 이만 자리를 피해줄 테니 앉아서 찬찬히 이야기를 나누지 그러나?"

그리고는 그랜트를 향해서도 말을 던졌다.

"쉴 방을 준비해 놓으라 할 테니 대화가 끝나면 가서 쉬거라. 네 숙모에게는 나중에 천천히 인사를 해도 된다. 그럼 난 이만……."

그렇게 백작이 응접실을 빠져나가자 선애와 토냐가 다시 얼굴을 마주 바라봤다.

"토냐……."

선애가 먼저 말을 꺼내려 하는데 토냐가 문득 뭔 생각이 들었는지 손을 들어 선애의 말을 막았다.

"아, 잠깐만… 거기 두 남자 분, 지금부터는 여자들끼리 긴히 대화를 나눠야겠으니 자리를 좀 비켜주시죠?"

토냐의 말에 선애도 적극 동의를 한 데다 두 남자도 서로 할 얘기가 있었던지 순순히 두 여자에게 밀려 응접실을 나갔다. 그러자 토냐가 선애의 손을 잡아 자리에 앉히고 자신도 앉았다.

"자아, 그럼 우리 이야기를 나눠봅시다. 우선은… 내 이야기부터 할까나?"

그렇게 해서 시작된 토냐의 말에 의하면, 헬게르트가 토냐를 의식하기 시작한 건 헤스딩스 남작 저택에서 알파두르로 돌아가는 길에 동행할 때였다고 한다. 물론 이건 헬게르트가 고백한 거다. 하여간 그렇게 알파두르에 돌아올 때 동행하고, 돌아와서도 가끔씩 만나면서 헬게르트가 토냐의 매력에 포옥 빠졌다고 한다.

그렇게 둘이 러브러브 모드가 된 건 좋았는데, 이 헬게르트 녀석이 토냐에게 말하기를 정부인은 힘들고 자신의 첩이 되라고 했다는 거였다.

이 무슨 개구락지 뛰어가다 벼락 맞는 소리인지.

물론 토냐가 그 제안을 받아들일 리 만무했다. 그녀는 비록 평민이라하나 뛰어난 능력을 가진 지식 여성이었던 것이다. 그랬더니 이놈이 누가 루빈스타인 후작가 핏줄이 아닐까 봐 토냐에게 우리 타이거 상회에 압력을 가한다고 협박을 했다나? 나중에 루빈스타인 상회의 압력을 버티기 힘들어 여기에 거래하러 왔을 때도 토냐에게 자신의 첩이 된다면 도와주겠다고 했다 한다.

그런데 이게 또 헬게르트 녀석만 나쁘다고 볼 수 없는 이유가 있었으니…….

헬게르트의 부모는 집안을 위하여 정략결혼 하는 것이 보통이었던 귀족 사회에서 크나큰 이슈를 만들며 집안 차이를 극복하고 사랑으로 맺어진, 보기 드문 커플이었다. 그러나 그런 행복한 결론을 위해서는 많은 아픔을 겪어야 했을 터. 게다가 둘이 결혼을 했다고 해서 그 아픔은 끝난게 아니었다. 현 브라우닝 백작이 후작 작위와 회장 자리를 차지하길 간절하게 바란 모든 사람들이 그걸 버린 백작에 대한 원망을 모조리 백작부인에게 쏟았던 것이다.

어려서부터 주위 사람들에게 어머니가 '남편의 앞길을 망친 여자' 란 비난을 받는 걸 보고 자란 헬게르트는 사랑하는 어머니를 위하여 자신이 기필코 루빈스타인 후작 작위… 는 못 받아도 상회 회장 자리를 차지하여 그런 소리가 쏙 들어가게 만들리라 결심했단다. 그러기 위해서는 자신을 든든히 받쳐 줄 여성이 있어야 한다고 생각하여 어려서부터 자신의 사랑을 포기한 것이었다.

그 결심은 토냐를 만나서도 버리지 못했고, 그렇다고 토냐를 포기하기는 싫었던 헬게르트는 차선책으로 토냐가 자신의 두 번째 부인이 되길 바랐던 것이다.

뭐, 어머니를 생각한 그 효심은 칭찬할 만하지만, 이건 순전히 스스로만 생각한 것일 뿐 토냐를 조금도 배려하지 못하는 생각 아닌가?

그래도 토냐를 설득하고자 이 모든 사정을 쭈욱 토냐에게 털어놓을 때—헬게르트 집에서 말이다—아들이 요즘 자주 만나는 처녀가 방문했다는 소식을 듣고 궁금증을 참지 못해 처녀를 만나보러 왔던 어머니가 이 모든 이야기를 듣게 된 것이다.

그 뒤에는 어머니가 방을 박차고 들어가 아들내미를 두들겨 팼다나? 헬게르트의 성격은 아무래도 어머니의 성격을 그대로 물려받은 모양이다.

이 어머니는 여성의 몸으로 왕실 기사단에 입단할 만큼 깡다구있고 자존심있고 실력있는… 여러모로 봤을 때 토냐와 비슷한 면이 많은 여성이었다. 그런 여성이 자기 아들이 자신을 위하여 사랑을 희생한다는 이야기를 듣고 가만있겠는가? 그 자리에서 정략결혼 하려는 아들의 결심을 폭력까지 동원해서 포기하게 만든 것이었다.

하여간 대단한 어머니요, 멋진 여성이다. 이야기를 듣는 것만으로도 나는 백작 부인에게 반해 버릴 정도였다.

거기에 더해 백작 부인은 토냐가 무척이나 마음에 들었던 모양이다. 그리하여 남편과 아들에게 압박을 가하여 토냐의 부탁대로 타이거 상회에 도움의 손길을 주려 했는데, 토냐가 그 소식을 가지고 돌아왔을 때는 선애가 이미 후작가로 쳐들어간 상태였다고 한다.

"조금만 더 기다리지 그랬어?"

"아하하하… 제가 그런 일이 있을 줄 알았나요, 뭐? 게다가 수도에 온 건 제가 마지막 수단을 쓰기 위해서라는 거 아시잖아요?"

"그래그래, 그런데 그게 루빈스타인 자작과 거래를 하기 위한 거였어?"

"아니요, 후작과 담판을 지을 생각이었는데… 자작님이 끼어드셨어요. 그건 저도 생각지 못한 거 있죠?"

그러면서 선애도 자신의 이야기를 토냐에게 들려주기 시작했다.

"어머, 어머, 어머, 어쩌어엄~!! 루빈스타인 자작에게 그런 로맨틱한 면이 있을 줄이야… 그래, 선애는 어쩔 생각이야? 아니, 이제 어쩔 수도 없나? 벌써 커플로 공인된 상태잖아? 혼삿길 다 막혔네에~"

토냐의 놀리는 말에도 선애는 쑥스럽게 웃기만 할 뿐이었다. 이 녀석, 정말 그랜트에게 마음이 쏠렸나 보다.

[아아~ 너 정말 그랜트랑 사귈 거냐아~?]

그러나 토냐를 앞두고 있어서인지 선애의 대답은 들려오지 않았고, 토냐의 말소리만 이어 들렸다.

"하긴, 루빈스타인 자작은 객관적으로 봐도 괜찮은 남자긴 하지. 얼굴 잘생겼지, 집안 빵빵하지, 거기에 성격… 의외로 로맨틱이잖아? 선애를 위해 집안과 단절할 생각까지 하다니."

"호호호… 그렇긴 해요."

"에이이~ 선애, 벌써 마음이 쏠렸구만?"

[아이고, 아이고오~ 결국은 그놈에게~ 그깟 놈에게~]

그랜트 녀석에 대한 감정이 아무리 많이 희석되었다 해도 내 금쪽 같은 동생을 그런 놈에게 빼앗기는 게 기정사실화되자 하늘이 무너져 내리는 것만 같았다.

그 후, 브라우닝 백작이 힘을 써줬기 때문에 선애와 그랜트를 노리는 후작가의 기사들은 사라졌지만, 대신 그 다음날 그랜트는 엘리엇과 형 켐벨의 방문을 받았다. 후작의 보좌관인 형 켐벨은 그랜트에게 엄숙하게 아버지와의 의절과 함께 후계자 자리에서 제명되어 '자작' 작위도 반납됐으며 루빈스타인 상회에서도 잘렸음을 알려왔다. 그리하여 후작 작위의 제1계승자는 미란다가 되어버렸고, 회장 자리의 유력한 후계자는 헬게르트가 되어버렸다. 그 선언을 받은 그랜트는 선애를 위해서 그런지, 아니면 미리 짐작하고 마음의 준비를 하고 있어서 그런지 무척이나 담담한 표정으로 그 결과를 받아들였다.

엘리엇은 그 자리에서 그랜트를 붙들고 애통해하며 이제라도 돌아가자고 했지만 그랜트는 단호하게 거절했다.

"왜 이런 바보 같은 짓을 하십니까? 그깟 계집이 무엇이라고 당신의 지위를 모두 버리신단 말입니까?"

그랜트가 자신의 애원을 거절하자 엘리엇은 잠시 이성을 잃었는지, 아니면 막가기로 결정했는지 그대로 달려들어 그랜트의 멱살을 부여잡으며 외치는 것이었다. 너무나 열렬한 그 모습을 보자니 엘리엇 녀석이 그래도 그랜트를 진심으로 생각하기는 했구나… 하는 걸 느꼈다.

그런데 제삼자가 봐도 감동할 만한 엘리엇의 모습을 당사자인 그랜트는 무지 냉혹한 시선으로 바라보고 있는 것이었다.

"그깟 계집이 내 지위보다 소중하니까."

'이놈아, 그 닭살 대사를 어쩜 그리 차가운 어조로 말하누? 안 어울린다, 안 어울려어~!'

엘리엇은 그랜트의 냉혹한 반응이 충격적이었는지 그의 멱살을 힘없이 놓고 뒤로 주춤주춤 물러나며 붉어지고 눈물까지 맺힌 눈으로 그랜트를 바라보더니 갑자기 시선을 돌려 선애를 바라보는가 싶더니만, 품에서 단검을 꺼내 들고 번개같이 달려드는 것이었다. 정말 순식간에 벌어진 일이라 그 자리에 있던 사람들이 '어어~!' 하며 뒤를 쫓았지만, 엘리엇을 막을 수는 없었다.

하지만 울 꼬맹이 옆에는 바로 내가 있지 않았던가?

가볍게 선애의 앞을 가로막은 나는 있는 힘껏 녀석의 안면에 주먹을 날렸다. 그동안 녀석에게 쌓인 모든 감정을 실어서 말이다.

퍼억~!!

감정이… 좀… 아니, 꽤 많았던지 엘리엇은 코가 부러짐과 동시에 쌍

코피를 흘리며 뒤로 넘어갔다. 그리고 뒤를 쫓아온 사람들에 의하여 제압당했다. 그런 상태로 일으켜지면서 엘리엇은 무지무지 원망스러운 눈초리로 선애를 노려보며 외치는 것이었다.

"너만 없었더라면… 너만 없었더라며어어언~!! 내 처음부터 네가 골칫덩어리가 되리라 예상했었지. 그때 죽였어야 했는데… 그러지 못한 것이 내 평생의 실수다!"

무지 처절한 외침이긴 한데 쌍코피를 터뜨리면서 외치니… 이거 참…….

"그만! 엘리엇, 넌 선애의 몸에 손 하나 못 댄 걸 감사해라. 만약 한 방울이라도 선애의 피를 봤다면 내가 가만두지 않았어!"

그랜트가 분노한 어조로 말하자 엘리엇이 원망이 담긴 시선을 그랜트에게 돌렸다.

"그럼 저는요? 어려서부터 당신만 바라보고 당신을 주군으로 섬긴 저는 어쩌란 말입니까?"

그러자 그랜트는 더 차가운 표정으로 입을 여는 것이었다.

"네가 뭘 어떻다는 거지? 어차피 넌 내가 아니라 아버지를 주군으로 섬긴 게 아닌가?"

"그, 그런… 전, 당신을 위해서……."

아무래도 선애에 대하여 후작에게 일러바친 일을 떠올린 듯 당혹한 표정의 엘리엇을 향해 그랜트는 고개를 저어 보였다.

"넌 처음부터 내가 아니라 아버지를 따르고 있었어. 원래 아버지 곁에 있고 싶어했는데도 아버지의 명이라서 내 곁에 온 거였지? 그래서 내가 아버지처럼 되길 바랐지. 오로지 후작가만을 위하여 모든 감정을 말살한 냉혹한 인간이 되길 말이야. 넌, 나의 본질을 보지 않고 미래에 아버지처럼 되어 있는 날 본 거였어."

"그게 무슨 말씀이십니까? 그랜트님, 지금 제 마음을 의심하시는 겁니까?"

"의심하는 게 아니라, 처음부터 알고 있었던 걸 이야기하는 것뿐이야. 예전에는 아무래도 상관없었지. 어차피 나 또한 아버지의 뜻을 거스를 생각은 없었으니까. 하지만 이제 난 아버지와 단절되었으니……."

거기서 그랜트는 마치 얼음으로 만든 가면을 쓴 것 같은 냉혹한 표정을 풀고 부드러운 시선으로 엘리엇을 바라보았다.

"엘리엇, 그래도 나의 친우였던 이여… 너에게 다시 한 번 선택의 기회를 주겠어. 네가 어떤 선택을 하든 나는 기꺼이 받아들일 것이고. 나야, 아버지야?"

아까 그랜트가 냉혹한 표정을 지었을 땐 잘만 달려들어 외치더니만, 그랜트가 따스함과 슬픔이 담긴 시선으로 바라보자 엘리엇은 마치 불에 덴 사람마냥 화들짝 놀라며 뒤로 주춤주춤 물러서는 것이었다.

"이, 이런… 이럴 수가… 이럴 수는… 그랜트님… 어째서… 아아아……."

그러더니만 결국 두 눈에서 눈물을 주르르 흘리는 것이었다. 엄청 싫어하는 놈이었지만, 또 그런 가여운 모습을 보이니 동정심이 스멀스멀 생기려 하는데, 엘리엇 그놈 성격이 어디로 가겠는가? 갑자기 단호한 표정으로 눈물과 코피를 스윽 닦더니만 몸을 바로 펴고는 그랜트를 똑바로 바라보며 말하는 것이었다.

"저는 후작가의 가신입니다, 루빈스타인 경. 당연히 후작님을 위하여 살아갈 것입니다."

그리고는 그랜트에게 마지막 인사인지 정중히 허리를 숙여 인사를 하는 것이었다.

"부디 원하는 생을 사시길 바랍니다, 제네비아 경."

그러자 그랜트 또한 엘리엇과 똑같은 모습으로 허리를 숙여 인사를 했다.

이제 그랜트는 자작 작위를 잃어버리고 기사 작위를 가진 귀족이 되었기에 엘리엇 녀석과 동등한 신분이었던 것이다.

"그럼, 경께 신의 가호가 함께하시길 바랍니다. 안녕히 계십시오."

엘리엇은 마지막으로 그렇게 말하고는 몸을 돌리더니 꼿꼿한 자세로 걸어가기 시작했다.

그 모습을 한쪽 구석에서 가만히 지켜보고 있던 선애가 여전히 슬픈 눈으로 엘리엇이 사라지는 방향을 바라보고 있는 그랜트에게 다가갔다.

"괜찮아요?"

그러자 그랜트가 선애를 향해 힘없이 웃어 보인다.

"아아… 아버지에게 절연당한 건 그래도 견딜 만했는데, 엘리엇이 나와 절교하고 간 건 마음이 좀 아프네."

선애는 그런 그랜트를 조금은 안쓰러운 눈으로 바라보더니 가만히 녀석의 손을 잡아주었다.

다음날, 브라우닝 백작가에 켐벨 집사와 미란다가 찾아왔다. 켐벨 집사는 아무리 그랜트가 절연당했다 해도 자신의 도련님은 그랜트뿐이라고 끝까지 섬기려고 짐 싸들고 후작가를 나온 거였고―정말 엘리엇 놈과 비교되지 않는가?―미란다는 집에서 쫓겨난 가여운 오라버니를 보기 위해서 온 거였다.

고든은 그랜트가 '행복하기만 하면 어떤 위치에 있든 상관없다!' 라는 생각을 가진 모양이다. 그런 사람이 한 사람이라도 그랜트의 옆에 있는 건 그랜트에게 정말 다행스러운 일이었다.

미란다는 오자마자 그랜트를 붙잡고 완전 대성통곡을 해댔다. 그래도 냉랭한 집안에서 유일하게 정을 가진 오빠였는데 아버지에게 쫓겨났으니 얼마나 가슴 아팠겠는가? 평소 별로 좋아하지 않는 녀석이었지만, 그래도 오빠의 상황을 보고 우는 걸 보니 은근히 정이 생기는 것이었다.

하지만 한편으로는 이 일로 인하여 선애를 더더욱 미워할까 봐 걱정이 되었다. 과연, 오빠 붙들고 신나게 울던 미란다가 선애에게 면담(?)을 청하더니만 둘만 있는 상황에서 신나게 쏘아대는 것이었다. 오빠의 앞날을 망친 나쁜 여자라느니 어쨌느니 등등등…….

하지만 놀라운 건 그렇게 속이 후련할 정도로 신나게 쏘아댄 후에는 닭똥 같은 눈물을 뚝뚝 흘리며 선애에게 고개를 꾸벅 숙이더니만 오빠를 잘 부탁한다고 하는 것이었다. 그러면서 하는 말이, 자기가 아무것도 모르는 철부지이기는 하지만 그래도 예전의 오빠보다 지금의 오빠가 더 보기 좋다나? 자기가 오빠를 부축해 줄 수 있는 존재가 되지 못하는 건 분하지만, 그래도 계속 오빠가 저런 모습이었으면 좋겠다고 진지하게 이야기하는데, 그 모습에 '얘가 그 미란다 맞아?' 하는 생각과 함께 그동안의 괘씸함과 아까 선애에게 퍼부어대 열받게 했던 것이 싸악 용서가 되는 것이었다.

그랜트가 제명되는 바람에 얼결에 후작 작위를 받게 된 미란다는 내년 봄에 브에텔 올드필드 경과 약혼을 한다고 했다. 브에텔 올드필드 경은 예전에 선애가 처음 드워프 마을에 가기 위해 헤스딩스 남작 저택에 들렀을 때 클라리스 생일을 축하하기 위하여 미란다와 같이 왔던, 미란다의 친척 오빠였다. 후작과 올드필드 백작이 사촌이었으니 미란다와 브에텔은 6촌 사이였다.

뭐, 내가 결혼해라 마라 할 수 있는 건 아니지만, 그랜트 녀석이 쫓겨났다고 금방 정략결혼을 하게 된 미란다가 쪼끔은 안되어 보였다. 그래도 뭐, 전에 브에텔 녀석을 보니 미란다를 꽤 아껴주는 듯했으니—그게 이성으로서인지, 아니면 단순히 여동생을 보는 오빠의 마음으로서인지는 모르겠지만 말이다―그렇게 차가운 결혼 생활은 안 할 것 같았다.

의아했던 건 후작 부인에게서 아무런 말이 없다는 거였다. 후작이야 그랜트를 내쫓은 걸로 자신의 의사 표현은 다 한 거고, 엘리엇하고 미란다는 쫓아와서 한바탕하고 돌아갔고, 고든은 그랜트를 끝까지 따르겠다고 짐 싸들고 왔는데, 후작 부인은 쫓아오기는커녕 누굴 보내서 의사 표현도 안 하는 거였다.

그리하여 선애가 놀러 온 미란다―이 녀석은 크게 한바탕하더니 속이 다 풀렸는지 그 다음날부터 매일 선애하고 오빠를 만나러 오는 거다―에게 물어보니 미란다가 코웃음을 치며 말하는 거였다.

"우리 어머니? 별말씀은 안 하시지만, 아마 속으로 무지 좋아하실걸? 후계자가 아버지의 뒤통수를 쳤으니 말이야."

둘이 사이가 안 좋다는 건 알았지만, 아무리 그래도 아들이 작위와 재산을 다 버리고 갔는데 어떻게 그럴 수 있나… 싶었지만 미란다는 고개를 저었다.

"어머니는 아버지를 증오하시기 때문에 아버지의 핏줄인 우리도 싫어해. 언니, 내가 어떻게 태어났는 줄 알아? 오빠 한 명만 있으면 작위가 불안하다고 만약을 대비해서 한 명 더 낳은 거야. 그것도 오빠만 낳고 다시는 아버지와 동침을 하지 않으려는 어머니를 아버지가 강제로 약을 먹여서 동침했다니까. 믿어져?"

그녀의 말에 선애와 나는 입을 떠억~ 벌렸다.

"지, 진짜?"

"진짜야. 그러니 어머니가 나나 오빠를 좋아하겠어? 오빠도 후계자를 낳을 의무 때문에 억지로 낳은 거라고 들었는걸. 아마 오빠가 남자라 제일 좋아한 건 어머니였을 거야. 아버지랑 다시는 동침을 안 해도 되니까."

안 좋다 안 좋다 들었지만 이 정도일 줄이야…….

"우리 아버지도 정말 대단했지. 사실 나를 낳기 전까지는 어머니가 아버지를 증오할 정도는 아니었대. 그런데 아버지가 한 명 더 낳자고 하니까 절대로 싫다고 거부하면서 애인이랑 놀아났거든? 그러니까 아버지가 어머니 앞에서 애인의 두 팔이랑 다리를 직접 자르면서 협박을 했다나? 그래도 어머니가 굴하지 않으니까 아예 외딴 별장에다 나 낳을 때까지 가둬뒀대."

"시… 심하다……."

"그치? 우리 아버지는 여자를 사람이라고 보지 않아. 단지 후작가를 유지해 나가기 위해 필요한 부품 정도로 볼까나? 나 비록 후작 작위의 후계자라고 해도 나에게는 후계자 교육 안 시키는걸 뭐. 데릴사위로 들어오는 오빠가 지금쯤 나 대신 고생하지."

"허. 허. 허……."

"그러니 어머니가 우리를 좋아하겠어? 나는 한 번도 어머니가 나를 보고 웃어주는 걸 본 적이 없는걸? 오빠도 그렇고… 뭐, 오빠가 아버지 뒤통수를 치고 나갔으니 이제 오빠를 보고 웃어줄지도 모르지."

참… 콩가루 집안이라고 해야 하나? 게다가 불행한 자신의 이야기를 마치 남 이야기하듯 덤덤하게 이야기하는 미란다 녀석이 너무너무 불쌍했다.

그렇게 한바탕 폭풍이 정리되고 나자 선애는 그랜트, 토냐와 함께 알파두르로 돌아왔다. 루빈스타인 상회와의 일이 해결되었으니 이제 타이거 상회의 일을 해야 하지 않겠는가?

그랜트는 선애가 타이거 상회로 영입했다. 상회 회장 자리의 유력한 후계자였으니 실력 하나는 입증된 데다가 그랜트가 타이거 상회에 투자

자로 나섰던 것이다. 자작의 작위를 빼앗기고 상회에서 쫓겨났어도 따로 모은 재산이 꽤 있어서 그랜트는 대단한 부자였다. 그러니 가뜩이나 사람 모자란 타이거 상회 입장으로서는 나쁠 게 없었다.

재미있는 건 이런 일행의 뒤를 헬게르트와 미란다가 쫓아왔다는 것이다. 헬게르트는 그랜트가 자신들을 보호해 준 것에 대한 감사의 표시로 넘겨준 한나라와의 거래를 확실히 인계한다는 핑계였고, 미란다는 놀러 간다는 핑계로 왔다고 했다. 후작이 여자는 물건 보듯 한다더니 미란다가 그랜트 같은 큰일만 벌이지 않는다면 뭘 하든 상관없는 모양이었다.

알파두르로 돌아오니 벨타이거가 무사히 살아 있었다. 그런데 놀라운 건 그 옆에 페르티니어스 마법사가 와 있었던 것이다. 드워프 마을에서 언제 왔나 싶었지만, 나중에 알고 보니 정보 길드에서 벨타이거의 안전을 위해 급히 그에게 SOS를 청했다고 했다.

그렇게 벨타이거가 무사히 살아남은 대신, 핸들리 크로스웰은 완전히 망해 버렸다. 루빈스타인 후작이 그래도 신용은 있는 사람이었는지 선애와의 약속대로 핸들리와 손을 완전히 끊은 데다 크로스웰 남작 저택에 온 그랜트와 헬게르트, 그리고 미란다를 보고 놀라서 새가슴이 된 토지그가 자기만 살겠다고 잽싸게 핸들리를 배신하고 벨타이거에게 들러붙었던 것이다. 그리하여, 토지그의 적극적인 협력 아래 핸들리는 귀족의 목숨을 위협했다는 죄목으로 감옥에 수감되었고 크로스웰 상회에서도 제명, 덕분에 크로스웰 상회는 무사히 벨타이거의 손으로 돌아오게 되었다.

토냐는 여전히 타이거 상회에 남기로 했다. 헬게르트가 자신의 보좌관으로 일해주길 강력하게 원했지만, 헬게르트가 자신을 둘째 부인으로 삼으려 했다는 원한이 있어서 그런지 토냐가 끝까지 거부하고 타이거 상회에 남았던 것이다.

뭐, 우리 타이거 상회로서는 좋은 일이었지만 말이다.

대신, 벨타이거가 타이거 상회를 나갔다. 개척 멤버가 상회를 버리고 나갔다니 좀 황당하기는 한데, 벨타이거가 말하길 타이거 상회를 설립한 이유는 나중에 크로스웰 상회를 돌려받기 위함이었는데 이제 돌려받았으니 타이거 상회를 설립한 목적은 이룬 것이라고 하면서 선애와 토냐는 물론, 그랜트까지 끼어들고 헬게르트까지 간섭하니 차라리 크로스웰 상회에서 혼자 회장 노릇 하는 게 편하다는 것이었다. 일행은 그의 말을 믿어주는 듯했지만 나는 믿지 않았다.

일부러 보려고 했던 게 아니라, 선애가 그랜트, 토냐, 헬게르트, 미란다랑 같이 저녁 식사를 하러 나갔을 때 벨타이거와 마침 소식을 듣고 저택에 와 있던 클라리사의 대화를 들어버렸던 것이다.

어쩐지 벨타이거 녀석, 은근히 선애와 말싸움을 즐긴다 했더니만 좋아하는 여자애를 괴롭히는 초등학생 심정이었나 보다. 클라리사는 이제라도 고백하라고 했지만, 벨타이거는 고개를 저었다. 그동안 계속 곁에 있었는데도 마음을 얻지 못했는데 고백한다고 이제 와서 얻을 수 있을 것 같지 않다나?

그렇다고 타이거 상회와의 인연을 아예 끊은 건 아니었다. 잔나라에서 수입한 주류를 모두 크로스웰 상회를 통해 수입하기로 했던 것이다. 그러나 장식품, 화장품 같은 타이거 상회에서 다루는 제품들은 모두 우리가 알아서 교역하기로 했기에 우리 타이거 상회는 개인적으로 따로 배를 마련했다.

대신, 한나라에 크로스웰 상회를 소개해 줬다. 크로스웰 상회는 단순히 잔나라의 물품을 수입하기만 하는 것이 아니라 바이런 국의 물품을 역으로 수출하기도 했기에 한나라와도 따로 거래를 틀 여건이 되었던 것이다.

그 후, 벨타이거가 타이거 상회에서 손을 떼자 '타이거 상회' 란 이름을 계속 유지할 필요성이 사라졌기에 선애와 토냐는 의논을 해서 상호를 바꾸기로 했다. 헬게르트 녀석은 그걸 기회로 타이거 상회를 자신의 밑으로 흡수하길 원했으나, 후작의 압력에도 버틴 선애와 토냐가 그걸 허락할 리 없었다. 그리하여 상회는 선애와 토냐가 의논을 거듭한 끝에 'S&T' 로 결정했다. 선애와 토냐의 약자를 따서 합한 것이었다.

클라리사는 벨타이거를 따라 'S&T' 상회를 나가 크로스웰 상회에 다시 입사했다. 여전히 벨타이거를 좋아하는 그 애는 계속 그 녀석 옆에 있고 싶은 모양이었다.

그리고 브라우닝 백작 부인의 추진력에 의하여 봄에 토냐와 헬게르트, 선애와 그랜트가 합동 결혼식을 올리기로 했다. 알파두르에 돌아오고 얼마 뒤 그랜트 녀석이 미란다와 클라리사의 조언을 듣고 멋진 핑크 다이아몬드 반지를 가지고 와서 선애 앞에 무릎을 꿇고 정식으로 청혼을 했고, 꼬맹이가 그걸 받아들였던 것이다아아~

결국 선애가 이 언니를 두고 그놈을 선택해 버렸다. 나중에 선애가 빨개진 얼굴로 고백하길 자신을 똑바로 바라보는 그 눈길이 얼마나 진지하고 무거웠던지 차마 다른 말이 입에서 나오지 않았다나? 하기사… 솔직히 그랜트 녀석이 고백한 후로 가끔씩 보여주는 마치 사춘기 소년 같은 약간은 어색하고 풋풋한 행동들이 나도 무지 보기 싫었던 것만은 아니었다. 그래서 선애가 반지를 손에 끼고 들어올 때 결국 올 것이 왔구나… 하는 심정으로 무난히 받아들일 수 있었다.

벨타이거가 정식으로 크로스웰 상회 회장이 되고, 선애와 토냐가 'S&T' 상회의 공동 소유자가 된 후 선애와 토냐는 새로운 저택을 하나 사서 크로스웰 남작 저택을 나왔다. 그곳은 두 신혼부부의 보금자리가 되었다. 물론 헬게르트는 이번에도 절대 반대를 외쳤지만, 두 여성이 가뿐히 무시해 버린 덕분에 결국 수그러들고 말았다. 재미있는 건 백작 부인이 전적으로 토냐의 편을 들어줘서 헬게르트가 어떻게 해볼 수가 없었던 것이다. 아마 백작이나 백작 부인은 나중에라도 흡수할 수 있을 테니 지금은 하고 싶은 대로 하게 놔둬주는 것 같았다.

'그러기에 왜 토냐에게 둘째 부인이 되어달라고 했냐고.'

그리고 토냐를 짝사랑했던 스탠리는 결국 토냐에게 고백 한 번 못해보고 결혼 소식에 씁쓸하게 웃으며 축하를 해주었다. 그것도 모자라 열심히 연구하여 축하 선물까지 만들어줬으니… 안됐기도 하고 한심하기도 하고.

서대륙으로 갔다가 뛰어난 성과를 안고 돌아온 로어는 누나가 결혼한다는 소식에 무척이나 서운해했다. 아마도 형의 감정을 알고 있었던 모양이다. 로어는 당연하겠지만 S&T 상회에 남았고 모건은 벨타이거를 따라갔는데, 놀랍게도 알프레드가 선애 곁에 남았다. 그래 선애는 알프레드를 자신의 보좌관으로 삼고 로어는 무역 관리 전무 자리를 넘겨 그에게는 큰 임무를 맡겼다.

그사이 드워프 마을에서는 새로운 제품들이 탄생하여 속속 상회에 도착했고, 그 즈음 에스테반 공작 부인이 왕비에게 선물한 제품들을 보고 상회로 특별 주문이 줄줄이 이어져 들어와 확실한 돈줄이 되어주었다.

닷지 상회와의 공동 가게도 완공이 되었고, 헬게르트의 배려로 닷지 상회의 제품들을 한나라에 수출되게 되었다. 물론 닷지 상회는 루빈스타인 상회에 판다고 생각했지만 말이다. 아직은 닷지 상회에 한나라의 존재를 알려주기 싫었던 모양이다. 하지만 덕분에 닷지 상회의 매상은 팍팍 올라가게 되었다.

그렇게 많은 일들이 일어나고 그 일들을 해결하느라 정신없는 가을과

겨울이 지나가고 드디어 따뜻한 봄이 돌아와 합동 결혼식을 얼마 두지 않았을 때 브라우닝 백작 부인이 알파두르로 왔다. 결혼식은 알파두르에서 하기로 했기에, 그 준비를 위하여 달려온 것이다.

헬게르트의 결혼식이니 그에게 잘 보이는 사람들이 우르르 몰려들어 아주 성대한 결혼식이 될까 걱정했지만, 그랜트, 선애, 토냐의 입장을 배려한 것인지 지인들만 초대하는 조출한 식(?)으로 진행되게 되었다. 벨타이거와 헤스딩스 남작, 그의 자식들, 'S&T'와 새로 거래를 하게 된 닷지 상회 대표만 참석하게 된 거였다. 그런데 놀랍게도 한나라 사람들도 참석하겠다고 연락이 왔고, 더 놀랍게도 드워프 마을에서 축하 사절단을 보낸 것이다. 그 사절단은 자몬 족장과 브론즈 부자, 케루빔 족장, 스틸과 스터링 부자였다. 그 자리에서 한나라 사람들은 드워프란 종족을 보고 무척이나 신기해했고, 드워프들은 하프 엘프인 오사함을 보고 놀라워했다. 아직도 그 까탈스러운 종족들이 살아 있었냐 하면서 말이다.

그리고 그 자리에는 선애의 특별 부탁으로 인하여 휴와 자스민까지 참석하기로 했다. 거기에 부르지 않았는데 척 녀석이 참석한다고 연락이 와서 선애는 오지 말라고 할까 말까 꽤나 고민했었다.

결혼식을 일주일 앞둔 어느 날, 백작 부인은 입이 함지박만 하게 찢어진 채로 토냐와 선애를 불렀다. 드디어 그 둘이 결혼식 날에 입을 웨딩드레스가 완성되었던 것이다.

"정말 아름답지 않니? 내가 그동안 본 드레스 중 가장 아름다운 것 같구나."

토냐 것은 아이보리색 실크 드레스에 황금색 실로 화려하고 큼직한 무늬가 드레스를 돌아가며 수놓아져 있었고, 그 사이사이 커다란 사파이어가 박혀 반짝였다. 어깨와 팔을 완전히 드러내어 토냐의 몸매를 섹시하게 보이게 하면서 치마폭은 풍성한 스타일이었다.

울 꼬맹이 드레스는 토냐 것에 비하면 단정한 타입이라고나 할까? 위쪽은 어깨와 목을 모조리 감싸 차이나 칼라로 마무리를 지었고, 팔 부분은 팔꿈치 바로 위까지 소매가 내려왔다. 치마는 토냐처럼 풍성한 타입이었고 화려한 무늬가 수놓인 대신 뒤 허리 부근에 커다란 아이보리색 리본을 매달아 포인트를 주었다. 그리고 치마 끝자락, 리본 테두리, 소매 테두리, 허리 부근에는 예쁜 하늘하늘한 레이스와 함께 자잘한 다이아몬드로 둘러싸인 커다란 진주를 쭈우욱~ 둘러놨다. 거기에 같은 색의 실크 장갑의 손목 부근에도 크기는 작지만 같은 타입의 진주로 쭈욱 둘렀다.

마지막 마무리는 바닥까지 내려오는 것도 모자라 뒤로 주우욱~ 끌리는 반투명한 레이스로 만들어진 베일이었다.

웨딩 드레스를 입은 토냐도 무척 아름다웠지만, 울 꼬맹이는 정말 눈물 날 만큼 아름다웠다. 내 눈물샘이 마르지 않았다면 엉엉 울어서 꼴불견이 될 뻔했다.

마지막 확인을 위하여 드레스로 갈아입고 체크를 다 한 뒤 완벽하다는 확인을 하고 나자 선애는 옷을 갈아입을 겸, 벗어서 곧바로 자신의 방에 보관할 겸 해서 입고 자신의 방으로 향했다.

[저기… 부모님이 보셨으면 무척 감탄하셨을 거야. 너, 정말 예쁘다.]

조용히 속삭이는 내 말에 선애가 시무룩한 표정으로 고개를 끄덕인다.

“응… 갑자기 엄마랑 아빠가 보고 싶다.”

[그러게…….]

선애와 내가 그러한, 약간 우울한 대화를 하며 선애의 방으로 들어서는데 그곳에는 그랜트 녀석이 방 주인 허락도 없이 들어와 앉아 있는 것이었다.

“아… 정말 아름다운걸?”

드레스를 입은 선애의 모습을 보고 두 눈을 둥그렇게 뜬 그랜트가 진심으로 감탄한 표정으로 중얼거렸다.

그에 선애가 피식 웃었지만, 별로 기운이 없어 보였다. 그걸 귀신같이 알아챈 그랜트가 걱정스러운 얼굴로 물어온다.

"왜 그래? 기분이 안 좋아 보이는데… 무슨 일 있어?"

그러면서 은근슬쩍 선애 곁으로 다가와 손으로 뺨을 만지는 것이 아닌가?

[아이고… 저놈이 점점 더 느끼해지네? 이놈아, 처음의 그 어색하고 당황해하던 모습은 어따 버리고 느끼버터가 된 거야? 이래서 남자들이란 다 늑대라니까!]

선애의 눈치 때문에 차마 직접적인 방해는 못하고 뒤에서 닭살 돋을 듯한 팔을 벅벅 문지르며 야유를 보내는데…

[저 녀석, 원래 저렇게 푼수냐?]

[렌! 그런 실례되는 말은… 원래 저 정도는 아니었어요!]

갑자기 들려온 목소리에 화들짝 놀라 고개를 돌리니, 이게 웬일? 렌스버리 녀석과 아리아가 언제 왔는지 나란히 서 있는 것이었다.

[어라, 아리아 씨? 웬일이에요? 언제 온 거죠? 무슨 일 있나요?]

나는 렌스버리는 당연히 무시한 채로 반가움 반 의아함 반인 마음으로 다가가 묻자 아리아 또한 방긋 웃으며 고개를 끄덕였다.

[동생 분이 결혼하신다구요? 축하드려요.]

[고마워요. 아, 그런데 혹시 울 선애가 결혼한다는 거 아시고 온 거예요?]

그런데 이때 얄미운 렌스버리가 쏘옥 끼어든다.

[그런 걸 알 리가 없잖냐?]

어조도 어찌나 얄밉던지 아리아 씨 앞인데도 인상이 찡그려지는 걸 막

기가 어려웠다.

'아니, 저놈은 말하는 것도 참… 그리고 나랑 아리아 씨가 말하는데 왜 끼어… 어라? 어떻게 끼어든 거지?'

그제야 렌스버리 녀석이 내 말에 대답을 했다는 걸 깨달은 나는 놀라서 렌스버리를 바라봤다. 그러자 그 녀석이 나를 똑바로 바라보고 있는 게 아닌가?

그동안 렌스버리는 나를 볼 수 없었기 때문에 내 쪽으로 시선을 돌린다 해도 마치 허공을 보는 것처럼 초점이 맞지 않았었다. 그런데 지금은 나에게 또렷하게 초점이 맞아 있는 거였다.

[어, 어, 어… 지, 지금, 절 보시는 거 맞죠? 예?]

너무 놀라서 말까지 더듬어졌다.

아리아를 확인차 바라보자 아리아가 생긋 웃으며 고개를 끄덕였고, 곧바로 렌스버리의 무지 한심하다는 어투가 뒤를 따른다.

[쯧쯧… 둔하기는…….]

그러나 나는 너무 놀라 패닉 상태에 빠지기 직전이라 그 말에 화를 낼 여력도 없었다.

[어, 어떻게… 어떻게 절 볼 수 있는 거죠?]

그러자 아리아가 슬픈 건지 기쁜 건지 모를 묘한 표정으로 대답하는 것이었다.

[렌 또한 수명이 다했거든요.]

[에에엑~!! 그, 그럼… 지금 그 말은…….]

아리아가 말한 내용에 내가 다시 한 번 놀라며 렌스버리를 바라보자 그가 고개를 끄덕인다.

[뭐어… 한마디로 말해 죽었다는 거지. 덕분에 네 녀석 구경도 할 수 있고.]

[어, 어, 어… 그, 그럼… 드래곤 유령?]

[그런 셈이라고나 할까?]

내 말에 기꺼이 고개를 끄덕이는 렌스버리의 모습에 나는 무지무지 절망했다. 녀석의 못된 심보를 나 혼자 받게 될 것 같았기 때문이다. 설마 렌스버리 녀석이 아리아 씨에게 심술을 부릴 리는 없을 테고. 선애야 아리아 씨도 못 봤는데 렌스버리 또한 못 볼 게 뻔했으니 말이다.

그리하여 이 절망적인 소식을 선애한테 전하고자 선애에게 고개를 돌리니, 이게 웬일? 지금까지 나 혼자 신나게 떠들어서 선애가 의아한 시선을 던져야 했음에도 불구하고, 울 꼬맹이는 그랜트와 러브러브 분위기에 포옥 빠져 정신이 없는 것이었다.

[야! 너 지금 그렇게 러브러브 할 때가 아니야. 렌스버리님이 수명이 다해서 돌아가셨대!]

왠지 그 분위기에 심술이 난 내가 그 둘을 방해하고자 소리를 꽥! 질렀는데, 어째 이상하게도 선애한테 별 반응이 없었다. 아무리 러브러브 분위기에 폭 빠졌다 해도 옆에서 소리치면 응당 반응이 있어야 하는 거 아닌가 말이다.

그래 이상해서 선애를 슬쩍 건드리려 손을 뻗었는데, 놀랍게도 내 손이 선애를 그대로 통과해 지나가는 것이었다.

[어라? 이상하다?]

다시 한 번 선애를 건드리려 했지만, 이번에도 선애를 만지지 못하고 그대로 통과했다.

[어… 이거 왜 이러지?]

[그거야 이제 시간이 되었으니까.]

뜬금없이 들리는 생소한 목소리에 고개를 돌리니 그곳에는 새하얀 양복에 백구두를 신은 잘생긴 꽃미남이 서서 나를 향해 미소를 보내고 있었다.

[어? 누구……?]

처음 보는 잘생긴 사람이 나를 너무 친근하게 바라보기에 오히려 내가 의아해져서 묻자 그가 다시 한 번 싱긋 웃으며 말한다.

[넌 내가 누구인지 알 텐데, 그렇지?]

'처음 보는데 내가 누구인지 어떻게 알아?'

라고 말하려고 했다.

그런데 내 입은 마치 본드로 붙인 것처럼 꼬옥 붙어서 아무런 말도 못하고 있는 것이었다.

[자, 이제 가자. 우린 너무 늦었다는 거 알고 있지?]

'뭘 알아?'

라고 이번에도 말하고 싶었다.

그런데 이번에는 열린 내 입이 전혀 엉뚱한 소리를 내뱉고 있는 것이었다.

[벌써 가야 하나요?]

'어라라?'

이건 마치 머리와 입이 따로 노는 듯한, 그러한 괴리감에 내가 당황해서 어쩔 줄 몰라 하는데 꽃미남이 고개를 저어 보인다.

[이제 충분하잖아? 게다가 나도 더 이상은 안 돼. 그러니 그만 가자.]

그리고 그 뒤에 있던 아리아 씨도 이 꽃미남을 알고 있는지 거든다.

[그래요, 우리 그만 가요.]

[아, 갈 거면 빨리 가든지.]

안 해도 되는데 꼭 끼어드는 렌스버리의 얄미운 한마디까지 듣자 나는 나도 모르게 고개를 돌려 선애를 바라봤다. 그러자 아까까지만 해도 뚜렷하게 잘 보이던 선애의 모습이 어째 점점 흐릿해지는 거였다.

'어, 어라? 선애야? 최소한 작별 인사라도 해야 하는데?'

그때 올 꼬맹이가 주변을 둘러보더니 고개를 갸웃거리며 중얼거리는 것이 아주 작게, 저 멀리서 들리는 것처럼 들려왔다.

"어라? 언니가 어디 갔지? 최소한 첫날밤에는 심통 부리지 말라고 말하려고 했는데……."

『선애야, 선애야』 끝··